KB100341

밤의 대통령

밤의 대통령 1부 1

이원호 장편소설

초판 3쇄 찍은 날 § 2023년 1월 3일
초판 3쇄 펴낸 날 § 2023년 1월 10일

지은이 § 이원호
펴낸이 § 서경석

편집책임 § 황창선
편집 § 박현성 김범석
마케팅 § 서기원

펴낸곳 § 도서출판 청어람
등록번호 § 제387-1999-000006호
등록일자 § 1999. 5. 31
어람번호 § 제8-0060호

주소 § 경기도 부천시 원미구 부일로 483번길 40 서경B/D 3F (우) 14640
전화 § 032-656-4452 팩스 § 032-656-4453
E-mail § chungeorambook@daum.net

ISBN 979-11-04-90610-7 04810
ISBN 979-11-04-90609-1 (세트)

1부

1 밤의 대통령

개정판

이원호 장편소설

도서출판 청어람

CONTENTS

제1장

'제비' 다리를 분지르다

밤의 대통령

카바레의 주차장은 차가 가득 들어차 있어서 주차 공간이 보이지 않는다. 오유철은 혀를 차더니 카바레의 현관에다 차를 세웠다. 제복을 입은 웨이터가 그를 바라보았다.

"뭘 봐? 이 자식아, 빨리 차 주차시켜 놔!"

웨이터는 깜짝 놀란 듯 허리를 꺾었다.

웨이터에게 열쇠를 던져 준 오유철은 뒷좌석에서 내리는 조웅남을 위해 문을 잡고 비켜섰다. 조웅남은 1미터 90센티미터의 신장에 120킬로그램의 체중이어서 앉으나 서나 드럼통이었다. 꾸무럭대며 내린 조웅남은 인사를 하는 웨이터를 못마땅한 듯 흘겨보았다.

영업부장인 강철이 달려 나왔다.

"아이구, 형님! 어서 오십시오."

"야, 인마. 형님 모시고 온다고 했으면 차 세울 데라도 만들어 놨어야 할 거 아냐?"

오유철이 그를 향해 핏대를 세웠다. 강철이 퍼뜩 인상을 썼으나 조웅남 앞인지라 잠자코 머리를 숙였다.

"형님, 제가 안내하겠습니다."

강철이 앞장을 서서 홀 안으로 들어갔다. 저녁 7시인데도 홀은 사람들로 가득 차 있다. 카운터 앞에는 10여 명의 남녀가 빈자리가 나기를 기다리며 서성대는 중이다.

그들은 홀의 안쪽 테이블에 앉았다. 무대와 홀 전체를 바라볼 수 있는 위치였다. 강철이 미리 준비시킨 모양으로 그들이 자리를 잡고 앉자마자 술과 안주가 날라져 왔다.

무대에서 10인조 밴드가 연주하는 중이었는데, 플로어에는 부둥켜안고 춤을 추는 사람들로 가득 차 있어서 춤을 추는지 서 있는지 분간할 수 없을 정도였다.

조웅남이 혀를 차고는 오유철을 돌아보았다. 오유철이 히죽 웃었다.

"형님, 형님한테는 여기가 체질에 맞지 않으실 겁니다."

"시끄러, 이눔의 시키야. 얼릉 얘기나 혀."

테헤란로의 '대성' 카바레도 제일상사에서 관리하는 업소 중의 하나였다. 제일상사에서 주류를 공급해 주고 관리도 책임지고 있는 것이다. 영업부장인 강철도 제일상사의 파견 사원이었다.

오후 3시쯤 강철이 회사에 전화를 걸어왔다. 강철과 친구 사이인 오유철이 전화를 받자 그는 저녁 7시에 웅남이 형님을 모시고 와 달라고 했는데, 상의할 일이 있다는 것이었다.

강철이 서둘러 입을 열었다.

"형님, 오시라고 해서 죄송합니다. 제가 직접 처리하기 어려워서……."

그는 수건을 꺼내 이마의 땀을 닦았다.

"뭐여? 얼릉 말혀, 감질나게 허지 말고."

조웅남이 재촉하자 강철이 말을 이었다.

"단골 하나가 제비한테 걸린 것 같아요. 해결해 달라고 통사정입니다."

"지기미."

조웅남의 얼굴이 험상궂게 변했다. 두툼한 입술이 꾹 다물려졌고 가는 눈을 잔뜩 크게 뜨고는 강철을 노려보았다.

"야, 이 새끼야, 그것 하나 처리허지 못한단 말여?"

"아니, 형님, 그렇게 생각하지 마세요. 제가 해결사 노릇을 해버리면 영업이 안 됩니다. 손님이 꾀질 않아요."

강철이 열심히 말했다.

"그게 무슨 자다가 봉창 뜯는 소리여?"

"저희들은 그냥 놔두는 것이 장사에 이롭습니다. 제비든 살쾡이든, 저희들끼리 술래잡기를 하든지 잡아먹든지 놔둬야 해요. 솔직히 제비가 서넛은 있어야 카바레에 활기가 납니다. 그것들을 우리가 잡아내면 아마 손님은 몇 사람 안 될 겁니다."

"그런디?"

"그런데 이번 경우는 좀 달라서… 그렇다고 제가 나서기에는 손님들에게 너무 얼굴이 알려졌고 말입니다. 그래서 형님께 상의해 보려구요."

"말허랑게."

강철이 이야기를 시작했다. 두어 달 전부터 멀끔한 사내 셋이서 '대성' 카바레에 드나들었는데, 강철은 첫눈에 놈들이 제비인 줄 알았다. 30대 후반인 놈들의 춤 솜씨는 강철이 보아도 일류급이었다. 여자들은 놈들 앞에서는 오금을 펴지 못했고, 속된 말로 그놈들과 한 번 춤을 추고 나면 오줌을 쌀 정도였다. 여자들은 서로 놈들과 춤을 추고 싶어 안달이었다. 놈들이 끌고 온 손님도 여럿이었으므로 강철은 내버려 두었다.

그러던 어느 날 단골인 황 여사가 강철을 찾아왔다.

40대의 그녀는 카바레에 출입한 지 1년이 넘었으나 남자관계가 없는 것을 강철은 잘 알고 있었다. 한두 시간 춤을 즐기고는 칼로 내려치듯 카바레를 나서면 정숙한 부인이 되는 그런 여자였다. 남편이 사업을 하고 있었고 몇 번은 남편과 함께 오기도 했었다. 그런 그녀가 강철에게 눈물을 쏟으며 하소연을 했다. 제비에게 걸렸다는 것이다. 그렇게 조심을 했는데도 넘어간 것이다.

그 사내가 바로 3명의 제비 중 하나인 유 전무란 멀끔한 녀석이었다. 그는 돈이 필요하다든가, 뭘 사달라든가는 하지 않는다고 했다. 그 대신 시도 때도 없이 집으로 찾아온다는 것이다. 아이들이 있거나 남편이 있을 때에도 불쑥 찾아와 들어오려고 하더니, 어떤 때는 남편과 함께 커피를 마시고 나간다고 했다.

"그럼 남편한테는 뭐라고 했는데?"

오유철이 묻자 강철이 입맛을 다셨다.

"친구 동생이라고 했다는군. 진땀이 났겠지. 바람 한 번 피우고 나서 말이야."

"그래, 원하는 걸 말 안 해?"

"그걸 말 안 한다는 거야. 그랬으면 속이라도 시원하겠대. 답답하고 미칠 것 같아서 돈은 얼마나 주면 되느냐고 물어봤다지?"

"그랬더니?"

"그냥 웃기만 하더래."

"그 황 여산가 하는 여자, 기가 막힌 것 갖고 있는 거 아니냐?"

"미쳤냐?"

강철이 농담하지 말라는 듯 그를 흘겨보았다.

"안 되겠어. 황 여사 말을 듣고 나서 곰곰이 생각해 보니까 그 놈들 파트너로 하던 여자가 몇 명 있었는데 요즘 보이지가 않아. 이젠 그 새끼들을 정리해야겠어."

강철은 말없이 앉아 있는 조웅남의 눈치를 살피면서 말했다.

"걔들 오늘도 나오냐?"

조웅남이 입을 열었다.

"네, 9시면 세 놈이 꼭 옵니다. 요즘 며칠은 빠지지 않고 오고 있어요."

"그러면 나한티 알려줘. 그 유 전문가 하는 놈 말여."

"네."

강철은 마음이 놓였는지 가벼운 표정이 되어 자리에서 일어섰다.

조웅남은 맥주잔에 양주를 가득 따라 꿀꺽거리며 마셨다. 오유철이 잠시 그를 바라보았으나 머리를 돌렸다.

"썩을 년들, 집에 가서 밥이나 허지, 지랄들을 허능고만."

조웅남이 혼잣말로 투덜거렸다.

9시가 조금 넘었을 때 강철이 테이블로 다가와 식탁보를 고쳐 놓는 척하면서 그들에게 말했다.

"저기, 벽 쪽에 앉아 있는 정장 차림의 세 놈입니다. 제 뒤쪽에 큰 화분 보이죠? 그 화분 옆에 있는 놈들입니다."

소곤대듯 말한 강철이 서둘러 테이블을 떠났다. 사내들은 여유 있는 몸짓으로 지껄이며 플로어를 바라보고 있다.

"형님, 어떡할까요?"

그들을 바라보며 오유철이 물었다.

"뭘 어떡허기는, 그냥 내싸둬 봐."

조웅남이 느긋하게 말했다. 그는 잔에 술을 채워 다시 마셨다.

"아니, 언제는 안 온다고 신경질 내고 이제는 내버려 두라니요?"

"야, 쟈들도 목이나 축이게 허자."

"허 참, 기가 막혀서."

그러나 조웅남은 그들을 바라보면서 궁리를 하는 중이다. 세상에서 계집을 팔아먹거나 계집 등쳐 먹는 놈이 제일 추접스럽다고 그는 믿었다. 어떻게 하면 화끈하게 요절을 낼까 궁리하고 있는 것이다.

조웅남이 뇌를 쥐어짜는 동안에 그중 흰색 양복을 입은 사내가 일어서서 플로어 쪽으로 가는 것이 보였다. 그는 플로어 근처의 테이블에서 일어난 한 여자의 손을 잡았다. 세련된 자세였다. 그는 미끄러지듯 플로어에서 몇 번 맴돌더니 사람들 사이에 묻혀 보이지 않았다. 그를 바라보고 있는 사이에 두 사내가 일어서서 각각 짝을 찾아 플로어로 나갔다. 조웅남은 갑자기 이마가 지끈거렸다.

"야, 웨이터 불러서, 그 머시냐, 유 전문가 허는 놈 사람이 찾어왔다고 현관으로 나오라고 혀. 우리는 현관에서 기다리자."

오유철이 재빠르게 일어서서 강철에게 다가갔다. 현관문을 열고 밖으로 나오자 시원한 밤공기에 정신이 번쩍 들었다. 오유철이 서둘러 나왔다.

"곧 나올 거요, 형님. 이야기했습니다."

그들은 현관 앞에 나란히 서 있었다. 들어가는 손님은 제법 있었지만 나오는 사람은 거의 없다. 흰색 양복을 입은 사내가 현관문을 열고 밖으로 나왔다. 그는 잠시 조웅남을 바라보았으나 이내 시선을 돌리고 두리번거렸다. 서른 대여섯 살은 되어 보였다. 해사한 얼굴과 호리호리한 몸매여서 오유철이 보기에는 여자들이 따를 스타일이었다. 조웅남의 눈으로 보았을 때는 딱 후장 돌리기에 알맞은 놈일 것이다.

"나여, 내가 찾었어. 니가 유 전무여?"

조웅남이 말하자 그는 미간을 좁히고 조웅남에게 다가왔다. 어둠 속에서 누군가 확인해 보려는 듯한 몸짓이었다. 갑자기 퍽 소리가 났다. 가까이 온 유 전무의 턱을 조웅남이 냅다 후려갈긴 것이다. 그저 뼈가 부딪치는 소리만 들렸을 뿐인데 그는 그 자리에 엎어져 버렸다.

"아이구, 정말… 형님, 그렇게 무조건 치면 어떡해요? 우선 말이나……."

"씨발 놈아, 시끄러. 어서 차나 뽑아와."

엎어진 유 전무를 들어 한 팔로 옆구리에 끼고 조웅남은 주위를 두리번거렸다. 지나치는 사람들이 힐끗거렸으나 멈추지는 않았다.

오유철이 서둘러서 차를 앞에다 세웠다.

"야, 트렁크 열어라."

조웅남이 소리치자 오유철이 유리창을 내리고는 울상을 지었다.

"형님은 비디오를 너무 봐서 문제요, 문제. 뒤에다 싣고 갑시다."

조웅남은 혀를 차고는 유 전무를 뒷자리 바닥에 깔고 의자에 앉아 발로 밟았다.

"형님, 그 자식 어디 있어요?"

운전을 하던 오유철은 룸미러에 유 전무가 보이지 않자 물었다.

"내가 바닥에다 깔었어."

"나 참, 그런데 어디로 갑니까?"

"그게… 가만 있자, 느그 집으로 가자."

"우리 집요? 안 돼요. 말도 안 됩니다."

"뭐가 안 돼? 가자구, 이 새끼야."

"글쎄, 안 된다니까요."

오유철이 의외로 완강했다.

그들이 도착한 곳은 대성 카바레 근처의 조그만 카페였다. 오유철의 후배가 관리하고 있는 곳이다. 둘은 비틀거리는 유 전무를 앞세우고 들어섰는데 다행히 손님이 한 사람도 없었다.

"야, 문 잠가 버려라."

오유철이 말하자 후배는 문을 안에서 걸어 잠그고는 안으로 들어가 버렸다. 분위기를 알아챈 것 같았다.

"왜 이러는 겁니까? 도대체 이게……."

정신이 든 유 전무가 머리를 흔들면서 그에게 물었는데 의자에 앉았지만 상체가 건들거렸다.

"너를 재판헐라고 혀."

조웅남이 말했다.

"즉결재판이여."

조웅남이 오유철에게 말했다.

"야, 거시기, 그 여자를 이리 오라고 혀. 연락혀서 빨리 오라고 혀. 알었냐?"

유 전무는 정신이 드는 모양인지 조웅남을 바라보았다. 턱이 빨갛게 부어 있었다.

"니 이름이 뭐여? 나는 한 번씩만 물을 텡게 얼릉 대답혀. 이름이 뭐여?"

"유일수입니다."

"뭐 허고 사냐?"

"……."

"이 씨발 놈이!"

"놉니다."

조웅남의 손바닥이 날아가 유일수의 뺨을 치자 휘청하고 머리가 돌아갔다.

"그러면 그렇다고 빨리 대답혀야지, 이 새끼야. 각시 있어?"

"네."

"새끼는?"

"있습니다."

"몇 명여?"

"둘입니다."

"뭘로 먹고살어?"

"……."

조웅남이 주먹을 조금 쳐들었다.

"저축해 둔 돈이 조금 있습니다."

"뭐여? 뭐 혀서 저금혔어?"

"……."

조웅남이 발을 들어 유일수의 가슴을 차자 의자와 함께 뒤로 넘어졌다.

"내가 다 알어봐서 그짓말이면 너는 송장이 되는 거여."

유일수는 의자에 앉을 엄두를 내지 못하고 마룻바닥에 앉았다.

"뭘로 저금혔어?"

"저, 유산을 물려받았습니다."

"정말여?"

"…네."

"너, '대성'에서 만난 여자 하나 먹었지?"

"네? 아, 네."

"왜 그 여자 따러붙는 거여?"

그제야 유일수는 이렇게 곤욕을 치르는 이유를 깨달은 것 같았다. 눈을 크게 뜨고 조웅남을 바라보았다.

"너, 대답 안 헐 거여?"

"사랑, 사랑하기 때문에……."

조웅남이 히죽 웃었다.

"정말여?"

"네, 정말입니다. 진정입니다. 그래서……."

"알었어."

오유철은 전화를 거는 중이었다. 조웅남은 선반에 놓은 양주병을 집어 들고 마개를 땄다. 병째로 입에 대고 몇 모금을 마셨다. 식도를 따라 열기가 번져 나갔다.

오유철이 자리로 돌아왔다.

"온다냐?"

"네, 온답니다. 여기서 멀지 않구먼요."

유일수가 불안한 듯 그들을 바라보았다. 그러나 입을 열지는 않았다.

30분쯤 지나서 카페의 문을 두드리는 소리가 들렸다. 오유철이 나가보니 강철과 여자 한 명이 서 있었다. 여자는 황 여사인 모양이었다.

"황 여사님, 여기 얘가 내 친굽니다. 잘 해결해 줄 겁니다. 걱정 마시고 들어가 보세요."

"그럼 강 부장은?"

그녀는 불안한 듯 그를 바라보았다.

"난 들어가기가 입장이 조금 불편합니다. 이해하세요."

40대라던 황 여사는 30대로 보였다. 날씬한 데다 옷맵시도 세련되었고 갸름한 얼굴에 화사한 분위기를 풍기는 여자였다. 결심한 듯이 오유철을 따라 들어온 황 여사는 텅 빈 카페 바닥에 주저앉아 있는 유일수를 보고 놀라 걸음을 멈추었다. 시선을 돌렸던 황 여사는 자신을 바라보고 선 조웅남의 거구에 다시 소스라치듯 놀랐다. 다리에 힘이 풀린 듯 비틀거렸다. 조웅남이 쓴웃음을 짓고는 다시 술병을 거꾸로 들어 몇 모금을 마셨다. 이윽고 조웅남이 의자에 앉아 오유철에게 말했다.

"야, 거그 아줌마도 의자 하나 줘라."

오유철이 의자를 그녀의 뒤에 가져다 놓고 자신도 옆에 앉았다. 유일수를 중심으로 세 명이 부채꼴로 앉은 셈이 되었다.

"자, 그러면 즉결재판을 시작혀야지. 야, 유철아, 거그 야구빳다나 몽둥이 아무거나 있으면 갖고 와라."

"또 야구빳다요?"

"이 씨발 놈이 오늘따라 왜 이렇게 시애미 노릇을 허능가 모르겠네. 빨리 안 갖고 와?"

오유철이 일어서더니 나갔다.

"그러면 시작혀 볼까?"

조웅남이 술병을 내려놓고 황 여사를 바라보았다.

"아줌마는 이 새끼 아쇼?"

황 여사는 뭔가 이상하고 야릇해서 얼른 분위기에 적응이 되지 않았다. 있을 수도 없는 일이 일어나고 있었는데 모두가 진지

했다. 바닥에 주저앉은 유일수는 진지함이 지나쳐 잔뜩 긴장하고 있었고 옆에 앉은 사투리를 쓰는 거구의 사내도 열심이었다. 그리고 이것은 그녀를 위한 일이었다. 그토록 그녀를 괴롭히던 유일수가 넋을 잃은 얼굴로 마루에 주저앉아 있는 것이 그녀를 감동시켰다. 그녀는 성실하게 대답했다.

"네, 알아요."

"이 새끼가 아줌마를 먹었능가요?"

"네?"

그러다가 잠시 후 말뜻을 알아차린 그녀는 얼굴을 붉혔다. 오유철이 각목 하나를 들고 들어왔다. 두께가 5센티미터는 되어 보였고 길이는 1미터가량이었다.

조웅남은 만족한 듯 각목을 한 손으로 들고 무게를 달아보듯 몇 번 흔들어 보았다.

"저 새끼는 먹었다고 허던디? 얼릉 대답혀 보쇼."

"…네, 육체관계가 한 번 있었어요."

얼굴이 새빨개진 황 여사가 말하고는 머리를 숙였다.

"쟈가 못살게 굴덩가요? 맨날 찾아오고 헌답서요?"

"네, 그래요."

그녀는 얼굴을 들었다.

"자살하고 싶어요. 악마 같아요. 정말 왜 그러는지 모르겠어요. 사정도 해보았어요. 제발 살려 달라고 애원도 해보았어요. 자식과 남편을 버릴 수 없다고 매달려도 보았어요. 돈이 필요하면 필요한 만큼 힘닿는 데까지 모아 보겠다고 했어요……."

그녀는 눈물을 흘리며 재판관인 조웅남에게 진술했다. 간절한 표정이다.

"매일 집에 찾아와요. 애 아빠가 있을 때에도 불쑥 들어와서 웃어요. 정말 죽이고 싶어요. 죽일 힘이 없으니까 죽어버리고 싶었어요."

"뭐라고 허덩가요?"

"아무 이야길 안 해요. 도대체 원하는 게 뭐냐니까 없다고만 해요. 자기는 독신이라고 했어요."

"그리서요?"

황 여사는 눈물을 흘리며 머리를 저었다.

"매일 그래요. 매일……."

"자아, 그러면 인자 너한티 묻는다."

조웅남이 유일수에게 돌아앉았다.

"너는 왜 그랬냐?"

"네, 아까 말씀드렸다시피 황 여사를 진심으로 사랑했습니다. 진심입니다, 믿어주십시오. 그래서……."

"거짓말! 거짓말 말아!"

황 여사가 주먹을 움켜쥐고 부르짖었다. 조웅남은 손을 들어 황 여사를 말렸다.

"그리서?"

"그렇기 때문에 찾아간 겁니다……."

"너 아까 각시가 있고 새끼가 둘 있다고 혔지?"

"……."

"말 안 혀?"

"……."

황 여사가 앞에 앉아 있어서 유일수의 자존심이 머리를 드는 모양이었다. 갑자기 조웅남은 발을 들어 얼굴을 차올리자 유일수가 코를 싸쥐고 엎어졌다.

"일어나지 않으면 죽일 거여."

조웅남이 낮게 말했지만 유일수는 상체를 일으켰다. 두 손으로 코를 싸쥐고 있었으나 손과 얼굴이 피투성이였다.

"각시허고 새끼들이 있는디 어쩔라고 그랬냐? 남편하고 자식이 있는 여자헌티? 똑바로 말혀!"

"다시는 그러지 않겠습니다. 맹세합니다."

"내가 재판허는 거여, 이 새끼야. 어쩌려고 그렇게 엉겼어? 솔직허게 얘기혀!"

"……."

"이 씨발 놈이."

조웅남이 자리에서 일어섰다.

"야, 너 빨리 이야기 안 하면 나도 책임을 못 져! 빨리 이야기하고 끝내, 이 병신아!"

오유철이 옆에서 소리쳤다. 황 여사는 조웅남의 기세와 유일수의 피투성이가 된 얼굴을 보고 나서는 기가 질려 침을 삼키고 앉아 있었다.

"말, 말하겠습니다."

"숨넘어간다, 빨리 말혀!"

"돈을 뜯어내려고 했습니다."

"얼마나?"

"……."

"얼마나? 얼래? 이 새끼 봐? 대답 안 혀?"

"될 수 있는 대로……."

"될 수 있는 대로 많이?"

"…네."

조웅남이 입맛을 다시며 황 여사와 오유철을 바라보았다.

"재판 끝, 아니 심문 끝이다."

"다시는 이런 일이 없을 겁니다. 절대로, 맹세합니다. 봐주십시오."

유일수가 중얼거렸다.

"인자 집행을 혀야지."

조웅남은 각목을 움켜쥐었다.

"너는 병신이 되어야 혀. 춤을 못 추게 다리 한 개만 병신을 맹글어주께. 내가 봐주는 거여."

조웅남은 각목을 쳐들자마자 유일수의 다리를 힘껏 내려쳤다. 한 번, 두 번, 세 번.

"으아악!"

찢어질 듯한 유일수의 비명이 이어졌다.

"아악!"

놀란 황 여사가 두 손으로 입을 가리고 짧게 외쳤다. 오유철이 입맛을 다셨다.

"야, 이 새끼 병원에다가 던지고 오너라잉?"

한쪽 다리가 너덜너덜해진 채 기절해 버린 유일수를 내려다보며 조웅남이 말했다.

"아, 나는 형님 똥이나 치우는 놈이오?"

오유철이 역정을 냈다.

"글씨 말여, 지 발로 병원에 갔으면 좋겠는디 속 썩이는고만잉?"

오유철은 투덜대면서 유일수를 들쳐 멨다. 조웅남은 넋을 잃은 채 앉아 있는 황 여사를 바라보았다.

"아줌마는 인자 집에 가보쇼."

"네? 네."

황 여사는 화들짝 놀라 일어섰다.

"근디 말요."

조웅남이 입을 열자 그녀는 긴장하여 그를 바라보았다.

"자는 인자 정신이 들었응게 아줌마한티 안 올 거요. 긍께 아줌마는 맘 놓고 카바레 가게 되겠네요잉?"

황 여사는 머리를 숙였다.

"정말 고맙습니다. 그런데 저… 제가 어떻게 인사를 해야 할지 모르겠어요."

조웅남은 잠자코 있었다.

"어떻게 신세를 갚아야 되죠?"

"나한티 빚졌어요? 놔두쇼. 나는 여자 등쳐 먹는 놈이 딱 질색이라 그랬던 거요."

"형님, 문 좀 열어주쇼!"

유일수를 들쳐 업은 오유철이 문 앞에서 소리를 질렀다. 조웅남은 서둘러 문 쪽으로 향했다. 그에게 여자가 이런 식으로 대해오는 것도 딱 질색이었던 것이다.

*　　　*　　　*

"네놈이 형 집행관이냐, 아니면 판사냐? 말을 해봐, 이 자식아!"
김원국이 소리를 지르는 중이다. 옆자리에는 배탈이 난 듯한 얼굴로 조웅남이 앉아서 입을 다물고 있었다.
"이런 저승사자 같은 자식이 있나? 네놈이 뭔데 사람을 병신 만들고 다녀?"
조웅남은 힐끗 김원국을 바라보았으나 다시 시선을 돌리고 딴전을 부렸다. 문 앞에는 오유철이 서서 머리를 숙이고 있다. 그도 공범인지라 언제 불똥이 튈지 몰라 가슴을 조이고 있는 것이다.

아침에 김원국이 출근을 한 지 얼마 되지 않아서였다. 여직원인 미스 리가 그의 방으로 들어왔다.
"사장님, 조 부장님이나 오유철 씨를 찾는 손님이 오셨는데요. 어떡하죠?"
"왜, 조 부장은 어디 갔나?"
그들이 오전에는 거래처에 돌아다니는 것은 습관이 되었으므로 그렇게 물었다.
"오전에는 여러 곳 돌아다니다가 오후에 들어오신다고 했는데요."
"그럼 그렇게 전해 드려. 그런데 누구야? 무슨 일로 오셨는지 물어봐."
"여잔데요, 멋쟁이에요."
조웅남에게 멋쟁이 여자 손님은 의외라는 말투였다. 미스 리가 방을 나가자 김원국은 쓴웃음을 지었다. 잠시 후에 미스 리는 30대쯤의 여자와 함께 방으로 들어왔다.

"사장님이세요? 실례합니다. 잠깐 전해 드릴 것이 있어서요."

미스 리의 말대로 화사한 용모의 세련된 여자였다. 여자에게 자리를 권한 김원국이 물었다.

"전해 주실 것이 있다니, 뭡니까?"

여자가 핸드백에서 흰색 봉투를 꺼내어 탁자 위에 올려놓았다.

"이걸 여기 조웅남 씨한테 전해 주셨으면 해요."

"이건 뭡니까?"

"고맙다는 인사로 드리는 것이라면 아실 거예요. 오유철 씨한테두요."

"오유철이?"

"네, 겨우 물어서 찾아왔어요."

그래 놓고 여자가 일어서 나갔으므로 영문을 알 수 없었던 김원국은 봉투를 열어보았다. 놀랍게도 1천만 원이 들어 있었다. 5백만 원짜리 수표 두 장이 들어 있는 것이다. 궁금해진 김원국은 두 사람이 돌아오면 바로 방으로 들여보내라고 강만철과 직원들에게 지시했고, 마침 먼저 들어온 오유철에게 김원국이 무슨 일이냐고 묻자 모두 털어놓아 버렸다.

30분이 넘도록 야단을 맞고 있는 조웅남은 자신이 잘못한 것이 없다고 믿고 있었으므로 견딜 만한 것 같았다.

"어느 병원에나 두고 왔어?"

김원국의 시선을 받은 오유철이 깜짝 놀라 정신을 차렸다.

"강동병원에 입원시켰는데요."

"가족들에게는 연락했어?"

"아뇨, 병원에 데려다줄 때는 깨어나 있었습니다."

오유철이 풀이 죽어 말했다.

"그래서 그냥 두고 왔단 말이지?"

"……."

"잘 들어라. 그런 놈들은 우리가 이해할 수 없는 놈들이야. 남자로서의 자존심도 없는 놈들이고 비열하기 짝이 없는 놈들도 있어. 섣부르게 손을 봐서는 안 돼. 철저하게 해야 돼. 다리병신으로 만들었으니 화끈하게 끝난 것으로 믿고 싶겠지만 그게 안 되면 어떻게 할 테냐?"

조웅남이 시선을 들더니 이해할 수 없다는 표정을 짓고 김원국을 한동안 바라보았다.

"그러먼 형님, 죽여 버릴 걸 잘못혔는 개비네요잉?"

김원국은 입맛을 다셨다.

"다음에 눈에 얼씬허기만 혀도 당장 해골을 부숴 버릴 텐디요, 머."

"가서 다시 확인해라. 철저하게 마무리를 하고 와라. 병원에 가란 말이야."

"알았어요."

"그리고 앞으로 내 허락 없이 이따위 짓을 했다가는 널 안 보겠어. 알겠어?"

"알었당게요."

조웅남은 풀이 죽어 일어섰다.

"그리고 이 돈 가져가라. 입원비나 내줘라."

김원국이 던진 봉투를 받아 안에 든 것을 꺼내본 조웅남이 놀란 듯 눈을 크게 떴다.

"어메, 천만 원이나 들었네."

김원국이 다시 입맛을 다셨다.

"빨리 나가!"

그가 소리치자 조웅남은 5백만 원을 꺼내어 책상 위에 놓았다.

"무슨 짓이야?"

"그 새끼 입원비는 2, 3백이면 될 건디요, 머. 그러고 이런 돈 가져가면 내가 그 새끼허고 똑같게요?"

"그럼 돌려줘."

"아, 입원비 내라먼서요? 그 씨발 놈을 만나면 그냥."

조웅남은 투덜거리며 오유철을 이끌고 방을 나갔다. 김원국은 탁자 위에 놓은 5백만 원을 물끄러미 바라보았다.

돈에 여유가 있으니까 카바레도 가고 바람도 피우고 싶었을 것이다. 오전에 본 화사한 차림새의 여자가 머릿속에 떠올랐다.

제2장

암투의 시작

밤의 대통령

늦은 밤이어서 사무실은 텅 비었다. 건너편 빌딩의 불은 꺼진 지 오래였고 도로를 지나는 차량의 소음이 가끔 들릴 뿐 주변은 적막에 쌓였다. 유리창 너머로 남산타워의 불빛이 보였다. 김원국은 소파에 앉아 남산타워에 가본 지도 꽤 오래되었다는 생각을 했다.

10여 년 전 사업을 시작한 지 얼마 되지 않았을 때 한 번 가본 것 같다. 주도권을 잡기 위해서는 수단과 방법을 가리지 않았을 때이기도 했다. 사느냐 죽느냐가 실제 말 그대로 눈앞에 놓인 때였던 것이다.

김원국은 수없이 나타났다가 사라져 버린 사내들을 떠올렸다. 꼭 누구를 꼬집어 낼 필요는 없다. 스쳐 지나가는 사람처럼 그들은 눈앞에 갖가지 모습으로 다가왔다가 사라졌다. 모두 뛰어난 사내들이었다. 힘이, 조직이, 재능이, 또 누구는 배경이 든든했다.

'내가 그들보다 뛰어난 것은 무엇일까?'

김원국은 잠시 생각해 보다가 남산타워를 향해 머리를 저었다. 하나도 없다.

'나보다 힘이, 또 다른 무엇이 월등한 보스는 수없이 많았다. 내가 그들과 다른 게 있다면 무리하게 욕심을 부리지 않았다는 것뿐이다. 돈에, 여자에, 또는 힘에 치우치지 않고 냉정했다는 것이 다를 것이다.'

적에게는 가차 없이 냉혹하게 처리했지만 일단 밑에 들어오면 관대하게 베풀어 주었다. 끝없는 배신과 모략을 견뎌 내려면 그 이상의 무엇이 필요했다. 흔들리지 않는 그 힘은 그 스스로 만들어야 한다고 믿어온 것이다.

12시가 가까워졌을 때 사무실 문이 열리는 소리가 들렸다.

"계시냐?"

강만철의 목소리가 빈 사무실에 크게 울렸다.

"기다리고 계쇼, 사장실에."

사무실에 혼자 앉아 있던 이동수가 대답했다. 사장실 문이 열리고 강만철이 들어섰다. 김원국의 오른팔로 조직 관리를 맡고 있는 서울 태생의 사내다. 네모난 얼굴에 날카로운 눈빛을 가진 35살의 총각이다.

1미터 75센티미터의 신장에 75킬로그램의 단단한 체격이었는데 운동에도 뛰어났지만 관리 능력이 탁월해서 김원국의 두뇌 역할을 하고 있다.

"형님, 조금 늦었습니다."

문이 열렸을때 찬바람이 일었다. 바깥 날씨가 상당히 추운 모양이었다. 강만철은 그의 앞에 와 앉았다.

"홍성철을 만나고 오느라 늦었어요."

"왜, 문제가 풀리지 않아?"

홍성철은 인력 공급 업체인 한강상사의 부장이다. 한강상사 사장인 이철주의 심복으로 그가 실무 책임자인 것이다.

강남의 몇 개 업소에서는 계약을 맺고 출연하기로 한 몇 팀의 무용수들과 쇼단들의 결근 때문에 애를 먹고 있었다. '블루스타'라는 나이트클럽은 김원국이 직접 관리하는 업소임에도 누드 댄서들이 사흘째 나오지 않고 있었다. 계약금에다 출연료까지 모두 한강상사에 지불한 터였으므로 '블루스타' 측에서는 분통이 터질 일이었다.

더욱이 '블루스타'는 개업한 지 얼마 되지 않아서 영업에 막대한 타격을 받고 있었다. 손님들이 모이지 않는 것이다.

"이 자식이 우릴 우습게 보는지 내일 알아보겠다고 하는군요. 자기도 몰랐다고 하던데요."

"……."

"제가 직접 잡아오겠습니다. 한강인지 금강인지 말기지 않으면 되지요, 뭘."

강만철이 싸늘한 표정으로 말했다.

김원국의 제일상사는 주류 공급권을 장악하고 있었다. 주류의 유통 과정에서 그것이 생산 회사에서 바로 판매되는 경우는 드물다. 대리점이나 도매상을 통해야 하는데, 그것은 생산 회사에서 직접 판매를 하려면 엄청난 인력과 관리가 필요하기 때문이다. 또

한 생산 회사 측에서 보면 그것이 편리하기도 하다. 그들은 대리점이나 도매상을 관리하고 대금을 받으면 되는 것이다.

김원국의 제일상사는 대리점이나 도매상에 주류를 판매해 주는 유통 회사였다. 유흥업소의 텃세와 경쟁에 대리점이 직접 부딪치기에는 역부족일 것이다. 따라서 유통 회사가 적절히 주류를 공급하고 수금해 주는 데에 이의를 제기하지 않았다. 왜냐하면 그들도 충분한 마진을 얻고 있는 데다 골치 아픈 일들이 생기지 않았기 때문이다. 곧 유흥업소를 장악하면 주류 공급권을 갖게 된다고 말할 수도 있을 것이다.

제일상사에서 파견된 직원들이 유흥업소들의 영업부장으로 나가 있었다. 따라서 그들이 주류를 선택하여 구입할 권한이 있으므로 유통 회사인 제일상사와 거래가 이루어지고 있는 것이다. 또한 영업부장들은 업소의 관리에 전적인 책임을 지고 있었다. 그것은 매상을 올려야 하는 것이다. 그러기 위해서는 시설도 시설이지만 여자들과 쇼가 중요하다. 댄서, 마술사, 누드쇼, 갖가지의 프로그램을 준비하여 손님들을 만족시켜야 하는 것이다.

각 업소는 이러한 프로그램을 가지고 있는 인력 공급 업체인 한강상사와 계약을 해야만 했다. 그러니까 실제 업소의 관리를 맡고 있는 제일상사의 부장들과 한강상사가 계약을 한다고 봐도 되는 것이다.

"그 자식들 아니꼬워서 눈 뜨고 못 보아 주겠습니다, 형님."

강만철이 다시 말했다.

"이건 우리가 매달리는 꼴이 되어버렸다니까요."

김원국은 그의 얼굴을 보면서 잠자코 앉아 있었다.

한강상사의 이철주 사장은 40대 후반의 부산 태생의 사내였다. 20년이 넘도록 이 바닥에서 잔뼈가 굵었고 7, 8년 전부터 서울 지역의 인력 공급을 장악하고 있었다. 발이 넓어서 정계와 관계에 줄이 많았다. 그가 직접 경영하는 호화 룸살롱인 '귀빈'에는 내로라하는 인사들이 끊이지 않고 찾아들었다.

김원국은 그가 자신을 아니꼽게 생각한다는 것을 알고 있었다. 이철주와는 주류 공급권을 장악하려는 피비린내 나는 싸움을 치렀었다. 그때의 서울 지역은 제각기 보스들이 난립한 상태였다. 모두가 한가락씩 하는 사내들이 요소를 장악하고 날뛰고 있었다. 삼청교육을 받고 와서도 마찬가지였다. 또 그전에 재건대에 끌려갔다 와서도 마찬가지였던 것이다. 유흥업소가 있으면 자연스럽게 하나둘씩 세력이 만들어지는 것이다. 자체의 보호와 판매를 위해 자생하는 것도 있으나 주변에서 몰려와 생기는 때도 있다.

이철주는 자신의 힘보다 배후의 세력을 이용하는 편이었다. 공권력과 업소의 사장을 우선 자기 힘의 기반으로 삼았지만 확실한 힘의 기반은 없었다. 그의 주변에는 그의 돈을 탐내어 달려든 사람들뿐으로 그를 위해 목숨을 버릴 동생이 없었던 것이다. 김원국은 홍성철 한 명만 제외하고는 지금도 그렇다고 생각했다.

결국 하나둘씩 업소를 장악하고 세력을 불려 나간 김원국에게 이철주는 쓴맛을 보아야만 했던 것이다. 칼잡이들을 고용한 기존 조직과의 피비린내 나는 싸움을 수십 번 겪고 이렇게 주류 유통업을 장악하게 된 것은 모두 그를 위해 목숨을 걸고 나서 준 동생들이 있었기 때문이다.

서울 지역은 이제 제일상사가 장악하고 있다. 인천과 경기도 지역도 마찬가지였다. 지방에도 유통의 대리점 형식으로 직원들이 나가 있었으나 기존 조직과의 마찰을 피하는 입장이었고 그들도 제일상사와 적이 되려고 하지는 않았다. 김원국은 일단 그들의 기득권을 인정해 주는 편이었다.

김원국은 이철주 사장과 약속한 '귀빈'으로 들어섰다. 이동수를 따라오게 하였지만 그는 밖의 차 안에서 기다리게 했다. '귀빈'은 이철주가 직접 운영하는 룸살롱이기 때문인지 아가씨들이 모두가 빼어난 미인이었다.

"어머, 어서 오세요, 김 사장님. 지금 기다리고 계세요."

현관 앞에서 기다리던 정 마담이 활짝 웃는 얼굴로 반겼다. 30대 초반의 그녀는 분홍빛 투피스 차림이다. 몇 번 보았지만 언제나 은근한 향기가 풍겨오는 것처럼 느껴지는 미인이었다. 그녀는 이철주의 정부라고 강만철이 말한 기억이 났다.

"어, 김 사장! 어서 오시오."

나이 차가 10년 가깝게 나므로 이철주는 '하오'와 '하게'를 섞어서 썼다.

"기다리셨어요? 이거 미안합니다."

"아니, 천만에. 나는 조금 더 늦게 왔으면 했는데. 여기 아가씨들하고 재미 좀 볼까 하구 말이야."

그의 옆에는 2명의 여자가 앉아 있었다.

"어때, 김 사장? 이 둘 중에서 어떤 애가 마음에 들어? 난 도통 고르지를 못하겠어, 마음이 약해서."

아가씨들이 생글거렸다.

"어떠냐? 너희들이 골라 버려라, 응?"

"난 사장님."

이철주의 한쪽 팔에 짧은 머리의 아가씨가 매달렸다.

"허어, 이년이 사람을 볼 줄 안단 말이야. 너, 내 것이 괜찮다는 걸 정 마담한테 들었지?"

이철주가 그녀의 겨드랑이 사이에 팔을 밀어 넣으며 말했다.

"아가씨들이 미인인데요."

김원국이 여자들을 보며 말했다.

"아, 그럼, 누가 골랐다고? 마음에 드시오, 김 사장?"

"그보다 난 할 말이 있어서."

힐끗 시선을 주었지만 이철주는 다시 여자들에게 머리를 돌렸다. 아직도 무용수들과 시간에 맞춰 출장 오는 쇼단들의 지각과 결근이 계속되어서 손님이 눈에 띄게 줄어들고 있었다. 업소 측에서 한강상사에 사정도 하고 항의도 하는 모양이었다. 업소의 영업부장은 매상에 대하여 전적인 책임을 지고 있는 것이다.

그래서 김원국이 이철주에게 직접 전화를 해서 이렇게 만나게 된 것이다. 정 마담이 들어와 이철주 곁에 앉았다.

"제가 한 잔씩 따라 올릴까요?"

이철주를 바라보며 물었다.

"그래, 김 사장을 취하게 만들어 봐. 절대 취하지 않는 사람이야."

"어머, 정말요?"

정 마담이 김원국의 잔에 술을 따랐다. 흰 손등이 반질거렸다.

"요즘 애들 공급이 왜 그렇습니까?"

시선을 들어 이철주를 바라보며 김원국이 물었다.

"아니, 왜? 문제가 있소?"

이철주가 놀란 듯 눈을 크게 떴다.

"……."

"난 아무 이야기도 못 들었는데?"

김원국이 잠자코 있자 그는 뜻밖이라는 듯이 머리를 기울였다.

"우리 애들이 직접 잡아 온다고 하던데, 괜찮습니까?"

이철주가 입을 다물었지만 김원국이 다시 물었다.

"영업에 타격이 심하니까요. 개들 통제가 잘 안 됩니까?"

"……."

이철주는 잠자코 그를 바라보았다.

"내일도 또 그런다면 할 수 없을 것 같아서 말씀드리러 온 겁니다."

"김 사장, 걱정 마시오. 잘되겠지. 난 모르는 일이었지만 어디 그런 일이 한두 번이오, 빵꾸 내는 것이? 자, 술이나 듭시다."

이철주가 술잔을 쥐면서 말했다. 김원국도 끄덕이며 술잔을 들어 한 모금에 술을 삼켰다.

무엇인가 꾸미고 있다는 생각이 들었으나 꼬집어낼 만한 것은 없었다. 그가 아직도 주류업계에 미련을 버리지 못하는 것은 알고 있었다. 조직을 강화시키고 있다고도 들었다. 인천의 박종무 사장과 자주 만나고 있는 것도 마음에 걸렸다. 박종무는 인천의 주류 유통 업자였다. 그러나 그의 조직은 내분을 일으켜 3년 전에 붕괴되었다. 김원국은 그의 조직을 흡수해 버렸다. 그는 지금 조그만 호텔을 경영하고 있었으나 욕심을 버리지 못하고 있었다.

그 욕심 때문에 부하들이 배신하였는데도 아직 미련을 가지고 있는 것이다.

*　　　*　　　*

천장에 매달린 형광등이 점점 뚜렷하게 보였다. 커튼 사이로 보이는 유리창이 부옇게 밝아오고 있었다. 시계의 초침 소리가 들렸다. 잠이 깬 김원국은 눈을 뜬 채 누워 있었다. 주변에서 요즈음 일어나고 있는 일들을 생각하는 것이다.

옆에서 따뜻한 체온이 옮겨져 왔다. 어제 이철주 사장과 '귀빈'에서 만났을 때 옆에 앉았던 여자였다. 그는 이철주가 차 안으로 그녀를 밀어 넣는 것을 사양하지 않았다. 움직이는 기척이 나더니 여자가 상반신을 일으켰다. 그녀는 시트 자락으로 상반신을 가리고는 그를 내려다보았다. 긴 머리가 한쪽 어깨를 지나 가슴에까지 내려왔다.

"언제 일어나셨어요?"

메마른 소리로 그녀가 물었다. 그는 잠자코 그녀를 올려다보았다. 금방 잠에서 깨어난 얼굴이었으나 오히려 화장을 한 모습보다 나았다. 그가 대답을 하지 않자 그녀는 시트의 얇은 부분을 벗겨내어 몸을 가리면서 침대에서 나갔다. 냉장고 문을 열더니 냉수를 꺼내 컵에 따랐다. 그것을 들고 김원국의 앞으로 다가와 잠자코 옆의 탁자 위에 놓았다. 그러고는 다른 컵에 물을 따라 조심스럽게 마셨다. 그녀는 그의 발치에서 잠시 서성대면서 두리번거렸다.

"왜?"

김원국이 물었다.

"아녜요."

그녀는 시트로 온몸을 감은 채 소파에 앉았다. 그는 머리를 돌려 시계를 보았다. 아침 5시 20분이었다.

"저, 갈까요?"

그녀가 물었다.

"응."

그러나 그녀는 소파에서 일어나지 않았다. 머리를 돌리자 그녀와 시선이 마주쳤다.

"왜?"

"저……."

그녀는 말을 꺼내려다 다시 입을 다물었다.

"옷장에서 내 바지 주머니를 찾아봐. 지갑에서 필요한 만큼 꺼내가."

"아녜요."

그녀는 소리치듯 말했다.

"그럼 뭐야?"

"제 팬티를 못 찾겠어요."

"……."

"그리고 지금 집에 들어갈 수도 없어요."

"그건 왜?"

"제가 못마땅하신 것 같아서요."

"……."

"통 말씀도 안 하시고……."

그녀는 입술을 삐죽거렸다. 시트 자락으로 온몸을 휘감고 의자에 앉아 있었는데 춥게 보였다. 그러고 보니 그녀와 말 한마디 제대로 하지 않았던 것 같았다.

"이 사장 밑에서 일한 지 얼마나 돼?"

"'귀빈'에 나간 지 열흘 됐어요."

"이름이 뭐랬지?"

"장민애예요."

"……."

"저, 추우니까 들어갈래요."

그녀는 일어서더니 침대의 이불 속으로 파고들었다. 추웠던 모양인지 얼굴만 내민 채 온몸을 웅크리고 있었다.

"전 정 언니 집에 있거든요. 일찍 문 열어 달래기가 미안해서 그래요."

"정 마담?"

"네."

그녀는 김원국의 몸에 온몸을 붙여 왔다. 서늘한 냉기가 전해져 왔다. 그는 탁자 위에 놓인 담배를 집어 입에 물었다. 이철주가 자신 있게 그에게 밀어붙인 여자이므로 그 나름대로의 생각이 있었을 것이다. 그 사람이 순수한 호의를 베풀 수 있을까 잠시 생각해 보자 슬쩍 웃음이 나왔다. 머리를 돌렸을 때 자신을 빤히 바라보고 있는 두 눈이 보였다. 왜 웃느냐고 묻는 듯 보였다. 다시 머리를 돌린 김원국은 천장으로 길게 담배 연기를 내뿜었다.

이제는 방 안이 밝아지고 있었다.

호텔에 방을 잡아 놓았다고 해서 김원국은 엘리베이터를 타고 곧장 방으로 올라왔다. 방에는 사내 네 명이 기다리고 있었는데 일제히 일어나 그를 맞았다. 강만철과 이동수를 데리고 온 김원국은 먼저 소파에 앉았다. 사내들 중 형으로 보이는 30대 중반의 사내가 앞으로 나섰다.

"지가 부산의 최충식입니다."

머리를 올백으로 넘기고 감색 양복을 입은, 쌍꺼풀눈을 가진 해사한 용모의 사내다.

"음, 만나서 반갑네."

김원국은 손을 내밀어 악수를 하고는 자리에 앉았다. 그들이 모두 자리에 앉았을 때 김원국이 강만철을 바라보았다.

"웅남이는 소개시켜 주었나?"

"아뇨, 아직. 걘 바빠서요."

머리를 끄덕인 김원국이 최충식을 돌아보았다.

"조웅남이 얘기는 들어보았지?"

"야, 한번 뵐라캤는데 그 형님이 바쁘셔서요."

"그래, 그럼 인사는 나중에 하기로 하고, 내가 만철이한테 대충 이야기는 들었지만 사정을 좀 자세히 알고 싶군."

"야, 말씀디리지요."

최충식은 침을 모아 삼켰다. 그의 동생들은 긴장한 모습으로 최충식과 김원국을 바라보며 앉아 있었다.

"행님, 저를 서울로 올라오게 해주시소. 부산은 발붙이기가 이젠 힘든 기라요. 좀 도와주이소."

"자세히 이야기해 봐."

"아들도 몇 명 빵에 가 있고 식구들 멕여 살리기도 벅찬 기라요. 이젠 말발이 멕히지도 않고예. 그렇다고 그 새끼들 쥑인다고 달라들 수도 없고……."

"……."

최충식은 수건을 꺼내어 이마의 땀을 닦았다.

"해운대 쪽이었다며?"

강만철이 답답한지 대신 물었다.

"야."

"그래서? 자세히 이야기하라니까. 그렇게 땀만 닦고 있을 거야?"

"야."

최충식이 진정이 된 듯 자세를 바로잡고 김원국을 바라보았다.

"몰래 박재팔이하고 해운대 쪽 업소 반씩 나눠서 관리하자구 안 했능교."

"그래서?"

김원국은 박재팔과 교제가 없었다. 박재팔은 부산 지역의 인력을 공급해 주는 업자였다. 냉혹하고 조직력이 좋다고 들어왔다. 이철주의 심복으로 있다가 10년 전에 분가해 나간 사내였다. 이제까지 부산 지역의 주류 공급은 최충식과 박재팔이 반씩 갈라서 해오고 있었다.

그러나 박재팔은 인력 공급까지 장악하고 있었으므로 세력으로 봐도 최충식보다는 한 수 위였다. 그동안 몇 번이나 최충식은 박재팔에게 밀렸던 모양이었다. 그것은 부산 지역에 나가 있는 제일상사의 직원에게서 올라오는 보고로 알 수 있었다.

"얼마 전에도예, 두 개 업소에서 영업부장 둘이 쫓겨 안 났능교? 모두 지 동생입니다. 갸들이 일을 잘 몬한 것도 아니고. 일은 참 죽어라카고 했지예. 그란데 박재팔이가 갸들을 밀어내고는 지 동생들을 심어뿌린 기라요."

"……."

"그 밑에 딸린 아들이 열댓 명이 되는 기라요. 모두 모가지 아닙니꺼."

그것은 당연한 일일 것이다. 부장이 데리고 온 애들은 부장이 나가면 모두 나가야 한다.

"지는예, 의리로 죽으라면 죽습니더. 그란데 절 믿고 있는 동생들은 우야면 좋습니꺼? 갸들도 먹고살아야 카는데 우얍니꺼?"

"……."

"업소들한테 말이 안 멕힙니더. 박재팔이가 일본 놈 등에 업고 뛰기 시작하고 나선 우린 찬밥인 기라요."

"일본 놈이라니?"

김원국이 물었다.

"갸가 일본 돈으로 나이트클럽 2개를 안 샀능교. 야쿠자 돈이라 카대예."

그것은 처음 듣는 이야기였으므로 김원국은 정색을 했다. 강만철도 자리를 고쳐 앉았다.

"그것 확실한 거야?"

강만철이 물었다.

"하모, 지가 행님들한테 거짓말하겠습니꺼? 박재팔이는 아들을 일본으로 연수를 보내는 기라요. 야쿠자 훈련받으러 보낸다 안 캅니꺼. 갔다 온 아들은 일본도를 받아온다 하대예."

"……."

"일본 놈이 되어서 오는 기라요. 일본도를 휘두르는데 독종이 되어 온다 캅디다."

그러면서 최충식이 씁쓸하게 웃었다.

"그런 놈들 잡으면 손 몽뎅이를 작두로 끊으라고 했지마는 우리 아들이 조금 기가 죽는 기 사실이지요."

"그렇겠군."

"그놈아 업소에는 일본 놈 천지인 기라요. 그놈아가 야쿠자하고 손잡았는데 일본 놈들 좋아할 거는 뻔한 일 아입니꺼. 그라니까 가시나들도 그쪽 업소로 갈라꼬 야단이라요."

"……."

"인자는 우리 업소 측에서도 모두 박재팔이한테 붙을라 칼기라요."

최충식은 말을 멈추고 머리를 숙였다. 동생들 앞에서 더 이상 말을 잇기가 부끄러운 듯 보였다. 잠시 생각에 잠겨 있던 김원국이 입을 열었다.

"당분간은 잠자코 있어. 그리고 애들 생활비하고 이것저것 들 비용은 오늘 중으로 여기 만철이한테 타 가도록 해. 충분히 계산해서 가져가."

"야?"

최충식이 놀란 듯 머리를 들었다.

"잡혀간 애들 뒷바라지하려면 돈도 들 것이고, 수입이 적으니까 힘들 것 같아서 그래. 나중에 돈 생기면 갚아."
"형님, 지가 돈 달라꼬 온 건 아입니더. 일을 해야 돈을 받지예."
최충식이 당황해서 말했다.
"무리하지 말란 이야기야. 지금 조금 움츠러들었다고 조급하게 서두르지 말고 기다려. 알겠어?"
"야."
"우리가 한번 내려가 볼 테니까. 우리하고 손잡고 있다는 것은 비밀로 해야 돼. 그것이 자네한테도 이로워. 알겠지?"
박재팔이 일본 자금까지 끌어들여 급격히 세력을 키운다는 것이 김원국은 탐탁지 않았다. 한꺼번에 무리한 욕심을 내면 부작용이 많은 법이다. 김원국은 강만철을 남겨 두고 이동수와 함께 먼저 방을 나왔다.

*　*　*

조웅남은 늦은 점심을 먹는 중이다. 설렁탕이었다. 식당은 그리 크지 않았으나 소문난 집이었으므로 멀리서도 일부러 찾아오는 사람이 많았다.
"야, 차 좋다."
앞자리에서 국물을 마시던 오유철이 그릇을 든 채 말했다. 그의 시선을 따라 머리를 돌린 조웅남의 눈에 유리창 밖으로 검정색 대형 벤츠가 보였다. 50대의 사내가 잠바 차림으로 뒷좌석에서 내리고 있었는데 검은 얼굴이 번질번질한 것이 금방 사우나에서 나온 것 같았다. 운전사는 그가 식당 안으로 들어올 때까지

밖에 서 있다가 차 안으로 들어갔다.

"저게 2억이 간답니다, 형님."

"무슨 2억이여, 이 자식아!"

"정말이라니까요. 가서 물어 봐요?"

"이 새끼야, 시끄러."

그들이 말하는 동안 벤츠의 주인은 그들의 건너편에 앉아 설렁탕을 주문했는데 팔이 뻐근한지 한 팔을 휘두르고 있었다. 주방 쪽에 있던 주인이 바쁜 걸음으로 그에게 다가왔다.

"아이구, 백 사장님, 오늘은 늦으셨습니다."

성이 백 씨인 모양이었다.

"음, 아침 골프 시합이 늦게 끝나서 말이야. 마사지까지 하고 오느라고……. 어휴, 뻐근하구먼."

"네, 진국으로 한 그릇 잡수시고 한숨 주무시면 풀릴 겁니다."

"응, 진국으로 가져와."

"아무렴요."

"오늘 밤에 또 뭐가 있단 말이야."

"어이구, 바쁘시군요."

주인의 아부를 듣고 있던 오유철이 말했다.

"씨발 놈, 돈이나 빌려간 모양이구먼."

조웅남은 유리창 너머로 벤츠를 바라보았다. 운전사는 마른 걸레로 차에 덮인 먼지를 닦아내고 있었으나 번쩍이는 차에 먼지가 있는 것 같지도 않았다. 저 자식은 밥이나 먹였나 하고 잠깐 생각했던 조웅남이 계산대로 다가가 돈을 내면서 주인에게 물었다.

"이야, 저그 벤츠 굉장허네. 저렇게 큰 놈은 처음 보는디?"

주인은 조웅남을 잠깐 올려다보면서 잔돈을 꺼내어 세었다. 자주 들리는 터라 그와는 안면이 많다.

"돈덩어리지요."

40대의 주인이 말했다.

"사업을 크게 허는 분이오, 주인이?"

"사업?"

주인은 잠깐 설렁탕을 먹고 있는 벤츠의 주인을 바라보았다.

"땅 사업으로 돈을 긁었지요."

"부동산 말요?"

"네."

주인은 말하기가 짜증 난다는 듯 잔돈과 껌을 함께 내밀었다.

저녁에 '블루스타'에 들른 조웅남은 술을 몇 잔 마시고 나서 자리에서 일어섰다. 다른 업소를 둘러볼 참이었다. 현관 옆의 화장실로 들어가 볼일을 보던 조웅남이 무심코 옆에서 일을 보는 사내를 바라보다가 머리를 갸우뚱거렸다. 낯이 익은 사람이었다. 어디서 보았더라 하다가 지퍼를 올리고 돌아서는 그의 등판을 보고는 오늘 낮에 설렁탕집에서 본 벤츠가 떠올랐다.

'그렇군, 오늘 저녁 모임이라는 곳이 여기였군.'

생각을 하면서 그의 뒤를 바라보았다. 그는 비틀거리며 안쪽에 몇 개 만들어 둔 밀실 쪽으로 다가갔다. 그가 방문을 열고 들어가는 것을 확인한 조웅남은 영업부장인 김길호를 불렀다.

"아, 형님, 왜요?"

바쁠 때였으므로 김길호가 부지런히 다가와 물었다.

"너, 저그 밀실에 백 사장이라고 아냐?"

"아, 홍일상사의 백광남 사장 말인가요?"

"벤츠 타고 다니냐?"

"네, 그래요. 그런데 왜요?"

"지금 그 방에 누가 있냐?"

"백 사장 친구들 2명하고… 아가씨들 3명이 있지요."

"그려?"

조웅남은 잠시 생각하는 듯 미간을 찌푸렸다.

"아, 형님, 무슨 일입니까? 난 바빠요."

"이 자식아, 가만있어 보란 말여. 그 백 사장인가 허는 놈 돈 많냐?"

"강남에서 몇 손가락 안에 든다고 합디다. 수백억을 굴린다지요?"

"그려?"

"그런데 짜요. 애들 팁값 10만 원 이상 준 적이 없어요. 실컷 주무르고 말요."

"……"

"애들이 올나이트는 하지 않으려고 해요. 30만 원 주고 세 번을 뛴대요."

"그것밖에 모르냐?"

"아, 우리가 그것만 알면 됐지요 뭘."

김길호는 바쁜 듯 사라졌다.

홀 안은 사람이 가득 차서 빈자리가 없다. 이렇게 마시는 놈이 많으니까 술장사가 잘되는 것이다.

조웅남이 몇 개의 업소를 더 돌아본 후에 사무실에 돌아왔을 때는 12시가 되어갈 무렵이다. 오늘 밤에도 김원국이 사무실에 남아서 기다리겠다고 하였으므로 강만철도 와 있었다. 조웅남이 사장실에 들어서자 그들은 머리를 들었다가 이내 시선을 돌렸다. 그가 들어오는 바람에 주춤했던 강만철이 말을 이었다.

"이 사장이 알고 있는지 어쩐지는 모릅니다. 아니, 내 생각엔 알고 있는 것 같아요."

김원국이 눈살을 찌푸리며 물었다.

"그놈하고 줄이 닿아 있단 말이냐?"

"네, 확실합니다."

"네가 보았어?"

"아뇨."

김원국은 혀를 찼다.

"본 것이나 마찬가지죠, 형님."

"어째서?"

"이 사장의 '귀빈'에 그 새끼가 들어가는 걸 오유철이가 보았답니다."

"도대체 무슨 얘기여?"

조웅남이 끼어들었다. 김원국은 잠깐 그를 바라보았으나 이내 시선을 돌렸다. 강만철은 김원국을 바라보고만 있었다.

"만일 그 말이 사실이라면……."

김원국이 혼잣말처럼 말했다. 입을 열려던 조웅남이 김원국의 심상치 않은 표정에 입을 다물었다.

“내버려 둘 수 없다.”

김원국의 표정이 싸늘해졌다.

“뭐여? 무슨 일이여?”

조웅남이 강만철에게 물었다.

“요즘 여자들 유괴되는 것 말이야. 행방불명되는 여자들이 많은데 그 배후에 이철주 사장이 있는 것 같다는 얘기야.”

“엉? 이철주가? 그놈은 그 짓을 헐 놈여. 지 예펜네도 팔아먹을 놈이랑게.”

대뜸 조웅남이 흥분하여 말했다. 불문곡직하고 이철주의 이야기만 나오면 핏대를 올리는 것이 조웅남에게는 버릇이 되었다. 그래서 한강상사를 상대하는 것을 강만철에게만 맡겨 두었던 것이다.

“그러면 홍성철이 그 쌍놈의 새끼가 혔겠고만?”

“아냐, 고병길이라고 여자들만 전문으로 챙기는 놈이 있는데 그 놈이 이 사장하고 자주 만나고 있어. 그런데 그 여자들이 어디로 공급이 되는지는 아직 알아내지 못하고 있단 말이야.”

“아, 그거야 즈그들이 즈그 가게에 내놓든가 팔아먹든가 허겄지, 뭐.”

그러는 조웅남을 김원국이 바라보았는데, 무언가를 생각하는 얼굴이었다.

제3장

불황

밤의 대통령

백광남 사장은 경제란을 읽다가 탁자 위에 신문을 던졌다. 인력난이 심각하다는 기사를 읽다 만 것이다. 중소기업에 종업원이 부족해서 정상 가동이 되지 않는다고 했다. 특히 섬유 부문에서 여자 종업원을 구하기가 힘들다는 것이다.

술집에 가면 아가씨들이 지천으로 있는데 헛소리들을 하고 있다고 생각했다. 월급 많이 주고 대우 잘해주면 될 것을 가지고, 내보내고 빼긴 놈들이 잘못된 것이지 아가씨들은 잘못이 없는 것이다. 그리고 도대체 얼마나 남는다고 아등바등 공장에 매달려 무언가를 만들어 내는지 그런 사람들을 이해할 수 없었다.

공장을 운영하는 친구가 몇 있다. 그들을 보면 언제나 걱정이 끊이지 않는 것 같았다. 수출 금융이 내렸다고 불평을 하면서 한숨을 쉬고, 가격이 안 맞아도 할 수 없이 공장을 돌리기 위해 주문을 받아야 한다고 탄식을 하고, 종업원들을 구하기가 힘들어서 생산량이 몇십 퍼센트 떨어졌다고 낙담하기도 했다.

"야, 정리하고 땅이나 사 둬라. 내가 좋은 곳을 알려줄 테니까, 6개월만 기다리면 두 배 받게 해주마."

딱해 보인 백 사장이 그렇게 말하면 그는 머리를 저었다.

"정리하면 파산이야. 집이고 공장이고 모두 은행이나 신용금고에 담보로 잡혀 있어서 적자가 나도 공장을 돌려야지, 여기서 기계가 서버리면 하루아침에 나는 거지가 돼."

그렇지만 적자는 계속 쌓일 것이다. 그리고 언젠가는 눈덩이처럼 커지며 굴러 내려가다가 부딪쳐 산산조각으로 부서질 것이다. 그것을 알면서 공장을 돌리는 그들이 안돼 보였다. 중학교를 겨우 마친 백 사장은 아버지를 도와 잠실에서 농사를 지었다. 논 15마지기에 2천 평 정도 되는 사과 과수원이 그들의 재산이었다.

그가 서울에 가려면 나루터에서 배를 타고 강을 건너야만 했고 하루가 꼬박 걸렸다. 중학교까지는 서울에서 자취하며 마쳤으나 고등학교는 진학을 단념해야만 했다. 생활이 어려웠기 때문이다.

그가 스물서너 살이 되어 농사꾼으로 틀이 잡혔을 때, 혁명이 일어나고 서서히 강남의 중요성이 인식되어 가고 있었다. 백광남은 그것에는 전혀 문외한이었다. 오히려 그것이 그에겐 잘된 일이었다. 그는 농사꾼이었고 아버지의 말대로 땅을 파는 것은 목숨을 파는 것이나 마찬가지라고 여겼었다. 수시로 양복쟁이들이 땅을 사겠다고 들락거렸으나 상대도 하지 않았다. 그러나 땅을 팔지 않으면 안 될 일이 생겼다.

그가 29살에 결혼을 하게 되었던 것이다. 저축한 돈이 있을 리가 없었다. 아버지와 상의하고 난 백광남은 몸을 떼어내는 기분으로 논 5마지기를 팔았다. 평당 1만 원씩을 주고 팔았으므로 그때 당시에는 엄청나게 비싼 값으로 팔았다고 생각했다.

그는 아예 이런 값이면 모두 팔고 서울로 이사를 갈까 궁리도 해보았었다. 1천만 원 가까운 돈을 쥔 백광남은 3백만 원을 결혼 비용으로 썼다. 본래 예물이나 세간을 장만할 작정이었으나 눈 딱 감고 결혼식 비용과 꼭 필요한 예물만 샀다.

그는 나머지 7백만 원으로 더 깊숙한 산골인 양재동 쪽의 밭 7천 평을 산 것이다. 밭은 그의 집에서 멀고 벌판에 있어 수로도 제대로 나 있지 않았지만 백광남은 든든하였다. 옥수수를 심으면 그들 가족의 생활비는 나올 것같이 보였다. 옥수수를 심었으나 땅이 박토라 잘 자라지 않았다. 자갈이 많았고 흙은 메말라 있었다. 이쪽 농사는 글러버린 모양이라고 낙담했다.

그는 그때까지 신문을 읽지 않았다. 배달해 줄 사람도 없었다. 간혹 라디오를 듣고 박정희가 대통령에 다시 당선되었는가 보다 하고 알 정도였다. 집이 과수원의 깊숙한 골짜기에 있었으므로 사람들도 잘 찾지 않았다. 그러다가 70년대 중반에 들어와서 그도 정신이 번쩍 들었다. 부근에 아스팔트길이, 모처럼 과수원을 나와 밖에 나가 보면 커다란 건물이, 자동차들이 보였다. 그리고 그가 농사를 짓고 있는 땅값이 평당 10만 원을 육박하고 있었다. 3, 4년 동안 10배가 된 것이다. 그때 백광남은 땅의 귀중함을 다시 알게 되었다.

그는 끈질기게 땅을 내놓지 않고 조각으로 팔아서 더 깊숙한 곳의 땅을 사서 늘렸다. 그의 땅은 넓어져만 갔다. 사고파는 것을 되풀이하면서 이제는 부동산에 대해서 전문가가 되어 있었던 것이다.

2층에서 큰아들인 성재가 내려왔다. 아침 10시인데 이제 일어난 모양인지 머리가 부스스 일어나 있었다. 백광남은 못마땅한 얼굴로 그를 바라보다가 시선을 돌렸다. 27살이나 먹은 녀석이 하는 일 없이 빈둥거리고만 있었다. 대학도 기부금을 2억이나 내고 입학시켜서 겨우 졸업을 했고, 무슨 수를 썼는지 제 어미가 돈 보따리를 싸들고 다니더니 사지가 멀쩡한 녀석이 군대도 면제되었다. 매일 하는 일이란 오후 늦게 나가서 새벽에 돌아오거나 아예 들어오지 않고 계집들과 노닥거리는 것이었다. 빌딩 관리인을 해보라고 데리고 나갔더니 열흘이 안 되어서 답답하다고 그만둬 버렸다.

밑의 동생 녀석은 아예 고등학교부터 미국으로 보냈으니 돈이야 들지만 눈앞에 안 보이니까 그래도 나았다.

"아버지, 오늘은 출근 안 하세요?"

앞에 와 주저앉은 녀석이 물었다.

"너는 오늘이 무슨 날인지도 몰라?"

이맛살을 찌푸리며 백광남이 물었다.

"무슨 날예요? 오늘이 며칠인가?"

"일요일 아녀, 이놈아!"

"아, 벌써 일요일인가?"

쳐다보기도 싫어진 백광남은 자리에서 일어섰다. 이철주와의 약속이 12시니까 이르기는 하지만 일찍 집을 나서는 것이 속이 편할 것 같았다.

"아버지."

뒤에서 성재가 불렀으므로 그는 머리를 돌렸다.

"뭐냐?"

"저, 차를 바꿔야겠어요."

"차를? 이놈아, 차 산 지가 6개월도 안 되는데 차를 바꿔?"

그는 중형 승용차를 가지고 있었는데 녀석이 요란한 액세서리로 장식해 놓은 차를 보면 입맛이 썼다.

"이번에 포르쉐 좋은 것이 나왔어요. 아주 괜찮아요."

"시끄러, 이놈아!"

"성능도 괜찮고 시속 350이래요."

백광남은 방으로 들어갔다. 심하게 야단도 쳐보고 타일러 보기도 했지만 사는 목표가 없는 녀석이었다. 그저 그날그날을 계집질하고 술 마시고 노는 것이 목표인 것 같았다. 어차피 저 녀석은 제 어미를 졸라 차를 살 것이다. 어미가 버릇을 잘못 들여서 그렇다고 생각했다.

* * *

"너 요즘 뭐 하고 돌아다녔어?"

조웅남이 방에 들어오자 김원국이 물었다.

"네? 내가 뭘 혀요?"

조웅남은 시치미를 떼었다.

"뭘 하고 돌아다닌 거야?"

"아무것도 안 혔는디요?"

"……."

김원국은 잠자코 그를 바라보았다. 사흘 동안 조웅남은 회사에 나타나지 않았다. 일은 바깥에서 대충 하고 있는 것 같았다. 강만철과는 자주 연락하는 모양이어서 소재는 파악이 되었다.

"사흘 동안 뭘 했니?"

조웅남이 견디어 내지 못하고 입을 열었다.

"백 사장 뒤를 좀 캐고 또……."

"백 사장?"

"아, 있잖요? 벤츠 타고 댕기는 부동산 사장 말요."

"그 사람을 왜?"

"돈이 얼매나 많응가 조사를 혔어요."

"그러니까 왜 그랬냔 말이야."

"아, 돈은 많응 거 같은디 치사허게 놀아서 알어나 본 거랑게요?"

김원국은 혀를 찼다.

"돈은 무지허게 많던디요? 빌딩이 6채에 집이 10채도 넘습디다. 차가 벤츠까지 네 대요, 네 대."

"……."

"허는 일이 12시쯤 빌딩에 있는 관리 사무소에 가서 2시간쯤 일을 보고, 호텔 사우나를 가등가 안마를 받등가 헙디다. 그리고 밤에는 술집에 가요. '대국'이나, '황진각'이나 '귀빈' 같은 일류로만 댕기던디요?"

"귀빈? 이 사장이 하는?"

"네."
"그래서?"
"그 씨발 놈은 하루에 술값허고 오입값 합치면 5백은 씁디다. 참 말도 안 나옵디다잉?"
"……."
"거그다 각시나 새끼들도 쓰고 댕길 거 아뇨? 그걸 계산해 볼랑게 겁이 나서 안 혔어요."
"그래서?"
"그래서는 무슨 그래서요? 그 새끼는 지 기사 점심값도 안 주는 놈이오. 괘씸혀서 알아보고 형님한티 말혀서 어떻게 손을 좀 볼라고 혔지요."
"이런 미친놈."
입맛을 다신 김원국이 똑바로 조웅남을 보았다.
"제 돈 가지고 제가 쓰고 다니는 것을 어떡하려고 그래? 일 만들지 말고 잠자코 있어. 알았어?"
김원국이 다짐하듯 말했다. 조웅남은 못마땅한 듯 보였으나 머리를 끄덕였다.
"공급은 잘되고 있겠지?"
김원국이 화재를 바꿨다.
"어저께부터는 가수나 댄서들이 100퍼센트 출근이랑게요."
"……."
"그것도 알아보았어요. 닷새를 빼먹은 병신춤 추는 김 씨를 만나 족쳐 보았는디 감기가 들었었다고 허던디요? 그 새끼를 죽여버릴라다 말았어요."

"왜?"

"그 닷새 동안 그 새끼는 동대문 쪽 업소로 뛰었당게요. 이철주가 그쪽으로 빼돌린 거요, 형님."

"……."

"그 새끼들이 이철주를 믿어서 그런지 미안허다는 말로 끝낼려고 헌단 말이오."

"홍성철이를 만나서 계약자들이 출연 안 한 횟수만큼 돈 받아 오너라."

"그걸 말이라고 헙니까? 내일 받어 올꺼요."

"그리고 그 돈을 업소들에게 돌려주어야 해."

"알았어요."

"이것이 사소한 일로 보이지만 어쩐지 예감이 이상하다. 내가 이철주를 만나 단단히 이야기를 해두었지만 계획이 있다면 쉽사리 포기할 사람이 아니다. 이런 때에 백 사장인가 뭔가를 뒷조사하고 다니다니… 철이 없는 거냐?"

"……."

"업소들의 경기에 신경을 써주어야 한다. 그리고 이철주의 한강상사도 말이야."

조웅남은 다시 머리를 끄덕였다. 그가 방을 나간 후 김원국은 의자에 앉아 생각에 잠겼다. 시간이 지나면 윤곽이 떠오를 것이다. 그러나 그때까지 기다렸다가는 이미 늦게 될지도 모른다. 긴장하고 있어야 했다. 김원국은 심호흡을 했다

"자, 한 잔 들어."

백광남이 술잔을 들어 올리면서 앞에 앉은 원명구 사장에게 말했다. 원 사장이 앞에 놓인 술잔을 들었다.

"이 친구야, 술을 먹을 때만이라도 얼굴을 좀 펴라고. 거 앞에 있는 사람 생각도 해야 할 것 아냐?"

"알았네, 알았어."

원 사장이 가까스로 얼굴을 펴는 것 같았으나 그게 그 얼굴 같아 보였다.

"너희들, 저기 사장님 웃게 만들면 내가 상을 주마."

백 사장이 그들 옆에 앉아 있는 아가씨들에게 말했다.

"무슨 상요?"

"10만 원, 아니 50만 원, 에라 100만 원 주마."

"어머나."

아가씨들은 놀라 백 사장과 원 사장을 번갈아 바라보았다.

"이 사람아, 그 돈 날 주게. 내가 웃을 테니까."

원 사장이 말했다. 그러면서 자기 말이 스스로 우습던지 풀썩 웃었다.

"아니, 자넬 웃긴 건 나야. 그러니까 내가 가져가야겠어."

원 사장과는 20년 가깝게 알고 지내는 처지였다. 그의 고향은 충청도라고 했다. 원 사장은 백 사장의 사촌 형제인 백광호의 친구였다. 천안에서 직물 원단을 생산하고 있는 원 사장은 요즘 들어 자금 부족으로 고생하고 있는 것 같았다.

생산 업체치고 자금 걱정하지 않는 업체는 눈을 크게 뜨고 찾아보려 해도 찾기 힘든 시기다. 더욱이 원 사장처럼 낡은 직물 기계로 직물을 생산하는 회사는 견디기 힘들 것이다.

서울이 집이므로 모처럼 공장에서 서울로 올라온 원 사장이 백광남을 찾은 것은 뻔한 일인 것이다. 백광남은 그가 더듬거리며 만나자고 할 때부터 짐작하고 있었다.

"이 사람아, 100만 원이면 우리 회사 한 달 전화 요금일세."

원 사장이 술에 붉어진 얼굴로 말했다.

"여직원 3명분 월급이란 말이야."

"허어, 이 사람이 술맛 달아나는 소릴 하고 있군."

백광남이 핀잔주듯 말하면서 옆에 앉은 아가씨의 어깨에 팔을 둘렀다.

"아니, 이를테면 그렇다는 거지."

"자네 말은 돈 많은 사람이 돈을 좀 쓰는 게 잘못이라고 하는 것 같아."

"글쎄, 그게 아니라니까."

원 사장은 손을 내저었다.

"그만 이야기 그만두세. 내가 요즘 돈에 쪼들리다 보니까 그런가 봐."

"글쎄, 이 사람아. 내가 뭐래. 그따위 공장 처분하고 땅이나 사두라고 하지 않았어? 3년 전에 자네가 내 말만 들었어도 이제는 놀고먹을 텐데 말이야."

"어디 공장이 그렇게 쉽게 정리가 되어야지."

"그게 잘못이라니까 그러네. 미적미적하면서 무슨 미련이 있다고 그것을 지키고 있나? 작년에는 노사 문제다 뭐다 하고 파업하지 않았나?"

"그렇지, 작년에… 월급 인상해 달라는 거였어."

"신문 보니까 아예 사장한테 해라를 한다면서?"
"아냐, 우리 회사는 안 그랬어."
"죽일 놈들, 도대체 누가 돈 대서 회사를 세우고 즈그들 먹여 살리는데 그 지랄들이야? 그런 놈들 위해서 뭐 좋은 일이 있다고 고생하면서 그걸 안고 있나?"
"……."
"당장 팔아치우고 돈 몇 푼이라도 건져서 땅을 사 두든지, 하다못해 사채로 돌리기만 해봐. 앉아서 돈을 굴릴 테니까."
"……."
"내가 굴려 줄게. 내 친구니까 이렇게 이야기하는 거야. 자네 같은 사람을 보면 답답해서 그러는 거야."
"고맙네. 그런데 백 사장, 내가 부탁할 것이 있는데……."
원 사장이 힘들게 말을 꺼내었다. 3억을 석 달만 빌려달라는 것이었다.
"은행에서 수출금융을 썼는데 2억 가깝게 연체가 되어 있네. 그걸 갚아야 숨통이 트이겠어. 원자재를 살 것이 밀려 있네. 그놈의 연체 때문에 말이야. 3개월 후에는 숨을 쉬게 되니까 말일세."
"……."
"나도 사업하는 사람이니까 그냥 빌려달라고는 하지 않겠네. 우리 공장이 대지 350평에 건평이 620평인데 은행에 담보 10억에 잡혀 있어. 턱도 없는 가격이지. 평당 400만 원이 넘는데 말이야. 그걸 제2담보로 설정해 주겠네."
백광남도 그의 공장에 가본 적이 있었다. 토지값만 해도 14억이 되는 곳이었다. 은행은 절대로 손해 보지 않는다. 중소기업이고 힘없는 업체일수록 더욱 그렇다. 백광남은 등기부 등본을 떼어 봐야겠다고 생각했다.

"그럼, 그렇게 하지."

백광남이 말하자 그는 얼굴을 활짝 폈다.

"그렇게 해주겠는가? 이제 살았군. 실을 못 사서 직원들이 일을 못 하고 우두커니 앉아들 있었네. 자네는 모를 거야. 죽고 싶다네. 눈이 뒤집힌다네. 정말 고맙네, 백 사장."

"그런데 원 사장, 석 달이면 2부 5리를 받겠네."

"이자 말인가?"

"그렇지. 은행 것 빼고 나한테 제2담보로 설정해 주고 말이야. 2부 5리 이자면 요즘 시장에서는 싼 걸세. 대기업도 3부씩이야."

"…그런가?"

"그리고 친구 사이에 이런 거래는 안 하는 게 낫지만 이왕 자네가 말을 꺼냈으니 말인데, 당좌를 하나 끊어주게. 영수증 대신에 말일세."

"당좌수표를 말인가?"

"그렇지. 그것은 그냥 내가 가지고만 있겠네."

"……."

"아, 이 사람아, 친구 사이일수록 철저히 해야 하는 거야."

"…알았네."

원 사장은 술잔을 집어 들었다. 빈 잔이었으나 그는 그것을 보지 못한 채 입술에 가져다 대었다. 옆에 앉은 아가씨가 술병을 들고 빈 잔이라고 말하려다가 입을 다물었다.

*　　*　　*

이철주 사장은 한강상사의 사장실에서 홍성철 부장과 마주 앉아 있었다. 으리으리한 사장실이었다. 책상과 캐비닛, 의자 등은 이태리산이었고 소파는 영국산 가죽 소파였다. 양탄자는 방 치수에 맞도록 터키산으로 특별 주문하여 들여왔다. 벽에는 남농 화백의 커다란 소나무 그림이 걸려 있었다. 20평가량 되는 방 한쪽 구석에는 골프 연습용 홀을 만들어 놓았다.

"그래, 어제부터는 그쪽에 정상 공급을 시키고 있지?"

"네, 말씀하신 대로."

마주 앉은 홍성철이 대답했다. 그는 이철주 사장의 심복으로 10여 년 동안 그의 오른팔 노릇을 해오고 있었다. 전과가 세 번 있었으나 합해서 2년밖에 살지 않았다. 모두 이철주가 뒤를 봐주었기 때문인데 어쩔 수 없이 이철주의 방패막이로 들어간 경우였으니 당연한 일이다.

홍성철은 못하는 운동이 없고 특히 칼부림에 능했다. 한번 손에 칼을 쥐었다 하면 당해낼 장사가 없는 것이다. 37살로 1미터 70센티미터의 신장에 70킬로그램 정도의 체격이다. 홍성철이 조금 긴 얼굴을 들어 이철주를 바라보았다. 큰 눈에 가느다란 입술을 언제나 꼭 다물고 있었으므로 인상이 차갑게 보였다.

"형님, 그럼 앞으로 정상 공급을 시켜 줍니까?"

"아니, 삼사 일 그러다가 다른 곳들, '허니문'이라든가 그쪽 근방 대여섯 개를 빵꾸 내라. 그럴듯하게 핑계를 대고 말이야."

"지랄들을 할 것 같은데요, 이번에는?"

"왜?"

"그놈들도 산전수전 겪은 놈들인데 모르겠습니까?"

"왜, 걱정돼?"

"아니, 무슨 걱정요? 그까짓 것들. 하지만 그놈들이 어떻게 나올 것인가 준비는 하고 있어야지요."

이철주는 잠자코 그를 바라보며 생각했다.

"당분간 그놈들이 어떻게 하지는 못할 거야. 의심들은 하겠지만."

"하지만 형님, 인천의 박 사장이 자주 이쪽으로 들락거리면 수상하게 보지 않을까요?"

"아, 그 친구가 서울 못 올 사정이냐? 다른 일로 올 수도 있는 거지."

"……."

"어쨌든 내가 주의를 시키도록 하지. 그런 건 걱정하지 말아. 그리고 애들은 어떻게 됐어?"

"그건 염려 마십시오. 당장에 50명은 됩니다. 직원들만 해도 25명이구요."

"만일을 위해서야. 정신 상태를 확실하게 해야 돼."

"알고 있습니다."

홍성철이 나간 후 이철주는 자리에서 일어나 서성거렸다. 골프채를 쥐고 두세 번 스윙 연습을 해보다가 던져 버렸다. 어젯밤 무리를 해서인지 온몸이 뻑적지근했다.

정재희의 몸이 머릿속에 떠오르자 저절로 얼굴이 풀어졌고 곧 히죽 웃었다. 언제 해봐도 새로운 여자였다. 그녀는 이제까지 찾아낸 여자들 중 제일이었다. 궁합이 맞았고 명기를 소유하고 있었던 것이다. 아파트에 들여앉혔으나 아깝지 않았다.

정재희는 늦은 아침을 우유 한 컵으로 때웠다. 응접실의 커튼을 젖히자 햇살이 쏟아지듯 들어왔으므로 눈이 부셨다. 햇살 위에 먼지가 떠 있는 게 보였다. 창문을 열었더니 싸늘한 공기가 휘몰려 들어와 코 안에 금방 습기가 찼다. 다시 창문을 닫고 가죽 소파에 깊숙이 몸을 묻었다.

응접실 건너편 방 쪽을 바라보았으나 인기척이 없었다. 현관 앞 방문도 굳게 닫힌 걸 보니 애들은 나갔거나 아직 자고 있는 것 같다.

"언니, 일어나셨어요?"

젖은 머리를 수건으로 문지르며 장민애가 욕실에서 나왔다. 화장을 하지 않은 생생한 피부가 반짝였다. 장민애는 허벅지까지 내려온 긴 티셔츠를 입고 있었다.

"응, 영희하고 민숙이는 자니?"

"걔들 안 들어왔어요."

장민애가 앞에 와 앉았을때 긴 다리가 드러났다.

"망할 년들, 어제는 하루 쉬라고 했더니 그걸 못 참아?"

"어제는 걔들 애인 만난다고 했어요, 언니."

"애인?"

"네, 남자친구 말예요."

"넌 남자친구 없니?"

장민애는 살짝 웃었지만 대답하지는 않았다. 정재희가 장민애를 데리고 있게 된 것은 우연이었다. 호박이 굴러온 셈이었다.

한 달쯤 전에 오후 6시쯤 되어서 가게를 막 열었을 때 웨이터인 미스터 강이 싱글거리면서 그녀에게 다가왔다.

"사장님, 웬 아가씨가 뵙자고 하는데요? 한번 만나 보시지요."

"누구야?"

"괜찮아요. 아마 일하고 싶은가 봐요."

그래서 데리고 있게 된 것이 장민애였다. 첫인상은 청바지에 티셔츠 차림으로 수수하였지만 그녀를 본 순간 정재희는 탄성을 지르고 싶었다. 훌쩍 큰 키에 윤곽이 뚜렷하고 강한 인상을 주는 얼굴이었다. 그러나 반짝이는 검은 눈과 알맞은 코, 약간 도톰한 입술이 개성이 강해 보이면서도 친근감을 느끼게 해주었다.

장민애는 당장에 채용되었고 아예 정재희가 집으로 데리고 온 것이다. 대학교 3학년을 다니다가 휴학했다는데 아버지가 교육공무원이고, 대학교 1학년과 고등학교 2학년짜리 사내 동생들이 있다고 가족관계를 말해주었다.

대개 거짓말이고 그러려니 하고 넘겨 왔으나 미스터 강을 시켜 학교와 가족 사항을 알아보았더니 모두 사실이었다. 더욱이 대학 성적도 상위권이었던 것이다.

정재희는 이철주한테도 부탁해서 장민애를 특별한 손님 외에는 외박을 내보내지 않고 아끼고 있었다.

"언니, 나 오늘 집에 다녀오면 안 돼요?"

장민애가 망설이며 물었다.

"왜?"

"동생들도 보고 싶고, 아빠랑 엄마도……."

"기집애도, 울겠구나."

그녀의 표정을 보고 정재희가 놀리듯 말했다. 오늘이 토요일이어서 하루 안 나와도 될 것이다.

"언니, 내일 저녁에는 돌아올게요."

"애, 괜찮아. 월요일 점심 때 와도 돼. 푹 쉬고 와."

"정말? 정말 그래도 돼요?"

그녀의 얼굴이 활짝 펴졌다.

"그럼 네가 뭐 교도소 생활 하고 있니? 가고 싶으면 가 봐야지, 뭐."

"그래두. 언니, 고마워요."

"이게 점점."

정재희가 일부러 얼굴을 찡그리며 화난 표정을 지었다.

"그리고 언니, 나……."

장민애가 그녀를 바라보았다. 가볍게 이야기를 꺼내려고 했다가 제 스스로 시기를 놓쳤는지 침을 삼키고 얼굴이 붉어졌다.

"왜?"

"나 돈 좀 빌려줘요. 100만 원, 아니 50만 원만요."

정재희는 피식 웃었다. 그녀가 귀여웠기 때문이다.

"돈이 없어?"

"네."

"팁 받은 거 어쨌니?"

"옷값으로 줬어요. 그래도 모자라요."

"아니, 얘 좀 봐. 옷값을 줘? 모두 다?"

"……."

장민애는 덩달아 놀란 듯 눈을 크게 뜨고 정재희를 바라보았다.

"그건 매달, 아니 돈 생길 때 갚아도 되는 건데 팁 받는 대로 줬단 말이야? 아니, 영희하고 민숙이 년이 그런 이야기 해주지도 않든?"

"……."

"어휴, 맹꽁이 같은 계집애."

정재희는 지갑을 꺼내어 그녀에게 100만 원을 주었다.

"내년 이맘때 갚아, 돈 생기면. 알았니?"

장민애는 붉어진 얼굴로 머리를 끄덕였다.

"참, 김원국 사장한테서는 또 만나자는 이야기 없든?"

"네."

"없어? 그냥 헤어졌어?"

"네, 그냥."

"그 후로도 연락 없고?"

"네."

정재희는 끄덕이며 입을 다물었다. 이철주 사장이 장민애를 불러 올나이트를 하라고 지시했을 때는 그가 무슨 생각이 있을 것이라고 짐작을 했던 것이다.

"김 사장이 무슨 이야기 않더냐구 한번 물어봐."

다음 날 이 사장이 정재희에게 말했던 것이다. 정재희가 장민애에게 넌지시 물어보았으나 신통한 이야기가 없었다. 이철주에게 그대로 전했을 때 그는 이렇다 저렇다 말하지 않았지만 정재희는 내심 짐작되는 것이 있었다.

*　　　　*　　　　*

최충식이 방 안으로 들어왔다. 강만철의 주의를 받았으므로 그는 조깅복을 입고 운동화 차림이었다.

아침 6시였다. 아무리 부지런한 박재팔의 부하라 하더라도 조깅을 하는 최충식을 미행하지는 못했을 것이다.

"행님, 불편한 건 없으신교?"

최충식이 가쁜 숨을 몰아쉬며 물었다. 아마도 그는 엘리베이터를 타지 않고 계단을 뛰어올라온 것 같았다. 김원국의 지시를 받고 어젯밤에 도착한 강만철은 부산의 상황을 알아보기 위해 최충식이 필요했다.

"오늘 밤부터 나는 박재팔의 업소를 혼자 돌아다녀 보겠다."

"행님 혼자서 말인교?"

"그래, 자네 애들하고 같이 다니면 불편해. 그리고 발각되기도 쉽고."

"행님이 오신 것은 지 혼자만 알고 있는 기라요."

"내가 며칠간 뭘 알아낼 수는 없을 거야. 그저 어떻게 돌아가고 규모가 어느 정도인가만 알면 돼. 형님의 지시가 있기도 했지만 말야."

"부산은 오랜만에 오셨지예?"

"그래, 5년 만이지. 하지만 앞으로는 자네가 여기루 오지 말고 딴 데서 만나자구."

"행님, 그렇게까지 조심할 필요 있능교?"

"철저히 해서 나쁠 건 없어."

강만철은 박재팔이 장악하고 있는 업소들의 이름과 위치를 물었다. 우선 하나씩 그 업소들을 돌아다녀 볼 작정이었다. 부하들을 시킬 수도 있었으나 사정을 알아내려면 자신의 눈으로 직접 확인해 보는 게 나을 것 같았기 때문이다. 최충식은 이제 완전히 제일상사의 직원이 되어가고 있었다.

'라스베가스'는 일류급 나이트클럽이었다. 서울에 내놔도 일류급으로 단연 돋보일 것 같았다. 서울의 '블루스타'도 화려했지만 '라스베가스'는 규모는 약간 작은 것 같아도 장식과 배치가 짜임새 있었다. 강만철은 웨이터의 안내를 받아 홀 안으로 들어섰다. 초저녁이라 빈자리가 많을 줄 알았으나 손님들이 가득 자리를 메우고 있었다.

일본인 관광객들도 보였다. 왁자한 웃음소리와 일본말로 부르는 소리, 지껄이는 소리가 도처에서 들렸다. 강만철은 주머니에서 집히는 대로 1만 원권 3장을 웨이터에게 주었다.

"나, 여기 앉겠다."

일본인들 옆 좌석이었다. 의자가 6개 놓인 빈 좌석이어서 혼자 온 손님을 앉히기에는 계산이 맞지 않을 것이다.

"네, 손님이 더 오실 모양이군요."

웨이터는 돈을 호주머니에 집어넣으며 말하고는 탁자 위의 붉은 등을 켰다.

"술은 양주로 올릴까요?"

"그래, 안주는 알아서 가져오고."

"아가씨는?"

"불러와."

웨이터는 신바람이 나서 돌아섰다.

"이봐, 나카무라 상, 저 애 괜찮지? 오른쪽에서 춤추는 애 말이야."

옆자리의 일본인이 동료에게 말하는 소리가 들렸다. 무대 위에서는 3명의 댄서가 춤을 추고 있었다. 일본말을 아는 강만철은 잠자코 그들의 말을 들었다.

"어때, 마음에 들지? 하고 싶어?"

"시켜 줄 거야?"

"말만 해, 하고 싶으면."

그들의 말은 시끄러운 음악 소리에 묻혀 잠시 동안 들리지 않았다. 술과 안주가 날라져 왔다. 여자가 한 명 웨이터를 따라와 얼음 통과 잔을 내려놓는 걸 돕더니 그의 옆에 와 앉았다. 흠잡을 데 없는 미모였다. 그래서인지 그녀는 강만철의 눈치를 보지도 않았다. 표정 없는 얼굴이 오만하게 보였다. 그녀는 빈 잔에 술을 따랐다.

"넌 빠꾸 당해 보지 않았구나."

그녀는 머리를 돌려 강만철을 바라보았다. 차가운 표정이었다.

"왜요? 제가 마음에 안 드세요?"

그렇다고 하면 당장에 일어설 기세였다. 이런 미모면 영업부장이 직속으로 관리하고 있을 것이다. 단골이 많아서 말발도 셀 것이다. 강만철은 히죽 웃으며 시선을 돌렸다. 가슴이 부글거렸으나 모나는 행동을 할 필요는 없었다.

그는 현관의 안쪽에 서 있는 날카로운 인상의 영업부장을 바라보았다. 최충식의 말로는 그의 이름이 민성일이고 박재팔의 오른팔이라고 했다. 그는 웨이터 두 명을 세워 놓고 무어라고 나무라는 모양이었다. 쟁반을 옆구리에 낀 웨이터들은 머리를 숙이고 있었다. 사복을 입은 장군이 신참 소위를 나무라고 있는 것처럼 보였다.

"저두 한 잔 주세요."

여자가 술을 따라 달라는 듯 빈 잔을 그의 앞에 내밀었다. 퍼뜩 강만철이 머리를 돌려 그녀를 보고는 곧 술병을 집어 들었다.

"내가 깜박 잊었네."

여자의 표정은 변화가 없다. 홀 안은 음악과 소음으로 떠들썩했다.

"오늘 박 상은 안 나오나? 안 보이는데?"

옆쪽에서 다시 일본말이 들렸다.

"곧 나오겠지. 나오면 부탁해 보라고."

"그것 정말 되겠어?"

"된다니까 그러네. 걱정 말아."

그들은 4명이었고 각기 여자들을 한 명씩 끼고 앉아 있었다. 다시 떠들썩한 웃음소리에 말은 들리지 않았다.

"누구 다른 분들 오세요?"

옆에서 여자가 물었다. 홀에 빈자리가 없어서 현관 앞에는 10여 명의 손님이 몰려 서 있었다. 몇 명의 웨이터가 강만철이 앉은 테이블을 기웃거리다가 돌아갔다.

"왜?"

"빈자리가 없어서요. 여긴 자리가 4개나 남구……."

강만철은 물끄러미 그녀를 바라보았다.

강만철의 담당 웨이터가 다가왔다. 그는 얼굴에 가득 미안한 표정을 띠고 있었다.

"저, 일행이 안 오시면 오실 때까지 합석을 좀 하면 안 될까요? 일행이 오시면 제가 틀림없이 자리를 만들어 올리겠습니다."

아마 그는 영업부장에게 한바탕 당했을 것이다. 강만철이 머리를 끄덕이자 곧 일본인 세 명이 테이블에 합석했다. 그들은 일본말로 양해를 구하며 앉았으나 강만철이 못 들은 척하자 이내 저희들끼리 떠들기 시작했다.

장사가 잘되는 업소였다. 이 정도로 1년만 되면 쓸 건 다 쓰고 밑천을 뽑아낼 수 있을 것이다.

"형님은 오시지 않나?"

옆쪽에서 일본말이 다시 들렸다.

"지금 바쁘셔, 보스는."

"그래도 한 달에 한 번은 오신다면서?"

"그걸 우리 같은 똘마니가 어떻게 알아? 시키는 대로 할 뿐이지."

강만철은 짜증 난 얼굴을 하고 있는 옆의 여자를 돌아보았다.

"옆에 있는 일본 사람들, 여기 단골이야?"

그녀는 머리를 끄덕였다.

"자주 와?"

"네, 매일 와요."

"그러고 보니 아직 이름도 모르고 있군그래?"

"전 안미혜예요."

"난 미스터 강이야."

무슨 일을 하고 있냐는 둥 이야기를 만들어 가야 정상인데 여자는 잠자코 무대를 바라보는 시늉을 했다. 무대에서는 서울에서와 비슷한 병신춤이 시작되고 있었다.

*　　*　　*

장민애가 집에 들어가자 부엌에 있던 어머니가 깜짝 놀라 달려 나왔다.

"아니, 민애야. 연락도 않고 웬일이냐?"

가족은 장민애가 대구에 있는 회사에 취직해서 기숙사에 들어가 있는 줄 알고 있었다. 지배인인 고 아저씨가 어머니를 찾아가 그럴듯하게 직물 회사의 인사부장 노릇을 실제 인사부장보다도 더 의젓하고 믿음직하게 해냈기 때문이다.

"웬걸 이렇게 사 왔어? 너 월급 탔니?"

그녀가 사 들고 온 보따리를 보면서 어머니가 눈을 동그랗게 떴다.

"응."

"오늘이 20일인데, 월급날이 언젠데 그러냐?"

"15일."

방문이 열리더니 고2짜리 남동생이 잠이 막 깬 얼굴로 나왔다.

"어어, 누나 왔어?"

"응. 오늘은 일찍 끝났니?"

"토요일이잖아."

"그렇구나."

동생은 보따리를 풀어 헤쳐 생과자를 찾아냈다.

"아무래도 이건 내 몫 같은데."

"그래, 먹어."

오래간만의 따사로운 분위기에 장민애는 편안해졌다. 그녀는 지갑을 꺼내 50만 원이 든 봉투를 어머니에게 내밀었다. 선물과 고기를 사고 남은 돈이었다. 지갑에는 20만 원가량의 돈이 남았으므로 충분하다.

"이게 뭐냐?"

"월급 탄 거야. 70만 원 가져왔는데 이것저것 사고 50만 원 남았어."

"아니, 너는 어떻게 하려고?"

"난 걱정 말아, 엄마. 먹여 주고 재워 주고 하니까 돈 안 들어."

"도대체 월급은 얼마나 되니?"

어머니는 봉투를 받으려 하지 않고 물었다.

"응, 70만 원가량 돼."

"많은 편이구나, 그럼."

"이번에는 한 달이 안 돼서 그래. 다음 달부턴 나 다 쓰고 50만 원씩 보낼게."

어머니는 눈물이 글썽해진 얼굴을 숙였다.

"네가 이렇게 안 해도 되는데 이것아, 제멋대로 휴학을 해놓고서 이렇게 에미, 애비 오장을 찢어놓니?"

어머니는 목이 메어 말을 잇지 못했다. 동생인 재호는 시무룩

해지더니 과자 봉지를 들고 방으로 들어가 버렸다.

"재호 대학 들어갈 때까지만 직장 다닐게, 엄마."

그러나 재호가 대학에 들어가게 돼도 3명이 함께 대학에 다닐 수는 없을 것이다. 그들은 그것을 알고 있었다. 시골 초등학교의 교감인 아버지의 월급은 이것저것 합해서 150만 원이 조금 넘었다. 그것으로 대학생 둘과 고2짜리 학비를 대기에는 벅찬 것이다. 아르바이트를 한다고 해도 제 용돈 버는 것이 고작이었다.

장민애는 부모 몰래 휴학계를 내고 부모의 짐을 덜어 드리기로 마음먹었다. 그리고 취직을 하려고 선배들과 친지들을 찾아다녀 보았지만 뜻대로 되지 않았다. 대학을 중퇴한 학력은 인정도 해주지 않고 고졸로 취급해서 얻어걸리는 곳은 일반 사무직으로, 평균 월급은 30만 원이었다. 그것도 적성에 맞지 않았다. 한 달가량 출근하고 나서 장민애는 직장을 그만두었다. 조그만 무역 회사에서 커피 심부름이나 하고 은행에 심부름을 가는 것이 싫었다. 생활의 급격한 변화에 충분히 준비하지 못한 그녀는 적응하지 못했던 것이다. 일주일쯤 집에서 쉬고 난 장민애는 우연히 '귀빈'을 발견한 순간 마음을 정했다. 그러곤 불쑥 들어선 것이었다.

정 마담이 친절하기도 했지만 장민애는 거부반응이 일지 않았다. 이것도 당당한 직업이라는 생각이 들었고, 목적이 돈 버는 일인 바에야 자신의 미모를 상품으로 실컷 벌어 보겠다는 생각이 들었다. 그리고 여기에 와서야 비로소 자신의 용모에 대해서 자신감을 갖게 되었다. 그녀는 그것이 자랑스러웠고 뭇 남자들, 나이 많고 돈 많은 사람들이 호의를 보이고 추근거리는 것을 보면 즐거웠다.

여자들도 마찬가지였다. 그들도 장민애의 아름다움을 부러워하고 질투하는 것을 보면 우월감까지 느껴졌다. 처음 느끼는 감정이었다. 여기는 용모와 몸매로써 일단 판가름이 나버리는 것이다. 생활환경이나 학력은 눈에 띄지 않는다. 그리고 그것은 얼마든지 만들어 낼 수가 있는 것이다. 이제까지 그녀가 지내왔던 저쪽은 그것을 먼저로 치고 있는데 말이다.

"오늘은 아버지가 오실 게다. 널 보면 반가워하시겠구나."

어머니가 말했다. 일주일에 한 번씩 아버지는 시골에서 서울로 올라와 가족들을 보곤 하셨다.

"재성인 어디 갔어, 엄마?"

그녀는 대학 1년생인 바로 밑 동생을 찾았다.

"갠 점심때 친구 만난다고 나갔다. 곧 들어오겠지."

어머니는 활기를 찾고 있었다. 오히려 전보다 더욱 활기차 보였다. 그도 그럴 것이 매달 살아가는 것이 언제나 조마조마하였는데 민애가 생활비까지 보내준다고 하니 일순간에 걱정과 근심이 달아나 버린 것이다. 마침 월요일에는 재호 과외비 25만 원이 필요한 참이어서 이번 토요일 올라오는 남편한테 어떻게 이야기하나 걱정하던 참이었다.

그러나 민애를 바라보자 자꾸만 목이 메었다. 다른 사람들은 부모 잘 둔 덕에 제 자가용을 굴리면서 학교를 다니는데 민애는 부모를 잘못 만나 제 동생들 학비를 도와주려 학교까지 휴학한 것을 생각하면 나리에 힘이 빠져 아무 곳에나 주저앉고 싶었다.

"엄마, 내가 도와줘?"

동생과 시시덕거리던 민애가 다가왔다.

제4장
징벌

밤의 대통령

“형님, 저기 좀 보세요.”

긴장한 눈으로 오유철이 가리키는 곳에 벤츠가 들어오고 있었다. 그들은 주차장의 구석 자리에 차를 세워 놓아서 그쪽에서는 보이지 않을 것이다. 조웅남은 벤츠에서 내리는 백광남 사장을 보았다. 그는 건너편의 ‘귀빈’으로 다가갔는데 현관 앞에서는 미리 연락을 받았는지 지배인과 웨이터가 기다리고 있었다. 그들은 문을 열고 정중히 백 사장을 안으로 모셨다.

“저 새끼는 하루도 안 빼먹는군. 토요일도 저 지랄이니. 집구석에 가서 쉬지.”

오유철이 투덜거렸다.

“시끄러, 이 자식아! 그만 지껄여.”

“하긴 좋은 것은 다 처먹으니. 사슴 피에다가, 해구신에다가…

젠장, 그러니까 힘이 남아돌겠구만."

독종으로 소문이 난 녀석이라 오유철은 기어이 한마디 더 했다. 둘은 '귀빈'의 건너편 주차장에 차를 세워 놓고 손님들을 살펴보는 중이다. 오유철은 저녁 5시부터 진을 치고 있었고 8시쯤에 일을 마친 조웅남이 찾아와 합세한 것이다. 아침에 김원국이 조웅남에게 물었다.

"이철주가 '귀빈'에 매일 가니?"

"그럼요, 즈그 집인디. 맨날 죽칭가 봅디다."

"오늘부터 이철주를 살펴봐. 누굴 만나는지, 어딜 가는지를 자세히 알아보란 말이야."

세 개의 업소와 계약한 무용수가 지각을 하고 있었다. 일어날 수 있는 일이었다. 10일 동안 평온한 상황이 계속되었으나 김원국은 사소한 일에도 예민하게 신경을 곤두세웠다. 일단 무엇이 시작되면 눈에 불을 켜고 냉혹해지는 김원국의 성격을 조웅남은 누구보다도 잘 아는 것이다. 그의 직속 후배로서 생사를 같이해 왔기 때문이다. 그리고 지금까지 김원국의 예감은 적중해 왔다. '귀빈'에 들어간 손님들은 백광남 사장과 서너 팀의 회사원들밖에 없었다.

운전사들이 주차장에서 기다리고 있었으므로 오유철이 가서 이야기 끝에 알아낸 것이다. 8시 30분쯤 되었을 때 검정색 그랜저 한 대가 '귀빈' 앞에서 멈추고 4명의 30대 사내가 내렸다. 역시 지배인이 기다리고 있다가 모시고 들어갔다. 그랜저가 주차장으로 들어왔으므로 오유철이 차 문을 열고 나갔다.

조웅남은 팔짱을 끼고 앉아 잠시 동안 생각에 잠겼다. '블루스타'에 들렀을 때 김길호가 말했던 것이 마음에 걸렸던 것이다.

"형님, 애들은 이제 제대로 시간 맞춰 나오지만 쪽팔려 죽겠습니다."

김길호가 투덜거렸다.

"뭣이 쪽팔리냐?"

"아, 생각 좀 해보쇼. 그래도 내가 영업부장인데 여기 민 사장님한테 얼마나 미안합니까? 열흘 동안이나 기집애들 공급이 안 되고, 쇼단 년들이 빵꾸를 내서 영업에 지장이 왔는데요."

"허긴 그려."

"애들 보기도 쪽팔려요. 그 씨발 놈들, 홍성철이 그 새낄 쑤시든지 해야겠어요."

"시끄러, 인마. 앞으로 그런 일은 없을 텡게."

이렇게 얼버무렸지만 만일 그런 일이 다시 생긴다면 관리하기 힘이 들 것이다. 매상도 중요하지만 업소 주인들의 신뢰를 얻지 못한다면 제일상사는 유명무실해지는 것이다.

문이 열리고 오유철이 들어왔다.

"형님, 이번 차는 호텔 전용차요. 일본 놈들을 싣고 왔답니다. 누군지는 모르겠고 여기 이철주가 초대한 모양입니다."

"이철주가 초대를 혀? 일본 놈을?"

조웅남이 머리를 기울였다.

"호텔에서 출발하기 전에 '귀빈' 종업원이 기사한테 위치를 알려주었답니다. 사장이 초대한 손님이니까 잘 모시고 오라고 했다는데요?"

"무슨 호텔이다냐?"

"칼튼요."
"너 이따가 저그 쪽발이들 따러가서 이름이 뭣인지 알어놔."
"네."
"쪽발이를 만난다……. 아니, 그러면 백 사장허고 쪽발이허고 이 사장이 같이 만나능가?"
조웅남이 혼잣말처럼 중얼거리다가 오유철을 바라보았다.
"형님, 나는 저기 못 들어가요. 홍성철이하고도 안면이 있단 말입니다."
눈치를 챈 오유철이 말했다. 그렇다고 자기가 들어갈 수도 없고 다른 애들을 불러 시킬 수도 없는 조웅남은 난처했다.
"형님, 저 새끼들은 홍성철이 똘마니들인데요."
오유철이 '귀빈' 현관 앞을 가리켰다. 사내 세 명이 현관 앞에 서 있었는데 '귀빈'은 이철주의 업소여서 놈들이 보이는 것은 당연했다. 그러나 항상 놈들은 '귀빈' 안에서 대기했고 노골적으로 경계하는 듯한 행동은 하지 않았던 것이다. 기분이 언짢아진 조웅남은 혀를 찼으나 어쩔 수 없었다. 저놈들이 눈치채지 못하게 이곳에 있다가 호텔에 따라가서 일본 놈들 이름이나 알아둬야겠다고 생각했다.

*　　　*　　　*

유리창 밖으로 호수 위에 떠 있는 두 척의 보트가 보였다. 물빛은 검푸른색이었다. 태양은 비스듬히 서쪽의 산마루 위에 걸쳐져 있다. 서울에서 40킬로미터가량 떨어진 경기도의 조그만 호숫가였다. 방 3개짜리 조그만 집을 짓고 김원국은 머리를 식히러 자주 이곳에서 머물렀다. 100미터쯤 아래쪽에는 6가구의 농민들이 농사 반, 호수에 찾아오는 낚시꾼 상대의 장사 반으로 생활했다. 성장한 자식들이 있을 것이지만 모두 도시로 떠나고 6가구의 호주들은 모두 60이 넘은 노인이었다. 그중 곽 씨 부부는 딸이 한 명 있다지만 시집을 간 후로는 무슨 일인지 부모와 인연을 끊은 모양이었다.

그 곽 씨 부부가 김원국의 집을 관리해 주고 있었다. 70이 넘은 두 부부는 농사지을 땅이 없는 유일한 집이었다. 김원국이 그들에게 관리를 맡기고 매달 관리비를 지급한 순간부터 두 부부의 인생이 바뀌었다. 그들은 성실하게 산장을 관리해서 언제 내려가 보아도 집 안에는 먼지 한 점 보이지 않았다. 어젯밤 도착한 김원국은 아침에 달려온 조웅남과 마주 앉았다.

"일본 놈 이름은 오카다라고 허던디요. 호텔에 따러가서 알아봤어요."

"4명이라면서?"

"다른 놈들도 알어요. 그놈이 대장인 모양이던디……. 유철이 후배가 그 호텔에 있어서 쉬웠당게요."

조웅남은 깎지 않은 턱수염을 손바닥으로 쓸었다.

"사업한다고 숙박부에 적었다는디 맨날 계집애를 끌고 들어온다는디요."

김원국은 팔짱을 끼고 우두커니 조웅남을 바라보았다. 이철주와 백 사장, 일본 사람을 직선상에 올려놓아 보면 무엇인가 공통된 부분이 떠오를 것 같았다. 인천의 박종무와 부산의 박재팔이

다시 그들과 겹쳐 보였다.

"야, 동수야! 매운탕 빨리 안 줄 꺼여?"

조웅남이 창문을 열고 아래쪽에 있는 이동수에게 소리쳤다. 창문을 열자 서늘한 바람이 밀려들어 왔다. 호수를 훑고 내려온 바람이었으므로 비릿한 물 냄새가 풍겼다.

"에이, 씨발, 잠도 못 자고. 어떤 놈들은 밤새도록 지지배들 끼고 둥그는디."

그는 문을 닫으며 투덜거렸다.

"형님, 만철이한티서는 연락 없어요?"

"왜?"

"갸는 부산서 머 혀요? 여그가 심상치 않은디."

김원국은 눈을 크게 떴다.

"너, 그전에 만철이가 얘기했던 것 기억나지? 이철주하고 손이 닿았을 거라는 놈, 애들 유괴해 가지고 파는 것 같다는 놈 말이야."

"아, 알어요. 근디 그 새끼들 영등포에 있는 것은 아는디, 왜요?"

"여자들 유괴해 가는 건 사실인 것 같더라. 여자 하나가 중3인데 도망쳐서 신고를 했다더라. 그놈들이 맞아."

"잘되었네요. 그런 추접헌 놈들은 100년쯤 빵에 두든가, 아니면 쥑여야지요."

"너, 그놈을 찾아봐."

"왜요?"

조웅남은 눈을 둥그렇게 떴다.

"왜요? 글케 안 혀도 경찰이 잡으러 댕길 텐디 내가 뭣났다고……."

"잔말 말고. 동수도 데리고 가서 내 말대로 해."

김원국은 가까이 다가오라는 듯 그에게 손을 저었다. 이야기에 열중하고 있는 그들의 뒤쪽 문이 열리더니 이동수가 얼굴을 디밀었다.

"형님, 매운탕 다 됐어요. 들여가요?"

"어, 들어와."

거의 이야기가 끝났으므로 조웅남이 말했다. 이동수의 뒤를 따라 곽 씨 아주머니가 커다란 냄비를 들고 들어왔다. 이동수가 주방 문을 열더니 미리 준비된 상을 들어다 그들 앞에 놓았다.

"얼큰하게 했어요. 사장님 입맛에 맞아야 할 텐데……."

"아, 아주머님 음식은 언제나 입맛에 맞아요."

김원국이 웃으며 말했다.

"아니, 지난여름에 먹었을 때는 나는 너무 매웁디다. 혓바닥이 얼얼혔당게요."

"시끄러, 너 먹이려고 아주머니가 끓이신 건 아냐."

"내가 부장님한테는 나중에 입맛에 맞도록 다시 끓여 드릴게."

곽 씨 아주머니는 그들의 옆에 앉아 시중을 들었다.

"그래도 웅남이 형님이 제일 많이 먹던데, 뭘."

이동수가 앉으며 말했다.

*　　　*　　　*

서너 군데의 업소를 둘러보고 나서 강만철은 '라스베가스'에 들어섰다. 어제저녁 담당이었던 10번 웨이터를 찾자 10번이 금방 그를 알아보았다. 11시가 다 된 시간인데 홀에는 빈자리가 없었다.

"아이구, 사장님. 오늘도 혼자시군요. 절 따라오세요."

"합석이냐?"

"네, 죄송합니다."

강만철은 통로 옆자리에 앉았다. 회사원들로 보이는 그룹과 합석이었다.

"술은 양주로 하실까요? 어제처럼……."

"그래, 그리고 어제 그 아가씨 데리고 와."

그는 지폐 서너 장을 꺼내 주었다. 웨이터는 신바람이 난 듯 돌아섰다. 오늘도 좋은 자리는 일본인들이 차지하고 있었다.

정면으로 무대를 바라볼 수 있는 좌석들과 벽 쪽의 전망이 좋은 곳에서는 시끌시끌한 일본말이 튀어나오고 있었다. 박재팔의 업소들은 대부분 일본인들을 상대했다. 카페 한 곳은 가라오케였는데 일본 노래만 틀어주었다. 한국 사람들은 일본 노래책을 가지고 대형 스크린에 나오는 일본 가수를 보며 일본 노래를 열심히 불렀다. 오히려 일본인들이 한국 노래를 부르는 형편이었다. 업소들의 장식과 분위기는 일본인들의 취향에 맞도록 오밀조밀하게 꾸며져 있었다.

"또 오셨네요."

여자가 옆에 와 앉으며 말했다. 온 것을 나무라는 듯한 말투였다. 여전히 싸늘한 표정으로 강만철을 답답하게 만들고 있다. 도대체 내 잘못이 무엇이냐고 따져 보든가 내쫓아 버리고 싶은 충동이 일어날 정도였지만 잠자코 웃어주었다. 옆자리의 회사원들이 그녀를 힐끗거렸다. 그들도 아가씨들을 끼고 앉아 있었으나 그녀들에게 비하면 안미혜의 미모는 단연 돋보였다. 그것을 안미혜가 누구보다도 잘 알고 있을 것이다.

"여기 박 사장은 일본에 자주 간다면서?"

안미혜가 그를 바라보았다.

"지금 일본에 갔나? 안 보이는데……."

최충식이한테 들은 소식으로는 박재팔이 일본에 갔다가 일주일쯤 전에 돌아왔다는 것이었다.

"우리 사장님 잘 아세요?"

"그냥 왔다 갔다 하면서 들었어. 모르는 사람이야."

그러면 그렇지 하는 표정으로 안미혜가 머리를 끄덕였다.

"이곳도 일본 사람이 돈을 내서 세웠다면서?"

"아저씬 세무서에서 왔어요?"

입술은 미소를 짓고 있었으나 눈은 강만철을 탐색하는 것처럼 보였다.

"왜?"

"그런 것 알아서 뭐하시려구요?"

"그걸 말해주면 뭐가 잘못되나?"

"……."

"할 이야기도 없고, 장사가 잘되는 것이 부럽고, 일본 사람들이 많이 오니까 그렇게 물어보는 건데, 이상해?"

어차피 짧은 시간 내에 이런 계집애한테서 뭘 알아내기는 틀린 일이었다. 최충식의 말대로 일본 돈이 들어온 것은 확실한 것 같았다. 그러나 일본 사람의 이름이라도 알아놓고 싶었다. 강만철은 그녀를 바라보았다. 딴생각을 하고 있는지 무대를 바라보고 있었지만 안미혜의 눈동자는 움직이지 않았다.

"언제 끝나지?"

"뭐가요?"

"여기서 언제 끝나고 집에 가느냐구."

"왜요?"

몇 번이나 참았던 성깔이 욱하고 치밀어 올랐지만 담담하게 말했다.

"그냥."

"12시 30분요."

"……."

"집이 서울이랬지?"

강만철의 분위기가 옮아간 모양인지 그녀는 대답하지 않았다. 일어서고 싶어도 담당 웨이터의 체면 때문에 망설이고 있는 것 같았다. 강만철은 내일 아침에 서울로 올라갈 작정이었다. 사흘간 자리를 비웠기 때문에 불안하였는데 낮에 김원국에게서 전화가 왔었다.

—일단은 올라오거라. 최충식이나 단도리 잘하고 말이야.

그가 확실한 증거를 잡지 못했다고 하자 김원국은 크게 마음을 쓰는 것 같지 않았다.

—그쪽이 어떻게 돌아가고 있는가 네 눈으로 보고 오면 되는

거야. 그리고 최충식이는 분명히 네 사람으로 만들어 놓고 말이야.

최충식이 문제는 염려가 없었다. 박재팔의 기세에 밀려 어차피 그는 우리가 필요한 입장인 것이다.

'라스베가스'의 정문이 바라보이는 건너편에 차를 세워 두고 강만철은 시계를 내려다보았다.

12시 45분이었다. 하나둘씩 아가씨들이 나오고 있었다. 남자의 팔을 끼고 나오는 아가씨도 보였다.

택시 정류장은 100미터쯤 아래쪽으로 내려가야 했고, 자가용 주차장은 강만철이 있는 쪽이었다. 12시 50분이 되었을 때 안미혜가 나타났다. 혼자였다. 그녀는 머리를 꼿꼿하게 세운 채 택시 정류장 쪽으로 걸었다. 남자의 팔에 매달린 아가씨가 10여 미터 뒤에서 비틀거리며 따라갔다.

강만철은 차를 발진시키고 그녀를 스쳐 지났다. 30미터쯤 지난 후에 멈춰서 백미러를 바라보았다. 아가씨 2명이 그의 차를 스쳐 지나고 그녀가 다가오고 있었다. 그녀의 뒤에서는 술에 취한 듯 비틀거리는 아저씨와 30대 남자가 20미터쯤의 거리를 두고 다가온다. 그녀가 차에 가까이 다가왔을 때 강만철은 문을 열고 나가 앞을 가로막듯 섰다.

강만철을 알아본 안미혜가 눈을 크게 뜨고 그와 차를 번갈아 바라보면서 주춤거리며 섰다. 강만철은 싱긋 웃었다. 그녀의 어깨에 손을 대는 듯하다가 상반신을 끌어안았다. 그리고는 그녀와 몸을 옆으로 나란히 하면서 오른 주먹으로 명치를 짧게 때렸다.

"허억."

그녀의 상반신이 굽어지는 것을 감싸 안고 그는 차 문을 열고 뒷좌석에 그녀를 눕혔다. 그가 차 문을 닫고 운전석으로 돌아갈 때쯤에야 술에 취한 남녀가 다투면서 그의 차 곁을 지났다. 그는 곧장 달렸다. 뒤쪽에서 앓는 소리가 울렸다. 백미러를 보자 몸을 잔뜩 구부린 안미혜는 배를 움켜쥐고 신음을 하다가 그와 시선이 마주쳤다.

"꼼짝 말고 그대로 있어. 아예 뼈다귀를 분질러 놓기 전에."

강만철의 싸늘한 말에 그녀는 머리를 떨구고 다시 신음 소리를 냈다. 신음 소리에 울음소리가 섞여 들렸다. 강만철은 길가에 차를 세웠다. 몸을 돌리고 팔을 뻗어 그녀의 멱살을 움켜쥐고는 다른 손으로 뺨을 쳤다. 머리가 휘청 돌아갔다.

"닥치고 가만히 있어, 이년아. 알아들어?"

이빨 사이로 강만철이 말했다.

"살려주세요."

눈물범벅이 된 얼굴로 그녀가 말했다. 강만철이 다시 뺨을 후려갈겼다.

"닥치고 있어."

강만철이 다시 안미혜를 뒷자리에 밀어 눕히자 이를 악물고 울음을 참아내는 소리가 들렸다. 강만철은 다시 차를 발진시키면서 조웅남이 이 꼴을 보면 나하고는 상종을 안 할 것이라는 생각을 했다.

소나무는 바짝 말라서 도끼가 들어가지 않았다. 힘껏 내려쳐야 조금 들어가 박힐 뿐 어지간한 힘에는 도끼날이 튀었다. 김원국은 소나무에 난 조그만 틈에 쐐기를 때려 넣었다. 온몸에서 땀이 흘렀다.

겨울의 저녁 무렵이어서 싸늘한 공기가 숨을 들이쉴 때마다 찬물을 마시듯이 폐에 들어왔다. 곽 씨 아저씨가 산기슭에서 말라 죽은 소나무를 끌어왔던 것이다. 그런 것을 뭘 하러 끌어왔느냐고 아주머니한테 잔소리를 들었으나 그는 굳이 땔감으로 쓰겠다고 우겼다. 연탄과 석유를 쓰기 때문에 나무 땔감은 필요하지 않았다. 그러나 곽 씨는 마른 나무가 덩어리째 있는 것이 못내 아까웠던 모양이었다. 마침 산책을 나왔던 김원국이 자기가 장작을 만들어주겠다고 도끼를 찾아 든 것이었다.

"사장님, 이젠 그만해 주시오."

곽 씨가 말했다. 해가 저물었으므로 곽 씨는 부엌의 전등불을 켜고 문을 열어젖혔다.

"식사는 여기서 하실라요?"

"그러지요."

차라리 그것이 편할 것 같았다.

"기사 양반은 서울 갔는가요?"

이동수를 그들은 기사 양반이라고 불렀다. 그는 조웅남을 따라 오후에 서울로 떠났다. 김원국도 오늘 밤을 자고 나서 내일 새벽에 올라갈 작정이었다. 닭을 삶는 냄새가 아까부터 풍기고 있었다.

"아저씨도 같이 드십시다."

김원국이 청하자 몇 번을 사양하던 곽 씨가 마주 앉았다.

"사모님이 계시면 더 잘해 드릴 수가 있을 텐데. 여기는 우리가 아무리 애써 봐도 옹색하기만 해서……."

식사 시중을 들던 곽 씨 아주머니가 말했다.

"어허, 쓸데없는 소리 말아, 이 할망구야."

곽 씨가 나무랐다.

"쓸데없는 소리라니? 그게 무슨 쓸데없는 소리유?"

김원국은 잠자코 식사에만 열중했다. 그러나 자신의 사생활에 대해서 다른 사람이 이야기하는 것은 싫었다. 가족 없이 혼자 살고 있다는 것이 이상하게 보이는 것도 싫었다. 김원국이 대꾸를 하지 않자 그들도 입을 다물었다.

산장으로 돌아온 김원국은 응접실의 소파에 앉았다. 불을 켜지 않은 산장은 어둠에 싸여 있었는데 유리창 밖으로 희미하게 산마루의 윤곽이 보였다. 어둠에 눈이 익숙해지자 탁자 위에 놓인 담배와 라이터를 찾아 불을 붙여 물고는 두 다리를 길게 뻗고 앉았다.

문득 저녁 먹을 때 곽 씨 아주머니가 했던 말이 떠올라 문득 어머니 생각이 났다.

어머니는 지금 서울에 살고 있다고 들었지만 5살 때 자신을 버리고 떠난 여자였다. 김원국은 할머니 손에서 자랐지만 아버지는 한 살 때 돌아가셨다고 들었으므로 기억조차 없다. 엄마가 보고 싶다고 어릴 적에 많이 울었던 기억이 난다. 친구들이 어머니와 같이 다니면 우두커니 서서 그들을 바라본 적이 많다.

"정구야! 순채야!"

저녁때가 되면 어머니들이 자식들을 부르면서 다가왔고 모여 놀던 아이들은 제각기 엄마에게 달려가 버렸다. 가끔 할머니가 저녁밥 먹으라고 그를 불렀지만 김원국은 언젠가는 엄마가 자기를 부르면서 올 것이라 기대하며 자랐다.

"이놈아, 네 에미는 지금 여기에 없단다. 일본 갔어, 이놈아."

할머니가 그렇게 말했다.

"돈 벌러 일본 갔단다."

할머니는 더 이상 말해주지 않았다. 김원국은 일본이라는 곳이 기차나 버스를 타고 함부로 갈 수 없는 곳이라는 것을 알고 나서는 차츰 어머니 생각을 하지 않았다. 그다음부터 편지 한 장 보내지 않는 어머니에 대한 증오를 쌓았다. 그것이 현실적인 방법이었고 편리했다.

할머니가 돌아가셨을 때 그는 중학 3학년이었다. 머리가 뛰어난 편이었던 김원국은 중학교 담임선생의 도움으로 고등학교에 진학할 수 있었는데 곧 공부만 잘해서는 험난한 사회를 헤쳐 나갈 수 없다는 것을 깨달았다. 그를 괴롭히는 가난과 외로움을 이겨내려면 힘이 필요하다고 생각했다.

김원국은 열심히 운동을 했다. 태권도, 합기도, 유도를 익혔다. 고등학교 3학년 때 그는 전국 태권도 학생 챔피언이 되었고, 합기도와 유도도 각각 3단과 2단이 되었다. 공부도 상위권이었으므로 그는 대학에 운동 특기 장학생으로 들어갈 수 있었다. 그때부터 김원국은 주먹에 두각을 나타내기 시작한 것이다. 죽으면 묻어줄 사람도 없다고 생각하면 눈에 핏발이 섰고, 그것을 본 상대방은 먼저 기가 죽어버렸다. 자신은 여자에 대한 거부감이 있었는데 어머니에 대한 잠재의식이 그렇게 만든 것 같았지만 어쩌겠는가?

바람이 나뭇가지를 스쳐 지나가고 있었다. 나뭇잎들이 유리창에 부딪혀 마른 소리를 내며 떨어졌다. 김원국은 창밖으로 시선을 주었다. 조웅남이 건드려 놓을 것에 대하여 이철주가 어떻게 반응을 할지 궁금했지만, 이제는 이쪽에서 선수를 칠 때가 된 것 같다.

"저 집요."

김길호의 친구로 오함마라는 별명을 가진 오한만이 가리켜 보이는 집은 붉은 벽돌로 지은 2층 양옥이었다. 조웅남은 뒷좌석에서 상체를 내밀어 앞 유리창을 통해 바라보이는 집을 살피고 입을 딱 벌렸다.

"야, 저것이 골뱅이 새끼 집이란 말여?"

"예, 고병길이가 살림 채려 준 가시내 집이요."

"야, 그 씨발 놈의 새끼, 여자 팔아서 돈 많이 벌었다잉?"

"어떻게 해요, 형님?"

오함마 옆에서 핸들을 잡고 있던 오유철이 물었다.

"뭘?"

"아, 여기서 기다리기만 합니까?"

"야, 함마, 골뱅이가 분명히 여그에 있냐?"

"틀림없어요. 이 기집애는 요즘 얻어 놓은 년이라 경찰도 몰라요. 이럴 때 쓰려고 만들어 놓은 년이에요."

오함마가 영등포 출신이므로 연줄을 통하여 헤매다가 겨우 찾아낸 것이었다. 2층 양옥에는 길 옆에 차고도 붙어 있었으나 철제 셔터가 내려진 채였다. 집 앞에는 2대의 중형 자가용이 주차되어 있었다. 새벽 3시였다.

큰길에서 300미터쯤 떨어져 있었고 주택가여서 인적이 없다.

"너, 가서 길호 오라구 혀."

조웅남이 말하자 오함마가 문을 열고 뒤쪽에 세워져 있는 차로 갔다. 뒤쪽 차에서는 김길호가 3명의 부하를 데리고 기다리고 있었다. 곧 김길호가 차 문을 열고 들어오자 옆에 있던 이동수가 자리를 좁혀 주었다.

"지금 덮쳐 버립시다, 형님."

김길호가 말했다.

"응, 글안혀도 그럴라구 혀. 안에 몇 놈이 있는지 모릉게 조심허고, 쥑이지는 말어라. 갸들이 회칼을 쓴다는디……."

말을 멈추고 조웅남은 그를 바라보았다. 연장을 쓰는 것을 싫어하는 김원국의 명령을 어길 수는 없는 것이다.

"형님, 트렁크에 빳다를 열댓 개 실어 왔어요."

"에이, 씨발, 헐 수 없다. 애들 다치면 형님도 손핼 텡게, 그것 나눠줘. 그러고 월장허자."

"월장이 뭐요?"

"이 무식한 놈아, 담 넘자는 말여."

"제기……."

김길호가 발소리를 죽이면서 자기 차로 돌아가 트렁크를 열고 야구 배트를 꺼내 나눠주는 게 보였다.

"느덜 둘이는 여그서 망봐. 차 안에 들어가 있어."

조웅남은 그중 둘에게 각기 차 안에서 감시하다가 만일 창문을 열고 2층에서 길바닥으로 뛰는 놈이 있으면 팔이나 다리를 분지르라고 지시했다. 담은 벽돌담으로 높이가 2미터 정도였는데 위에는 기와를 깔아 놓아 지붕처럼 제법 멋을 부렸다.

그들은 가볍게 담을 뛰어넘었다. 10평 정도의 마당이 있었는데 잔디를 깔아 놓았다. 구석엔 조그만 연못을 파 놓아서 금붕어를 기르고 있다. 현관 옆에 집을 돌아가는 1미터 정도의 통로가 있었는데 부엌문이나 창고로 통하는 길 같다. 조웅남은 손짓으로 김길호와 오함마를 그쪽으로 보냈다. 그동안 오유철이 현관문에 달라붙어 손잡이를 주물럭대고 있다.

집 안에서는 아무 소리도 들리지 않았다. 철컥하고 잠금장치가 풀리는 소리가 났다. 소리가 제법 크게 났으므로 모두 긴장해서 몸을 굳혔다. 오유철이 주저앉은 채 조웅남을 올려다보더니 히죽 웃었다. 그러고는 손잡이를 천천히 돌렸다. 문이 열리고 조웅남, 이동수, 오유철의 순서로 응접실에 들어갔다. 응접실을 중심으로 문이 여러 개 있었으므로 침입자들은 잠시 망설였다. 김길호의 부하가 부엌 쪽으로 가더니 안에서 잠긴 문을 따 주었다.

부엌문으로 김길호와 오함마가 들어왔다. 조웅남은 손가락으로 2층을 가리키자 야구방망이를 쥔 그들은 발뒤꿈치를 세우고 계단을 올라가기 시작했다. 조웅남은 가까운 방문을 열었다. 목욕탕이었다. 문을 열어둔 채 그 옆의 방문을 열었다. 여자 둘이서 자고 있었다. 이불 위에 아무렇게나 내던져진 두 다리가 보였다. 어둠 속에서도 한 여자의 흰색 팬티가 보였다. 오유철이 침을 꿀

껵 삼켰다. 김길호의 부하를 방문 앞에 세워두고 문을 닫았다.

조웅남은 왼쪽에 있는 방문을 잡아당겼으나 열리지 않았다. 오유철이 다가가 쇠꼬챙이를 찔러 넣었다. 이동수를 함께 있도록 하고 건너편의 방으로 다가갔다. 손잡이를 돌려 보았으나 안에서 잠겨 있었다.

뒤를 돌아보자 오유철이 열쇠 구멍 앞에 주저앉아 손잡이를 주물럭대고 있었다. 조웅남은 혀를 한 번 차고는 발을 들어 앞쪽 방문을 힘껏 걷어찼다. 우지끈 소리와 함께 문이 부서지면서 안쪽으로 활짝 열렸다. 놀란 오유철이 벌떡 일어나 어깨로 문을 들이받았다. 그쪽 문짝이 부서지면서 오유철이 이동수와 함께 방 안으로 뛰어들었다.

조웅남의 눈에 두 남녀가 후다닥 몸을 일으키는 것이 보였다. 연놈은 알몸 상태, 얼굴은 잘 보이지 않았지만 조웅남은 먼저 발길로 사내의 턱을 걷어차 올렸다. 정확하게 발끝에 반응이 왔고 휘청 고개를 젖힌 사내는 벽에 머리를 부딪히며 주르르 주저앉는다.

"아!"

비명을 지른 여자가 젖가슴을 가리더니 그를 올려다보았다. 이제 2, 3초만 지나면 찢어질 듯한 소리가 터져 나올 것이다. 여유를 주면 안 된다. 조웅남은 발을 들어 여자의 턱을 옆에서 돌려찼다. 여자의 상반신이 휘청 옆으로 돌면서 벌거벗은 몸뚱이가 이불 위에 엎어졌다.

"끙."

그때 신음 소리를 내면서 사내가 두 팔로 방바닥을 짚고 상체를 일으키려고 했다. 머리가 좌우로 흔들거렸고 벌거벗은 몸이 조웅남의 발밑에서 꿈틀거렸다.

옆방에서 외마디소리가 들리면서 퍽퍽! 하고 몽둥이로 모래주머니를 때릴 때와 같은 소리가 서너 번 들렸다. 신음 소리가 들리다가 멈췄다. 아마도 머리를 이불 속에 처박은 모양이었다.

다시 사내가 꿈틀거렸는데 자빠져 있는 벌거벗은 몸이 똑똑히 보였다. 연장이 머리를 쳐들고 있다가 꿈틀거릴 때마다 위아래로 건들거렸다. 조웅남은 발을 높이 쳐들었다가 연장을 힘껏 밟았다.

"으아아악!"

끔찍한 비명이 사내의 입에서 터져 나왔다. 조웅남은 연장을 밟은 채로 눈을 끔벅이며 사내를 내려다보았다. 녀석은 기절한 모양이었다.

2층에 올라갔더니 김길호가 사내 둘을 묶어 놓았다. 여자가 4명 있었는데 2명은 젖가슴도 제대로 나오지 않은 어린애였다. 어린애들은 한쪽에 웅크리고 앉아 온몸을 떨고 있었다. 그도 그럴 것이 한 녀석이 오함마에게 대들다가 이빨이 몽땅 빠져서 온 방 안이 피투성이였다. 불을 켰으므로 방바닥에 옥수수 알 같은 이빨이 핏속에 여남은 개 떨어져 있는 것이 보였다. 오함마는 녀석이 휘두른 칼에 스친 모양이었다. 팔에 붕대를 감고 있었다.

조웅남은 한쪽에 치워 놓은 회칼을 집어 들었다.

"요것들이 우리들을 사시미감으로 생각혔단 말이지잉?"

이빨이 없어진 녀석은 그와 시선이 마주치자 머리를 숙였으나 멀쩡한 녀석은 눈에 독기를 품고 그의 시선을 받아내고 있었다. 이목구비가 번듯한 녀석이었다. 아마도 미끼로 쓰는 녀석 같았다.

"야, 이 새끼들아. 팔아먹을 것이 없어서 기집애를 팔아먹어? 느그덜은 각시도 없냐? 동생도 없냐?"

그러다가 다시 그를 노려보는 녀석과 시선이 마주쳤다.

"아따 이 상놈의 자식 좀 봐라잉?"

조웅남은 김길호가 들고 있는 야구 배트를 빼앗아 들었다.

"아직 맛을 못 본개비네잉?"

녀석은 두 다리를 쭈욱 뻗은 채 두 팔이 묶여 있었다. 조웅남은 그의 한쪽 무릎을 배트로 힘껏 내려쳤다.

"으으악! 으으아!"

무릎 뼈가 바스라진 채 그가 발버둥을 쳤다. 한쪽 다리가 덜렁거렸다. 여자들의 자지러질 듯한 짧은 비명이 옆에서 들리다가 조웅남이 바라보자 일순간에 조용해졌다.

"형님, 이 새끼 기절했어요."

김길호가 무릎이 부서진 녀석을 발로 건드려 보면서 말했다.

"내버려 둬요?"

"내싸둬, 일부러 빙신 맹글라고 헝건 게로."

조웅남이 속치마만 달랑 걸친 여자들 쪽으로 몸을 돌렸다.

"느그덜은 20살이 넘은 것 같은디, 젖통을 봉게로. 느그덜도 잽혀온 거여?"

"예에."

4명이 한꺼번에 대답하며 울음을 터뜨렸다. 그중에서도 어린애

둘은 서럽게 울었다.

"너는 멧살여?"

어려 보이는 아가씨에게 물었다.

"열다섯이오."

그러면서 훌쩍거렸다.

"너는?"

그 옆의 그 또래에게 물었다.

"열여섯이오."

"어디서 잽혀 왔어?"

"학교 갔다 오다가요."

"너는?"

"엄마 심부름 가다가 잡혀 왔어요."

"젠장할."

조웅남은 우선 김원국에게 보고를 해야만 했다. 골뱅이와 그 부하들을 잡아 족치는 것만 지시를 받았던 것이다. 조웅남은 사내와 여자를 따로 감금시켰다. 사내들은 골뱅이인 고병길과 4명의 부하였다. 시내에 한두 놈이 더 있을지 모르나 일망타진되었다고 볼 수도 있을 것이다.

고병길은 연장과 방울이 퉁퉁 부어올라 전혀 움직이지를 못했다. 아래층에 있던 두 놈 중의 하나도 이동수가 집어서 벽에 던졌기 때문에 머리가 깨져 있었다. 고병길의 애인은 벌거벗긴 채 묶어서 눕혀 두었다. 아래층의 여자 둘은 저희들 말로는 납치되어 왔다고 했지만 어느 정도 물이 들어 있었다. 위층 아이들처럼 매달리는 분위기가 아니었다. 산장에 있는 김원국에게 전화를 했더니 자초지종을 듣고 난 김원국이 말했다.

—여자들은 보내줘. 차비 두둑이 주고 우리 일을 입 밖에 내지 말도록 하고. 여자들 중 말 낼 여자 있으면 단단히 해둬야 돼. 그리고 고병길이 하고 똘마니들은 차에 실어서 병원에 보내라.

"그냥 병원에요?"

—그래.

"경찰한티는 말 안 히도 돼요?"

—조금 후에, 어떻게 되나 두고 보려고 그런다. 어차피 그놈들은 끝났어.

조웅남은 중학생 둘을 응접실로 불렀다. 그들은 조금 진정이 되어 있었다.

"느그덜 여그 온 지 얼매나 돼얏냐?"

"한 달요."

"저는 20일쯤 되었어요."

"집이 서울이냐?"

"저는 수원이고, 얘는 평택이에요."

"둘 다 중핵교 댕겨?"

"예."

집 안에서 매일 밤 이 애들은 사내들에게 시달렸을 것이다. 몇 개월이 지나 익숙해지고 조금씩 체념해 갈 때쯤 해서 시장에 내놓는 것이다.

"아침에 집에 돌아가. 집에 가서는 이런 얘기 말구잉?"

그들은 눈물을 글썽이며 머리를 끄덕였다.

"돌아댕기지 말어. 그러니께 이놈들한티 잽히는 거여. 엄마 아빠 말 잘 듣고잉? 친구 집에 있었다등가 그짓말 잘 허거라잉? 남자가 지긋지긋허장?"

"앗따 형님, 그만해 두쇼. 형님이 무슨 설교를 한다고."

중얼부얼 지껄이는 조웅남에게 김길호가 말했다.

"야들한티 10만 원씩 주거라. 아 참, 내가 왜 그 생각을 못 혔능가 모르겠네."

조웅남은 벌떡 일어섰다. 분주히 안방으로 들어간 그는 서랍을 열고 장롱을 뒤졌다.

"형님, 뭐 해요?"

문 앞에서 오유철이 물었다.

"돈 찾아봐. 쟈들 차비허고 용돈이라도 줘야 할 것 아니냐?"

"알았어요. 내가 찾을게요."

오유철이 신바람이 난 듯 달려들었다. 그는 익숙한 손놀림으로 장롱과 서랍을 열어젖혔다. 문득 조웅남은 오유철이 절도 전과가 있었다는 것을 생각해냈다.

"너, 쓸데없이 쌔비혀 넣다가는 죽을 줄 알어."

그의 뒤통수에 대고 말한 조웅남은 다시 응접실로 돌아왔다. 이럴 때는 다 털어가도록 놔둬야 사기가 오른다.

제5장

장민애, 그녀

밤의 대통령

"뭐라고? 골뱅이가?"

버럭 소리쳤던 이철주가 주위를 둘러보고는 입을 다물었다. 커피를 들고 오던 정재희가 주춤거렸다.

"지금 병원에 있다고?"

"예, 고병길이는 거기가 퉁퉁 부어서 불구가 되겠답니다. 민수라고 하는 놈은 무릎이 박살이 나서 개도 병신이 된다구 하고, 형구는 이빨이 14개가 나갔고……."

"그만해!"

이철주가 찌르는 듯한 시선으로 홍성철을 보았다.

"그걸 조웅남이가 했단 말이지?"

"예."

정재희가 커피 잔을 그들 앞에 내려놓더니 눈치를 보듯 서 있다가 한쪽에 앉았다. 이철주는 힐끗 그녀를 보았으나 이내 시선을 돌렸다.

"형님, 어떻게 할까요?"

"뭘 어떻게 해?"

"고병길이도 그렇고 조웅남이도 어떻게 해야……."

"미친놈."

"예?"

"고병길이는 뭐라구 그래? 병원에 있는 애들도 말이야."

"덕팔이를 시켜 만나 보게 했는데 모두 제정신이 아니라는데요. 조웅남이가 다 나을 때쯤 다시 와서 똑같은 데를 부러뜨리겠다고 했다는군요. 도망치려고 정신들이 없습니다."

"놔둬."

"네?"

"그냥 놔둬. 애들 절대로 병길이한테 가지 않도록 주의시켜. 알겠어?"

"네."

"도망치든지, 잡히든지 상관 말아."

"형님, 만일 그놈들이 불면 어떻게 합니까?"

"불지는 못해. 그놈들이 믿을 건 우리밖에 없으니까."

"……."

"조웅남이었단 말이지……."

이철주는 뚫어질 듯 앞쪽의 벽을 바라보았다.

"김 사장이 시켰을 겁니다, 물론."

홍성철이 말했다.

"지난번 우리가 애들 공급을 여러 번 빵꾸 낸 것에 대해서 우리한테 경고하는 것 아닙니까?"

"경고해? 제까짓 것이?"

이철주는 얼굴을 붉히며 홍성철을 노려보았다.

"아닙니다. 화풀이를 한 것 같다는 생각이……."

"내 이 새끼들을."

그러다가 이철주는 입을 다물었다.

"김원국이 측에서 우리가 고병길하고 줄이 닿고 있다는 걸 알고 있냐?"

"글쎄요, 하지만 짐작하고 있는지도 모르지요."

"어떻게?"

"골뱅이한테 원체 많이 공급을 받았어요. 올해만 해도 200명이 넘습니다. 그리고 그 자식이 형님을 오죽 따랐습니까?"

"……."

"그러니 김 사장 쪽에 말이 새어 나갔다고 봐도 될 겁니다."

"알았어. 좌우간 아까 말한 대로 애들한테 철저히 일러둬, 입 다물라고. 고병길이는 모르는 사람이야, 이젠. 알았어?"

"예, 하지만 형님."

"뭐냐?"

"골뱅이 피신하려면 돈이 좀 필요할 텐데 누구 시켜서 그쪽에다 돈을 좀 가져다줄까요?"

"놔두라니까! 제가 필요하면 연락하겠지. 좌우간 얼씬대지 말아."

"예, 형님."

홍성철이 집을 나간 후 이철주는 잠시 동안 움직이지 않고 앉아 있었다.

"어깨 주물러 드릴까요?"

정재희가 뒤로 돌아와 어깨에 손을 대었다. 그가 잠자코 있자 그녀는 부드럽게 어깨와 목 부분을 주무르기 시작했다.

"조심하셔야겠어요, 김 사장 그 사람 말예요."

"피라미 같은 자식."

"그래두요."

이철주는 그녀의 손을 잡아 주무르는 것을 멈추게 했다.

"그때 김원국이 하고 올나이트한 애, 민애던가? 걔 집에 있나?"

"네, 제 방에서 TV 보고 있을걸요."

바닷가에 위치한 모텔은 방 2개에 주방과 응접실까지 구비된 아파트형이다. 차를 현관 앞에 주차시킨 강만철은 백미러로 뒤를 바라보았다. 누가 따라온 낌새는 없다. 한동안 핸들에 두 손을 올려놓고 앞쪽을 보던 강만철이 이윽고 마음을 정한 듯 몸을 돌렸다. 뒷자리에 웅크리고 누운 여자는 눈물범벅이 된 얼굴로 그를 올려다보았다.

"어때? 그냥 날 따라 들어갈래? 아니면 아까처럼 한 방 맞고 내가 들쳐 메고 들어갈까?"

"살려주세요."

"이런 썅년이, 그럼 한두 대 얻어맞고 가겠단 말이군."

"갈게요, 갈게요."

여자는 두 손바닥을 비벼댔다.

"그럼 앞장서."

앞장선 여자의 어깨를 밀어 모텔 앞에 선 강만철은 열쇠를 찾아 문을 열었다. 주춤거리는 여자의 등을 밀어 넣고 문을 닫았다. 전기 스위치를 올린 그가 우두커니 서 있는 여자에게 말했다.

"거기 소파에 앉아."

여자는 소파의 한쪽 구석에 앉았다. 겁에 질린 얼굴로 시선을 주었지만 입을 열지는 않았다.

"안미혜라고 했지?"

양복 상의를 벗어 소파 위에 집어 던지고 다시 넥타이를 풀어 그 위에 던졌다. 벽에 걸린 시계가 2시를 알렸다.

"네."

기어 들어가는 소리로 여자가 대답했다.

"너한테 물어볼 게 있어. 아는 대로 대답해, 알았어?"

"네."

여자는 긴장이 조금 풀리는지 눈동자가 움직였다. 그러나 두 손으로 핸드백을 움켜쥐고 있었다.

"너 남편 있어?"

"아녜요, 없어요."

"애인은?"

"있어요."

"누구냐?"

"……."

"라스베가스 영업부장이냐?"

"아녜요, 그런 데 안 나가요."

"그럼 누구냔 말이야?"

"……."

"이년이 정말."

"아저씬 누구세요? 날 어떻게 하시려구 이러는 거예요?"

그러면서 여자는 두 손으로 얼굴을 가리고 울음을 터뜨렸다.

"좋아, 네가 정 그렇게 나온다면."

강만철이 자리에서 일어서자 여자는 자지러질 듯 놀라 움츠러들었다.

"말할게요, 전 애인이 없어요."

"그래, 바로 그렇게 대답해. 그러면 다치지도 않고, 보내줄 수도 있어."

"정말이에요?"

"그래, 라스베가스는 일본 놈이 투자해서 만든 곳이지?"

"그렇게 들었어요."

"그 일본 사람 이름이 뭐냐?"

"가네무라 상이라고 들었어요."

"그건 누구한테 들었어?"

"일본 사람들한테도 듣고, 가게 아저씨들한테도 들었어요."

아마도 공공연한 사실인 것 같았다.

"라스베가스 말고 다른 곳도 그런가?"

"네, 제가 전에 있었던 '은성' 클럽도 그렇고, '흑마' 클럽도 가네무라 상이 돈을 투자한 실제 경영주라고 알고 있어요."

"그럼 박재팔 사장은 관리만 하는 사람이야?"

여자는 잠시 그의 얼굴을 바라보았다. 대답하기가 어려운 듯

했다.

"실권은 누가 갖고 있느냐고?"

"가네무라 상이 자주 오기는 하지만 실권은 박 사장님한테 있는 것 같았어요."

"너 박 사장 잘 알아?"

"아뇨, 잘 몰라요."

"그럼 누굴 잘 알아? 널 봐주는 사람은 누구야?"

"영업부장님요."

"라스베가스?"

"네."

"너, 집이 서울이랬지?"

"네."

"언제 내려왔어?"

"작년 겨울에요."

"왜?"

"돈 벌려구요."

"벌었어?"

"못 벌었어요."

"어디서 살어?"

"영도요."

"월세야?"

"네."

"그럼 나하구 내일 아침에 서울 올라가자. 네 집에서 통근하면서 네 맘대로 해. 취직도 시켜 줄 테니까. 집도 내가 얻어줄 테니까 보따리 싸."

여자는 입을 벌리고 강만철을 바라보았다.

"왜?"

"저, 못 가요. 어떻게 그렇게……."

"왜?"

"돈 갚을 것도 있고, 받을 것도……."

"어떤 게 많어?"

"네?"

"받을 돈이 많어, 줄 돈이 많어?"

"…줄 돈이오."

"그럼 됐어."

"네?"

"떼먹고 가면 돼."

"안 돼요."

"이번엔 왜?"

"영업부장한테 걸리면……."

"죽어?"

"……."

"나보다 그놈이 더 무섭냐?"

"……."

"그럼 그것도 됐어."

아침에 최충식이 찾아왔다. 그는 안미혜가 강만철의 와이셔츠만 달랑 입고 소파 한쪽에 앉아 있는 것을 보고는 깜짝 놀랐다.

"어이구, 행님. 나는 행님이 부처님인 줄 알았더니……."

그는 히죽거리며 안미혜를 힐끗거렸다. 그녀는 도망치듯 방으로 들어갔다.

"여기 일은 너한테 맡기고 난 아침에 올라가겠어."

"확실하지요? 제가 말씀드린 것."

"알 것 같아. 그리고 형님 지신데, 애들 관리 철저히 하고, 입조심할 것, 절대로 경솔한 짓 하지 말고 마찰은 피하라는 지시야. 형님 지시가 내려올 때까지 말이야, 알았어?"

"네, 염려 마이소."

"매월 운영비를 내려 보낼 테니까 주변을 잘 닦아놔. 예쁘게 보이란 말이야. 무슨 말인지 알지?"

"아, 날 어린애로 봅니꺼?"

"그래. 그리고 이봐, 이리 나와 봐."

강만철이 방에 대고 소리를 지르자 문이 조금 열리더니 안미혜의 눈이 보였다.

"왜 그러세요?"

강만철은 일어나 문을 열어젖히고 그녀의 손목을 잡고 끌어냈다. 그는 그녀를 소파에 앉혔다. 와이셔츠 자락을 끌어서 다리를 덮으면서 안미혜는 최충식의 시선을 피했다.

"이거 처음 뵙습니더, 형수님."

최충식이 일어나 머리를 숙였다. 안미혜의 얼굴이 새빨개졌다.

"너 이 여자 집에 애들을 보내서 짐을 좀 싸와. 구질구질한 것들은 나중에 올려 보내고 우선 옷가지하고 필요한 것들만."

"제가 가서 싸 오겠어요."

안미혜가 강만철을 바라보며 말했다.

"제가 싸 올게요."

"안 돼, 번거로워. 시간이 없어."

"도망치지 않을게요."

"안 돼, 어서 집 열쇠나 내놔."

눈치를 챈 최충식이 일어났다.

"한 시간이면 갔다 옵니더. 열쇠나 주이소, 형수님."

강만철은 안미혜의 핸드백을 최충식에게 주었다. 최충식을 배웅하면서 강만철은 안미혜의 주변을 짤막하게 이야기해 주었다.

"'라스베가스' 놈들이 자네들이 관계됐다는 것을 모르도록 짐 가지러 갈 적에도 조심해야 돼."

"알았습니더. 내 각시 시키면 됩니더."

강만철이 응접실로 돌아오자 안미혜는 창밖으로 내다보이는 바다를 바라보고 있었는데 가라앉은 표정이다.

* * *

골프장에서 돌아오는 길에 박종무 사장은 '반도호텔'에 들렀다. 반도호텔은 객실 100개 정도의 무궁화 3개짜리 호텔이었고 박종무의 소유다. 미제 승용차인 콘티넨털을 직접 운전하고 왔으므로 달려온 지배인에게 열쇠를 던져 주었다. 멍청한 지배인 녀석이 그것 하나 제대로 받지 못하고 열쇠를 땅바닥에 떨어뜨렸다.

50대 초반이었지만 박종무의 피부는 팽팽한 풍선처럼 탄력이 있다. 머리가 조금 벗겨져서 이마가 넓어 보였고 혈색이 좋다. 1미터 70센티미터의 신장에 체중이 85킬로그램이어서 다이어트 중이었는데 끊임없이 보약과 생사탕 등을 처먹기 때문인지 체중은 줄지 않았다.

박종무가 전용으로 사용하고 있는 7층 특실로 들어섰다. 특실 당번인 미스 김이 눈웃음을 치면서 엉덩이를 흔들었지만 오늘은 참기로 했다. 7시에 이철주와 가네무라가 오기로 한 것이다.

고병길이 병신이 된 후로 긴급히 모이도록 가네무라가 주선한 회의였다. 서울은 눈에 띌 염려가 있으므로 인천의 박종무에게 오기로 한 것이다.

노크 소리가 들렸다.

"들어와."

문이 열리더니 검정색 양복을 단정하게 입은 사내 셋이서 조심스럽게 들어와 앞에 섰다. 모두 건장한 체력이었다. 신장이 1미터 75센티미터 정도에 모두 체중이 8, 90킬로그램은 되어 보였다. 셋은 박종무에게 허리를 90도로 꺾어 절을 했다.

"그래, 갔다 왔으면 이야기해 봐."

오른쪽 사내에게 물었는데 셋 중 리더 격이었다.

"골뱅이는 병원에서 도망쳐서 어디로 갔는지 모른다고 합니다. 영등포 쪽에서는 찾을 수가 없었습니다. 아마 영 떠나 버린 것 같다고들 하던데요."

"당연하지. 그래서?"

"그 밑의 삐리들을 찾아보았습니다만, 모두들 도망쳐서 한 놈도 찾아낼 수가 없었습니다. 영등포 지역은 공백 상태입니다."

"흥, 공백 상태라."

골뱅이가 없어졌으므로 당분간 영등포 지역의 인력 공급은 끊길 것이다. 어중이떠중이들이 나서겠지만 대부분 확실한 공급처를 갖지 못한 채 혼란이 계속될 것이다. 박종무는 그것을 잡고 싶었다.

골뱅이의 연장이 골뱅이처럼 되었다는 정보를 들은 박종무는 서둘러 김칠성을 영등포로 보냈다. 골뱅이의 남은 부하들을 포섭하려고 한 것이었지만 성과가 없었으므로 입맛이 썼다. 공공연하게 조직을 새로 만든다면 김원국에게 도전장을 던지는 셈이 된다. 그래서 그의 새 조직은 유괴나 납치는 하지 않을 작정이었다.

그런 위험한 일은 피해야 했다. 전에 이철주가 했던 것처럼 원격조종을 하면서 김원국과 이철주의 미묘한 관계를 이용해서 자신도 한몫 잡으려고 했던 것이다. 전에 고병길의 대부는 이철주였지만 새롭게 시작하는 이쪽의 대부는 자신이 되고 싶었다. 기가 꺾인 이철주가 당장 손을 쓰지 못할 것도 그는 잘 알고 있는 것이다.

"알았다. 나가서 기다려."

부하들을 내보낸 박종무는 서두를 필요는 없다고 스스로 위로했다. 이철주의 이야기도 들어 봐야겠고 가네무라하고도 상의해 봐야 하는 것이다. 이철주가 여자들을 가네무라에게 보내는 것을 박종무는 눈치채고 알고 있었다.

이철주는 여자들이 일본에 가고 싶어 야단이라고 했지만 고병길을 통해 받은 여자들을 가네무라에게 보내는지, 또는 다른 공급처도 있는지까지는 모르는 상황이다.

이철주는 김원국을 제거하는 것을 제일의 목표로 삼고 있었는데 박종무 또한 김원국을 생각하면 입맛이 썼다. 박종무의 조직은 부하들의 배신으로 산산조각이 났었는데 무리하게 사업을 확장하느라 부하들에게 신경을 쓰지 못했기 때문이었다.

부하들은 박종무가 자기 욕심만 채운다고 반발하였던 것이다. 그것을 수습해 준 것이 김원국이었다.

배신한 부하들은 호텔의 등기 서류와 인감도장까지 가져가 버렸기 때문에 김원국은 그것까지 되찾아 주었다. 그가 이만큼이나마 세력을 유지하고 있는 것도 김원국의 덕택이었다. 그러나 박종무는 자신의 조직이 모두 김원국에게 흡수된 것이 두고두고 불편했다.

"이 사장님하고 가네무라 씨가 오셨습니다."

김칠성이 들어서며 말했다. 이철주가 들어서고 뒤를 따라 가네무라가 들어섰다.

가네무라의 수행원 2명과 홍성철까지 들어오자 방은 사람들로 가득 찼다. 그들은 제작기 자리에 앉았다. 이철주는 씁쓸한 얼굴로 박종무에게 머리를 끄덕여 보였다.

"박 사장께선 점점 더 젊어지시는데……."

가네무라가 떠들썩한 목소리로 말했다. 박종무와 이철주가 일본어에 유창했기 때문에 가네무라는 서슴없이 일본말을 썼다.

가네무라가 참석한 회의에서는 일본말을 쓰는 것이 습관화되어 있는 것이다. 이철주는 잠자코 있었는데 골뱅이 사건으로 시급히 모인 회의이니만큼 기분이 좋을 리가 없는 것이다. 잠시 침묵이 흐르고 나서 이철주가 입맛을 다시며 입을 열었다.

"고병길이 사건은 잊도록 합시다. 앞으로 우리와 연관시켜 생각할 필요도 없고 우리는 모르는 놈입니다. 그리고 그 자식은 불구가 되었다고 하는데 현재 어디 있는지도 모릅니다."

"김원국이 눈치를 챈 것 같소."

이철주의 말에 가네무라가 머리를 들었다.

"무엇을 눈치챘단 말이오?"

"내가 고병길이를 통해서 여자를 공급받은 것을 말이오. 그놈이 납치해 온 애들 중에서 한 년이 달아났는데 거기서부터 말이 퍼져 나간 것 같소."

가네무라의 표정을 굳어졌다.

"이 사장, 그것이 무슨 말이오? 김원국이가 당신하고 우리가 연관되었다는 것은 모르겠지?"

"그걸 잘 모르겠단 말이오, 그놈들이 불었는지 어쨌는지. 어쨌든 몇 달 동안 고병길을 통해서 받은 여자 중 30명 가깝게 일본에 보냈으니까… 일본에서 정보가 새었나?"

"무슨 쓸데없는 소리! 우리가 그렇게 허술한 줄 아시오?"

가네무라가 벌컥 화를 내었다.

"이 사장, 당신도 보았지 않소? 얼마나 철저하게 관리하는지를. 일본에서 정보가 새었을 리는 없소."

이철주는 입을 다물었다. 그의 말도 일리가 있다. 여자들은 기숙사에 있었고 외출 외박은 사내들의 보호를 받아야 했다.

"그래서 당분간 공급에 차질이 올 것 같아서 미리 이야기하는 거요."

다시 이철주가 말을 이었는데 가네무라의 얼굴은 상기되어 있었다.

"내가 오늘 박 사장까지 같이 모여서 이야기하자고 한 것은 그 것 때문이오."

그때 가네무라가 박종무를 바라보았다.

"이 사장이 김원국의 견제를 받아 계획에 차질이 빚어지고 있습니다. 이제까지 박 사장은 이 일에 간여하지 않아서 잘 모르시겠지만 이 사장과 박 사장이 앞으로 힘을 키우려면 굳게 연합해야 합니다. 김원국의 조직을 이어가는 데 박 사장의 힘이 필요해요."

모두들 입을 다물고 가네무라를 바라보았다. 가네무라는 김원국을 제거했을 경우를 말하고 있는 것이다.

"내가 모든 지원을 아끼지 않겠습니다. 인천이나 경기도 지역의 인력 공급과 주류 공급을 박 사장께서 하실 수 있도록 자금과 조직 관리를 돕겠습니다."

박종무는 가네무라를 바라보았으나 입을 열지는 않았다. 그것은 이철주와도 오랫동안 상의해 온 일이었다. 그러나 그가 서울에 기반을 굳히고 싶다는 것을 그들에게 말할 수는 없었다. 더욱이 인력 공급을 맡고 싶다고 하면 이철주가 눈에 불을 켤 것이다.

전화벨이 울렸다. 김원국은 조웅남과 이야기를 하고 있다가 손을 뻗어 수화기를 들었다.

"여보세요?"

—사장님이세요? 저 장민애예요.

여자의 맑은 목소리가 흘러나왔다.

"장민애?"

—저 전에 '귀빈'에 오셨을 때…….

"아, 그래."

김원국은 기억이 났다. 그런데 앞쪽에 앉아 있는 조웅남이 자신에게 의심쩍은 시선을 보내고 있었다.

—바쁘세요?

"응."

—그럼 전화 끊을까요?

"괜찮아, 그런데 무슨 일이야?"

—궁금해서 전화했어요.

김원국은 자신을 바라보고 있는 조웅남이 신경에 거슬렸다.

"아, 잠깐."

그녀에게 그렇게 말하고는 수화기를 귀에서 떼었다.

"너 왜 그런 낯짝으로 나를 쳐다보고 있는 거냐?"

"내가 어찌서요?"

"이젠 나가봐."

"형님, 연애혀요?"

"아니, 이 자식이?"

조웅남은 큰 몸집을 힘들게 일으키더니 느긋한 동작으로 방을 나갔다. 수화기를 든 채 김원국은 잠시 기다렸다. 그녀와는 그날 밤 이후 전화를 하지 않았다. 그는 다시 수화기를 귀에 붙였다.

"누가 전화번호를 알려줬나?"

—전화해서 놀라셨어요?

"음."

—반가운 전화는 아닌가 보죠?

"조금 뜻밖이라 그렇다."

—왜 놀러오지 않으세요? 기다렸는데…….

"지금도 '귀빈'에 나가나?"

—네, 그렇지만 오늘은 쉬는 날이에요. 한 달에 한 번 쉬거든요.

"……."

—오늘 저녁 사주세요, 네? 사장님하고 데이트하고 싶어요.

"그러지."

—어머나, 정말요?

그녀는 기쁜 듯 밝은 목소리가 되었다.

수화기를 내려놓자 옆에 앉아 있던 정 마담이 웃었다.

"민애의 애교에 김 사장도 넘어가는구나. 그래, 어디서 만나기로 했니?"

"프린스호텔 로비에서요."

"몇 시에?"

"7시요."

"옷 예쁘게 입고 가. 참, 내가 목걸이 빌려줄까? 다이아 박힌 것 말야, 네가 전에 예쁘다고 한 것."

"괜찮아요, 언니."

"얘 좀 봐. 품위가 있어 보일 게다. 나갈 때 내가 빌려줄게. 참, 오늘 밤 못 들어올지도 모르겠네?"

"……."

"어디서 자는지 전화나 한 통 해줘, 걱정 안 하게 말이야."
"알았어요, 언니."
장민애의 얼굴을 바라보던 정 마담이 다가와 앉았다.
"왜, 내키지 않니? 내가 전화해 보라고 한 것이 언짢아?"
"아녜요."
"단골한테 가끔씩 전화를 해주면 좋아한단다. 자기한테만 전화를 하는 줄로 착각하는 거지."
"……."
"자기만을 좋아해 주기를 바란단다. 모든 사내가 다 그래."
"그게 어때서요? 그래야 되지 않아요?"
"에그, 이 맹꽁아."
정 마담은 딱하다는 듯 혀를 찼다.
"한 놈만 가지고… 에그, 내 입 좀 봐. 우리 민애 앞에서. 어쨌든 한 사내만 가지고 네가 어떻게 살아가니? 우린 어떻게 장사를 하고?"
"……."
"그걸 요령 있게 나눠 줘야지. 배급해 주는 거야. 모두들 착각하게 하면서 많이 배급해 줄수록 좋은 거란다."
장민애는 잠자코 얼굴에 크림을 발랐다. 이해할 수는 있을 것 같았으나 공감하지는 않았다. 그녀는 좋아하는 사람이 있으면 언제든지 그 사람을 위해서 모든 것을 버릴 수 있다고 생각해 왔기 때문이다. 언니는 장사 이야기만을 하는 것이라고 생각했다.

로비에 들어서자 바로 장민애가 보였다. 진한 감색 투피스를 입은 그녀는 딴사람처럼 보였다. 블라우스의 깃과 소매에는 레이스 장식이 붙어 있었다. 창가에 서 있던 그녀는 그를 바라보고 활짝 웃으며 다가왔다.

"저 예뻐요?"

그의 앞에 멈춰 선 장민애가 눈을 빛내며 물었다. 김원국은 웃으며 머리를 끄덕였다. 호텔의 지배인인 김동환이 다가왔다. 30대 후반인 그는 체격이 비대한 편이었다. 헐레벌떡 달려온 모양인지 땀을 흘리고 있었다.

"형님, 자리를 준비해 놓았습니다만."

"아냐, 그냥 나가겠어."

"아니, 그래도 모처럼 오셨는데."

"다음에."

김원국은 로비를 빠져나왔다. 그녀는 잠자코 그를 따라 나왔다. 현관 앞에 서자 따라 나온 김동환이 물었다.

"형님, 차는? 제가 불러드리겠습니다."

"아냐, 나 혼자 왔어."

김원국이 호주머니에서 열쇠를 꺼내어 김동환에게 주었다.

"3534야."

"아니, 형님이 직접 운전하고 오셨습니까?"

그는 놀란 얼굴로 물었다.

"그래."

도어맨이 김동환에게 키를 받아 들고 달려갔을 때 장민애가 그에게 다가와 팔짱을 꼈다.

"연애하는데 누굴 데리고 다닐 수 있겠냐?"

김원국이 말하자 김동환이 그녀를 힐끗 보더니 머리를 끄덕였다.

"그럼요, 형님."

"자, 그럼 다음에 보자."

도어맨이 차를 끌고 왔으므로 김원국은 운전석에 앉았다. 장민애는 김동환의 시중을 받으며 옆 좌석에 오른다.

"형님, 다음에는 꼭 시간을 내주십시오."

김동환이 밖에서 말했다. 고개를 끄덕이며 김원국은 차를 출발시켰다. 김동환은 그와 이철주 양쪽과 거래를 한다. 항상 예민하게 촉각을 세우고 있어서 정보가 많고 빨랐는데, 그와 이철주 양쪽에서 같은 정보를 얻으려고 김동환을 찾는 경우도 있었다. 그가 험난한 사회에서 그런대로 기반을 잡은 것은 이러한 정보를 유용하게 써먹기 때문일 것이다.

창밖에 커다란 십자가가 보였다. 교회다. 붉은색 형광등으로 만들어진 붉은 십자가였다. 침대에 누운 김원국은 한동안 십자가를 바라보았다. 시내 변두리에 있는 조그만 모텔이었다. 장민애와 저녁을 먹고 곧장 이곳으로 온 것이다.

욕실에서 물소리가 들렸다. 장민애가 샤워를 하고 있는 것이다. 그녀는 지금까지 수없이 잠자리를 같이한 여자와 다르지 않다. 여자란 성욕을 채우면 그만이었고 그 이상은 아니었다. 생김새도, 냄새도, 몸의 구조도, 잠자리에서의 몸짓도 비슷한 것이 여자였다. 여자란 그에게는 일회용 라이터 같은 존재였다. 이윽고 김원국이 손을 뻗어 전화기를 집어 들었다. 사무실에서 이동수가 기다리고 있을 것이다. 신호가 울렸을 때 저쪽에서 수화기를 집어 든 것은 의외로 조웅남이었다.

―아니, 형님. 지금 어디 있능 거요?

화난 목소리다.

"지금도 회사에 있냐?"

12시가 되어가고 있다.

―도대체 지금 어디 있능 거요?

"여기 천호동 사거리 쪽에 있는 행운모텔이다."

―알았어요.

"뭘 알아?"

―애들 그리로 보낼라고 그려요.

"보내지 마."

―아따, 형님! 자고로 영웅이 말요, 지집애한티 빠져서 신세 조진 것 알고 기쇼? 지금이 어떤 땐디 혼자 그러고 댕기쇼?

김원국은 수화기를 들고 히죽 웃었다.

"동수 있냐?"

―아, 그러먼 있지, 없어요?

"이 자식이, 동수나 보내. 잔소리 말고."

수화기를 내려놓았을때 욕실 문이 열리면서 장민애가 나왔다. 그와 시선이 마주치자 얼굴을 돌렸는데 대형 타월로 벗은 몸을 감싸고 있다. 주춤대며 침대로 다가온 장민애는 그가 몸을 움직여 자리를 만들어 주자 타월을 바닥에 버리고 시트 속으로 들어왔다. 알맞게 솟은 젖가슴과 알몸이 드러났다.

김원국은 장민애의 어깨를 당겨 안았다. 알몸이 닿으면서 옅은

향내가 말아졌다. 또한 매끄러운 피부가 몸에 닿으면서 차츰 따뜻해진다. 장민애가 김원국의 가슴에 얼굴을 묻었다. 그녀의 어깨를 감싸 안으면서 김원국은 이제까지 한마디도 하지 않은 것을 생각해냈다.

그때 장민애가 갑자기 머리를 들었다.

"집에 전화해야 돼요. 언니가 걱정하실 거예요."

제6장
음모의 배후

밤의 대통령

강만철의 이야기를 다 듣고 난 김원국은 한동안 벽을 바라보았다.

"그럼 박재팔이가 일본 자금으로 업소들을 세운 것은 확실하냐?"

그가 강만철에게 다시 물었다.

"네, 확실합니다. 가네무라라고 들었습니다. 그쪽에서는 공공연한 사실입니다."

"……."

"여그 이철주도 일본 놈들 만나고 있는디 일본 놈들 천지고만잉?"

조웅남이 말했다.

"네가 '귀빈'에서 봤다던 일본 사람 이름이 뭐였지?"

김원국이 조웅남에게 물었다.

"가네무라는 아니고… 가만있자… 오카다, 맞어요……. 오카다랑게요."

"……."

"오카다가 뭐 하는 놈인지, 혹시 가네무라하고 줄이 닿는다면 물어볼 사람이 있습니다."

강만철이 말했다.

"누구 아는 사람 있나?"

"예, 제가 여자를 한 명 부산에서 데리고 왔습니다."

강만철은 안미혜에 대해서 간단하게 이야기를 했다.

"어쩔 수 없었습니다. 걔가 그쪽에서 일했기 때문에 잘 알 것 같았고, 시간도 없고 해서… 대충 알 건 알고 나니까 두고 오기가 찜찜했습니다. 그래서……."

"얼래? 여그 골뱅이 같은 놈이 또 있네?"

조웅남이 말하면서 입을 쩍 벌렸다.

"지금 어디에 데려다 놓았니?"

"제 아파트에 두었습니다."

"이 새끼, 골뱅이하고 똑같은디?"

"입 다물고 있어."

김원국이 조웅남을 나무라고 다시 물었다.

"혼자 두었냐?"

"제 어머니하고 애 하나 붙여 두었습니다."

"어떻게 할 거냐? 내가 처리해 줄까?"

"형님, 제가 처리할랍니다."

"얼래?"

조웅남이 참지 못하고 다시 입을 열었다.

"형님, 시방 이 새끼가 살림을 채린다고 혔어요? 아아, 알것다. 긍게 니가 그 가시내가 맘에 등게로 업어 왔구만, 잉?"

"그러냐?"

김원국이 물었다.

"아녜요. 그렇지만 데리고 올라오다 보니까 어차피 이렇게 된 것 내가 데리고 있어야겠다는 생각도 들고, 어쩐지 마음에도 들고 해서요."

"그래서 살림 차리자고 했냐?"

"안 했습니다, 아직."

"제기, 혼자 북 치고 장구 치고 지랄을 허능고만."

조웅남이 다시 나섰다.

"나는 또 이야기가 되얏다고? 너는 인마 말도 내놓지 말어라. 보나마나 빠꾸 맞응게로."

강만철은 조웅남을 노려보았지만 대꾸하지는 않았다. 김원국도 강만철을 응시한 채 잠시 말을 멈췄다.

"근디, 먹기는 먹었냐?"

조웅남이 다시 끈질기게 달려들었을때 김원국이 강만철에게 말했다.

"난 너를 믿는다. 잘 생각하고, 임시변통으로 그런 짓은 말아라. 그렇다면 내가 맡아줄 수도 있으니까. 알았냐?"

"알겠습니다, 형님."

"지기미, 형님, 이 새낄 믿기는 뭘 믿는단 말요? 염치없응게 데리고 살라고 허는 것 같은디."

"너는 이 자식아, 아가리 좀 닥치고 있어."

기어이 강만철이 한마디 쏘아붙였다.

강만철은 옆자리에 안미혜를 태우고 집으로 향했다. 오늘은 안미혜와 둘이서 밖에서 식사를 하고 쇼핑을 했다. 그가 옷가지를 골라주자 안미혜는 안 사겠다고 우기다가 스웨터와 바지 하나씩을 마지못한 듯 집었다. 바지와 스웨터를 따로 포장해 달라고 부탁한 그녀는 스웨터를 그에게 내밀었다. 차에 타고 난 후였다.

"이건 어머니께 드리세요, 어머니 선물로요."

안미혜와 같이 생활한 지 열흘이 넘었다. 사흘째가 되었을 때부터 강만철은 안미혜를 구속하지 않았다. 그랬더니 자신이 집에 없을 때에는 어머니와 같이 시장도 다녀오고 구경도 가는 모양이었다.

안미혜가 '라스베가스' 측 영업부장에게 연락을 하더라도 할 수 없다고 생각했다. 그때는 자신이 책임을 지고 해결할 생각이었다. 그가 박재팔의 주변을 캐물었다고 놈들에게 이야기하지는 않을 것이라고 믿었기 때문이다. 하지만 안미혜가 '라스베가스' 측에 잡히거나 발견되면 그들이 물어볼 이야기는 뻔한 것이다.

그들의 강압적인 추궁에 안미혜가 견디어 내지 못할 것이며, 또한 입을 다물 의리가 없는 것도 꺼림칙했다. 어머니는 안미혜에게 홀딱 빠져 있어서 아예 며느리로 삼을 작정인 모양이었다. 과연 내 자식이라 여자 보는 눈이 있다고 대놓고 칭찬까지 했다.

그녀는 방 하나를 따로 쓰고 있었으므로 부산에서 최충식이 올려 보낸 세간을 그 방으로 옮겼다. 어머니는 혼수 세간이 온 듯 팔을 걷어붙이고 자질구레한 물건을 날라 주었다. 안미혜도 어머니를 좋아하는 것 같았다.

그러나 밤이 되면 안미혜는 어머니와 잡담을 나누다가 제 방으로 들어갔다. 그러고는 언제나 찰칵 소리가 들리도록 방문을 걸어 잠갔다. 강만철은 그녀들이 연속극이나 탤런트에 대해 이야기하는 것을 듣는 것이 즐거웠다. 잘 보지 않아서 연속극 이야기에 끼어들 수도 없었고, 탤런트는 누가 누군지, 가수는 그 사람이 그 사람 같아서 이야기에 끼어들 수는 없었지만, 그런 시간이 강만철은 좋았다. 왠지 따뜻했고, 사람 사는 집 같았던 것이다.

안미혜에게 오카다를 아느냐고 물었을 때 머리를 끄덕이며 대답했다.

"그 사람 가네무라 씨 부하예요. 자주 왔었어요. 가네무라 씨 심복이래요."

그녀는 망설이지 않고 말했다. 강만철은 바로 김원국에게 보고를 하였고 조웅남에게 칭찬을 받았다. 그러나 조웅남은 자신이 이렇게 살고 있는 것을 알면 아예 방울 달린 사람으로 취급을 하지 않을 것이다.

"잠깐만요."

아파트로 들어가는 입구에서 안미혜가 말했다. 강만철은 차를 세웠다.

"왜?"

"아침에 배추를 샀는데 배달을 안 해줘요, 가져와야겠어요."

"……."

"저기, 두 번째 가게예요. 돈은 줬어요."

강만철은 차를 길가에 주차시키고 밖으로 나왔다. 강만철이 배추 자루를 어깨에 짊어지고 돌아오자 안미혜는 자동차의 문을 열어 놓고 기다리고 있었다.

*　　　*　　　*

가네무라는 욕실 가운을 걸치고 소파에 깊숙이 앉았다. 오카다가 컵에 위스키와 얼음을 넣어 가지고 그의 앞에 놓았다.

"나는 오늘 귀국하겠다."

가네무라가 말했다.

"오사카 일이 많이 밀렸어."

그는 위스키를 한 모금 마셨다.

"그럼 저는 여기에 남아 있습니까?"

오카다가 앞에 와 앉으며 물었다.

"그래, 넌 여기에 있도록 해. 며칠 후면 부산으로 가야 할 거야."

"알겠습니다."

"이 사장이 이번에는 20명을 구해 본다고 했으니까 그걸 확인하도록 해. 두 달 동안 공급이 안 되어서 내 체면이 말이 아니다."

"네."

"마구잡이로 보내면 안 돼. 이 사장이 무조건 숫자만 채우려고 하는 것 같다. 네가 하나하나 검사해 보도록."

"알겠습니다."

가네무라는 남은 위스키를 털어 넣듯이 삼켰다. 오카다가 그것을 보더니 일어서서 위스키와 얼음 통을 들고 왔다.

"보스, 그렇지만 김원국이가 걸립니다. 그놈이 있는 동안은 문제가 있을 것 같습니다."

오카다가 조심스럽게 말했다.

"알고 있어. 이 사장이 조처하겠다고 했다."

"……."

"얼마 전에도 저희들에 대해서 묻고 간 놈이 있었습니다. 그놈은 김원국의 부하였습니다."

"언제였나?"

"이 사장과 '귀빈'에서 만난 날이었습니다."

"바보 같은 놈, 그런 데서 만나다니. 미행당한 것 아니냐?"

"……."

"아무튼 빨리 조처를 해야겠군."

가네무라가 혼잣말처럼 말했다.

이철주에게 계약금으로 반년 전에 15억을 주었다. 여자 1명당 500만 원씩 계산해서 300명분을 선금으로 준 것이다. 그러나 지금까지 보낸 것은 200명도 되지 않았다. 한 달에 50명씩 보내기로 계약했으니 원래는 이번 달에 마무리되어야 했던 것이다.

이런 상황에서 고병길의 사건이 터진 것이다. 경찰에서도 눈치 못 챘는데 난데없이 김원국에게 습격을 당한 것이다. 그것은 이철주가 김원국의 기반을 약화시키려고 업소들에게 제때 여자들과 쇼단을 공급시켜 주지 않아서 일어난 일이었다.

가네무라는 화가 치밀어 올라 견딜 수 없었다. 바보 같은 녀석이 뒷감당도 하지 못하고 일만 벌여 놓는다고 생각했다. 그러나 그런 헛점이 있으니까 조종하기 쉬울 것이라는 생각도 들었다. 돈 욕심이 많고, 냉혹하고 자만심이 강한 이철주를 가네무라는 꿰뚫어 보고 있었다. 이철주가 김원국의 세력을 약화시키고 주류 공급권까지 장악해 보려는 복안을 갖고 있다는 사실도 그는 잘 알고 있는 것이다.

"오사카에서는 지금 여자들이 부족하다고 아우성이야. 가서 설득시켜 줘야 돼."

가네무라가 말했다. 오카다는 머리를 끄덕였다. 오사카의 업소 주인들로부터 미리 돈을 받았으므로 그들이 불평한 것은 당연한 것이다. 가네무라는 여자 1명당 1천만 원씩 미리 받았던 것이다.

한국 여자들은 그들에게 돈주머니였다. 일본 남자들이 일본 여자들과 생김새가 비슷한 한국 여자들을 좋아한다는 것은 이미 알려진 일이었다. 필리핀이나 태국, 말레이시아 등의 여자들보다 3배 이상의 가격으로 거래되었다. 그리고 한국 여자들이 일본을 동경하고 있다는 것도 그들에게는 큰 도움이 되었다.

비행기로 2시간이면 도착하는 일본은 한국 여자들에게는 한 등급 높은 생활수준과 부를 갖춘 나라로 보이는 모양이었다. 관광이나 어학연수를 가자고 하든지 잠깐 아르바이트를 하면 큰돈을 벌 수 있다고 하면 대개는 따라나섰다. 그러나 가네무라의 조직이 관리하고 있는 업소에 가게 된 순간부터 자신의 꿈이 얼마나 허망한가를 깨닫게 되는 것이다. 업소의 주인들은 이미 계약금을 1천만 원씩 지급한 터라 본전을 뽑아야만 했기 때문에 기숙사나 합숙소에 들어가 엄격한 감시하에서 생활을 해야 했다.

외출할 때는 사내가 따라나섰다. 외박은 물론 그들의 보호하에서 호텔에 오가야 했고 화대로 받은 돈은 모두 입금시켜야 했다. 여권은 모두 주인들이 보관하고 있어서 도망친다 해도 일본을 벗어날 수 없다.

"부산의 박재팔이는 잘하는데 말이야. 이철주는 한물간 것 아닐까?"

가네무라가 오카다를 보며 말했다.

"네, 그렇기도 하지만 부산에는 김원국 같은 놈이 없으니까요."

"그렇기도 하겠군. 그렇지만 그 최 뭐라고 하는 놈이 있지 않나?"

"그놈은 이제 염려하실 것 없습니다. 저와 박재팔이가 여러 가지 압력을 넣었기 때문에 지금은 활동하지도 못합니다."

"부산에서 이철주만큼 공급시킬 수 있겠나?"

가네무라가 생각하는 듯한 얼굴로 물었다.

"글쎄요, 지난달에 5명쯤 보냈습니다만 아직 그렇게는……."

"능력이 모자랄까?"

"아니, 그것보다도 박재팔이가 지금 업소를 늘리고 전체를 장악하려는 데 신경을 쓰고 있어서요. 일단 장악이 끝나고 나면 충분히 해낼 사람입니다. 그 부하들이 모두 우리한테 야쿠자 교육을 받은 놈들이어서요."

"어쨌든 한국에 여자가 있는 한 우리는 공급할 수 있는 거야. 무슨 말인지 알아듣겠나?"

"네, 알아듣겠습니다."

가네무라는 피로한지 눈을 감고 입을 다물었고 오카다는 방을 나갔다.

*　　　*　　　*

조웅남과 오함마가 반도호텔 건너편에 있는 설렁탕집에서 설렁탕을 한 그릇씩 다 먹을 때까지 김칠성은 나타나지 않았다.

박종무 사장의 심복인 김칠성은 조웅남과도 안면이 있었다. 오함마와는 친구 사이였고 뚝심과 배짱이 좋은 사내였다. 조웅남은 그가 박종무가 데리고 있는 녀석들 중에서 제일 말이 잘 통하고 남자다운 놈이라고 생각하고 있었다.

"형님, 이 새끼 안 올 모양입니다."

오함마가 시계를 보면서 말했다. 저녁 7시가 되어 있었다. 2시간째 호텔 앞에서 기다리고 있는 것이다. 그렇다고 박 사장의 본거지인 반도호텔에 불쑥 들어가서 그를 데리고 나올 수도 없었다. 찾아가면 일단은 박 사장한테 인사를 하고 예의를 차려야 하는 것이다.

"야, 그 새끼가 그짓말헝 거 아녀?"

조웅남이 말했다. 그는 신경질이 나 있었다. 오함마의 후배로 제일상사의 대리점을 하고 있는 정규칠은 박 사장 측근들의 동정을 비교적 상세히 알고 있었다. 매일 오후 5시쯤이면 김칠성이 반도호텔에 들러 빠칭코에서 수금을 해간다고 했다.

"하루도 빼놓지 않고 그래요. 5시쯤 수금하러 들어가지요."

그러나 2시간을 기다려도 그는 나타나지 않았다.

"어? 저 새끼가 나오네요."

자리에서 일어난 오함마가 창 너머를 바라보면서 다급히 말했다. 들어가는 것을 보지 못했기 때문에 당황한 것이다. 아마 다른 출구가 있거나 아니면 그들이 오기 전에 호텔에 들어간 것 같았다. 김칠성은 두 명의 사내와 같이 호텔을 나와 잠시 좌우를 두리번거렸다. 김칠성도 거구였으나 다른 두 명도 체격이 좋다.

"어디서 돼야지 잡아 왔는갑다잉?"

조웅남이 중얼거렸다.

"형님, 어떻게 할까요?"

오함마가 그를 돌아보았다. 김칠성은 도어맨이 차를 가지고 오자 뒷좌석에 올랐다. 두 놈은 앞좌석에 탔다. 한 놈이 운전을 할 모양이었다.

"따라가자. 여그는 복잡혀."

그들도 식당 앞에 차를 세워 놓았으므로 바로 따라갈 수 있는 것이다. 김칠성은 시내를 곧장 빠져나가고 있었는데 어둠이 내려앉으면서 차들은 라이트를 켰다. 차가 달리는 방향은 월미도다.

"야, 한적한 데서 저것들 잡어. 세우란 말여."

월미도로 회전해 들어가는 길에서 오함마는 차의 속력을 올려 그들의 차를 앞지르고 비상 라이트를 켜고 멈췄다. 급브레이크를 밟아 날카로운 마찰음을 내며 그들의 차가 바로 뒤에서 멈췄다.

"야, 이 개새끼야."

운전석에서 머리를 내민 녀석이 고함을 치더니 문을 열고 뛰쳐나왔다.

"그 새끼 영락없는 돼지네."

중얼거리면서 오함마가 문을 열고 나갔다.

"야, 이 새끼야. 너 뒈지려고……."

그러면서 거칠게 달려온 사내는 오함마가 갑자기 내지른 발길에 배를 걷어 차이고 주저앉았다.

"아이고오……."

숨이 넘어갈 듯한 신음 소리가 그의 입에서 흘러나왔다. 운전석 옆자리의 사내도 문을 열고 나왔으나 주춤하고 있었다.

"야, 칠성아, 나 좀 보자."

오함마가 차에 대고 말했다. 뒷문이 열리더니 김칠성이 재빠른 동작으로 나왔다.

"아니, 함마가 웬일이냐?"

그가 오함마에게 놀란 듯 말했으나 못마땅한 기색이 역력했다. 차 안에서 그것을 본 조웅남이 문을 열고 나왔다.

"아이구, 형님."

김칠성이 흠칫하더니 머리를 숙였다.

"형님이 갑자기 웬일이십니까?"

그러면서 그는 주위를 둘러보았다. 얼굴에 불안한 표정이 배어 있었다.

"너하고 얘기 좀 헐라고."

"저하구요?"

"그려. 아따, 느그덜은 돼야지 사료를 먹냐, 구정물을 먹냐? 몸매들이 좋다야."

"……."

"칠성이 너는 내 차에 타고 가자. 얘기 좀 헐라고 그려. 야, 함마야, 너는 이 새끼야, 아그들을 달개야지 무조건 그렇게 뚜드리면 쓰냐? 느그덜 둘은 우리를 따라오거라잉?"

배를 차인 사내가 겨우 일어났으므로 그들을 다시 차에 타고 따라오도록 한 것이다.

"월미도로 가자. 가서 회나 먹자."

다시 차에 탄 조웅남이 오함마에게 말했다. 김칠성은 긴장한 모양인지 입을 열지 않는다. 뒤를 돌아보자 두 사내가 탄 차가 뒤에 바짝붙어 있었다.

"요즘 재미 좋냐?"

"네, 형님."

조웅남이 묻자 김칠성이 공손하게 대답했다. 나이나 경력으로 봐도 한참 선배기도 했지만 조웅남의 지랄 같은 성질을 모두들 알고 있기 때문이었다. 고병길을 어떻게 했다는 것도 이미 이쪽 세상에 다 알려졌다. 김칠성은 고병길의 부하들을 찾으러 다닌 터라 조금 불안해졌다.

"형님도 별일 없장?"

"네, 큰형님도 안녕하시지요?"

"그려, 안녕혀."

횟집에 들어간 그들은 셋이서 마주 앉았다. 김칠성의 부하 2명은 건너편 자리에 앉게 하고 회를 시켜 주었다.

"야, 칠성아. 나는 너를 동생으로 생각허고 말허는디."

회가 상 위에 놓이고 나서 조웅남이 입을 열었다.

"인천 형님 말여, 요새 우리 형님한티 놀로 오시지도 않고 말여, 우리한티 무슨 유감이 있다냐?"

"아니, 형님. 무슨 말씀을 그렇게 하세요? 우리 형님이 어떻게? 아니에요, 오햅니다."

"그려, 나도 그렇게 생각혀. 인천 형님은 나도 좋아혀. 그러고 우리 형님한테 빚도 있고. 야, 그런디 성철이 만났냐?"

"네?"

"거시기 홍성철이 말여."

"네, 여기 놀러 오셨었어요."

"그 씨발 놈은 시간이 많은갑다잉?"

"네? 네."

"놀러왔어?"

"네."

"누구허고 놀라고? 너허고? 너 니 말 책임질 꺼장? 내가 그 새끼허고 터놓고 지내는디 그 씨벌 놈이 그냥 놀러 올 놈이 아닌디? 물어볼끄나?"

"아, 저는 잘 몰라요. 형님만 만나고 가시니까요."

"그 새끼가 지집애를 인천에다가 빼돌렸다는디 그게 사실이냐? 얼매 전에 서울서 지집애들이 안 나와서 난리가 났었는디 말여, 혹시 그리서 그런가?"

조웅남이 정색을 하고 물었다. 오함마는 잠시 어리둥절하다가 머리를 돌렸다. 조웅남은 엉뚱한 이야기로 김칠성의 긴장을 풀고 있었다. 박종무에게도 그렇게 보고를 할 것이다.

"아뇨! 그런 일은 없어요, 형님."

"성철이가 여그다 술집 채린 것이 없단 말여?"

"네."

"그려? 나는 그 새끼가 그런다고 들었는디……."

조웅남은 술병을 집어 들고 그에게 술을 따라 주었다. 그러나 더 이상 이야기할 것이 없었다. 캐물어도 말해주지 않으려니와 의심만 받을 것 같았다.

김원국이 아침에 그를 불러서 인천에 가서 김칠성이나 만나고 오라고 했던 것이다.

"만나서 뭐 헐라구요? 헐 말도 없을 틴디요."

그가 떨떠름한 얼굴로 되물었더니 김원국이 가볍게 말했다.

"어쨌든 가서 박 사장 왜 요즘 뜸하냐고, 내가 언짢아하더라고만 전하고 와, 그럼 됐다."

조웅남은 영문을 알 수 없었다. 김칠성이 같은 녀석에게 문안인사를 올리는 것도 아니고 공갈을 치는 것도 아니어서 어중간했던 것이다. 그렇다고 이놈이 호락호락 세상 이야기를 해줄 놈도 아니었다. 어쨌든 가보기나 하자고 나선 것이었다. 어중간히 취해버린 오함마와 조웅남은 횟집을 나왔다. 밤이 깊어 있었다.

*　　　*　　　*

"그게 무슨 소리야?"

백광남이 수화기에 대고 소리를 질렀다.

"이 사람아, 오늘이 약속한 날 아닌가."

―글쎄, 며칠 전부터 자네한테 연락이 돼야 말이지. 그래서 지금 겨우 이야기하는 거야.

원 사장이 말했다.

"내가 자네 전화만 기다리는 한가한 사람인 줄 아나? 나도 요즘 정신이 없어. 그래, 돈은 준비되겠지?"

—글쎄, 어렵다니까. 은행에서 대출해 준다고 약속해 놓고는 본점에서 지시가 내려왔다고 미루고 있단 말이야. 두어 달만 더 기다려 줄 수 있겠나?

"나는 해주고 싶지만 자네한테 빌려준 돈은 내가 다른 사람에게 얻어서 빌려준 돈이야, 그래서 힘들게 생겼어. 좌우간 오늘 만나자구, 같이 말이야."

다급한 듯 백광남이 말하면서 전화를 끊었다. 3개월 전에 원 사장에게 3억짜리 당좌수표를 받고 2억 7,750만 원을 빌려주었다. 석 달간의 2부 5리 이자 2,250만 원을 뗀 것이다. 물론 그 전에 백 사장은 그의 앞으로 원 사장의 토지와 건물을 제2담보로 설정해 놓았고 공증까지 마쳤었다. 며칠 전부터 원 사장이 전화를 걸어왔지만 눈치를 챈 백광남은 전화를 받지 않았다. 돈을 빌려줄 때부터 그는 원 사장이 석 달 후에 돈을 갚으리라고는 기대하지 않았다. 중소기업 수출 업체의 경영이 지금도 힘들고 경기가 점점 더 어려워지고 있는 것은 수출에 대해 아무것도 몰라도 시장에 돈 돌아다니는 것만 보면 그냥 알 수 있는 것이다.

금융이 올랐느니, 내렸느니, 수출이 잘되느니 안되느니 맨날 신문과 텔레비전에서 떠들어도 아, 그런가? 그렇게 떠들거라, 하고 다른 쪽 귀로 흘려보냈다. 그리고 사채시장에 나와 보면 그 떠들어대는 소리가 말짱 헛소리라는 것이 금방 드러나는 것이다.

오늘 아침에 경기가 잘된다고, 수출이 목표를 초과했다고 떠들던 기업의 자금 담당 직원들이 회사 어음뭉치를 들고 나와 매달리는 것이다. 3부도 좋고 3부 5리도 좋다면서 따라다는 그들과 부딪치며 사는 백광남이 그것을 모를 리가 없었다.

그날 저녁 백광남과 원 사장이 마주 앉은 곳은 호텔 지하에 있는 일식집이었다. 그들은 말없이 앉아 있었다. 가끔 문 쪽을 바라보는 것이 누구를 기다리는 것 같다. 그들이 기다린 지 얼마 되지 않아 이철주가 나타났다. 이철주는 그들을 향해 곧장 다가와 자리에 앉았다. 엉거주춤 일어나던 백광남과 원 사장이 자리에 다시 앉았다. 원 사장은 이철주가 초면이었다.

"원 사장, 아까 이야기했던 이 사장님이오. 내가 돈을 빌렸던 분입니다."

백광남이 이철주를 소개했다.

"이거, 죄송하게 되었습니다."

원 사장이 말하자, 이철주는 못마땅한 듯 얼굴을 찌푸렸다.

"난 댁하고 상관없습니다. 여기 백 사장한테 돈만 받으면 되니까."

"글쎄, 이 사장, 그것이……."

백광남이 당황한 표정으로 이철주를 바라보았다.

"아, 그만. 이야기할 때는 지났어요. 돈이나 내놓으시오."

"글쎄, 이 사장, 우선 여기 원 사장 이야기나 들어봅시다."

백광남이 사정하듯 말했다.

"내가 왜 이 양반 이야기를 들어야 합니까? 지금 나하고 농담하자는 거요?"

이철주는 벌컥 화를 냈다.

"이거 미안하게 됐습니다. 모든 게 제 탓인 것 같습니다."

원 사장이 나섰을 때 이철주가 가로막았다.

"필요 없습니다. 원 사장, 보아하니 돈이 준비가 안 된 모양인데, 이까짓 당좌수표 한 장 나한테 주고 사기를 치려는 거야, 뭐야?"

이철주가 호주머니에서 당좌수표를 꺼내어 백광남 얼굴 앞에 대고 흔들어 보였다. 원 사장은 그 수표가 자신이 백광남에게 건네준 3억짜리 당좌수표인 것을 알 수 있었다.

"좋아, 법으로 하자구. 난 은행에 수표 가지고 가겠소. 물론 부도를 내겠지. 그때 원 사장 두고 봅시다. 원 사장, 좋지 못할 거요."

이철주는 자리에서 일어섰다.

"아니, 잠깐만, 그러시면 안 됩니다."

원 사장이 일어나 그를 가로막고 섰다.

"그러면 우리 회사는 끝장입니다. 몇 달만 더 여유를 주십시오."

"그건 백 사장하고 이야기하시오. 난 어쨌거나 돈을 받기만 하면 됩니다."

가로막은 원 사장을 밀치고 이철주가 문을 열고 나갔다.

"이것 보게, 백 사장, 수표 돌리면 난 끝장이네. 어서 좀 잡아."

원 사장이 울상이 되어 백광남의 어깨를 잡고 흔들었다.

"저런 개자식이 있나? 하, 이것 참 어떻게 하나?"

백광남이 어쩔 줄 모르는 표정으로 이철주가 나간 문 쪽을 바라보았다.

"어서, 어서 가서 사정 좀 해주게. 무슨 조건이라도 들어주겠다고 하게."

원 사장이 다급하게 다시 말했다.

제7장
역습

밤의 대통령

"잘했다."

김원국이 말했다.

조웅남은 잠자코 있었는데 가서 한 일이 없다고 생각했기 때문이다. 뻔한 사실만 다시 한 번 확인했을 뿐 오히려 그들을 긴장시키기만 한 것 같다. 조웅남이 방을 나갔을 때 김원국은 김칠성의 보고를 받은 박종무의 얼굴을 떠올렸다. 당황했을 것이다. 그리고 주춤하고는 조웅남이 인천에 온 실제 목적은 무엇인가를 생각하게 되었을 것이다.

이런 때에 이철주와 인천의 박종무가 손을 잡는다면 곤란하다. 그들을 중심으로 다시 다른 조직들이 흡수되어 갈지도 모른다.

박종무는 조웅남의 인천 방문을 가볍게 넘기지 못할 것이다. 직선적인 성격의 조웅남을 보낸 것이 그 효과를 내었을 것이라고 생각했다.

전화벨이 울렸다. 직통 전화였으므로 수화기를 들었다.

—저예요, 민애예요.

밝은 목소리였다. 이제까지 한 번도 그가 쥔 수화기에서 들어본 적이 없는 소리 같았다. 생소하고 어울리지 않았다.

—바쁘세요?

"아니, 괜찮아."

—오늘 저녁 사주실래요? 배고파요.

"오늘도 쉬는 날이냐?"

—네.

김원국은 잠자코 벽에 걸린 동양화를 바라보았다.

"그래, 저녁이나 같이 먹자."

—정말?

"그래, 프린스호텔로 오너라, 7시에."

수화기를 내려놓고 시계를 보았다. 5시가 되고 있었다.

7시에 프린스호텔 앞에 차를 세운 김원국은 다가온 도어맨에게 키를 주었다.

"나 곧 나올 테니까 현관 옆에 세워둬."

김원국을 알아본 도어맨은 머리만 숙였다.

장민애는 지난번과 같은 자리에 서 있었다. 로비에 빈자리가 많았지만 창가의 한적한 위치다. 레몬색 재킷에 긴 스커트를 입었고 물결치는 듯한 머리가 어깨 위에 덮여 있다. 장민애가 똑바로 다가왔을 때 앉아 있거나 서성대던 사람들이 힐끗거렸다.

아름답다. 주위가 장민애로 인해 환해진 것 같았고 또한 빛을 잃은 것 같기도 하다.

“오늘은 시간을 지키셨네요.”

앞에 선 장민애가 또랑또랑한 목청으로 말했다.

“정각이에요.”

많이 달라졌다는 생각이 들었다. 만난 지 몇 달 되지 않고 세 번째 만나는 셈인데 볼 때마다 장민애는 달라진다.

“오늘도 그냥 나가실 거예요?”

장민애가 물었다.

“그래.”

이번에도 장민애가 팔짱을 꼈지만 현관 앞에 이를 때까지 김원국은 잠자코 있었다.

도어맨이 재빠르게 차를 끌고 와 앞에 세웠고 뒤늦게 지배인이 쫓아 나왔다. 그의 인사를 건성으로 받으면서 김원국은 차를 발진시켰다. 테헤란로를 달려가면서 김원국은 백미러를 바라보았다. 러시아워여서 차도가 혼잡해지기 시작했다.

차 2대 건너 검정색 소나타가 호텔에서부터 따라오고 있었다. 도곡동 쪽으로 방향을 바꿨다.

“오늘은 어디로 가세요?”

“뭘 먹고 싶니?”

“아무거나요.”

“돈 많이 벌었니?”

대학 3학년 때 휴학했다고 들었으므로 가정환경이 부유하지는 않을 것이다.

“네, 500만 원쯤 모았어요.”
“허, 부자 되겠네.”
김원국은 싱긋 웃었다. 고분고분 대답하는 것이 귀여웠다.
“사장님은 더 부자라면서요?”
“더 부자라고? 허, 누가 그랬는데?”
“정 언니가요.”
“얼마나?”
“모르겠어요. 하지만 부자시죠? 맞죠?”
“글쎄다.”
뒤쪽의 차는 끈질기게 따라오고 있었다. 회전해서 논현동 길로 들어섰을 때는 바로 뒤의 차를 건너서 두 번째로 붙어 있었다.
운전사까지 4명, 8시가 되어가고 있다. 김원국은 길가의 커다란 갈비집으로 차를 몰고 들어갔다. 주차장에 차를 세우고 사람들이 북적거리는 홀에 자리를 잡고 앉아 주문을 끝냈을 때 문 옆의 탁자에 2명이 앉는 게 보였다. 뒤를 따라온 놈들 같았고 처음 보는 얼굴들이었다.
“지금도 정 마담하고 같이 있니?”
젓가락으로 고기를 뒤적거리는 그녀에게 물었다.
“네.”
“집에는 가끔씩 들러?”
“네, 토요일에는 꼭 집에 가요.”
“집에서는 네가 ‘귀빈’에 있는 걸 알고 있어?”
“아뇨. 대구에 취직해 있는 줄 알아요. 회사 기숙사에 있다고 했거든요.”

"정 마담이 오늘 나 만나는 것 알고 있니?"

"네."

"정 마담이 전화하라구 하든?"

"아뇨. 오늘은 제가 하고 싶어 했어요."

김원국은 빙그레 웃으며 머리를 끄덕였다.

"정말 보고 싶었어요."

그녀는 부끄러운 듯 젓가락을 내려놓고 시선을 돌렸다.

"너, 내가 뭐 하는 사람인 줄 알고 있니?"

장민애가 시선을 들어 그를 마주 보았다.

"네, 대충은 알아요."

"내가 무얼 하는 사람이야?"

"저, 도매상, 아니 유통업, 그리고 관리하는 일, 그런 것……."

"그래? 좋게 이야기해 주는구나."

그들이 갈비집을 나왔을 때는 10시가 다 되어 있었다. 김원국이 종합운동장 쪽으로 곧장 차를 몰자 그녀가 물었다.

"오늘도 그곳이에요?"

끄덕이며 백미러를 보았다. 도로에는 차들이 밀리지 않았으므로 30미터쯤 뒤에서 따라오는 소나타가 보였다. 서툰 놈들이었다.

종업원의 안내로 방에 들어가 소파에 앉자마자 전화벨이 울렸다. 김원국이 전화기를 집어 들었다.

—형님, 접니다. 옆방에 있는데요.

강만철이다.

"4명이 따라오고 있었어."

김원국이 목소리를 낮췄다. 장민애는 창가에 서서 창밖을 내다보는 중이다.

—그럼 거기까지 와서 애들을 더 부를지 모르겠군요?

"왜? 그놈들 넷이서 지금 들어올지도 몰라."

—에이, 넷 가지고 형님을 어떻게 하려고 하겠습니까? 체면이 있지.

"허, 자식두 참."

—웅남이가 그 방으로 간답니다. 문 좀 열어주세요.

"웅남이도 왔어?"

—이 새끼 빼놓으면 절 죽이려고 할 텐데요, 뭘.

수화기를 내려놓자마자 노크 소리가 들렸다. 장민애가 창가에서 발을 떼어 문을 열려고 하였으므로 그녀를 앞질러 문을 열었다. 조웅남과 오유철이 재빠르게 들어왔다. 오유철이 문을 잠갔다. 조웅남은 김원국의 얼굴을 본체만체하였지만 장민애의 얼굴은 뚫어지게 바라보았다. 놀란 그녀가 얼굴을 붉혔다.

"몇 명이나 왔니?"

김원국이 물었다. 오유철이 대답했다.

"15명입니다. 앞방에 5명, 형님 방 양쪽으로 7명 배치했고, 건너편 가게에 1명이 전화통 옆에 앉아서 망을 보고 있습니다. 저희들 둘까지 합해서 15명이에요."

"여관에서 눈치채지 않았니?"

"아줌마가 여장부에요. 만철이 형님이 두둑하게 선금을 줬더니 군말이 없었습니다. 형님 찾으면 그대로 알려주라고 했습니다."

조웅남은 맨손이었으나 그는 야구 배트를 손에 쥐고 있었다.

김원국은 잠시 그것을 바라보았으나 아무 말도 하지 않았다.

"아따, 형님. 진짜루 예쁘요잉?"

갑자기 조웅남이 말했다. 그제야 그는 장민애에게 시선을 돌렸다. 갑자기 나타난 그들의 험악한 분위기와 대화에 가슴을 울렁이며 서 있던 장민애는 그들의 시선까지 받자 긴장으로 온몸이 굳어져 있다.

"응, 민애. 넌 저쪽 구석에 가 앉아 있어, 소리 내지 말고."

김원국이 가라앉은 표정으로 말했다.

"찍소리도 내지 말란 말여, 알겄어?"

조영남이 잠자코 방구석으로 가 앉은 장민애를 노려보며 말했다. 장민애가 머리만 끄덕였다. 전화벨이 울렸다. 옆방의 강만철이었다.

—형님, 차 2대요, 8명입니다. 지금 여관 앞에 차를 세우고 들어온답니다.

그러고서 전화를 끊었다.

"8명이란다."

김원국이 말하자 조웅남이 손바닥에 침을 뱉고는 주먹을 움켜쥐었다.

"이 씨발 놈들이 전쟁을 허자는고만, 초전박살이여."

"형님, 문 열고 나가면 안 돼요."

오유철이 주의를 주었다.

"그 새끼들이 이 방 노크를 하는 것을 신호로 덮치기로 했으니까 그때 문을 열면 안 된단 말요."

"알어, 그리로 조끔 있다 나갈 거여."

"내 참, 그러면 뭐 하러 이 방으로 왔습니까? 저 방에서 뛰쳐나가지."

"가시내, 아니 여자 볼라구 왔다, 왜?"

"어쨌든 문 열지 말아요."

그들은 문 옆에 앉아서 다투고 있었다. 김원국은 소파에 앉아 담배를 피워 물었다. 이것은 그가 파놓은 함정이었다. 이철주가 장민애를 미끼로 자신을 혼자 있게 하고 혼자 다니는 것을 노리리라는 것을 예상했었다. 이철주가 조급하게 체면을 만회하려고 하는 것도 알고 있었다.

머리를 든 김원국이 장민애를 보았다. 그들이 그녀를 미끼로 썼듯이 자신도 그녀를 이용한 것이다. 구석에 쪼그리고 앉은 그녀는 겁에 질려 있었다. 그와 시선이 마주치자 한동안 눈을 떼지 않았다. 김원국은 시선을 돌렸다. 문에서 노크 소리가 들렸다.

"누구요?"

오유철이 느긋한 말투로 물었다.

"물 가져왔습니다."

밖에서 말했다. 조웅남이 김원국을 바라보고 히죽 웃었다. 갑자기 우당탕거리는 소리가 났다. 고함 소리, 비명 소리, 누군가를 부르는 소리로 복도가 가득 찬 것 같았다. 조웅남이 문을 열고 뛰쳐나갔다. 열린 문으로 얼굴이 피투성이가 된 사내 하나가 엎어질 듯 들어왔다. 오유철이 성큼 다가가 배트로 놈의 머리통을 사정없이 내려쳤다.

"어이구!"

"으악!"

사내의 비명과 장민애의 비명이 동시에 터졌다. 장민애는 두 손바닥으로 입을 틀어막고 있었다. 김원국은 엎어진 사내가 쥐고 있는 20센티미터는 되어 보이는 회칼을 빼앗아 탁자 위에 올려놓았다. 복도가 차츰 조용해지고 있었다. 강만철이 들어왔다.

"형님, 모두 잡았습니다."

그는 가쁜 숨을 몰아쉬고 있었다.

"모두 이리 끌고 와."

잠시 후에 8명의 사내가 끌려 들어와 조그만 방은 사내들로 가득 찼다.

그중 3명은 제 발로 걸어 들어왔으나 나머지는 늘어져 있어서 끌고 들어와야 했다. 모두들 하나같이 피투성이였다.

"다친 애들은 없냐?"

강만철이 물었다.

"우리도 두어 명이 찔렸습니다. 근데 심하지는 않아요."

김원국은 꿇어앉은 사내들을 바라보았다. 놀랍게도 그들은 20대 초반의 새파란 아이들이었다. 20살이 갓 넘어 보이는 얼굴도 있었다. 두어 명이 신음 소리를 내고 있었다.

"누가 형이 되냐?"

김원국이 잠자코 있자 강만철이 그들에게 물었다. 그들은 입을 다물고 대답하지 않았다.

"아따, 야가 선보는 게비네. 그렇게 허면 쓰간디?"

조웅남이 그를 제치고 나섰다. 그는 그중 멀쩡해 보이는 사내의 어깨를 불문곡직하고 배트로 내려쳤다.

"으아악!"

갈라지는 소리를 내며 그가 앞으로 엎어지며 어깨를 안고 뒹굴었다.

"다음은 너."

조웅남이 옆에 꿇어앉은 녀석을 가리키며 다가가 배트를 머리끝까지 치켜들었다.

"아이구, 살려주십시오."

이마가 터졌는지 얼굴이 피투성이인 사내가 두 손바닥을 비벼대었다.

"씨팔 놈아, 팔뚝 아퍼 죽겄다. 빨리 말혀. 누가 성여?"

"저기 저……."

그가 가리키는 쪽은 다리가 부러졌는지 한쪽 다리를 내뻗은 채 앉은 사내였다. 조웅남이 그에게 다가갔다. 그는 25, 6살로 보였다. 고통을 참느라 이를 악물고 있었다.

"애 낳냐? 같잖게 이빨을 물고?"

조웅남은 배트로 그의 다리를 툭 쳤다. 그는 앓는 소리를 냈다.

"우리 형님 누가 쥑이라고 혔냐? 그것만 말혀 뻐려."

그는 입을 다물고 대답하지 않았다.

"그려? 그러면 다리 한 개 더 뿐지러 주께."

조웅남이 태연히 말했다.

새벽 3시가 되어가는 중이다. 커튼을 열자 건너편의 희미하게 보이는 산마루 위에 몇 개의 별들만 가물거리고 있었다. 김원국은 소파로 돌아와 길게 몸을 기대어 앉았다. 이동수와 몇 명의 부하들은 바깥에 세워 둔 차 안에 있는 모양이었다. 여관에서 일을 치르고 나서 곧장 산장으로 온 것이다.

강만철은 지금 홍성철을 잡으러 다니고 있을 것이다. 이철주는 초조하게 결과를 기다리다가 지금쯤은 얼굴이 하얗게 되어 자신의 주변을 급급하게 부하들로 둘러싸겠지. 자신의 오른팔인 홍성철을 생각할 겨를도 없겠지만 본래가 생각할 위인도 아니었다.

각박한 사회에서는 이철주 같은 위인이 필요할 때도 있다. 책상을 닦는 걸레와 방바닥을 닦는 걸레는 달라야 하는 법이다. 그것을 구분하여 사용하듯이 이러한 조직 사회에서도 그는 이철주와 공존할 수도 있다고 생각해 왔다.

그러나 인신매매와 유괴 조직을 배후에서 조종하고 수단과 방법을 가리지 않는 이철주에 대해서는 생각이 다르다. 더욱이 야쿠자와 결탁하고 있는 것이다. 일본의 야쿠자 세력은 현재 조직과 시장에서 한계에 부딪히고 있다.

100년이나 되는 야쿠자 조직은 전통과 규율을 지키고는 있지만 세력이 확장될수록 조직 관리가 어려워진다. 그래서 외부로 뿜어내야만 한다. 히데요시가 쌓은 무력과 사무라이의 불만을 조선으로 내뿜은 것처럼.

한국은 그들의 눈으로 보면 그야말로 개척지나 마찬가지일 것이다. 그들의 자금력과 조직력으로 이철주 같은 기존 세력을 앞장세운다면 손쉬운 일일 테니까.

김원국은 건너편의 산마루를 바라보았다. 화가 치밀어 올랐다. 이철주는 자신이 이용당하고 있다는 것을 알고 있을까?

이철주쯤 되는 작자가 그것을 모를 리가 없다. 그것을 알면서도 나를 제거하려고, 그래서 어떤 배경을 쥐든 간에 이곳을 장악하려고 하는지도 모른다. 일본 세력이든 홍콩 세력이든 상관하지 않고 우선 전체를 손에 쥐겠다는 욕심인 것이다.

안방 문이 열리면서 장민애가 주춤거리며 응접실로 나왔다. 몇 시간 동안 놀라운 일들을 겪은 터라 아직도 겁에 질려 있는 것처럼 보였다.

"왜? 잠이 안 오나? 자라니까."

김원국이 부드럽게 말했지만 그녀는 앞쪽의 소파에 조심스레 앉았다.

김원국은 산장까지 올 동안 장민애에게 아무 말도 하지 않았다. 산장에 도착하자 방을 가리키며 들어가 자라고 말했을 뿐이었다.

"알고 있나? 민애를 이 사장이나 정 마담이 이용한 것을?"

김원국이 담담하게 물었다. 장민애가 머리를 젓자 김원국은 쓴웃음을 지었다.

"내가 너하고 있을 땐 혼자라는 것을 알게 된 거지."

"……."

"너는 시키는 대로 했고."

"……."

"놈들은 어젯밤 나를 제거하려고 했어. 병신을 만들거나 죽였겠지. 다시 나타나지 않도록 말야."

"……."

"그들도 너를 이용했지만 나도 마찬가지야."

"전 어떻게 해요?"

갑자기 그녀가 물었다.
"전 어떡하면 좋아요?"
김원국이 쓴웃음을 지었다.
"왜, '귀빈' 때문이냐?"
"……."
"하긴 그렇구나, 민애 입장이 조금 난처해지겠다."
"……."
"모른 척 그냥 다닐 수도 있겠는데."
"싫어요."
"그럼 집에 돌아가."
"안 돼요."
"……."
김원국은 담배를 꺼내어 불을 붙여 물었다. 연기를 길게 내뿜었을 때 창밖으로 여명이 비치고 있는 것을 보았다.
"넌 얼굴도 몸매도 뛰어난 여자야."
"……."
"그만하면 기교도 있고 성격도 밝아. 순진하고."
"……."
"하지만 넌 내 성욕의 도구 외에는 아무것도 아니었다. 미안하다."
그녀는 입술을 깨물고 그를 바라보았다.
"난 여자를 여럿 거쳤다."
"……."
"그저 좋게 이야기할 수도 있었는데 내가 좀 심한 것 같군."

장민애는 두 손으로 얼굴을 가리더니 어깨를 떨며 소리를 죽여 울었다.

"여자에 대한 내 고정관념이 나온 거야. 단지 너라고 예외가 아니라는 이야기니까……."

"……."

"날이 새면 아무 데로나 가도 돼."

"내가 뭘 바란다고 했어요? 날 책임져 달라고 했어요?"

눈물에 젖은 얼굴로 그를 바라보며 장민애가 말했다.

"……."

"왜 나한테 이러세요?"

김원국은 잠자코 있었다.

강만철이 홍성철을 데리고 온 것은 아침 8시경이었다. 홍성철은 옷은 구겨졌지만 다친 곳은 없는 것 같았다. 김원국은 미리 연락을 받고 있었으므로 들어서는 그들을 잠자코 바라보았다. 강만철과 김길호가 홍성철을 데리고 들어왔고 나머지는 밖에 있는지 왁자지껄했다.

"거기 앉아라."

김원국이 말하자 강만철과 김길호는 앉았지만 홍성철은 선 채로 쭈뼛거렸다.

"'귀빈'에서 나오는 걸 데려왔습니다."

강만철이 말했다.

"애들을 셋 데리고 있었는데 같이 데리고 왔어요. 성철이 얘가 우릴 보더니 대뜸 튈 생각 없다고 그러더만요. 그래서 그냥 데리고 온 겁니다."

"거기 앉아라."

홍성철은 앞자리에 앉았다. 긴장해서 이를 악물고 있었는데 김원국과 시선이 마주치자 얼굴을 숙였다.

"물론 이 사장 지시겠지?"

김원국이 대뜸 물었다.

"그렇습니다."

망설이지 않고 그가 대답했다.

"이 일로 몇 명이나 데리고 왔니?"

"20명쯤 됩니다."

"나머지는 어디에 있냐?"

"이 사장님 댁 근처에 있습니다."

"흥, 죽기는 싫은 모양이구먼, 병신 같은 놈이."

강만철이 싸늘한 얼굴로 중얼거렸다. 홍성철은 그를 돌아보았으나 말없이 머리를 돌렸다.

"이 사장이 요즘 일본 사람들하고 거래가 있지?"

김원국이 물었으나 그는 머리를 숙인 채 대답하지 않았다.

"그렇게 발을 넓히는 모양인데 목표가 나 아니냐?"

"형님, 죄송합니다."

머리를 숙인 채 홍성철이 말했다.

"뭐가?"

"저를 죽이시더라도 말씀드릴 수가 없습니다."

"……."

"어떻든 간에 저는 이철주 형님 밥을 먹고 있는 사람입니다."

"……."

"형님을 배신할 수는 없습니다."

"네가 날 죽이려 했듯이 내가 널 죽여도?"

"차라리 죽겠습니다."

"각오는 돼 있냐?"

"네, 각오하고 왔습니다. 대신 이번 일은 이것으로 끝내주십시오."

김원국은 강만철을 돌아보았다. 입술을 꾹 다문 채 그는 홍성철을 바라보고 있었다.

"그럼 죽어라."

홍성철이 얼굴을 들었으나 표정은 변함이 없었다.

"제가 죽을까요?"

"그래, 네가 칼을 잘 쓴다던데 그것으로 죽을 거냐? 가져다줄까?"

"네."

"여기 있습니다."

김길호가 호주머니에서 커다란 잭나이프를 꺼내어 탁자 위에 올려놓았다. 김원국은 김길호의 얼굴과 칼을 번갈아 바라보았다.

"저, 아까 애들한테서 빼앗은 것입니다."

김길호가 당황하여 말했다. 홍성철이 손을 뻗어 칼을 집어 들었다.

"칼 내려놔."

강만철이 날카롭게 소리쳤다. 홍성철은 그를 바라보다가 김원국에게로 시선을 돌렸다. 김원국은 말없이 그를 쏘아보고 있었다.

"칼 내려놓으란 말이야! 내 말 안 들려?"

강만철이 다시 소리치자 홍성철은 칼을 탁자 위에 내려놓았다.

"형님, 이 새끼 살려주시지요."

강만철이 말하자 홍성철이 퍼뜩 얼굴을 들었다.

"야, 이 새끼야! 동정하지 마!"

소리친 홍성철이 칼에 손을 뻗었다.

"그만둬."

김원국이 낮게 말했지만 홍성철은 주춤하면서 몸을 굳혔다.

"병신 같은 놈, 그래도 한 조직의 형이란 놈이 생각하는 것이 그따위냐? 죽는 건 쉬워, 이새끼야. 산다는 것이 더 어려울 때도 있단 말이다. 네가 이 사장을 위해 죽어버린다면 모든 것이 풀어지리라고 믿어? 이 싸움이 끝나리라고 믿느냐구?"

"……."

홍성철은 머리를 숙인 채 대답하지 않았다.

"만철이가 너를 말린 것은 네 의리가 좋게 보였다기보다는 한강상사에서 앞뒤를 분간할 수 있는 놈은 너밖에 없는 것 같아 보여서 말린 것 같구나."

"……."

"네가 죽으면 한강상사는 어떻게 될까? 네가 목숨을 걸고 지키려 했던 이철주 사장은?"

홍성철은 이를 악물고 대답하지 않았다.

"돌아가서 지방에서 올라온 아이들을 오늘 중으로 내려보내라. 그런 어린애들을 돈과 흉기로 물들이면 안 된다. 알겠어?"

"……."

"그리고 오늘 중으로 이 사장이 내 앞에 나타나 해명해야 한다. 너하고 같이."

"……."

"분명히 전하도록 해. 네가 이 사장을 생각한다면 어떻게 하는 것이 유리한 일인지 판단이 될 거야."

"잘 알겠습니다, 형님."

방바닥을 내려다보고 있던 홍성철이 머리를 들고 말했다.

"그래도 너 같은 동생을 둔 이 사장은 다행이야."

"……."

"네 덕에 이 사장이 이번에는 무사했다는 것만 알아둬."

"……."

"조직의 우두머리는 힘과 술수만으로는 안 돼. 때로는 바보같이 보이는 덕을 베풀어야 돼. 네가 참고해라."

"네."

홍성철이 가라앉은 목소리로 대답했다.

이철주 사장은 수화기를 내동댕이쳤다. 정재희가 수화기를 집어서 제자리에 올려놓았다.

"왜요? 또 무슨 일이 있어요?"

그녀가 조심스레 물었다. 이철주는 그녀를 멍한 시선으로 바라보았다.

"홍성철이 끌려갔다는구먼."

"네? 홍 부장이요? 누구한테요?"

정재희는 깜짝 놀라 물었다.

"누군 누구야? 김원국이지."

그는 수화기를 다시 집어 들었다. 다이얼을 누르자 곧 신호가 갔다.

"어, 영산이냐? 난데, 나 방배동에 있다. 지금 애들 다 있지? 빨리 이쪽으로 보내. 너두 함께 오고, 알았지?"

이철주는 그러고 나서 두어 군데에 다시 전화를 했다. 이제 잠시 후면 아파트 앞에 애들이 좌악 깔릴 것이다. 조금 든든해졌다.

"설마 민애, 그년이 일러바치지는 않았겠죠?"

정재희가 물었다.

"내가 그걸 어떻게 알아? 그래, 그 애가 눈치채게 한 거야?"

"아뇨. 그런 일은 없었어요. 그저 어디에서 만났느냐, 어디서 잤느냐 하고 지나가는 말로만 물었는데……."

"하긴 애초에 김원국이가 여자한테 빠질 놈이 아닌데……."

초인종 소리가 울려 정재희가 깜짝 놀라 눈을 크게 뜨고 그를 보았다. 이철주가 일어서서 현관 앞에 다가가 물었다.

"누구요?"

"접니다, 영산입니다."

그가 문을 열자 구영산이 들어섰다. 그의 뒤로 서너 명의 사내들이 따라 들어서고 있었다. 구영산은 홍성철과 동년배로 이철주 소유의 가게들을 관리하고 있었다. 전과 5범으로 모두 폭력 전과다. 지방을 돌아다니다가 이철주에게 채용된 것은 3년 전이었다.

"형님, 성철이가 잡혀 들어갔다는 게 정말입니까?"

소파에 앉자마자 그가 물었다. 검은 얼굴에 눈에 핏발이 서 있었는데 큰 키에 다부진 체격이었다. 그를 따라온 사내들은 이철주에게 인사를 하고 나서 어려운지 멀찍이 물러나 서 있었다.
"그런 모양이야."
"그럼 빼내 와야지요. 애들 모두 몰고 가서 말입니다."
"……."
"하나하나 뒤져 봐야지요."
"다친 애들은 어떻게 했니?"
이철주가 물었다.
"모두 병원에 입원시켰습니다. 병신 같은 놈들, 아까운 돈 들게 생겼어요."
"……."
"형님, 이렇게 앉아만 계실 겁니까?"
"조용히 해. 홍성철이가 어디에 있는가부터 알아야 할 게 아냐?"
이철주가 말하자 그는 입을 다물었다. 서너 번씩 옮겨 다닌 녀석이라 구영산에게는 좀처럼 신뢰가 가질 않았다. 이번 일이 벌어지자 설쳐 대고 있었지만 신중하지 못했다. 홍성철이 같으면 조직과 이철주를 먼저 생각하고 이야기했을 것이다. 구영산은 그저 이번 기회에 힘을 한번 보여주고 싶어 하는 것 같았다.
"우선 밖에 애들 대기시키고 몇 명 풀어서 알아봐."
이철주가 말하자 그는 일어섰다.
"그럼 저는 밖에 있겠습니다."
그가 사내들을 몰고 아파트를 나가자 방에 있던 정재희가 나왔다.
"찾으러 다니실 거예요? 혹시나 무슨 일이 있는 건 아니겠죠?"

"글쎄."

이철주는 걱정이 되었다.

사업의 비밀은 모두 홍성철이 쥐고 있었다. 그것을 김원국에게 발설한다면 그의 보복이나 충격은 말할 것도 없고 수사기관에서 즉각 구속시킬 것이다. 그렇게 되면 하루아침에 무너지는 것이다.

김원국이 홍성철을 포섭할 수도 있을 것이다. 그러면 홍성철은 모든 것을 김원국에게 불어버리는 것이 부담이 덜할 것이다. 우선 나라도 저쪽 강만철이나 조웅남을 잡았다면 그렇게 했을 테니까.

이철주는 점점 초조해졌다. 그러다가 자신을 기다리고 있을 박종무를 생각해 내었다. 어젯밤 김원국을 제거하면 바로 박 사장한테 연락해서 수습을 함께할 작정이었기 때문이다.

그러나 지금 이 상황을 이야기해 줄 수는 없다. 박종무가 알게 된다면 무시하게 될 것이다. 어쨌든 김원국의 외도를 미끼로 지방에서 올라온 애들을 골라 습격시킨 것은 경솔했다는 생각이 들었다. 조금 더 기회를 봐서 완벽하게 처리할 수도 있었다. 그러나 고병길이 처단된 후에 그는 자존심이 크게 상해 조급하게 서둘러 온 것이었으므로 누구를 탓할 수도 없었다.

"그년한테서도 연락이 없나?"

이철주가 물었다.

"누구요? 아, 민애. 예, 걔도 연락이 없어요."

"……."

"그 난리통에 같이 있었다는데 아마 정신이 달아나서 어디로 숨었겠죠."

"그거 내보내."

"그렇지 않아도 걔가 있겠어요? 우리도 걔 보기가 그렇지만요."

9시가 다 되어서 전화벨이 울렸다. 이철주가 수화기를 집어 들었을 때 홍성철의 목소리가 울렸다.

—형님, 접니다.

"아니, 너, 지금 어디 있냐?"

이철주가 소리쳤다.

—형님, 곧 거기로 가겠습니다. 가서 말씀을 드리지요.

"너, 괜찮냐? 김 사장하구……."

—괜찮습니다.

"괜찮단 말이냐?"

—네.

이철주는 맥이 풀렸다. 멀쩡하게 돌아오는 모양이었다. 하지만 가슴에 가득히 무엇이 들어 있는 것처럼 답답해져 왔다. 잡혔다는 놈이 왜 멀쩡하게 돌아온단 말인가?

제8장

추악한 결탁

밤의 대통령

부산으로 내려온 이철주 사장은 해운대호텔에 투숙했다. 바닷바람이 세찬 날이어서 바람을 맞은 유리창이 가늘게 떠는 소리를 냈다. 아직 초저녁이었으므로 이철주는 가운을 입은 채로 창밖을 바라보며 앉아 있었다.

8시에 가네무라와 박재팔을 만나기로 한 것이다. 이번 회합도 가네무라가 주최하는 것인데 가네무라는 오사카에서 서울로 오지 않고 부산으로 온 것이다. 언짢았으나 서울보다는 부산이 안전하고 비밀 보장이 쉬우리라는 생각도 들었다.

김원국 습격이 실패로 끝난 후에 이철주는 체면을 잃었다. 김원국과 만나 다른 이야기는 하지 않고 사과만 했다. 오카다에게서 보고를 받았는지 이철주를 만났을 때 가네무라가 말했다.

"이 사장, 앞으로 그런 일을 할 때에는 꼭 오카다와 상의해 주시오."

나이는 이철주와 동년배인 40대 후반이었으나 입과 눈이 큼직해서 입을 꾹 다물고 쏘아보면 압도당하는 기분이 들었다. 기분이 언짢아진 이철주가 대답하지 않았더니 추궁하듯 물었다.

"이젠 이 사장 사업은 이 사장 혼자만의 것이 아니지 않소? 우리에게도 바로 영향이 오지 않습니까?"

그의 표정은 엄격했다.

"그 일을 오카다와 상의했더라면 계획을 보다 치밀하게 세워서 성공할 수도 있었을 거요."

그때 오카다는 부산에 있었는데 이철주는 오카다에게 상의한다는 것이 보고하는 것과 같은 것임을 알고 있었다.

이철주가 운영하는 업소들은 설립할 때 가네무라가 50퍼센트의 자금을 지원해 주었지만 그는 동업자지 상관이 아니다. 부산의 박재팔은 그 이상일 것이다. 잘은 모르겠지만 거의 가네무라 측의 자금으로 설립되었다고 봐도 될 것이다. 이철주는 냉장고를 열어 맥주를 꺼내 들었다. 혼자 내려왔기 때문에 불편했다.

'라스베가스'의 밀실에 이철주와 가네무라, 박재팔, 오카다 4명이 모였다. 박재팔은 먼저 와서 기다리고 있었고 이철주와 가네무라는 거의 동시에 들어왔다. 오카다가 가네무라의 뒤에 서서 의자에 앉도록 시중을 들었다. 가네무라가 상석에 앉았다. 테이블 위에는 미리 준비해 둔 술과 안주가 놓여 있다. 박재팔이 밀실의 문을 안에서 잠그자 회의가 시작되었다.

"모처럼 모두 모였군요, 여러분."

가네무라가 이철주와 박재팔을 보면서 말했다. 박재팔은 빙긋 웃었으나 이철주는 잠자코 가네무라를 바라보았다. 박재팔은 한때 그의 수하에 있었다가 10여 년 전 분가해 나간, 항렬로 보면 동생인 것이다. 같이 취급받는 것 같아 기분이 나빴지만 가네무라는 박재팔을 대단히 신임하고 있는 것 같았다. 박재팔의 이야기를 할 때면 언제나 그를 칭찬을 했는데 그도 박재팔이 10여 년 전에는 이철주의 부하였다는 것을 알고 있었다.

"내가 이 사장을 부산까지 내려오시게 한 것은 이 사장과 박 사장이 옛날에 같은 식구였다는 것을 알고 있기 때문이오."

가네무라가 이철주에게 말했다.

"두 분 사이가 좀 더 친해지고 옛날처럼 같이 손잡고 일하는 분위기가 되어야 한다고 생각합니다."

이철주와 박재팔의 시선이 마주쳤으나 이내 떨어졌다.

"이번에 서울에서 이 사장의 입장이 약간 난처해진 일이 있었지요."

"잠깐만."

이철주가 가네무라의 말을 가로막고 나섰다.

"가네무라 씨, 구태여 그런 이야기를 꺼낼 필요가 있소? 이런 자리에서?"

이철주의 얼굴은 상기되어 있었다.

"난 이야기해야 한다고 믿소. 이젠 우리는 다시 한식구니까 말이오."

가네무라가 큰 눈으로 그를 보며 위압적으로 말했다.

"이 사장, 인천의 박 사장과 부산의 박 사장을 함께 묶어서 생각해야 됩니다. 모두 이 사장을 위한 일이오."

이철주는 입을 다물었다. 박종무 앞에서도 그랬지만 박재팔이 있는 지금도 자신은 형편없이 깎아내려지고 있다는 느낌을 지울 수 없었기 때문이다. 이철주는 자신이 박종무 또는 박재팔과 동급이라고는 생각하지 않았다. 그러나 가네무라가 참석한 회의에서는 언제나 자신이 깎아내려지고 그만큼 가네무라의 위치가 올라가고 있는 것이다.

"지금 이 사장에게는 여기 있는 박 사장 같은 힘을 가진 조력자가 필요합니다. 그 계획을 오카다가 설명해 드릴 거요."

말을 마친 가네무라가 오카다를 바라보았다. 오카다가 머리를 들었을 때 이철주는 어금니를 지그시 물었다. 지금은 힘이 필요한 때였다

오카다가 입을 열었다.

"지금 서울의 상황은 김 사장 테러 계획이 실패한 후 우리의 사기가 많이 떨어져 있습니다. 잘 아시다시피 제일상사의 김원국이 문제입니다. 주류 공급권과 업소들을 장악해야 하는데 제일상사가 그 모든 것을 장악하지 않았습니까? 이 사장의 인력 공급은 부수적인 일일 뿐으로 주도권을 잡을 수가 없습니다. 인천 박 사장의 힘을 합해도 아직은 부족합니다. 주류 공급을 김원국에게서 받는다면 주도권은 이미 뺏기고 있는 것이니까요."

"......"

뻔한 소리였으므로 이철주는 잠자코 있었다. 수많은 도전과 갖가지 방법을 동원한 모험과 압력이 있었지만 제일상사는 꾸준히 버텨 나가고 있는 것이다. 이제는 새로 창업하는 업소가 먼저 제

일상사에게 부탁하는 형편이 되어 있다.

"그래서 이번에 박 사장의 조직을 동원해야 할 것 같습니다. 우리는 박 사장과 충분히 상의를 했고 그도 기꺼이 우리를 돕기로 했습니다."

이철주가 박재팔을 돌아보았지만 그는 시선을 피했다.

"박 사장의 조직은 제대로 갖춰져 있고 믿을 만합니다. 그중 20명 정도만 선발해 서울로 올라가도록 해서 이 사장을 돕도록 합시다. 조직적으로 제일상사의 힘을 하나씩하나씩 꺾어나가야 해요. 우리 일본에서 경험하고 닦아온 방법입니다. 틀림없어요."

오카다는 자신만만하게 말했다. 이철주는 어금니를 물었다가 문득 김원국에게 당한 수모가 다시 떠올랐다.

* * *

장민애는 파 한 단과 배추 두 포기, 고춧가루 한 봉지를 샀다. 생선가게에 들러 동태를 한 마리 사고는 잠시 서서 잊어버린 것이 없나 생각해 보았다. 어머니가 말한 것은 다 산 것 같았다. 시장을 빠져나와 한참을 걷다가 다시 멈췄다. 새우젓을 까먹은 것이다.

짜증이 났다. 멈춰 선 지점에서 시장이 가까운가 집이 가까운가 잠시 생각해 보았더니 집이 가까웠다. 집 쪽으로 걸음을 옮겼다. 그러다가 다시 멈췄다. 어머니가 다시 시장에 나올 것을 생각한 것이다. 입술을 달싹이며 불평을 하면서 장민애는 시장 쪽으로 몸을 돌렸다.

"시장 보고 오니?"

앞에 선 사람을 보고 장민애는 깜짝 놀랐다. 김원국이 그녀를 내려다보며 서 있었다. 무표정한 얼굴로 그녀의 얼굴과 시장바구니를 보면서 그가 서 있었다. 그녀는 얼굴이 새빨개졌다. 진 바지에 스웨터 차림이었다. 늦게 일어났으므로 세수도 하지 않은 채 슬리퍼를 끌고 나왔었다.

"예쁘구나."

그가 다시 덤덤한 얼굴로 말했다. 장민애는 머리를 숙였다가 집 쪽으로 몸을 돌려 뛰었다. 장바구니를 들고 뛰는 게 불편했지만 내버릴 수는 없었다. 골목으로 들어서서 잠시 숨을 가다듬었다. 그가 따라오는지, 가버렸는지는 알 수 없었다.

"망할 자식."

불쑥 욕설이 튀어나왔다.

"개새끼."

그러자 조금 기분이 나아졌다. 장민애는 서둘러 집 안으로 들어섰다.

"벌써 갔다 오니? 다 샀어?"

어머니가 장바구니를 받아 들며 물었다.

"아니, 왜 뛰어왔니? 왜 이렇게 헐떡거려?"

장민애는 대꾸하지 않고 방으로 들어가 문을 잠갔다. 여관에서 그 소동이 있고 나서 20일 가깝게 되었다. 다음 날 아침 장민애는 산장을 나왔다. 김원국은 그녀가 집에 가겠다고 하자 잠자코 머리를 끄덕이며 차를 준비시켜 주었다.

사양하고 싶었으나 차편이 없었으므로 그가 내준 차를 타고 돌아온 것이다.

그녀는 정재희에게도 가지 않았다. 짐도 없었고 몇 벌 있는 옷도 모두 정 마담이 준 것이거나 해준 것들이어서 놓고 와도 상관없었다. 저금 통장은 언제나 핸드백에 넣고 다녔다. 집으로 돌아온 장민애는 방 안에 파묻혀 책을 보며 지냈다. 가끔 시장에 어머니 심부름을 가는 것이 고작이었다.

어머니가 무슨 일이냐고 캐묻기에 고되어서 회사를 그만두었다고 말했다. 어머니는 더 이상 묻지 않았다. 고되었다는 말에 가슴이 아픈 모양이었다. 어머니에게 들어서인지 동생들과 아버지도 모두 모른 척했다. 초인종이 울렸으므로 장민애의 가슴이 덜컥 내려앉았다.

"누구세요?"

어머니가 물었을 때 장민애는 눈을 크게 뜨고 귀를 세웠다. 밖에서의 말소리는 이쪽까지 들리지 않았다. 어머니가 문을 여는 소리가 들렸다.

"들어오세요."

어머니가 손님에게 말했으므로 장민애의 가슴이 두근거렸다.

"민애야, 사장님이 찾아오셨다. 어서 나와 뵙거라."

입술을 깨물면서 그녀는 방을 나왔다. 김원국이 응접실에 서 있었다.

"앉으세요. 아니, 넌 사장님이 오셨는데 왜 그렇게 인사도 않고 서 있기만 하니?"

어머니가 말했다.

"이렇게 갑자기 찾아와서 죄송합니다."

그가 어머니에게 말했다.

"아이구, 무슨 말씀을… 앉으세요."

어머니가 말했다.

"민애도 이리 와 앉지그래."

그가 말하자 그녀는 잠자코 건너편에 앉았다.

"우리 민애가 갑자기 회사를 그만둬서……. 일이 많은 모양이지요?"

어머니가 말했다.

"네, 일이 많습니다."

"얘가 원체 몸이 약해서요."

장민애는 소리를 지르고 싶었다. 탁자 위에 놓은 꽃병을 집어 들어 김원국에게 던지고 싶었다.

"그렇지요."

김원국은 말하면서 장민애를 바라보았다. 검은 눈동자가 그를 노려본 채 움직이지 않고 있었다. 김원국은 무표정한 얼굴로 머리를 돌렸다.

"그런데 사장님이 웬일로……?"

어머니가 궁금한 듯이 물었다.

"아 참."

김원국은 생각난 듯이 호주머니에서 봉투를 꺼내어 탁자 위에 놓았다.

"이 상무라고 있습니다, 이철주 상무라고."

"……."

어머니는 영문을 모른 채 그를 바라보며 다음 말을 기다렸다.

장민애의 심장이 터질 것처럼 뛰었다.

"그 이 상무가 퇴직금을 잊어버렸더군요. 그래서 제가 대신 가져왔습니다."

"아니, 두 달밖에 되지 않았는데 무슨 퇴직금을?"

어머니가 놀란 듯 말했다.

"저희 회사는 그렇습니다. 그리고……."

김원국은 장민애를 바라보았다.

"내가 이철주한테 받아낸 것이니까 장민애 씨는 아무 소리 말고 받도록 해. 퇴직금이니까. 얼마 있지 않았지만 장민애 씨는 받을 자격이 있어."

그의 표정은 엄격해서 뭐라고 말할 듯 입을 달싹이던 장민애는 숨을 들이켜고는 입을 다물었다.

"저는 바빠서 이만 가보겠습니다."

그가 일어섰다.

"아니, 차도 한 잔 안 드시고. 내 정신 좀 봐."

어머니가 만류했지만 그는 웃으며 사양했다. 현관에 서서 어머니에게 정중히 인사를 하고 난 김원국은 문을 열고 나갔다. 장민애는 우두커니 일어서 있었지만 김원국은 시선을 주지 않았다.

"아이구, 점잖은 사장님이네. 인물도 훤하고……."

문을 닫고 돌아온 어머니가 말했다. 어머니는 들떠 보였다.

"어디 퇴직금이 얼마인가 봐도 되니, 민애야?"

그러면서 어머니는 봉투를 열었다.

"아니?"

어머니는 수표를 보고는 입을 딱 벌렸다.

"아니, 이게 얼마냐? 500만 원, 아니, 웬 퇴직금이 이렇게 많니? 두 달밖에 일을 안 했는데?"

장민애는 잠자코 방으로 돌아와 문을 안에서 걸어 잠갔다. 눈물이 흘러내렸다. 분한 생각이 드는 것이 스스로 생각해도 알 수 없었다.

김원국이 '이향'에 도착했을 때 문 앞에서 기다리고 있던 김칠성이 허리를 꺾어 인사를 했다.

"계시냐?"

"네, 기다리고 계십니다."

강만철과 이동수를 데리고 온 김원국은 앞장을 서서 음식점 안으로 들어섰다. 인천 변두리에 있는 아담한 한정식집이었다. 박종무를 만나러 온 것인데 오후에 전화로 약속을 했다.

"박 사장님, 좀 뵙시다. 오늘 저녁 7시쯤 어떻습니까? 제가 찾아뵙지요."

대뜸 그렇게 말했을 때 박종무는 당황했다.

—아니, 김 사장. 갑자기 웬일로……?

"약속 있으세요?"

—아니, 약속이야 없지만.

"그럼 찾아뵙지요. 장소는 어디가 좋겠습니까? 형님이 정하시지요. 둘이서 조용히 이야기하기 좋은 곳으로. 형님한테 좋은 이야기인데요."

—아니, 나한테 좋은 이야기라니? 가만있자, 어디가 좋겠나?

박종무의 말투가 금방 가벼워졌다. 그래서 결정된 곳이 '이향'이었던 것이다. 방 안으로 들어가자 박종무가 자리에서 일어섰다.

"어이구 동생, 이거 오랜만이구만. 서로 바빠서 만나기도 힘이 들어."

나이 차가 10년이 넘게 나고 있어서 당연히 그래야 할 것이나 박종무는 김원국에게 함부로 동생 소리를 하지 못했다. 김원국만 한 실력이 없을 뿐만이 아니라 이렇게 업소들을 유지하게 된 것도 그의 덕택이기 때문이다.

김원국은 버릇처럼 머리를 끄덕이며 자리에 앉았다. 강만철은 이동수, 김칠성과 함께 밖에 있었다.

"그런데 동생, 갑자기 무슨 일인가?"

술이 몇 잔 돌아가도록 김원국이 이야기를 꺼내지 않았으므로 조바심이 난 박종무가 참지 못하고 물었다.

"형님은 나보다 경험도 많으시고, 나이도 많으시니까 더 잘 알고 계실 겁니다."

"……."

"요즘 사건들 잘 아시지요?"

"사건들? 아, 요즘… 알고 있지."

박종무는 긴장했다. 그 사건하고는 무관하다고 할 수도 있지만 캐고 보면 모든 것을 이철주와 협의하고 있었으니만치 공모했다고 볼 수도 있다.

"그걸 어떻게 생각하십니까?"

"아, 글쎄, 그것이……."

박종무는 얼마 전에 조웅남이 느닷없이 인천에 와서 김칠성을 데리고 월미도에 가서 떠든 이야기를 들어 알고 있었다. 그러고 나서 여관의 습격 소동이 생겼던 것이다. 조웅남이 다녀간 후로 그는 행동에 신경을 썼다. 이철주를 만나지 않았다. 김원국이 냄새를 맡은 모양이라고 생각했기 때문에 불안했다.

이철주는 김원국을 습격하던 날 오후 그에게 전화를 했던 것이다.

—박 사장, 이제 곧 좋은 소식이 있을 거요. 준비해 두시오.

"아니 그럼?"

—내가 바로 연락하리다. 전번에 이야기한 것을 시행할 거요.

"……."

어떤 방법으로 할 것인가는 이야기하지 않았다. 그러나 그것은 참담하게 실패로 끝나 홍성철이 납치되어 봉변을 당하고 이철주가 굴욕적으로 사과를 하고 마무리된 것이다. 그 후로 김원국을 처음 만난다.

"이 사장이 무엇을 어떻게 하고 있다는 것은 형님이 잘 아시지요?"

"……."

"이 사장과 가네무라, 오카다가 여기 자주 왔던 것을 잘 압니다."

박종무는 놀란 듯 그를 바라보았으나 잠자코 있었다.

"형님이 이 사장에게 의존하고 있는 것도 압니다. 다시 일어나고 싶으시겠죠."

"아니, 그게 아니라 나는……."

입이 열 개라도 할 말이 없었다. 은혜를 원수로 갚느냐고 귀뺨을 때려도 할 수 없었다. 그의 조직이 자중지란으로 와해되었을 때 김원국은 그것을 정리해 주었고 그에게 호텔을 남겨 주었다. 그 후부터 인천은 서울의 직접 관리를 받게 된 것이다.

"그것이 힘이나, 조직력이나, 하다못해 한국 사람끼리의 무엇이라면 상관이 없어요, 나는."

김원국의 얼굴이 굳어져 있었다. 박종무는 그와 시선을 마주치지 않으려는 듯 이리저리 얼굴을 돌렸다.

"일본 놈의 자금을 얻어 쓰고 있는 것은 압니다. 그것도 이해할 수는 있어요. 하지만 고병길 같은 놈을 시켜 여자들을 유괴해서 팔아먹는다는 것은 용서할 수가 없습니다."

"……."

"그렇게 해서 유흥가에 여자들을 내어놓아서 얼마나 돈을 벌겠다고… 비열한 짓입니다."

박종무는 잠자코 있었다. 김원국이 이철주가 여자들을 가네무라한테 넘기는 것을 모르고 있는 것 같았는데 그것을 알려줄 필요는 없었다.

"그런 사람과 손을 잡고 계십니까?"

"아니, 이 사람아, 그게 아닐세."

"조웅남이를 보내서 경고를 해드렸지요. 형님은 그만하면 짐작하시고 나한테 연락하실 줄 알았습니다."

"……."

"나하고 등 돌릴 겁니까?"

"무슨 말을 그렇게 하는가?"

그는 손수건을 꺼내어 얼굴의 땀을 닦았다. 인천에는 7, 8개의 구조직과 신조직이 있다. 그들은 김원국의 통제를 받아 그들의 영역만을 지키고 있다. 만일 김원국이 그중 하나를 선택하여 밀어주면서 박종무를 깨라면 그는 하룻밤에 끝이 날 것이다.

"이철주가 여기 와서 이런저런 이야기를 한 것은 사실이네. 그 가네무란가 하는 일본 놈이 같이 놀러 온 것도 사실이고. 그렇다고 한통속으로는 보지 말게. 나는 그렇게 치사한 놈은 아니야. 그렇게 더러운 짓은 하지 않네."

"……."

"앞으로 그들과 거래를 끊겠네. 내가 동생의 신세를 잊을 수가 있겠나?"

"……."

"이젠 내가 자주 놀러 가겠네. 무슨 일 있으면 바로 연락하지."

"이철주도 내가 여기 온 것을 알고 있습니다."

"……."

박종무는 그를 바라보았다. 놀라는 표정이었다.

"난 숨길 것이 없습니다."

"……."

"뒤가 구린 놈이나 뒤를 조심하겠지요."

"그렇지."

"일본 놈들이 무슨 꿍꿍이로 이렇게 이철주와 밀착되어 있는지는 곧 알게 되겠지요. 필사적으로 나를 제거하려는 것도 알고 있습니다. 그때 벌어질 일에 형님은 끼시면 안 됩니다. 형님을 생각해서 말씀드리는 겁니다. 기다리시면 내가 무얼 만들어 드립니다."

박종무가 머리를 들고 김원국을 바라보았다. 결심을 한 듯한 결연한 표정이었다.

"내가 뒤가 약해서 흔들렸네. 자네도 잘 알 거야. 자네가 밀어준다면 내가 기다리겠네. 구질구질하게 살지 않겠네."

김원국은 끄덕이며 자리에서 일어섰다. 그는 굽혀본 경험이 있는 사람이어서 변하는 것도 빨랐다. 최소한 그를 움츠러들게 한 것만도 소득이라고 생각했다.

제9장

태풍 전야

밤의 대통령

김길호는 타이어의 찢어진 부분을 살펴보았다. 약한 옆 부분이 길게 옆으로 찢어져서 바람이 빠진 타이어는 납작하게 주저앉은 상태다. 허탈해진 김길호는 시계를 내려다보았다. 12시가 다 되었으므로 손님들이 몰려나올 시간이었다. 곧 일어날 소동을 생각하자 머리가 아팠다. 어떤 차는 타이어 2개를 찢어놓아서 땅바닥에 차가 붙은 것 같다.

"도대체 어떤 씨발 놈이……."

그는 둘러선 부하들을 바라보았다. 주차장 당번인 2명의 사내가 머리를 숙이고 서 있었다.

"못 보았단 말이냐?"

소용없는 말인 줄 알고 있었지만 다시 한 번 소리를 질렀다.

"네."

그들이 기어들어 가는 소리로 대답했다. 끊임없이 차들이 들락거리는 데다 안에 박힌 차들이 나가기 좋도록 빼줘야 했기 때문에 정신이 없었을 것이다. 그리고 운전사들이 차 안에 앉아 있거나 저희들끼리 모여 오락가락하고 있어서 확인할 수도 없다. 100여 대의 차량 중에서 60여 대가 피해를 입었다. 보통 일이 아니었다. 벌써 한쪽은 소란스러웠다. 승용차 주인이 소리를 지르고 있었다.

"너, 조 부장하고 강 부장한테 연락해."

곁에 선 부하에게 말한 김길호는 어금니를 물었다. 가끔 한 두 대 흠집이 생기거나 사고가 나는 경우는 있었지만 이렇게 60대 가깝게 타이어가 찢긴 것은 공격을 받은 것이나 같다.

"여기 영업부장이 누구야? 나 좀 봅시다."

웅성거리는 저쪽 편에서 그를 부르는 소리가 들렸다. 김길호는 옆에 선 부하에게 말했다.

"가서 뭣 때문인지 알아봐."

일단은 변상을 해줘야겠다고 그는 마음먹었다. 주차장에는 점점 많은 사람들이 모여들어서 소란스러워졌다.

"너희들 모두 나서서 타이어 갈아 끼우는 것 좀 도와줘. 그리고 변상해 주겠다는 이야기들을 해주고 차 번호들을 적어서 가져와."

그가 둘러선 부하들에게 지시했을 때였다.

"형님, 형님을 뵙잡니다. 경찰에서 왔다고 하는데요. 신고를 받은 모양입니다."

부하가 다가와 말했다. 허를 차고 난 김길호는 아까 그를 부른 사내들에게 다가갔다.

"김길호 씨요?"

서너 명의 사내가 서 있었는데 그중 체격이 작고 입술이 두꺼운 사내가 물었다. 30대 중반으로 보였다.

"네. 그런데요?"

처음 보는 얼굴들이었다. 경찰 계통의 사람들은 대부분 안면이 있고 친한 사람들도 많았다. 김길호는 긴장이 되었다.

"우린 본서에서 나왔어요. 잠깐 저쪽으로 갑시다."

"본서에서요? 무엇 때문에 그럽니까?"

언짢은 얼굴로 그가 물었다. 털어 먼지 나지 않는 사람이 없지만 김길호는 짜증이 났다.

"좀 물어볼 게 있어요. 조용한 곳으로 갑시다."

"무얼 말입니까? 나중에 할 수 없어요? 보다시피 난 바빠요. 이 난리 난 꼴을 좀 보세요."

"그것 때문이오. 갑시다."

김길호는 곁에 선 부하에게 말했다.

"난 저쪽 '은하' 에 이분들하고 가 있을 테니까 그쪽으로 연락해."

그들은 김길호의 좌우에 붙어 따라왔다.

"본서 어디에 계쇼?"

옆에서 따라오는 사내에게 물었으나 그는 히죽 웃을 뿐 대답하지 않았다. 길을 건너 그들이 '은하'에 다다르자 옆에 선 사내가 말했다.

"저기로 갑시다."

그가 턱을 들어 가리키는 곳은 안쪽에 있는 음식점이었다. 자주 가는 해장국집이어서 그가 순순히 골목 안으로 들어섰을 때였다. 갑자기 허벅지에 선뜻한 느낌이 오더니 차가운 것이 깊숙이 들어오는 것 같았다. 그것은 곧 불로 지지는 것 같은 통증으로 순식간에 변했으므로 이를 악문 김길호는 허벅지를 바라보았다. 하얀 칼날이 번쩍이며 빠져나왔다.

"윽."

김길호는 낮게 신음 소리를 내며 반사적으로 칼을 든 사내의 손을 움켜쥐면서 머리로 그의 얼굴을 받았다. 이마에 뻐근한 충격이 오면서 사내의 얼굴이 부서지는 것이 느껴졌다. 다음 순간 그의 어깨에 칼이 다시 박혔다. 곁에 선 사내였다. 그때 뒤에 있던 사내가 둔한 것으로 그의 뒤통수를 내리갈겼으므로 김길호는 의식을 잃었다.

순식간에 일어난 일이었다. 소리도 거의 들리지 않았다.

김길호를 끌어 쓰레기통 옆에 눕혀 놓은 그들은 넥타이를 바로 매고 골목을 나왔다. 코와 입이 깨진 사내는 손수건을 들어 입과 코를 막으면서 따라 나갔다. 행인들이 골목 앞을 지나고 있었으나 안쪽에는 시선을 돌리지 않았다. 사람들이 해장국을 먹으러 골목에 들어가기엔 아직 이른 시간이었다.

업소들의 매상이 격감하고 있었다. 좌석의 삼분의 일을 채우는 것이 고작이었다. 경찰이 주변을 배회하고 있었으므로 손님들은 발길을 돌렸다. 경찰에게 항의를 하고 경찰서에 찾아가 부탁해 보기도 하였으나 거부당했다. 상부에서 지시가 내려왔으므로 그들 선에서는 할 수 없다는 것이다.

강만철은 경찰서를 나와 병원에 들렀다. 입원실 앞에서 오유철이 서성대고 있었다. 김길호와 친했던 그는 일주일 동안 집에 돌아가지 않고 중환자실에 머물러 있었다.

"너는 밥이나 먹었니?"

초췌해진 얼굴을 보며 강만철이 묻자 오유철이 입 귀퉁이를 올리며 씩 웃었다.

"어때, 의식은 회복되었냐?"

오유철은 머리를 저었다. 김길호는 허벅지와 어깨 두 군데를 칼로 찔린 데다 뒷머리를 쇠뭉치로 얻어맞은 것이 뇌에 영향을 주어 의식을 회복하지 못하고 있었다. 발견되는 것이 늦었으므로 피를 너무 많이 흘린 것도 치명적이었다. 김길호를 데리고 나간 사내들의 행방은 경찰도 쫓고 있었다. 그들의 얼굴을 본 김길호의 부하들이 두어 명 있었으나 찾는 데 도움이 되지 못했다. 몽타주를 억지로 그려보았지만 확실하지 않았다.

"조금 전에 민 사장하고 업소 사람들이 다녀갔습니다."

"……."

"형님, 심각한 것 같습니다. 이렇게 한 달만 계속되면 문 닫아야겠다고 하더군요."

수염이 텁수룩한 오유철은 초조한 표정이었다.

"걱정하지 마. 곧 풀리겠지."

구청에 진정서가 접수되어 구청에서 나왔다 가고 나면 보건소에서 일제히 검사가 나온다. 거기에다 경찰들이 끊임없이 오락가락하고 있다. 보이지 않는 커다란 그물이 덮어져서 점점 조여들고 있는 느낌이었다.

강만철은 머리를 흔들고 일어섰다.

직원들의 사기도 점점 떨어져 가고 있었다. 대상이 있으면 죽기 아니면 살기로 부딪쳐 보겠으나 민원이 들어오고 탄원과 진정이 들어와 기관에서 조사를 하는 것에 대항할 수는 없는 것이다. 그전에는 사전에 충분히 배려를 하고 서로 상부상조를 하였었다. 그러나 지금은 그들도 속수무책인 것이다. 봐주었다가는 업무 태만에 공모한 것으로까지 몰릴 수 있는 것이다.

저녁에 김원국은 강만철, 조웅남과 사무실에 모여 앉았다.

"누군가의 계획적인 일입니다. 한꺼번에 이렇게 쏟아지는 것을 보면 틀림없습니다."

강만철이 말했다. 그는 종일 업소들과 민원이 접수된 관청을 돌아다녔다.

"어떤 새끼들이 이것을 조종하고 있는 게 틀림없습니다."

"그게 누구여? 이철주란 말여?"

조웅남이 물었다. 그는 사내들의 얼굴을 보았다는 김길호의 부하를 앞세우고 사흘 동안 천방지축 돌아다니다가 김원국에게 야단을 맞았다. 그는 심사가 뒤틀려 있었다.

"그럼 당장 가서 요절을 내야 헐꺼 아녀?"

"……."

강만철은 말없이 앉아 있는 김원국을 바라보았다.

"'귀빈'도 피해를 입고 있다면서?"

김원국이 강만철에게 물었다.

"네, 그쪽도 매상이 줄고, 조사가 여러 번 나오는 모양입니다."

"타이어도 찢어졌고?"

"이 사장 승용차도 당했다고 하더군요."

"잘되었어."

조웅남이 말했다.

"한데 그놈들은 보통내기들이 아니야."

김원국이 말했다.

"당당하게 길호를 찾아서 불러낸 놈들 같으면 뜨내기 칼잡이들이 아니란 말이야."

"……."

"길호가 목표가 아니야. '블루스타'도 아니고. 제일상사지, 바로 나란 말이야."

강만철과 조웅남은 그를 바라보았다. 김원국은 그들의 머리 위에 시선을 주고 있었다.

"오늘 내가 알아보니까 검찰과 고위층에도 진정서가 들어가 있더군. 아주 자세히 기록이 되어서 말이야."

"……."

"상대방은 치밀하게 계획을 세우고 있어. 우리가 들썩이면 바로 그것을 놈들이 노릴 거야. 그것이 놈들이 노리는 함정이야."

"그게 누굽니까? 짐작하고 계세요?"

"짐작하고 있어. 하지만 함정에 빠지지 않아야 돼."

"그러면 어떻게 해야 됩니까?"

"어떻게 허기는 뭘 어떡혀. 젠장, 뻔한 소리 갖고."

조웅남이 투덜거렸다.

"당분간 쉰다."

김원국이 말했다.

"그대로 둬. 조사도, 검사도 있는 그대로 받고 보여주도록 해. 시키는 대로 해라. 절대로 애들 날뛰게 하지 말고 죽은 듯이 있도록 해. 손해나는 업소가 있다면 그쪽 재정 상태를 봐서 만철이가 공급을 원가로 해줘라. 무상으로 줘도 된다. 애들한테도 생일날, 자식 놈들 돌날 챙겨서 선물을 해줘라. 그러고는 기다린다."

강만철은 머리를 끄덕였다.

"제기, 자선사업 허능고만."

다시 조웅남이 투덜거렸다.

*　　　*　　　*

의자 한 개를 만드는 데 3시간이 넘게 걸렸다. 마당에 의자를 내려놓은 김원국은 각이 진 모서리를 대패로 밀어 부드러운 곡선을 만들었다. 그런대로 앉을 만하게 보였으므로 페인트를 칠하지 말고 기름걸레로 닦아 윤을 내야겠다고 생각했다.

아래쪽에서 차가 달려오는 것이 보였다. 아래쪽에서 곽 씨 아줌마와 앉아 있던 이동수가 일어서고 있었다. 산장에 들어온 지 열흘 가깝게 되었다. 업무는 강만철과 조웅남에게 맡겨두었는데 그들 둘이서 조직을 이끌어가도 무리는 없었다. 그가 그렇게 단련시켰기 때문이다.

그들은 자금 집행을 결정할 수도 있었다. 부정은 용서하지 않았으나 돈에 대해서는 담백한 것이 김원국의 성격이었고 그들도 닮아가고 있었다.

"형님, 저 왔습니다."

대패로 깎아낸 부분을 사포로 닦고 있는 김원국에게 강만철이 다가오며 인사를 했다. 하루에 한 번씩 강만철과 조웅남이 교대로 산장을 찾아와 보고를 하고 가는 것이다.

"충식이도 데리고 왔어요."

그의 뒤에 섰던 최충식이 나서더니 웃어 보였다.

"그동안 별고 없으십니꺼?"

"아니, 네가 웬일이냐?"

김원국은 반가워 손을 내밀었다.

"만철 형님도 뵐 겸 해서요. 형님한테도 인사드려야 할 꺼 아닝교?"

"무슨 인사? 우리 사이에 무슨 인사가 필요해."

그들은 응접실로 들어가 앉았다.

"제가 형님한테 간다니까 충식이가 따라붙어서요. 떼어놓기도 뭣하고 해서……."

"괜찮아, 잘 왔어."

산장에 다른 사람들을 좀처럼 초대하지 않는 김원국의 버릇을 아는지라 강만철은 그를 데려오기가 불편하였던 모양이었다.

"그래, 이젠 조금씩 나아진다면서?"

최충식에게 물었다.

"예, 이젠 괜찮습니더. 예전보다는 못하지만요."

"잘됐군. 순서를 밟아서 하도록 해."

최충식은 예전보다 형편이 나아진 모양이었다. 그는 강만철에게 이번에는 운영자금을 받지 않아도 되겠다고 했다.

"그래, 박재팔 사장은 잘하고 있나?"

김원국이 물었다. 서울 사정이 복잡했으므로 그에게까지 신경을 쓸 여유가 없었다. 20여 일 동안 불황이 계속되고 있었는데 민원과 진정이 끊이지 않았기 때문이다.

업소 사장들이 그 부근의 아파트와 주택을 일일이 방문해서 시정할 것이 있으면 직접 말해달라고 부탁하고 다녔으나 그것도 효력이 없었다. 이렇게 한 달만 계속된다면 모두 문을 닫아야 할 형편이었다. 경찰들은 여전히 업소 주위에서 서성거렸고 세무서의 조사는 끊임없이 진행 중이었다. 아가씨들도 업소에 나오기를 꺼렸다. 수시로 보건소에서 검열을 나오기 때문이다. 봉투를 집어 주고 로비를 해봐도 통하지 않았다.

이철주의 '귀빈'도, 그가 투자한 다른 곳도 마찬가지인 모양이었다. 이렇게 되면 제일 피해를 입는 쪽은 업소의 경영주일 것이다. 그다음이 제일상사의 김원국이 될 것이다.

금액으로 따지면 제일상사가 제일 많이 피해를 보고 있었다. 매출액이 삼분의 일로 줄어들었고 공급이 달렸던 주류 상자가 이젠 창고에 산더미처럼 쌓여 있었다.

이렇게 되면 경영하는 입장에서는 인건비를 줄이는 것이 먼저다. 종업원을 줄여야 할 것이다. 일부 업소에서는 종업원을 줄이고 있었다. 이러한 상황이 오래갈 것으로 보였다.

"박재팔 사장 말입니꺼? 요즘 보이지도 않습니더. 가네무라나 오카다도 보이지 않는 기라요."

"같이 일본 간 것 아니야? 서울에서도 보이지 않는 걸 보면."

강만철이 말했다.

"박 사장 업소들은 잘되나?"

"야, 거기야 언제나 자리가 없어서 못 들어가지 않능교?"

"후유, 여기 사장들이 들으면 살맛이 달아나겠군."

강만철이 탄식하듯 말했다.

"박재팔이 요즘엔 전처럼 악착스럽게 나서지를 않습니더. 부끄러운 말이지만 그래서 저희들이 기를 좀 펴고 있습니더."

최충식이 말했다.

"나도 그 사람 한번 만나보군 싶군. 부산 토박이라며?"

김원국이 물었다.

"야, 부산에서 기반을 굳힌 작잔기라요. 매정하고 자기 잇속 차리기 위해서는 가차 없는 놈입니더. 성격이 혹독해서 밑에 애들이 벌벌 떱니더."

강만철이 말을 받았다.

"형님도 아시잖아요? 이철주 사장 밑에서 7, 8년 뼈를 굳혔다는데요."

"그건 들었어."

"오죽하겠습니까? 이 사장 밑에 있었으니 나쁜 건 다 배웠겠지요."

"그래, 언제 내려갈 거야?"

김원국이 최충식에게 물었다.

"오늘 저녁 만철 형님하고 웅남 형님 모시고 술 한잔 먹고 내일 내려갈 예정입니더."

"그래, 잘됐군. 조 부장하고도 잘 사귀어봐. 그리고 요즘 강남

업소들이 매상이 안 오르니까 거기에서 마셔줘."

김원국이 웃으며 말했다.

'블루스타'의 홀 안은 손님들이 없어 썰렁했다. 그래서인지 무대에서 춤을 추는 댄서들도 흥이 나지 않는 것처럼 보였다. 더욱이 김길호가 병원에 있어서 조웅남을 비롯한 일행들은 표정이 굳었다. 김길호는 의식은 회복되었으나 아직 말도 하지 못하는 중태였다. 머리를 얻어맞은 것이 뇌에 영향을 준 것이다.

"아이고, 오늘 술이나 몽땅 먹을란다. 충식이가 사준다고 헝게."

조웅남이 한숨과 함께 말을 뱉었다. 조웅남과 강만철, 그리고 최충식과 그 부하, 모두 4명이었다.

"앗따 형님! 쩨쩨하게 내가 산다는 말을 처음부터 못을 박으쇼? 누가 안 산다고 했습니껴?"

붙임성 있는 최충식이 그에게 투덜거렸다.

"내가 여그 영업만 잘되면 하루 종일이라도 술 멕여주겄다. 근디 이것 좀 봐. 이런 디서 염치없이 내가 술 사주겄냐?"

"하긴 너무 손님이 없구먼."

"말도 말어. 여그 민 사장헌티 괜히 미안혀 죽겄어."

그들은 양주를 3병 마셨다. 최충식은 술이 다시 떨어지자 아예 양주 3병을 한꺼번에 가져오라고 웨이터에게 말했다. 10시가 되어서 손님들로 혼잡해야 할 시간이었으나 손님은 좌석을 반도 채우지 않고 있었다. 강만철도 쓸쓸한지 술만 들이켜고 있었다.

"형님, 용우를 밖에서 보았어요."

최충식의 부하인 박일수가 나갔다가 들어와 앉으며 말했다.

"뭐, 용우를? 언제?"

최충식이 놀란 듯 그에게 물었다.

"조금 전에요. 여긴 너무 시끄러워서 길 건너편에 있는 공중전화 박스에 가서 집에다 전화를 하려고 했는데 그 자식이 전화를 하고 있더군요."

"용우가 누구야?"

강만철이 물었다.

"박재팔이 심복이지요. 보디가드로 쫓아다니는 놈입니다."

강만철은 최충식을 노려보았다.

"그래, 그 새끼는 널 봤어?"

최충식이 박일수에게 물었다.

"아뇨, 난 가게로 들어가 그 새끼를 살폈습니다. 전화를 하고는 곧장 택시를 타고 갔습니다."

"뭐여? 어떻게 생긴 놈이여?"

조웅남이 물었다. 우리가 봐도 알 수 없을 것이라고 강만철은 생각했다. 자리에서 일어난 강만철은 프런트에 있는 전화기로 다가갔다. 김원국에게 보고해야 할 일이었다.

해운대의 바다가 내려다보이는 매운탕집이었다. 최충식이 방에 들어서자 부하들의 잡담이 그쳤다. 8명의 직계 부하가 모두 모인 것이다.

"잘 들어. 이제 중대한 이야기를 할 것이다."

최충식은 그들을 하나씩 둘러보았다.

"박재팔이 글마가 지금 서울에 있다. 부산은 비어 있는 셈이지.

박재팔이는 지금 다른 일 하느라고 정신이 없을 끼야. 나는 지금이 기회라고 생각한다. 우리가 주도권을 잡을 기횐 기라. 오늘 밤부터 박재팔이가 운영하는 업소들을 손봐야겠다."

그는 부하들과 머리를 맞대고 계획을 세웠다. 서울에서 강만철 등과 철저하게 계획을 세우고 내려왔으니만치 그것에 대한 행동 지시만 내려주면 되었다.

조웅남 등과 술을 마신 다음 날 아침 최충식은 강만철과 함께 산장으로 다시 내려갔다. 조웅남은 이미 도착해 있었다.

"박재팔이가 서울에서 이철주의 행동대장 노릇을 하는 것 같다. 가네무라가 뒤에서 조종하고 말이야."

김원국이 그들에게 말했다.

"어쨌든 충식이는 기회를 잡게 되었다. 이 기회에 박재팔이 방심한 사이를 뚫고 들어가도록 해. 우리는 여기서 필요하면 응원해 주마."

"내가 같이 가서 돕는 게 어쩔까요?"

조웅남이 말하자 김원국은 머리를 저었다.

"여기서도 할 일이 있어. 어때, 해낼 수 있겠지?"

그는 최충식에게 물었다.

"그럼요, 염려 마이소."

기다리고 있던 기회였다. 더욱이 김원국이란 배경이 있으므로 그는 자신이 넘쳤다. 산장에서 계획을 세우고 난 최충식은 바로 부산으로 내려온 것이다.

부하들은 맡은 일을 가지고 서둘러 자리를 떴다. 최충식은 시계를 내려다보았다. 오후 3시였다. 오늘 밤에는 시끄럽게 되겠다고 생각했다.

'라스베가스'에 들어간 박일수는 현관 안쪽에 서 있던 영업부장 민성일이 그를 보고 몸을 돌리는 것을 보았다. 그는 코웃음을 치면서 5명의 부하들을 데리고 홀의 안쪽으로 들어갔다. 홀은 언제나처럼 만원이어서 자리가 보이지 않았다.

"야, 이 새끼야. 쪽발이를 쫓아내고서라도 자리를 만들어줘야 할 거 아이가!"

부하 하나가 웨이터에게 고함을 쳤다. 순식간에 좌우가 조용해졌다.

"자리 안 낼 거야? 불을 확 질러 버릴 테야!"

다른 부하 한 명이 현관에까지 들리도록 고함을 쳤다.

웨이터들이 분주히 달려가는 게 보였다. 현관 앞에서 민성일이 그들을 바라보며 서 있었다. 그가 당황하고 있는 것이 멀리서도 보였다. 그의 입장에서 보면 자다가 불침 맞은 것 같은 꼴이 되었을 것이다. 홀 안에서 수라장이 벌어진다면 오늘 장사는 말할 것도 없고 앞으로의 장사에 피해가 막심할 것이다. 더욱이 일본인들은 그런 폭력에 질색을 하고는 아예 발을 끊을 것이다. 경찰을 부를 수도 없는 것이 만일 부른다면 박일수 패거리가 안에서 어떻게 발악을 할지 눈에 선했기 때문이다. 민성일이 웨이터들을 불러 지시하는 게 보였다. 웨이터 한 명이 달려왔다.

"저쪽에 자리가 비었습니다. 저쪽으로……."

아마 앉아 있는 손님에게 술값 안 받을 테니 일어나라고 한 모양이었다.

"야, 이 씨발 놈아, 우린 여기에 앉을란다."

부하 한 명이 무대 바로 앞쪽에 일본인 그룹이 앉은 좌석을 가리키며 말했다. 그들 여섯 명은 홀의 한가운데 서 있었으므로 순식간에 홀은 조용해져서 저쪽의 말소리가 들릴 정도였다. 플로어에서 춤을 추던 사람들이 홀로 돌아와 분위기에 놀란 듯 그들을 바라보고 있었다. 밴드도 멎어 있었고 무대에선 댄서들이 멍청히 그들을 내려다보고 있었다. 민성일이 다가왔다. 5, 6명의 부하들이 그의 뒤에서 따라오고 있었다.

"우짤래? 칼쌈 한번 할래?"

박일수가 그에게 물었다.

"한번 피바다를 만들어 봐? 여기를?"

"너 이 새끼, 정말 이럴 거야? 너 이제 살기 싫어?"

민성일이 으르렁거리듯 말했다. 주변의 손님들이 하나둘씩 일어서고 있었다. 춤을 추러 무대에 나왔던 댄서들이 도망치듯 들어갔다.

"민성일이 너 누굴 믿고 까부노? 야 이 새끼야, 니 형님 믿고 까부는 기냐? 허, 참 병신 같은 새끼."

"뭐라고?"

이를 부드득 갈면서 민성일이 한 걸음 내딛다가 주위를 바라보고는 멈춰 섰다. 그는 망설이고 있었다. 손님들이 저마다 모두 일어서서 나가자 현관 앞은 나가려는 사람들로 가득 찼다.

"오늘은 재미없어서 그냥 간다. 하지만 내일 다시 오지. 그땐 자리를 준비해 두라고. 알았어?"

박일수는 몸을 틀어 그의 옆을 스쳐 지났다.

"이 새끼 너, 밖에서 보자."

민성일이 말하자 박일수는 걸음을 멈추고 그를 돌아보았다.

"아마 둘 중 하나가 죽든지 둘 다 죽든지 해야 할걸? 나는 준비가 돼 있어, 이 새끼야. 너는 네 형님한테 허락을 받아야 할 거다. 죽을래도 죽을 수가 없는 거야, 이 병신아."

"뭐라고? 이 개새끼가!"

얼굴이 상기된 민성일이 소리쳤다. 손님들도 거의 나가 빈 홀이나 마찬가지였으므로 거칠 것이 없는 것 같았다.

"해볼래?"

박일수가 자세를 바로잡고 그를 노려보았다. 민성일과 그 부하들이 좌우로 벌려 서고 있었다. 민성일은 잠시 망설였다. 박일수가 준비를 하고 온 것으로 믿었다. 더욱이 박재팔은 서울에 가 있다. 그리고 20명 가깝게 애들을 데리고 갔으므로 수적으로 열세인 것이다.

"어쩔 거야, 이 새끼야!"

박일수가 다시 소리를 지르다가 옆에 놓인 의자를 걷어차더니 부하들을 돌아보았다.

"야들아, 가자. 홀 안에서 떠들기도 쪽팔린다. 노래하는 것도 아니고."

"일수, 너 죽고 싶어 환장을 했구나."

민성일이 그의 뒤에서 소리쳤다. 박일수는 '라스베가스'를 나와 문 앞에서 기다리는 승용차에 재빠르게 올랐다. 차는 그가 타자마자 달려 나갔다.

"다 끝냈나?"

옆에 앉은 부하에게 물었다.

"네, 다 끝내고 철수했습니다."

주차장에 사람들이 가득 모여 있는 것이 그들의 눈에 보였다.

생각에 잠겨 있던 민성일은 밖에서 달려들어온 부하를 바라보았다.

"형님, 큰일 났습니다. 주차장에, 글쎄, 차들의 타이어가 모두 찢어져 있습니다. 손님들이 지금 야단입니다."

헐떡이며 그가 말했다.

*　　　　*　　　　*

김원국은 의자를 만들고 있었다. 이제는 틈만 나면 송판을 대패질하고 맞추어 못질하는 것에 재미를 붙였다. 곽 씨에게 의자를 만들어 준 것도 2개나 되었다. 며칠 전 내려갔을 때 보니까 곽 씨는 그 의자를 부엌에 놓아두고 있었다. 부엌은 시골 부엌이어서 나지막한 구조인데 왜 의자를 부엌에 갖다 놓았을까 궁금했다.

벤치는 호숫가에 가져다 놓을 작정이었다. 그러려면 그곳의 분위기에 맞는 모양이 되어야 해서 궁리 끝에 곡선을 없애고 나무의 모양을 그대로 살리기로 했다. 오늘 중으로 끝내고 내일은 호숫가에 가져다 놓아야겠다고 마음먹었다.

못을 박고 있는데 등 뒤에서 이동수의 목소리가 들렸다.

"형님, 손님 오셨습니다."

머리를 돌리자 이동수와 그의 옆에 선 장민애가 보였다. 시선이 마주치자 장민애는 머리를 숙였다.

"아니, 웬일이야?"

생각도 못 한 일이어서 김원국이 일어서서 물었다.

"그냥요, 놀러 왔어요."

"놀러? 이런 아가씨가 있나? 차편도 없을 텐데……."

그가 옷에 묻은 나무 부스러기를 털며 응접실에 앉자 따라 들어온 장민애는 이곳저곳을 기웃거렸다.

"왜? 전에도 보았잖아."

그가 말하자 장민애는 피식 웃었다.

"그땐 정신이 없었는걸요. 그저 윤곽만 떠오르더군요."

"집에는 별일 없니?"

"네, 어머니가 안부 전해 드리래요. 고맙다는 말씀두요."

"고맙긴 뭘, 그럼 어머니한테 여기 온다고 말씀드리고 왔어?"

"네."

"회사에 간다고?"

장민애는 대답하지 않았다. 회색 바지에 흰색 바탕에 검정 체크무늬가 있는 스웨터를 잠바 밑에 껴입고 있었다.

"제가 오니까 불안하세요?"

"그렇게 물으니까 조금 안정이 깨지는 것 같다."

"혼자 있으면 안정이 돼요?"

"버릇이 돼서……."

"……."

"이번 신학기엔 복학해야지?"

그녀를 바라보자 장민애는 머리를 끄덕였다.

"회사에 몇 번 전화를 했는데 안 나오시데요? 여기 전화번호도 모르고 그래서 버스 타고 왔어요."

창가에 선 장민애가 이제는 시선이 마주치자 웃었다.

"버스에서 내려서 여기까진 어떻게?"

버스 종점에서 이곳 산장까지는 20리 가깝게 산길이 있을 뿐이다. 차 한 대가 겨우 다닐 수 있는 길이다.

"저쪽 마을에 가는 오토바이 탄 아저씨가 태워주셨어요. 나머진 걸었어요."

"……."

"좋던데요. 쓸쓸하게 보이는 골짜기의 풍경이 좋았어요."

"……."

"터벅터벅 걸으면서 생각하는 것도 좋았구요."

"……."

"저 오늘 여기서 쉬어 가도 되죠? 불안하지 않으시죠? 솔직히 말하면 믿기지 않지만요."

김원국은 머리를 끄덕였다.

"그럼 그렇게 해. 난 만들다 만 것이 있어서 밖에 나가 일할 테니까."

그는 자리에서 일어섰다. 장민애의 얼굴이 활짝 펴졌다.

"제가 심부름해 드릴게요."

"괜찮아. 거기 책도 제법 있고, 음악 듣고 싶으면 저쪽에 가서 찾아봐."

김원국은 벗어둔 면장갑을 찾아 들고 밖으로 나갔다. 다시 마당으로 나와 판자를 맞추어 자르고 못을 두드려 박았다. 햇살이 비스듬히 비치고 있었다. 호수의 표면이 햇살에 반사되어 물결에 따라 반짝이며 출렁대고 있었다. 늦은 오후였다.

장민애는 마당으로 나와 그의 옆에 쪼그리고 앉아 구경을 하다가 답답한지 일어서더니 아래로 내려가 버렸다. 곽 씨 아저씨 집으로 간 모양이었다.

제10장
은둔 속의 기다림

밤의 대통령

서둘러 부산으로 내려온 박재팔은 민성일과 부하들에게서 보고를 들었다. 당장에 최충식을 때려잡고 싶었으나 우선 오카다가 묵고 있는 관광 호텔에 들렀다.

박재팔의 이야기를 듣고 난 오카다는 잠시 입을 열지 않았다.

"자동차 타이어들을 찢어놓았단 말이오?"

한참 후에 오카다가 물었다.

"그렇다니까 놈들의 짓이오."

"박 사장, 서울의 김원국하고 최충식이 잘 아는 사이요?"

"아니, 그들은 서로 관계가 없는데 잘 모를 거요."

오카다는 박재팔의 얼굴을 바라보았으나 무언가를 생각하는 듯 보였다.

"내버려 둘 수 없어. 당장에 처치할 작정이오."

"잠깐, 박 사장. 기다리시오."

"뭘 기다리란 말이오?"

박재팔은 벌컥 성을 내었다. 부하들도 모두 대기시켜 놓고 있다. 업소들과 주변에서는 신경을 곤두세우고 그의 행동을 기다리고 있는 것이다. 그들에게 무엇인가를 보여줘야만 한다.

"박 사장, 어떻게 하겠다는 거요?"

침착한 표정으로 오카다가 묻자 박재팔이 눈을 치켜떴다.

"최충식이를 병신을 만들든가 아예 죽여 버리겠어. 그리고 이 기회에 그놈들을 싹 쓸어버릴 작정이요."

"허, 참."

오카다는 어이없다는 듯 피식 웃었다.

"왜 웃는 거요? 내가 우습게 보이시오?"

박재팔의 얼굴이 붉게 상기되었다. 네모난 얼굴에서 갈색의 두 눈이 오카다를 쏘아보았다.

비록 일본 돈을 들여 업소들을 세웠지만 자신이 아니었으면 이렇게 번성할 수 없을 것이라는 자부심을 느끼고 있는 박재팔이다. 오카다가 자신의 능력을 하찮게 보는 것 같았으므로 부아가 났다.

"나는 박 사장이 그렇게 무모한 사람이라고 생각지 않습니다."

냉정한 표정의 오카다가 말했다.

"놈들은 기다리고 있을 거요."

"상관없어."

"그리고 지금은 공공연하게 전쟁을 벌일 시기가 아니오."

"……."

"이제 며칠 후면, 아니 오늘내일 사이에 경찰서와 구청이나 관련 기관에서 조사가 나올지도 모릅니다."

박재팔은 무슨 소리냐는 듯 눈을 크게 뜨고 그를 바라보았다.

"아마 더 높은 선에도 진정을 해놓았을 확률이 있소. 우리가 서울에서 했던 것과 똑같이 말이오."

"……."

"이런 때에 최충식이를 공격한다면 그야말로 그들의 함정에 빠지는 것이오. 그들은 기다릴 것이오. 긴밀하게 경찰과 연락하면서 말이오."

박재팔은 어금니를 물었다. 오카다를 노려보았으나 입을 열지 않았다.

"우리가 서울에서 한 짓을 똑같이 최충식이가 한다면 김원국과 최충식이 손을 잡고 있다고 봐도 됩니다."

"그럴 리가 없소."

박재팔이 말했으나 그의 목소리에는 기가 꺾여 있었다.

"잠시 기다려 봅시다. 이제 박 사장이 부산에 내려왔으니까 최충식이는 얼씬대지 않을 거요."

오카다가 달래듯 말했다. 박재팔은 대꾸를 하지 않고 자리에서 일어섰다. 며칠만 기다려 보기로 마음을 정한 것이다.

박재팔이 당장에 쳐들어갈 듯하다가 잠자코 있자 부하들은 어리둥절한 모양이었다.

"형님, 저 새끼들을 내버려 둘 작정입니까?"

저녁 무렵에 민성일이 찾아와 물었다.

"놔둬라. 며칠만 기다려 보자. 내가 내려온 후에는 별일 없었지?"

"네, 그야 그렇지만요……."

그는 의아한 표정으로 박재팔을 보고 난 후 방을 나갔다.

그다음 날부터 구청과 보건소에서 검사가 나와 업소들은 비상이 걸렸으므로 박재팔은 가슴이 뜨끔했다. 관청을 찾아가 항의를 해보았지만 이번에는 골치 아프다는 대답이었다. 그들의 선에서 결정하지 못하는 것 같았다.

박재팔은 주변을 수습하는 데 신경을 곤두세웠다. 직접 운영을 하는 터라 피해가 바로 전해져 오기 때문이다. 최충식에게 신경을 쓸 여유가 없어졌다.

강만철은 최충식의 전화를 받았다. 하루에도 두어 차례씩 최충식이 상황을 알려주고 있었다.

—인자 구청하고 보건소에서 검사가 나와 있는 기라요. 세무서에다가도 진정서를 냈으니까 거기서도 움직일 낍니더.

최충식의 말은 활기가 넘쳤다.

"박재팔이는 움직이지 않나?"

—그 새낀 자라 새끼처럼 모가지를 잔뜩 움츠리고 있는 기라요.

"……."

—지가 요즘 체면을 세우고 있지 않능교? 야들이 기운이 펄펄나 있습니더.

"조심해, 긴장하고 있으란 말이야."

—압니다, 준비는 다 해놓고 있습니다.

서울에서 농간을 부렸다는 것이 박재팔이었다는 게 확실해졌다. 최충식이 부산을 흔들어대자 서울의 소동이 잠잠해지고 있는 것이다. 아직도 경찰들이 오락가락하고 관청에서 귀찮게 하고 있었으나 어쩐지 맥이 빠져 있었다. 뒤에서 독촉하고 충동질하는 세력들이 주의를 소홀히 하고 있는 탓일 것이다. 그러나 한번 떨어진 매상을 다시 치솟게 하는 데는 2배의 노력도 모자랐다. 업소들은 여전히 고전을 면치 못하는 상황이다.

백광남과 이철주는 호텔 지하에 있는 일식집에 마주 앉아 있었다. 아직 오후 3시밖에 되지 않았는데도 둘은 얼큰하게 취한 상태다. 점심을 먹으면서 반주로 정종을 마시다가 아예 술자리를 벌인 것이다.

"내가 알아보니까 대지하고 건물, 기계 합하면 20억은 가겠더군."

이철주가 붉어진 얼굴로 말했다.

"그게 무슨 소리요? 23, 4억은 갈 거요. 대지가 16억은 되고, 건물하고 기계값을 합하면 6, 7억은 된다니까요."

백광남이 정색을 하고 말했다. 이철주는 원 사장에게서 공장의 명의 이전 서류를 받아냈다. 당장에 당좌수표를 돌리겠다는 협박에 원 사장은 할 수 없이 내주었던 것이다.

"그 사람 참 답답한 사람이야. 그렇게 기를 쓰고 공장을 가동시키면 금가루가 쏟아지는 줄 아는 모양이지."

백광남이 답답한 듯 말했다.

"글쎄, 은행을 구슬려도 3, 4억은 더 받아낼 수가 있었을 텐데 말요."

이철주도 딱한 듯 거들었다.

"그건 안 된다고 합디다. 금융이 연체가 되어서 대출은 꿈도 못 꾼다고 하더구먼."

"아, 그럼 팔아버리지, 왜 그럴까? 멍청한 작자 같으니."

"팔아버릴 바에야 어디 나한테 돈 빌렸겠소?"

이철주는 그도 그렇겠다는 듯 머리를 끄덕였다. 둘의 분위기는 좋다. 이제 2개월 후에는 그 공장이 둘의 소유가 되는 것이다. 2개월간 당좌 돌리는 것을 연장하는 조건으로 공장의 명의를 이전했기 때문에 2개월 후에 원 사장이 3억을 갚지 못하면 그 공장을 처분해도 되는 것이다. 원 사장으로서는 은행 빚이 10억이나 있으므로 이판사판이기도 했다.

백광남의 입장으로 보면 은행 빚 10억을 갚고 3억 빌려준 돈을 제하더라도 20억에 공장을 처분하면 단숨에 7억이 남는 것이다. 명의 이전은 이철주 앞으로 했으므로 뒤가 거북하지도 않았다.

"백 사장, 까짓 그 공장 당장에라도 처분할 수 있지 않겠소? 내 명의로 되어 있으니까 말이오."

이철주가 말했다.

"왜, 돈이 급하시오?"

"아니, 꼭 그렇다는 것이 아니라 2개월이나 기다릴 필요가 있느냐는 거요."

"그야 그렇지만 내 생각은 그 사람이 2개월이 아니라 2년이 지나도 돈은 못 갚아요. 그러니까 기다려 봐서 그쪽에서 저절로 손을 털게 합시다."

백광남이 안주를 뒤적이며 말했다.

"만일에 원 사장이 어디서 3억을 빌려 와서 우리한테 주면서 명의 이전을 다시 하자고 하면 어떡하라고?"

이철주가 묻자 백광남이 피식 웃었다.

"아, 그래서 내가 이 사장을 끌어들인 것 아뇨?"

이철주도 웃으며 술잔을 들었다.

"어쨌든 서두르기는 해야겠군, 그 말을 들으니……."

백광남이 혼잣말처럼 말했다.

"요즘은 업소들 가격이 많이 내려갔지요?"

백광남이 물었다.

김길호의 사건 이후로 강남의 유흥업소들은 불황에서 헤어나지 못하고 있었다. 한번 발길을 돌린 손님들은 좀체 예전처럼 모여들지 않았다.

"두어 개 큼직큼직한 업소가 부동산이나 이쪽저쪽에다 이야기를 시작한 모양입디다. 조금 더 기다리면 더 나올 거요."

"'블루스타'는 어떻습니까?"

"왜, 백 사장은 그곳이 마음에 드시오? 하긴 그렇지, 서울에서 제일이니까. 허지만 그곳 민 사장이 아직 그럴 마음은 없는가 봅디다. 김원국이가 도와주기도 하는 모양이고."

"김원국이가 도와줘요? 뭐로?"

"자금도 지원해 주고, 외상으로 공급도 해주는 모양이오."

"……."

"제까짓 것들이 기를 써보라지."

이철주가 말했다.

"저희들이 기를 써봐도 우리가 술 한잔 먹으면서 거래하는 것 발끝에라도 오겠소? 그렇지 않소, 백 사장?"

백광남이 따라 웃었다.

"그런데 이 사장, 가네무라 씨는 요즘 통 보이지 않으니 웬일입니까?"

"이제 곧 올 거요. 나하고 일도 있고 하니까……."

백광남은 그를 보며 잠시 생각에 잠긴 듯 입을 다물었다. 이철주는 모르고 있지만 가네무라와 같이 영동의 유흥업소들을 사들이기로 협의를 했던 것이다.

이철주 역시 가네무라의 자금을 지원받아 업소를 구입하고 세력을 확장하고 있었지만 백광남과 가네무라가 추진하는 일은 불황일 때 업소들을 싸게 사서 비싸게 넘기는 장사였다. 오카다와 몇 번 만나 그들만의 계획을 세워놓고 있는 것이다. 그러나 요즘은 이철주의 일에 신경을 써주느라 가네무라는 바쁜 모양이었다.

"불황이라 오히려 여자들은 풍년이야."

이철주가 술잔을 탁자 위에 놓으며 말했다.

"그렇겠구먼."

백광남이 건성으로 머리를 끄덕였다. 그는 이철주의 한강상사에서 일본으로 여자들을 내보낸다는 것을 알고 있었다.

"이제는 그 문제로 가네무라의 잔소리를 안 들어서 좋군."

이철주가 혼잣말처럼 말했다. 업소들이 불황이라 인력이 남아돌았다. 그래서 이번 달 초에는 일본에 30여 명을 보낼 수가 있었던 것이다.

"좋은 것 있으면 하나 보내시오."

백광남이 술을 따라주며 말하자 이철주가 웃었다.

"암, 그래야죠. 내가 닭장을 가졌는데."

* * *

"형님, 서울의 김 사장님이 오셨습니다."

김칠성이 당황한 표정으로 들어와 말했다.

"뭣이? 김 사장? 김원국 사장 말이냐?"

박종무는 놀란 듯 묻고 시계를 바라보았다. 밤 11시가 되어 있었다.

"들어오시라고 해."

얼떨결에 그렇게 말하고는 분주히 머리를 굴려 그가 갑작스레 연락도 없이 찾아온 이유를 생각해 보았으나 떠오르는 것이 없었다.

"이거 밤늦게 미안합니다."

김원국이 들어오며 말했다. 그의 뒤를 강만철과 조웅남이 따르고 있었다.

"아니, 김 사장. 갑자기 무슨 일로……."

박종무는 서두르듯 그들에게 자리를 권했다. 김칠성이 주춤대며 문 앞에 서 있었다.

"어, 자네도 이리 와 앉지. 자네도 들어야 할 이야기니까."

김원국이 그를 돌아보며 말했다.

"칠성이가 형님의 오른팔이지요?"

박종무를 보면서 김원국이 물었다.

"허, 그야 뭐, 그렇다고 볼 수도 있고."

박종무는 도대체 무슨 일인가 궁금하기도 하고 불안한 모양이었다. 김칠성까지 자리에 앉았을 때 김원국이 입을 열었다.

"이제 서울로 나오시지요. 우리가 밀어드리겠습니다."

"우리가? 서울로 말인가? 어떻게?"

박종무가 궁금한 것을 단숨에 물었다. 김원국이 강만철을 바라보았다.

"인력 공급 회사를 세우시라는 말씀입니다."

"뭣이? 우리가?"

놀란 그가 김원국에게 물었을 때 강만철이 대답했다.

"저희들이 밀어드리겠습니다. 우선 저희 업소에 출연할 예정인 사람들을 새로 설립할 회사를 통해 계약하도록 하겠습니다. 그리고 차츰 저쪽과 계약한 사람들을 끌어오는 겁니다. 그것은 어렵지 않습니다."

박종무는 강만철의 이야기를 주의 깊게 듣고 있었으나 굳어진 얼굴은 풀리지 않았다.

"이제 우리는 새로 설립하는 회사와만 계약할 작정입니다."

박종무는 머리를 끄덕이고 김원국을 바라보았다. 욕심과 불안이 뒤섞인 묘한 표정이었다. 눈빛은 반짝이고 있었는데도 이맛살은 잔뜩 좁혀져 있었다.

"한강상사는 우리한테 맡기세요."

김원국이 입을 열었다. 그는 박종무가 무엇을 불안하게 생각하고 있는지 아는 것이다.

"그쪽에 대한 방패 역할은 우리가 해낼 작정입니다. 어차피 그쪽도 이 일을 진행하는 것이 우리라는 것을 알고 있겠지만 말입니다."

"동생이 그렇게만 해준다면……."

박종무의 욕심이 불안감을 밀어내고 있다.

그는 이철주와의 의리라든가 친분 같은 것은 조금도 염두에 두지 않았다. 냉혹하고 잔인한 그가 보복하지 않을까만 두려운 것이다. 그때 김원국이 말을 이었다.

"물론 우리 제일상사에서 그 일을 할 수도 있겠지만 나는 인력공급까지 손을 대고 싶지 않고, 이러한 일은 서로 적절하게 분배가 되어야 한다는 것이 내 생각입니다."

"잘 알았네. 한번 해보겠네."

박종무가 눈을 빛내며 말했다. 이제 서울로 입성을 한다고 생각하자 가슴이 뛰었다. 그리고 인력 공급이야말로 밑천 들이지 않고 떼돈을 챙기는 장사인 것이다. 그래서 고병길의 조직이 조웅남에게 분쇄되었을 때 서둘러 김칠성을 보내어 잔당들을 수습하려고 했었다.

"앞으로 여기 만철이하고 웅남이가 도와드릴 겁니다."

박종무는 그들을 보았다가 조웅남의 찌르는 듯한 시선을 받자 금방 머리를 돌렸다.

"그럼 이 사장, 아니 이철주와는……?"

"이젠 손을 끊을 시기가 되었습니다."

김원국이 차갑게 말했다.

"수단과 방법을 가리지 않는 그 사람을 이제 더 이상 방치해 둘 수가 없습니다."

"아니, 그러면?"

박종무의 얼굴이 다시 긴장되었다. 김원국이 얼굴에 웃음을 띠었다.

"그렇다고 당장에 어떻게 한다는 것은 아닙니다. 차츰 그 사람도 알게 될 것이고 어떻게 나오는가를 볼 작정입니다."

"그 사람이 잠자코 있겠는가?"

박종무는 다시 불안해진 모양이었다.

"쯧쯧."

갑자기 조웅남이 혀를 찼다. 박종무가 그에게로 머리를 돌리자 조웅남은 얼굴을 찡그린 채 딴전을 피우고 있었다.

"그렇군, 여기 웅남이한테 맡기면 되겠군요. 이철주와는 아예 상극이니까."

김원국이 웃으며 말했다.

반도실업이 설립된 것은 그날 밤 그들이 만난 지 열흘이 지나서였다. 박종무의 성격도 급한 편이어서 한번 마음을 정하자 밤낮없이 밀어붙였다. 김칠성은 관리부장이 되었다. 그는 매일 강만철과 조웅남을 만나 업무 협조를 받았다.

개업한 지 일주일도 되지 않았는데 반도실업은 활기차게 움직였다. 그들과 계약하려는 출연자들이 속속 밀려들었는데 제일상사에서 적극적으로 밀어주고 있기 때문이었다.

김원국은 다시 산장에 내려와 있었다. 이철주 측으로부터는 아직 반응이 나타나지 않았다. 한두 명씩 출연자들이 빠져나갈 터인데도 두드러진 행동을 하지 않고 있는 것이다. 그러나 김원국은 그가 기회를 노리고 있다고 믿었다. 곤두박질쳐서 떨어진 업소들의 경기는 좀체 회복되지 않았고 일부 업소들은 견디다 못해 매물로 내놓은 상황이다.

김원국은 최충식에게서 박재팔이 서울에 있다가 내려왔다는 이야기를 들었다. 박재팔과 이철주가 같이 행동하고 있었다는 것도 확인되었다. 자리에서 일어선 김원국은 창밖을 바라보았다. 오후의 햇살이 비스듬히 호수와 곽 씨 집의 지붕을 비치고 있다. 곽 씨 집 마당에서 서너 명의 사내가 배구를 하는 중이었는데 강만철이 경호를 보강시킨 모양이었다.

"뭐라고? 이 새끼들이 정말 맛을 덜 봤구먼."

구영산이 고함을 질렀다. 그의 앞에는 남자 댄서 5명이 모여서 있었다.

"야 이 새끼들아, 너희들이 누구 덕에 이렇게 컸는지 잊어버렸어? 올챙이 적 생각을 못 해? 너희들 동네에서 놀다가 여기 이쪽 업소에 내보내 준 게 누구야? 응? 말을 해봐, 이새끼들아!"

"……."

"그런데 다음번 계약을 안 하겠다고? 내가 너희들 속셈을 모를 줄 알아? 너희들 반도실업인가 지랄인가에 가서 붙으려고 그러지?"

"아녜요, 우린 프리로 뛸랍니다."

그중 곱슬머리인 청년이 말했다. 모두들 20대 초반의 얼굴들이었다.

"프리? 이 새끼가 누굴 병신으로 아나?"

구영산은 다가가 그의 뺨을 후려갈겼다. 볼을 싸쥐고 그는 한 걸음 물러났다. 이철주는 그 소동을 사장실에서 듣고 있다가 밖으로 나왔다.

"구 부장, 잠깐 이리 들어와."

그가 말하자 씩씩거리며 구영산이 다가왔다.

"사람들 있는 데서 손찌검하지 마. 데리고 나가서 이야기하라구."

말뜻을 알아차린 구영산은 다시 몸을 돌렸다.

박재팔이 부산에 일이 생겼다고 서둘러 내려갈 때만 해도 이철주는 그렇게 심각하게 생각하지 않았다. 그러나 10여 일 전 박종무가 서울에 반도실업을 차리면서 대놓고 그에게 맞서자 이철주는 정신이 번쩍 들었다. 박종무에 대해서는 별로 화가 나지 않았다. 그가 자력으로 그렇게 할 사람이 못 되는 줄 알고 있었기 때문이다. 김원국이 이제는 정면으로 그에게 칼을 들이대고 있는 것이다.

그에게 정면으로 부딪쳐서 승산은 없었다. 수적으로는 그와 비슷할지도 모른다. 그러나 질적인 면에서는 크게 다르다. 그놈들은 한 놈 한 놈이 보스급이었다. 김원국이 사람 보는 눈이 있어서인지 모른다.

이철주는 가네무라에게 전화를 했다. 불안해지기 시작했고 지원해 주는 세력이 하나라도 더 있을수록 좋았던 것이다. 그리고 여자 공급 문제에 있어서도 박종무가 김원국의 세력을 업고 기반을 굳힌다면 가네무라도 타격을 받을 것이다. 가네무라는 이철주의 전화를 받고는 곧 오겠다고 했다. 오카다는 부산에 도착해서 박재팔과 같이 있는 모양이었다. 홍성철이 방에 들어왔다.

"형님, 영산이가 애들 지하실로 끌고 가던데 무슨 일입니까?"

밖에 나갔다 돌아오는 길이어서 그에게 물었다.

"음, 애들 버릇을 가르쳐 주려고 그러는 모양이야."

이철주는 건성으로 대답했다. 홍성철은 잠시 그를 바라보았으나 입을 열지는 않았다. 김원국에게 납치당했다가 풀려난 후로 이철주는 차츰 홍성철을 중요한 일에서 제외시켰다. 지난달에는 영업 관리를 구영산에게 맡기고 홍성철에게는 그를 보좌하는 역할만 맡겼다. 박재팔을 불러들인 일이라든가 가네무라와의 만남에는 될 수 있는 한 홍성철을 참석시키지 않았다. 그것을 홍성철이 모를 리가 없었다.

자신이 겉돌고 있다는 것을 알면서도 홍성철은 내색하지 않고 맡은 일을 묵묵히 처리했다. 이철주는 그것이 더욱 의심스러웠다. 이제는 하루 종일 그를 찾지 않는 때도 있었다. 전에는 화장실 가는 시간만 빼고는 늘 같이 있었던 것이다.

"형님, 우격다짐으로 하면 안 됩니다. 달래서 우리한테 협조하도록 해야 합니다."

홍성철이 입을 열었다. 이철주는 앉아서 그를 물끄러미 올려다보았다.

"영산이한테 말씀해 주십시오. 저렇게 다스리면 문제가 커질 뿐입니다."

"……."

"당분간은 우리가 참아야 합니다. 그러면서 계약 조건을 조금 더 좋게 해주면서……."

"그만, 알았다."

이철주가 그의 말을 잘랐다.

"무슨 말인지 잘 알았다. 나가봐."

"형님, 이건 형님을 위해서 말씀드리는 겁니다."

"글쎄, 알았다니까!"

이철주가 버럭 소리를 질렀다. 홍성철은 방바닥을 내려다보며 서 있더니 몸을 돌려 나갔다.

그가 나간 방문을 쏘아보며 이철주는 어금니를 물었다. 잠자코 있으면서 병신 취급을 당하면 오히려 애들이 우습게 보면서 무더기로 빠져나갈 것이다. 새로운 계약은 아예 생각지도 못할 일이다. 더욱이 가네무라가 가만있을 것 같지 않았다. 실권이 없어진다면 그가 투자한 금액을 내놓으라고 할지도 모른다. 박종무에게 그 노다지를 캐는 여자 송출 사업을 맡길 수도 있는 것이다. 불안해진 이철주는 방 안을 서성거렸다.

"오카다 이 자식은 부산에 있다면서 왜 안 오는 거야?"

참다못한 그가 중얼거렸다.

*　　　*　　　*

밖에 나갔던 장민애가 들어왔다. 두 볼이 빨갛게 되어 있었다. 그녀는 곽 씨 아줌마와 친해져서 자주 아래로 내려가서 놀다 오곤 하는 모양이었다. 그녀가 산장에 온 지 닷새가 되었다. 다음 날 떠날 줄 알았던 장민애는 점심때가 되자 그에게 말했다.

"저 여기 있으면 안 돼요? 귀찮게 하지 않을게요. 심부름도 하고 그럴게요."

"나한테 빚진 건 없다. 집에 돌아가."

"싫어요."

그녀가 응석부리듯 말했다.

김원국은 그녀를 건넛방에서 자도록 하고 자기는 안방에서 잤으나 집 안에 다른 사람이 한 명 더 있다는 사실에 안정이 되지 않았다. 응접실에 나가 술을 한잔 마시고 싶어도 밤중에는 나가지 않았다. 그녀가 깰까 봐 조심스러워진 것이다.

그녀는 바짝 다가와 그를 올려다보았다.

"여기 있게 해주세요, 네? 여기서 책도 보고, 호수도 보고, 산속과 호숫가를 돌아다니고 싶어요, 네?"

"넌 내가 한 말 기억나니?"

김원국이 문득 물었다.

"네?"

장민애는 무슨 말이냐는 듯 눈을 크게 떴으나 이내 시선을 내렸다.

"그러면서도 있고 싶어?"

장민애는 머리를 저으며 웃었다.

"그 말, 생각해 보았어요. 그리고 부끄럽지 않았어요."

"……."

"부끄러워해야 할 사람은 제가 아니고 거기, 사장님이라는 걸 알았어요."

"……."

"전 건강하고 성격도 밝은 편이에요. 사장님하고 같이 있으면서 즐겁게 해드릴 수 있을 것 같아요."

"난 즐거운 것을 바라지 않아. 여자한테서 무엇을 기대하지 않는다는 말이야."

김원국의 반응을 예상하고 있었던 듯이 장민애는 시선만 주었는데 조금도 위축된 것 같지가 않다.

"있고 싶으면 있어. 그리고 떠나고 싶으면 언제든지 떠나. 나한테 말할 필요도 없어."

장민애가 머리를 끄덕였다.

"그리고 날 기다리지 마라. 나도 널 기다리지 않을 테니까."

"그것은 억지예요. 저한테 강요하실 수는 없어요."

"알아, 내가 그렇다는 이야기야. 그러니까 손해 보지 말란 거야."

장민애는 일어서서 손을 내밀었다.

"그럼 합의했죠? 악수해요."

입맛을 다신 김원국이 그녀의 손을 잡았다. 강만철과 조웅남이 와서 그녀를 보았으나 뭐라고 하지는 않았다. 여자에 대한 김원국의 성격을 잘 알기 때문일 것이다.

"바깥은 너무 추워요. 아저씨가 그러는데 내일은 오늘보다 더 추워질 것 같대요."

김원국은 창가의 걸상에 앉아 강만철이 가져온 장부를 보고 있었다.

"날씨가 풀리면 좋을 텐데……."

김원국은 머리를 들었다. 그녀를 잠시 바라보다가 그는 다시 장부를 뒤적거렸다.

두 달째 불경기가 계속되고 있었다. 매출액이 급격히 떨어진 상황이므로 대비하지 못한 업소들이 많았다. 강만철은 그가 지시한 대로 조웅남과 함께 원가로 물품을 공급해 주는 한편으로 '블루스타'를 포함한 서너 개의 업소에는 자금도 지원해 주고 있었다.

"커피 가져왔어요."

커피 냄새가 구수하게 풍기며 커피 잔이 놓이자 장민애가 앞에 커피 잔을 들고 앉았다. 창밖의 나뭇가지를 흔들며 바람이 지났지만 응접실 안은 따뜻했고 유리창을 통해 들어오는 햇빛은 포근하게만 느껴졌다.

장부에 뭔가를 적는 김원국을 바라보면서 장민애의 마음이 편안하게 가라앉았다. 좀처럼 느낄 수 없었던 평온함이다. 그를 밝게 하고 평온하게 해주겠다고 말했지만 오히려 내가 그렇게 되었나 하고 문득 생각해 보았다. 장민애는 그도 나와 같은 감정이었으면 하고 기대했다. 5일 동안 김원국은 그녀에게 접근하지 않았다.

잘 시간이 되면 그럼 잘 자거라, 하고 방으로 들어가 버렸다. 첫날은 예전의 그와의 관계를 생각하고 기대와 부끄러움으로 방문의 열쇠를 안에서 잠갔다가 잠시 후에 일어나 다시 풀었다. 그리고 방 안에 우두커니 서 있다가 열쇠를 다시 잠갔다. 그러고는 한숨도 자지 못한 것이다.

김원국은 방에 들어오지 않았다. 그리고 5일 동안 아무 일이 없었던 것이다. 2, 3일 동안은 초조하고 화까지 났었으나 문득 장민애는 깨달을 수 있었다. 그리고 언젠가는 이야기해 줄 참이었다.

"오늘 저녁은 백숙이래요."

장민애가 말했다.

"응, 그래?"

김원국은 머리를 들지 않았다.

"아랫집 아저씨들은 한 사람이 2마리씩 먹는대요."

"……."

"아침에 그 무서운 아저씨가 아저씨들을 야단쳤어요. 늦잠 잔다구요."

무서운 아저씨란 아침에 다녀간 조웅남을 말하는 모양이었다.

"그러니까 동수 아저씨가 화가 나서 다른 아저씨들을 또 야단쳤어요."

다시 장부를 보려던 김원국이 정신이 헷갈려서 장부를 덮었다.

"너, 귀찮게 않는다면서 나하고 지금 놀자고 하는 거지?"

장민애는 웃지도 않고 그를 바라보았다.

"공부한다면서 왜 공부는 않고?"

"이렇게 있는 게 좋아요."

"다행이다."

무엇인가 말할 듯하던 장민애는 커피 잔을 집어 들고 일어섰다. 김원국이 멍한 표정으로 장민애의 뒷모습을 보았다.

제11장

보복의 사슬

밤의 대통령

박종무 사장은 아파트 앞에서 차를 세웠다. 밤 11시가 되어 있었다.

"그럼 넌 내일 아침 7시에 이리 와."

운전사 겸 경호원인 미스터 천에게 말하자 차 안에서 잠시 주변을 바라보던 미스터 천이 문을 열고 나와 차를 등지고 섰다. 재빠르게 문을 열고 나온 박종무는 아파트 입구로 들어섰다. 이곳은 박종무가 애인에게 차려준 아파트였다. 서울에 회사를 차린 후 한 번도 들르지 못해 미스 김은 짜증을 내고 있었다. 아파트 경비원이 자고 있었으므로 스위치를 누르고 엘리베이터에 올랐다.

시내에 있는 집은 주택이었고 언제나 3명의 경호원이 상주하고 있었다. 경보 장치에다 셰퍼드가 지켜주고 있어서 경비는 완벽한

편이었다.

그러나 이곳은 운전사인 미스터 천밖에 아는 사람이 없다. 그렇게 생각하자 조금 마음이 놓였다. 이철주가 자신을 단단히 벼르고 있을 것이다.

그는 이철주의 끈질기고 수단과 방법을 가리지 않는 성격을 그의 옆에서 지켜봐 왔다. 어떻게 하든 보복을 하리라고 생각했다. 그래서 박종무는 외출할 때라든가 집에 있을 때 경계를 게을리하지 않았던 것이다.

회사를 차리고 나서 20여 일 동안 집과 회사만을 오갔고 사업은 순조롭게 진행되었다. 이런 상태로 1년만 지나면 이철주의 조직은 껍질만 남을 것이다. 이철주 측에서는 두드러진 행동을 취해 오지 않는데 김원국이 정면으로 나선 것에 놀랐기 때문이라고 박종무는 믿었다.

오늘은 철저히 심복 부하들까지 속이고 집에 가는 척하면서 이쪽으로 빠진 것이다. 벨을 누르자 미스 김의 활짝 웃는 얼굴이 보였다. 지금까지의 긴장과 피로가 한순간에 달아나는 것 같았다. 박종무는 그녀의 어깨를 감싸 안으면서 안으로 들어섰다.

구영산은 아파트의 건너편 도로가에 주차시킨 차 안에서 박종무가 아파트 입구로 들어가는 것을 보았다. 박종무의 차는 운전사만 탄 채 아파트를 빠져나왔다.

그가 살림을 차렸다는 것은 전부터 알고 있었다. 아파트를 알아내는 것도 쉬운 일이었다. 박 사장은 혼자 비밀을 지키려 했겠지만 전에 호텔의 종업원으로 박 사장의 고용원이었던 김명숙이 어디에 살고 있는지는 김명숙과 친한 몇 명의 종업원이 알고 있었던 것이다.

밤 10시만 넘으면 늘 구영산은 아파트 건너편 도로에 차를 주차시키고 그가 오기만을 기다렸다. 그리고 엿새 만에 그를 잡은 것이다. 시계를 보았더니 11시 40분이었다.

“됐다, 가봐라.”

구영산이 짧게 지시하자 3명의 사내가 차 문을 열고 빠져나갔다.

아침 6시였다.

응접실에서 전화벨이 울리고 있었다. 잠이 깬 김원국은 잠시 동안 누운 채 벨 소리를 듣고 있었다. 이윽고 일어난 그는 방문을 열고 응접실로 다가갔다. 제 방에서 나온 장민애가 전화기 쪽으로 다가가다가 김원국의 기척을 듣고 멈춰 섰다. 가벼운 잠옷 차림이었다. 김원국은 전화기를 집어 들었다.

—접니다.

강만철이었다.

—칠성이한테 방금 연락받았습니다. 칠성이도 모르게 박 사장이 여자한테 갔다가 당했습니다.

“어떻게 되었어?”

—중상입니다. 10여 군데를 찔렀습니다. 세 놈한테 당했답니다. 여자는 놀라서 횡설수설한답니다.

“알았어. 내가 바로 올라가겠다. 반도실업에 전 직원을 모아 놓으라고 칠성이한테 전해.”

—알았습니다.

"너와 웅남이하고 간부급들도 참석하도록 해. 이야기할 것이 있으니까."

—형님, 몇 시쯤 오시렵니까?

"10시까지 도착하겠다."

수화기를 내려놓고 김원국은 앞에 선 장민애를 바라보았다.

"오늘 서울 가시게요?"

"응."

그녀는 망설이는 표정으로 그를 바라보았다. 김원국은 일어서서 그녀의 어깨에 손을 얹었다. 놀란 듯 장민애가 얼굴을 들었으나 잠자코 있었다. 김원국은 장민애의 상체를 끌어안았다. 따뜻한 체온이 전해져 왔고 머리칼에서 비누 냄새가 났다. 그는 그녀의 입술을 찾아 빨았다. 이윽고 그녀의 두 팔이 그의 목을 끌어안았다.

그는 번쩍 그녀를 안아 들고 방으로 들어섰다. 침대에 눕히고 그녀의 얼굴을 내려다보았다. 감았던 눈을 뜬 장민애가 그와 시선이 마주치자 얼굴을 붉혔다. 그는 그녀의 옷을 벗겼다. 잠옷을 풀어 내리자 브래지어와 팬티만 걸쳤을 뿐이었다. 그가 온몸을 입술로 더듬듯 애무하자 장민애는 가쁜 숨을 뱉으며 따라오더니 견딜 수 없다는 듯이 신음을 뱉었다. 이윽고 김원국은 천천히 달래듯이 그녀의 몸속으로 자신을 밀어 넣었다. 장민애의 탄성이 방안을 울렸다.

"저, 여기서 기다릴게요."

그의 가슴에 얼굴을 묻은 장민애가 말했다.

"여기서 혼자 책 보고, 음악 듣고, 밖에 나가 산책하면서 지내겠어요."

"혼자 지내기가 힘들 텐데."

"아줌마 올라오시라고 해도 되죠?"

잠시 생각하던 김원국은 머리를 끄덕였다.

"언제 돌아오세요?"

그의 가슴을 손가락으로 눌러보면서 그녀가 다시 물었다. 김원국은 빙그레 웃었지만 왜 웃느냐고 장민애는 묻지 않았다. 그녀는 다시 그의 가슴에 얼굴을 묻었다. 그녀의 벗은 어깨를 손바닥으로 쓸어보고 난 김원국은 이불을 젖히고 일어섰다. 서둘러야만 했다.

반도실업의 사무실에는 직원들이 모두 모여 있었는데 김원국이 들어서자 순식간에 조용해졌다. 직원들의 인사를 가볍게 받으며 김원국은 박종무 사장이 쓰던 사장실로 들어섰다. 강만철과 조웅남이 그의 뒤를 따라 들어왔다.

자리에 앉자 김칠성과 세 명의 반도실업 간부들이 들어왔다.

"모두들 모였나?"

그들이 자리를 잡고 앉자 김원국이 물었다.

"다 온 것 같은데요."

강만철이 대답하면서 김칠성을 바라보았다. 병원에서 박종무를 지키고 있다가 곧장 달려온 김칠성이 충혈된 눈으로 머리를 끄덕였다.

“저희들도 다 모였습니다. 간부급들은 여기 와 있고 나머지는 사무실에 있습니다.”

“박 사장 상태는 어떠냐?”

김원국이 물었다.

“아직 응급실에 계십니다.”

김칠성이 굳은 표정으로 말했다.

“저도 아침에 가 보았는데 생명은 건질 것 같습니다. 하지만…….”

강만철이 그의 옆에서 말했다.

“떠들어대지 않도록 손을 써라. 이곳저곳에서 알게 되면 좋지 않아.”

“제가 아침에 칠성이하고 수습을 했습니다. 그렇지만 기자들이 몇 명 다녀갔습니다.”

“경찰은 알고 있나?”

“아직 모르는 것 같습니다만.”

“병원 측에 이야기를 잘하도록 해.”

강만철이 머리를 끄덕였다.

“이 씨발 놈들을 아예 몰살을 시키든지 혀야지, 증말 추접혀서 못 보겄고만잉?”

조웅남이 입을 열었다.

“그놈들을 본 사람은 박 사장의 그 여자밖에 없나?”

김원국이 김칠성에게 물었다.

“예, 그런데 누군지 모르겠답니다. 얼굴을 스타킹으로 덮어서… 세 놈인 것 같다는군요. 집이 3층인데 베란다로 해서 집 안으로 들어온 것 같습니다."

"……."

"보나마나 이철주가 보낸 놈들이지, 누구긴 누구여. 그 형님은 여자를 밝혀서 그렇게 된 거여."

조웅남이 투덜거렸다. 김칠성은 그를 잠시 바라보았으나 시선을 돌렸다.

"박 사장은 그렇게 되었지만 반도실업은 그대로 운영하기로 한다."

김원국이 말했다.

"칠성이가 직원들에게 이야기를 해라. 반도실업은 제일상사와 같이 운영된다고 말이야. 박 사장이 돌아올 때까지 우리가 도와주겠다."

"……."

"만철이가 임시로 박 사장의 일을 대행하도록 하고, 칠성이는 그대로 관리부장으로 동생들을 관리하도록 해."

모두들 잠자코 있었다.

"너희들도 잘 알겠지만 나는 박 사장을 인력 공급 업체로 밀어주려고 했다. 그래서 제일상사와 반도실업이 균형을 맞추어 나가려고 했는데 이런 일이 일어났어. 그렇다고 중지할 수는 없는 것이다. 당분간 만철이가 대표로 있는 이상 반도실업은 보다 적극적인 협조를 받을 수가 있을 거야."

김원국은 김칠성을 바라보았다.

"알겠나?"

"네. 알겠습니다, 형님."

"이제 한식구가 되었다고 생각해도 된다. 애들에게 그렇게 이야기해 주도록 해."

"네, 기운들이 날 겁니다."

"그리고."

김원국은 조웅남을 바라보았다.

"누가 이 짓을 했는지는 뻔한 일이지만 경솔한 행동은 하지 말아야 해. 알았어?"

"형님은 왜 나만 보면서 말혀요?"

조웅남이 불퉁거렸다.

"다른 사람들도 마찬가지야. 돌아가서 애들한테도 단단히 일러두도록 해. 잘못하면 함정에 빠지기 쉽다. 내가 지시할 때까지 기다리도록. 알았지?"

몇 가지 지시를 더하고 난 김원국은 반도실업을 나왔지만 강만철과 몇 명의 제일상사 직원들은 반도실업에 남았다. 그들은 이제 반도실업을 관리하게 된 것이다. 아직도 박종무 측은 인천에서 만만치 않은 세력을 가지고 있었다. 김칠성을 주축으로 한 젊은 세력들은 그런대로 의리도 있었고 때 묻지 않은 것을 김원국은 알고 있었다. 강만철에게 인천의 조직원 전체를 적절하게 운용토록 하였으므로 이제 구심점을 다시 찾은 그들을 결속시키는 것은 어려운 일이 아닐 것이다.

제일상사 사무실에 들어섰을때는 아직 오전이었으므로 직원들이 분주하게 움직이고 있었다. 김원국은 이동수를 시켜 간부급 직원들을 사장실로 불러 모았다.

"형님, 웬 회의를 이렇게 많이 혀요?"
조웅남이 들어와 앞자리에 앉으며 물었다. 김원국은 대꾸하지 않고 모두 모인 것을 확인한 다음 입을 열었다.
"어제 반도실업 박 사장에게 사고가 생겨서 만철이가 반도실업을 맡게 되었다. 제일상사에서 적극적으로 협조해 줘야 한다. 그리고 오늘부터 여기 제일상사의 사장은 웅남이가 맡도록 한다. 이제까지 웅남이가 잘해왔으니까 문제가 없으리라고 본다."
"잠깐, 잠깐만, 형님."
조웅남이 몸을 내밀며 그의 말을 잘랐다.
"그러먼 형님은 뭐 허실라고 그려요?"
"난 양쪽 일을 도와줄 테니까."
"그러먼 형님은 회장이요?"
김원국은 혀를 찼고 오유철이 풀썩 웃었다.
"이제 웅남이는 사장이 되었으니까 행동이 좀 더 신중해져야 할 거야. 너를 믿고 의지하는 동생들을 봐서라도 말이야. 그리고 너희들도 더욱 도와줘야 돼. 내가 이 정도까지 된 것은 동생들 때문이었다는 것을 웅남이나 너희들은 잊어버리면 안 돼."
모두들 긴장한 채 듣고 있었다. 김원국은 문득 이제부터 시작이라는 생각이 들었다.

오카다는 이철주가 이야기하는 동안 다른 생각을 하고 있었다. 구영산을 시켜 박종무를 습격한 것이 잘못되었다고 생각하지는 않았다. 이번에는 수사기관에서 언론의 채찍을 받고는 아예 뿌리를 뽑을 듯이 집요하게 캐고 들었다. 할 수 없이 3명의 애들은 도피시켰고, 그들을 무마하는 데 돈이 많이 들었다고 이철주가 말하는 중이었다.

그러나 그것을 기회로 김원국은 하루 만에 박종무의 조직 전체를 흡수해 버렸다. 심복인 강만철을 사장으로 앉혀 놓고 더욱 기반을 단단히 다져 가는 모양이다. 식구들의 사기도 부쩍 올라갔을 것이다. 박종무의 피습 사건을 계기로 어떻게 보면 김원국의 기반이 더욱 단단해지고 조직이 강화됐다고 볼 수도 있었다.

오카다로서는 김원국은 측량할 수 없는 사내였다. 자신이 습격을 당해도 태연히 다음 날 상대방을 만나 사과를 받고는 끝내 버린 것 같더니 부하가 중상을 입고 업소들의 피해가 막대해져서 관리가 위기에 처하면 어디론가 연기처럼 사라져 버렸다. 그러다가 다른 사람을 내세워 경쟁 업체를 세워놓는다. 방패막이처럼 세워놓아 화살을 그쪽으로 돌리게 한 다음 방패막이가 넘어지자 순식간에 조직을 흡수하고 강화시키는 것이다.

오카다는 자신도 모르게 슬그머니 불안해졌다. 정신을 차리고 보니 이철주와 구영산이 자신을 바라보며 앉아 있었다.

"알겠습니다. 난 이제 호텔에 돌아가서 보스와 상의해 보겠소."

오카다는 2명의 부하를 이끌고 음식점을 나왔다.

부산의 박재팔도 마찬가지였다. 그가 서울에 올라와 있는 동안 최충식에게 기선을 제압당해 만회를 하지 못하고 있는 것이다.

박재팔을 불러들여 '블루스타'의 김길호를 습격하게 하고 그 부근의 업소들을 불황에 빠뜨리게 한 것은 그의 계획이었다. 어떻게 보면 그 계획은 성공했다고 볼 수도 있었다. 아직도 강남의 업소들은 불경기에 빠져 하나둘씩 문을 닫는 형편이었다. 현재 운영이 되고 있는 업소들도 규모를 축소하여 겨우겨우 유지하고 있었다.

호텔에 도착하자 오카다는 부하들을 제 방으로 돌려보냈다. 생각할 시간도 필요했고 현재 상황을 정리하여 보스에게 보고하고 지시를 받아야 했다.

이대로 가만둔다면 이철주의 세력이 약화됨은 물론 인력 공급 문제에 있어서도 우리가 크게 타격을 입을 것이라는 생각이 들었다. 그것이 오카다가 우려하는 현재의 가장 큰 문제였다. 아마 보스도 그것을 걱정하리라고 믿었다.

* * *

강만철은 가게에 들러 아이스크림 한 통을 샀다. 아침에 안미혜가 입에 얼음을 물고 있는 것을 보았기 때문이다. 입이 볼록하고 무엇을 빨아먹는 것 같아 그녀를 유심히 바라보자 마지못한 듯 얼음을 손바닥에 뱉고는 말했다.

"난 찬 것을 좋아해요."

여름철도 아닌데 별일이다 싶었다.

밤 10시가 되어 있었다. 강만철은 차를 길가에 주차시켰으므로 서둘러 걸었다. 차의 시동도 걸려 있는 상태였다. 막 차의 문손잡이를 잡으려는데 그를 향해 주위에서 덮쳐 오는 인기척이 느껴졌다. 한두 사람이 아니었다.

강만철은 몸을 돌리자마자 상체를 눕히고 앞쪽에 있는 사내를 발로 걷어차 올렸다. 발끝에 묵직한 반응이 오는 것을 느꼈다. 그는 그 사내가 몸을 굽힌 그쪽으로 몸을 날리면서 옆에서 날아든 몽둥이를 팔목으로 받아냈다. 동시에 그는 녀석의 멱살을 잡고 몸을 살짝 숙이면서 업어치기로 내던졌다. 사내는 다른 사내와 부딪치면서 둘은 땅바닥에 뒹굴었다. 공격하는 쪽이나 상대하는 강만철이나 모두 말이 없었다.

강만철은 좌우를 바라본 다음 서너 걸음을 달려 아파트의 담에 등을 대고 섰다. 2명이 동시에 좌우에서 달려들었다. 두 사내 모두 다 희게 번쩍이는 회칼을 겨누고 뛰어들었다. 강만철은 좌측에서 달려온 사내의 칼을 든 팔목을 잡은 다음 그를 안고 빙글 몸을 돌렸다. 우측의 사내가 칼을 옆으로 뿌리다가 주춤 멈췄다.

뒤쪽에서 그에게 덮쳐 오는 것을 느낄 수 있었다. 팔목을 안쪽으로 비틀어 칼을 뺏어 든 강만철은 안고 있는 사내를 앞으로 힘껏 밀고는 몸을 돌리자마자 칼로 바로 앞에 선 녀석의 허벅지를 찔렀다.

"악!"

짧은 비명이 터졌다. 동시에 그의 어깨에 선뜻한 느낌이 왔고 격렬한 통증이 뒤를 따랐다.

강만철은 어깨에 박힌 칼을 쥔 손을 몸을 틀어잡고는 몸을 굽히면서 그를 아파트의 돌담에 집어 던졌다. 우지끈거리는 소리와 함께 그는 온몸을 벽에 부딪치고 개구리 태질 당하듯 나자빠졌다. 다시 달려드는 사내 하나를 겨누어 몸을 껑충 뛰면서 발길로 그의 턱을 올려 찼다. 그가 뒤로 넘어졌다. 앞쪽에 잠깐 공간이 보였으므로 강만철은 몸을 숙인 채 달려 나갔다. 모퉁이를 돌아 30미터쯤 달려 나가자 아파트 입구에 차를 세우고 차 밖에 나와 두리번거리고 있는 3명의 부하가 보였다.

강만철의 뒤쪽에서 요란한 발소리와 함께 4, 5명의 사내들이 쫓아오고 있었다. 부하들이 강만철을 발견하자 일순간 주춤하던 그들이 일시에 달려오고 있었다. 뒤에서 쫓아오던 발소리가 멈췄다. 강만철이 돌아보자 그들은 몸을 돌려 달아나고 있었다.

강만철은 헐떡이며 멈췄다. 부하들이 달려가려는 것을 막았다. 아직도 저쪽은 4, 5명이 남아 있는 것이다. 달려가던 사내들은 제각기 넘어진 사내들을 부축하고는 모퉁이를 돌아 사라졌다.

"형님, 팔에서 피가 많이 흐릅니다."

부하 한 명이 그의 팔을 잡고 말했다.

"괜찮다, 어깨야."

"병원에 가십시다."

한 명이 뛰어가서 차를 끌고 내려왔다. 강만철이 차를 빨리 몰았기 때문에 뒤를 따르던 그들은 그를 놓친 것이다. 김원국의 지시로 강만철은 혼자 다니는 것을 삼갔지만 언제나 거북했다. 오늘도 그들을 따돌리려고 했던 것이다. 병원으로 가면서 강만철은 김원국의 화난 얼굴을 머리에 떠올렸다.

강만철이 집에 돌아온 것은 새벽 3시였다. 병원에서 어깨에 찔린 상처를 꿰매었다. 깊게 찔렸지만 견딜 만은 했다. 오른쪽 팔목이 퉁퉁 부어올라 엑스레이를 찍어 보았으나 부러지지는 않았다. 김원국에게 보고를 하고 조웅남과 김칠성에게도 알렸다. 그들에게는 약간 다쳤다고만 말했다.

안미혜가 문을 열어주었다.

"어머니는 주무셔?"

그가 낮은 소리로 물었다. 안미혜는 그의 모습을 보고 눈을 크게 떴다. 강만철은 손가락을 입술에 가져다 대며 아무 말 하지 말라는 시늉을 했다. 방에 들어왔으나 옷을 벗기가 힘이 들었다. 따라 들어온 안미혜가 그를 거들어 옷을 벗겨주었다. 상의를 벗자 붕대에 싸인 어깨가 드러났다.

"어쩌다 이렇게……."

물으려던 안미혜가 입을 다물고는 침대의 시트를 걷고 그가 눕도록 도왔다. 그는 바지를 입은 채로 침대에 누웠다. 온몸에 나른한 통증이 오고 어깨 부분은 감각이 없었다. 얼굴이 달아오르고 피곤했다. 이마에 무엇이 닿는 것 같아 눈을 뜬 강만철은 쪼그리고 앉은 안미혜가 이마에 손을 짚고 있는 것을 보았다.

"열이 많이 나요. 얼굴도 그래요."

그녀의 손바닥이 이마에서 얼굴로 쓰다듬듯 오르내렸다.

"가서 자."

다시 눈을 감은 채 그가 말했다.

"싸우다 다쳤죠?"

"……."

"가만두지 않았겠죠? 이렇게 다치게 한 사람들 말예요."

"가서 자라니까."

"수건에 찬물 적셔 올게요."

그녀는 일어서더니 방을 나갔다.

강만철은 오늘 밤의 일도 이철주의 짓이라고 믿었다. 그밖에는 이렇게 할 사람이 없다. 처음 보는 얼굴들이었다. 모두 8명이었으나 놈들이 칼을 가지고 있지 않았다면 이렇게 다치지도 않았을 것이다. 그렇지만 잘 훈련된 놈들이었다. 말 한마디 없이 일사불란하게 덤벼들었던 것이다. 도망치지 않았더라면 박종무처럼 되었을지도 모른다.

안미혜가 수건을 물에 적셔 와 그의 이마에 내려놓았다. 서늘한 느낌이 오고 얼굴의 열이 가시는 것 같았다.

"아파요?"

수건 위에 손을 얹어 눌러주며 그녀가 물었다.

"……."

"아프면 아프다고 해요. 자존심 내세우지 말구요."

"이제 가서 자."

"여기 있을래요."

강만철은 눈을 뜨고 안미혜를 바라보았다. 안미혜는 그의 시선을 피하지 않았다. 잠시 동안 그들은 마주 본 채 움직이지 않았다.

새벽 6시가 되어갈 무렵으로 아직 해 뜨기 전이었다. 동쪽 하늘이 희부옇게 밝아지고 있었으나 아파트는 어둠에 덮여 있었다. 이철주는 2동 1006호에 산다고 했다.

오유철은 5번과 6번 출입구 앞에서 파카를 뒤집어쓰고 서성거리는 3명의 사내를 보았다. 출입구 앞쪽에 즐비하게 늘어선 차들을 하나하나 살펴보았더니 잎이 떨어져 앙상한 가지만 뻗치고 있는 나무 밑에 주차된 2대의 차에 각각 2명이 의자를 젖히고 누워 있었다. 몇 대 건너서 검정색 대형 승용차에 또 2명이 누워 있는 게 보였다.

오유철은 길을 건너 주유소 뒤쪽의 공터로 갔다. 3대의 승용차가 주차해 있었다. 그는 앞에 있는 차의 문을 열고 들어갔다.

"현관 앞에 세 놈, 차 석 대에 각각 두 놈씩 여섯 놈, 합계 아홉이오."

조웅남이 혀를 쯧쯧 찼다.

"씨발 놈이 애들 잠도 못 자게 허고 고생시킨다잉?"

"지금 무슨 말씀을 하는 거요, 형님?"

"이철주 말여, 내일부터 갸들 잠 제대로 자겄다. 이철주가 송장 될 텡게."

"형님, 빨리 움직입시다. 해 뜨기 전에."

김칠성과 오함마가 코트 깃을 세우고 머리를 파묻고는 아파트의 현관으로 들어섰다. 2명의 부하가 그들의 뒤를 따랐다.

3명의 경호원이 다가와 김칠성을 바라보았으나 선뜻 말을 걸지 않았다. 그들은 아파트 현관 안으로 들어갔다.

"어디 가쇼?"

그중 한 명이 물었다. 그러다가 한 명이 김칠성을 알아보았다.

"아니, 야, 이 사람이……."

김칠성이 그의 얼굴 받아버렸으므로 그는 머리를 아파트의 벽에 다시 찧고는 주저앉았다.

오함마가 한 사내의 팔과 멱살을 함께 잡고는 거꾸로 집어서 바닥에 내던졌다.

"아악!"

팔이 등 뒤로 돌아가 꺾인 모양이었다. 그는 통증을 참지 못하고 그대로 기절해 버렸다. 나머지 한 명이 입을 쩍 벌리더니 주춤하면서 현관에 멈춰 섰다. 뒤따라오던 2명의 부하가 그를 냅다 오함마 쪽으로 밀었다. 엎어질 듯 다가온 사내의 턱을 김칠성이 걷어차고 부하 한 명이 머리칼을 잡고는 벽에 얼굴을 박았다.

부하 한 명이 경비실로 달려들었다. 경비원은 소동에 놀라 전화기를 드는 중이었다. 그에게서 전화기를 뺏어 던지며 부하가 으르렁대고 있었다.

승용차의 뒤쪽에 서서 그것을 바라본 조웅남은 손을 들었다. 그는 대형 승용차의 뒤에 서 있었다. 조수석에서 자빠져 자고 있는 놈은 구영산이었으므로 그가 맡기로 한 것이다.

조웅남은 문을 벌컥 열었다. 다행히 안에서 잠그지 않았다. 안에 히터를 틀어놓아서 더운 바람이 얼굴에 후욱 끼쳤다. 조웅남은 다짜고짜 자고 있는 구영산의 얼굴을 주먹으로 내려쳤다.

"어이고!"

잠결에 벼락을 맞은 그가 머리를 들려고 했지만 조웅남에게 멱살이 잡혀 밖으로 질질 끌려나왔다.

"어? 놔! 놔라! 이 새끼야!"

그가 고래고래 고함을 질렀다. 다른 2대의 차에서도 비명과 고함이 번갈아 들리고 있었다. 반대편 운전석에 누워 자고 있던 사내는 조웅남의 부하에게 뒤에서 목이 졸려 캑캑거리고 있었다.

조웅남은 그를 겨우 끌어내어 머리칼을 움켜잡고 옆에 선 차의 옆구리에 그의 머리를 짓찧었다. 대여섯 번 부딪치자 반응이 없어 손의 힘을 풀었다.

갑자기 구영산이 팔꿈치로 조웅남의 배를 돌려 찍었다. 조웅남이 주춤하는 사이에 그는 몸을 날려 차 사이를 빠져 아파트와 승용차 사이의 넓은 공간으로 나섰다. 그의 얼굴은 피투성이였으나 눈에 살기를 띠고 있었다. 그는 조웅남을 알아보았다.

"이 새끼, 여기서 한판 붙자."

그는 잠바를 벗어 땅바닥에 팽개쳤다. 다른 차에서는 소동이 그쳤다. 녀석들 모두를 제압한 모양이었다. 조웅남은 과연 구영산이라고 생각했다. 가슴이 두근거리며 기운이 났다.

"좋아."

싱긋 웃으면서 그는 구영산에게 다가갔다. 구영산이 몸을 날려 그의 복부를 차고 반동으로 땅에 떨어졌다. 잠깐 주춤하던 조웅남이 다시 다가갔다. 구영산이 몸을 돌리듯 하며 발끝으로 그의 턱을 겨누어 찼다. 조웅남은 머리를 살짝 돌리며 두 손으로 그의 발목을 움켜쥐었다. 그것을 본 오유철이 피식 웃었다. 조웅남은 그의 발목을 잡고는 투해머 선수처럼 서너 차례 제자리에서 돌았다. 점점 가속이 붙었다.

오유철의 얼굴에서 웃음이 가셨다.

"어, 형님! 저쪽에!"

그가 가리킨 곳은 화단 쪽이었다. 풀밭으로 던지라는 말이다. 그 순간 조웅남이 그의 발목을 놓았다. 구영산이 투해머처럼 날아갔고 그의 머리가 승용차의 라디에이터를 부수고 멈추는 것이 보였다.

이철주는 아래에서 벌어지는 소동을 보았다. 새파랗게 질린 그는 옷을 주워 입고 밖으로 나가려다 다시 문을 안에서 걸어 잠갔다. 다시 아래를 내려다보자 조웅남들은 보이지 않았다. 다친 부하들이 두셋씩 모여 있는 것만 보고는 길게 숨을 내쉬었다.

"바보 같은 놈들 같으니."

김원국은 무섭게 화를 냈다.

"사장이라는 것들이 그렇게 경솔하고 분별력이 없단 말이야?"

"……."

"한 놈은 오만하고, 다른 한 놈은 무지막지하기만 해!"

조웅남이 얼굴을 찡그렸다.

"형님, 저는……."

"시끄러! 이 자식아!"

"……."

"만철이 네가 애초에 습격을 당하지 말았어야 했어. 다치지 말았어야 된단 말이야. 그놈들한테 기회를 주지 말고 시간을 보내면 원수질 일도 없고 자연히 평정이 되는 일이었어."

"……."

"박 사장 일이 있었는데도 너는 방심해서 놈들한테 당했고, 웅남이가 보복을 했다. 이것은 끊임없이 계속돼."

"……."

"박종무 사장 일은 허점이 많은 사람이어서 내가 대비하고 있었어. 나는 거기에서 끝내려고 했다. 시간이 지나면 우리끼리 피를 보지 않아도 이 사장은 물러나게 돼. 일본 애들도 마찬가지야."

"……."

"이제 우리가 계속 선수를 치는 수밖에 없다."

숨을 내쉬면서 김원국이 말했다. 그는 조웅남을 바라보았다.

"웅남이 너는 당분간 피해 있거라. 부산 최충식이한테 가 있든지 해라. 여기가 수습되면 곧 올라오게 될 테니까."

기가 죽은 조웅남이 머리를 끄덕였다.

"넌 어깨 어떠냐?"

강만철에게 물었다.

"견딜 만합니다."

"일을 할 만해?"

"염려 마세요."

"구영산이는 어때?"

"위독하답니다. 산소 호흡기를 대고 있어요."

김원국은 혀를 차며 조웅남에게 말했다.

"어서 출발하거라. 돈은 쓸 만큼 가져가고. 그리고 오늘 다친 애들은 없니?"

"우리 쪽은 한 명이 팔을 찔렸는데 몇 바늘 꿰맸습니다."

"저쪽은?"

"병원에 여럿이 누워 있어서… 그건 잘 모르겠는데요."

"치료비야 이 사장이 내겠지만 가족들은 상관 안 하는 사람이니 네가 누구 시켜서 입원해 있는 애들 가족에게 생활비를 가져다줘. 굳이 우리가 줬다고 말할 필요는 없다. 알고 있지?"

"압니다."

"그런데 널 습격한 애들은 도대체 누구야? 처음 보는 애들이냐?"

"네, 훈련이 제법 되어 있는 놈들이었어요. 습격하고 도망치는 것이 재빨랐습니다."

"보나마나 이철주 새끼들이랑게요."

조웅남이 일어서며 말했다.

"형님, 몸 조심허쇼잉? 이럴 때 지가 몸을 숨기게 되야서 미안허고만요."

"알았다. 너나 조심해."

강만철과 조웅남이 밖으로 나간 후 김원국은 오랫동안 의자에 앉아 생각에 잠겨 있었다. 강만철이 습격을 당한 후 3시간 만에 조웅남이 즉각 보복을 한 것이다. 제일상사와 반도실업을 그들에게 맡긴 후 처음 일어난 사건이었다.

그는 조웅남이 잘못했다고 생각하지는 않았다. 어쩌면 그들에게 본때를 보여 주고 동생들의 사기를 위해서 필요한 일이기도 했다. 이철주의 오른팔인 구영산이 제거되었으니 그의 타격은 막심할 것이다. 가네무라나 박재팔을 다시 불러들여 세력을 만회하는데 급급할지도 모른다.

이런 때에 한 녀석은 다치고 다른 녀석은 몸을 피해야 한다니, 김원국은 혀를 찼다.

전화벨이 울렸다.

생각에 잠겨 있던 김원국은 수화기를 들었다.

"여보세요?"

—거기 사장님 좀 바꿔 주십시오.

낯선 목소리였다.

"납니다. 김원국입니다."

—저, 홍성철입니다.

김원국은 수화기를 바꿔 쥐었다.

"응, 네가 웬일이냐?"

—형님, 좀 뵙고 싶습니다. 조용한 곳에서요. 말씀드릴 것이 있습니다.

김원국은 잠시 동안 입을 다물고 전화기를 내려다보았다.

"알았다. 너 지금 어디냐?"

—밖에서 걸고 있습니다. 공중전화 박스에서요.

그의 말소리는 초조하게 들렸다.

—급하다고는… 그것보다 형님께 꼭 말씀드려야겠다고 생각해서요.

"좋다, 내가 나가지."

—형님, 저, 비겁한 놈 아닙니다. 알고 계시지요? 절 믿으십시오.

"알고 있다."

—애들 데리고 나오셔도 됩니다만 절 만난다는 것은 비밀로 해주십시오.

"걱정 안 해도 돼."

수화기를 내려놓고 김원국은 잠시 생각에 잠겼다. 시계를 바라보고 난 그는 일어섰다.

교외에 있는 매운탕집이었다.

이동수와 오함마만을 데리고 온 김원국은 그들을 밖에서 기다리게 하고 안으로 들어섰다. 오후 4시였다. 안에 들어서자 홍성철 혼자 구석에 앉아 있었는데 그는 김원국을 보더니 벌떡 일어서서 허리를 굽혔다. 초조해 보이는 얼굴이었다.

“형님, 그동안 걱정 끼쳐 드렸습니다.”

자리에 앉았을 때 홍성철이 말했다.

“할 수 없지. 그런데 웬일이냐?”

김원국이 곧바로 물었다.

“망설였습니다. 이 사장을 배신하는 게 아닌가 하고. 어차피 지금은 그런 입장이 되었습니다만…….”

그는 말을 꺼내기가 거북한 모양이었다. 김원국은 말없이 기다렸다.

“이 사장님은 전번 사건 이후로 저를 부리시지도 않고, 그래서 제가 분김에 이러는 것은 절대로 아닙니다. 어린애처럼 그런 것 가지고 등을 돌리지는 않습니다.”

“…….”

“제 나름대로 충고도 해드렸습니다. 그렇지만 힘이 부족했습니다. 이젠 영산이까지 그렇게 되었는데 형님은…….”

“…….”

“이젠 완전히 일본 애들한테 의지하고 계셔서, 형님께 의논을 드리려고 온 것입니다.”

“가네무라 말이냐?”

“네, 오카다하고 말입니다.”

“알고 있다.”

“허지만 그놈들한테 여자를 팔아버리는 것이 문젭니다. 벌써 150명을 넘게 보냈습니다. 이번 달에도 20명 가까이 보낼 예정이구요.”

“…….”

"요즘 업소들이 불황이라 여자들 고르기가 쉽습니다. 하지만 그저 일하러 간다면 몰라도 가네무라한테 보내는 건 다릅니다."

김원국은 몸을 굳혔다. 짐작은 하고 있었으나 실제로 듣고 나자 놀란 것이다.

"포주한테 잡힌 애들이나 마찬가지가 됩니다. 몸을 팔아도, 팁을 받아도 돈은 모두 가네무라 조직에서 가져가 버립니다. 나올 수도 없습니다. 몸이 걸레가 돼야 쫓아내는데, 일 년이 지났는데도 돌아왔다는 애를 한 명도 보지 못했습니다."

"나쁜 자식들."

김원국이 중얼거렸다.

"전번에 제가 이 사장 따라서 일본 갔을 때 알게 되었습니다. 가네무라가 초대해서 그의 조직이 운영하는 업소에 들어갔다가 한 아가씨한테서 들은 것입니다."

"……."

"오카다는 여기에서도 별도 조직을 가지고 있습니다."

"별도 조직? 너희들이 아니고?"

"네, 오카다가 부산이나 이곳저곳에서 모은 애들입니다. 그놈들이 만철이를 습격한 것입니다."

김원국은 머리를 끄덕였다.

"애들을 모집하거나 일본으로 보내는 것은 너희가 하고 있지?"

"네, 이제는 이 사장이 직접 합니다. 전에는 영산이와 같이 했지만요. 오카다의 부하들은 보내기 전에 확인하고 보호합니다."

"알았다. 고맙다. 넌 당분간 그대로 거기에 있거라. 수습되는 대로 널 찾겠다."

김원국이 말하자 홍성철은 머리를 저었다.

"이 사장님을 제대로 모시지 못한 것은 제 책임입니다. 제 힘으로 안 되니까 형님께 말씀드린 것이지요. 이 사장이 여자들을 그런 방법으로 보내지만 않았다면 형님을 만나지 않았을 겁니다. 아무리 생각해도 일본 놈한테 여자를 그렇게 팔아넘긴다는 것을 받아들일 수가 없었습니다. 저는 설랍니다, 형님."

김원국은 머리를 끄덕였다.

"그렇게 해라. 나라도 너하고 똑같은 행동을 했을 것이다."

홍성철은 대답하지 않았다.

오함마는 김원국이 오랫동안 나오지 않자 불안했다. 들어오지 말라고 했기 때문에 문 앞에서만 어정거렸다. 김원국이 문을 열고 나왔는데 표정이 굳어 있었다. 그는 말없이 차에 올랐다.

"가자, 회사로."

김원국의 얼굴을 살핀 그들은 입을 열지 않았다. 회사에 도착할 때까지 김원국은 입을 열지 않았다.

"차 드실래요?"

정재희가 다가와 물었다. 분홍빛 잠옷 차림의 정재희는 이철주의 시선을 받고 살짝 웃었다. 잠옷 밑으로 그녀의 몸이 보였다. 이철주는 찻잔을 탁자 위에 놓고 그녀의 손목을 잡아 끌어당겼다. 그녀를 무릎 위에 앉히고 이철주는 그녀의 은밀한 곳을 더듬었다. 몸을 비틀어 그의 손을 피하는 시늉을 하던 정재희가 두 팔로 그의 목을 껴안았다.

"'금성'을 백 사장이 인수하겠다구 해요?"

헐떡이며 그녀가 물었는데 간간이 신음이 섞여졌다.

"며칠 후에 알려주겠다는군."

열중한 이철주가 말했다.

'금성'은 이철주가 소유한 룸살롱 중의 하나였다. 물론 가네무라의 자본이 50퍼센트 들어갔다. 오카다가 며칠 전에 가네무라의 지시라면서 '금성'을 정리하자고 한 것이다. 4억을 들였으므로 백광남에게 6억 5천을 이야기하고 있는 중이었다. 정재희가 참지 못하겠다는 듯 길게 비명을 질렀다. 집에는 그들 둘밖에 없었다.

갑자기 초인종이 울렸으므로 이철주는 정재희에게서 손을 떼고는 현관을 노려보며 소리쳤다.

"누구야?"

밖에서 무어라고 하는 모양이었으나 들리지 않았다. 잠시 후 인터폰으로 목소리가 들렸다.

—언니, 저 왔어요.

데리고 있는 '귀빈'의 종업원 영희다. 투덜거리면서 이철주가 일어났다. 정재희가 현관의 삼중 자물쇠를 풀었다. 자물쇠를 풀고 문을 열던 정재희는 바깥에서 왈칵 문을 잡아당기는 바람에 깜짝 놀라 손을 떼었다. 집에 같이 있는 영희가 곤두박질하면서 현관에 떠밀려 엎어졌다. 뒤를 따라 사내들 셋이서 안으로 들어와 문을 잠갔다.

"아아악!"

뒤늦게 정재희가 비명을 드높게 질러댔다.

이철주는 문이 열릴 때부터 일어서서 바라보고 있었다. 잠시 멍청히 서 있던 그는 벽에 걸린 일본도를 서둘러 떼어내고는 칼을 뽑아 들었다. 하얀 칼날이 번쩍였다.

"이 새끼들, 누구야? 단칼에 찔러 죽일 테다."

그는 칼을 휘두르며 달려들었다. 3명은 벌써 좌우로 벌려 서 있었는데 좌측에 섰던 낯익은 사내가 현관 옆에 놓인 진열장에서 큼직한 수석을 한 손으로 집어 들더니 그에게 냅다 던졌다. 그의 어깨를 스치고 수석은 텔레비전을 맞췄다. 펑 소리와 함께 텔레비전이 부서졌다. 다시 옆에서 날아온 큼직한 화분을 이철주는 피하지 못했다. 화분이 어깨에 맞아 흙과 모래가 얼굴에 덮어씌워졌다. 수석 하나가 다시 날아와 그의 가슴을 때리자 그는 엉덩방아를 찧고 소파 위에 넘어졌다가 뒤로 나뒹굴었다.

사내 한 명이 정재희의 뺨을 후려갈겼다. 눈에서 불이 번쩍거린 정재희는 공포에 사로잡혀 입을 다물었다. 영희라는 아가씨는 현관 옆에 쪼그리고 앉아 떨고 있었다. 사내가 이철주의 손을 밟아 칼을 빼앗고는 그의 앞에서 휘둘러 보았다.

"내가 찔러 죽일까?"

이철주는 눈에 모래가 들어간 바람에 눈물을 흘리며 눈을 비볐다.

"이 새끼들, 여기가 어딘 줄 알고? 내 끝까지 네놈들을 찾아서 간을 꺼내 먹을 거다."

낄낄대며 사내들이 웃었다. 사내 둘이서 정재희와 아가씨를 묶어 응접실 구석에 던져 놓았다. 정재희는 잠옷이 밀려 올라가 팬티까지 모두 보였다.

한 사내가 전화기를 집어 들고 연락을 하는지 잠깐 소곤댄 다음 수화기를 내려놓았다. 두 손목을 묶인 이철주는 소파에 앉아 그들을 바라보았다. 이제 눈이 제대로 보였고 그제야 진정이 되었다. 그중 한 명은 오함마였다. 그러자 걷잡을 수 없는 두려움이 몰려왔다. 그는 현관 쪽을 힐끗거렸다.

"왜? 애들 들어오는 것 기다려? 기대하지 마. 걔들은 안 와."

잠시 후에 초인종 소리가 났다. 이철주는 자리에서 벌떡 일어서려고 했지만 옆의 사내에게 어깨를 눌려 주저앉았다.

"누구요?"

문 앞에 다가간 사내가 물었다.

"나다."

밖에서 소리가 들렸다. 문이 열리고 들어오는 김원국을 보고 이철주는 길게 숨을 내쉬었다. 김원국이 소파에 앉더니 구석에 묶여 있는 정재희와 아가씨를 보고 말했다.

"여자들을 방으로 데리고 가거라."

사내 2명이 여자들을 번쩍 쳐들고 안방으로 사라졌다.

"아니, 김 사장, 도대체 이게 무슨 짓이오?"

이철주가 말을 꺼냈다.

"말로 할 수도 있지 않소? 무슨 영문인지나 들읍시다."

이철주는 점점 목소리를 높였다.

김원국은 잠자코 그의 얼굴을 들여다보았다. 머리칼은 헝클어져 있었고 얼굴과 머리에는 흙부스러기들이 덮여 있었다. 파자마의 단추 2개가 떨어져 나가 배꼽이 드러나 보였다. 그의 앞에 앉은 이철주는 빨랫줄에 묶인 손목이 아픈지 팔을 꿈틀거리고 있었다.

"당분간 당신은 내가 잡아두겠어."

김원국이 말했다.

"뭐라고? 당신이 무슨 권리로?"

이철주가 소리쳤다.

"당신은 그럼 무슨 권리로 여자들을 일본에다 팔아먹나? 그리고 또 우리에게… 더 이상 이야기하지 말지."

김원국은 그를 쏘아보았다.

"비열하게 이 지경이 되어가지고 부끄럽게 행동하지 마시오. 이 사장, 애들한테 부끄러운 줄 아시오."

"……."

이철주는 이를 악물고 잠자코 있었다.

"당신은 인신매매에 납치, 여러 가지 죄가 많아. 청부 살인 같은 건 빼고도 말이야."

"……."

"일본 놈을 기다리나? 그것 안됐군. 오카다를 잡으러 갔더니 그놈은 옷도 입지 못하고 튀었더군. 제 몸만 쏙 빠져서 말이야. 데리고 있었던 놈들은 모두 잡아놓았지. 모두 술술 불더구만, 당신이 여자 팔아먹은 것을 말이야."

이철주는 등을 타고 차디찬 땀방울이 흘러내리는 것을 느꼈다.

"그래서 내가 잡아두겠어. 그리고 내 계획대로 정리한 다음 조치할 예정이야. 순순히 따르도록 해. 아예 이 세상에서 없어지기 전에 말이야."

"……."

"죽으면 제사라도 지내게 몸은 남아 있어야 할 것 아냐?"

이철주는 묶인 두 손을 들어 이마의 땀을 훔쳤다.

김원국은 둘러선 오함마와 이동수 등을 바라보았다.

"자, 이 사람들 데리고 나가게 준비해라. 짐들을 꾸리고 안에도 정리 좀 해놔. 차는 준비되었겠지?"

그들이 분주히 서두르는 동안 김원국과 이철주는 마주 보며 앉아 있었다. 그들은 오랫동안 말이 없었다.

"날 어디로 데려가는 거요?"

이철주가 마침내 입을 열었다.

"당신을 팔아먹지는 않아."

김원국이 싸늘하게 대답했다.

제12장

적지, 일본

밤의 대통령

김원국과 강만철이 마주 앉아 있다. 한동안 입을 다물고 있던 김원국의 목소리가 정적을 깨뜨렸다.

"그래서 내가 일본에 가야겠다. 이철주가 팔아먹은 여자들을 데리고 와야겠어. 그게 내가 할 일이다."

김원국은 지금까지 이철주가 해온 일을 강만철에게 모두 이야기해 주었다. 그를 아파트 앞에서 습격한 일당이 오카다의 부하들이라는 것도 말했다. 홍성철에게서 들은 이야기를 모두 털어놓은 것이다. 그가 알고 있어야 한다고 생각했기 때문이다.

"형님이 직접 가실 필요가 있습니까? 거긴 적지나 마찬가집니다. 무슨 일이 생기면 어떻게 합니까? 그리고 형님이 왜 이 사장이 저질러 놓은 일을 책임지려고 합니까?"

말을 해가면서 강만철은 목청을 높였다.

"데리고 나올 방법도 아직 없지 않습니까? 너무 위험합니다."
김원국은 그를 물끄러미 바라보았다.
"167명이나 된다."
"……."
"이철주가 팔아먹었단 말이야."
"압니다."
"알면서도 그냥 놔둬?"
"……."
"너는 왜 내가 나서느냐고 아까 그랬지? 그럼 누가 나서냐?"
"그야 경찰이나 다른 사람들이……."
"그렇게 공식적으로 부딪치면 일이 쉽게 풀릴 것 같냐? 언론에서 떠들고 정부에서 공문을 내고 하는 사이에 이것들은 여자들을 데리고 쥐새끼처럼 숨을 것이다."
"……."
"지금이 임진왜란 중이냐?"
"……."
"아니면 태평양전쟁이라도 일어나서 한국 여자들이 위안부로 일본 군대에 끌려가는 거냐?"
"……."
"왜 끌려가? 왜 팔려가는 거야? 내가 이것을 알고 있는 이상 가만히 있을 수가 없다. 나 혼자만이라도 나서야겠어. 그리고 나도 책임이 있는 거야. 이제까지 이철주 같은 놈과 상부상조한 책임을 져야겠다."
"그렇지만 형님."

"우리 같은 조직이 돈만 밝혀서 수단과 방법을 가리지 않는다면 그 짓의 결과는 뻔하다. 그저 돈을 벌려고 했을 뿐인 여자들을 일본으로 팔아먹다니… 나는 가야 한다."

그의 얼굴은 험하게 일그러졌다.

"지금은 네가 말리지만 내 행동이 옳고, 해야 할 일이었다는 것을 알게 될 거다."

"그럼 제가 따라가지요."

"너는 안 돼. 너는 내 대신 여기에서 할 일이 많다. 제일상사, 반도실업, 이철주와의 관계, 박재팔이… 그걸 맡아 해낼 사람은 너밖에 없어."

"……."

"동수와 함마를 데려가겠다. 그리고 홍성철이에게 같이 가자고 할 작정이다."

"홍성철이 그놈이 따라갈까요?"

"이번 일을 자세히 알려준 것도 성철이야. 그놈은 주관이 분명히 서 있는 놈이다. 이철주의 행태를 참을 수가 없어 나에게 이야기해 주었으니만치 따라올 것이다."

강만철은 머리를 끄덕였다.

"그리고 부산에서 웅남이를 데려가겠다."

"웅남이를 말입니까? 잘되었군요."

"나는 산장으로 가는 걸로 하겠다. 이것이 알려지면 그땐 네 말대로 내가 위험해질지 모른다."

"염려 마십시오, 형님."

"그럼 나는 내일 출발하겠다."

"내일요?"

"그래, 초조해서 기다릴 수 없어. 성철이를 데리고 가면 가면서 계획을 세울 수 있을 거야."

강만철은 김원국을 바라보며 무슨 말을 할 듯하다가 입을 다물었다. 그의 고집을 꺾기 어렵다고 생각했기 때문이다.

반도실업의 일이 부쩍 늘어나 있었다. 이철주의 한강상사는 이제 영업을 하지 않는 것이나 마찬가지였다. 구영산은 아직도 중태였고, 홍성철이 잠적해 버린 데다 이철주 사장까지 행방불명이 된 것이다. 이제 한강상사와 계약을 맺으려는 업소들은 없었다. 그들도 나름대로의 정보를 듣고 있는 것이다.

"정 마담을 서울로 올라오게 해서 '귀빈'을 그대로 관리하게 해. 그 여자까지 보이지 않으면 시끄러울지 모른다."

김원국이 다시 입을 열었다.

"그 여자가 이철주한테 얼마나 의리를 지킬지 알 수 없지만 단단히 눌러두어야 해. 나와서 일할 때 말이야."

"그거야 염려하실 것 없습니다."

강만철이 자신 있게 말했다.

"이철주 감시는 철저히 해야 돼."

"알았습니다."

"꾸물대고 지금도 정신 차리지 못하고 있는 것 같으면 네가 알아서 해라."

"알았어요. 그런데 형님, 가네무라하고 오카다가 지금 일본에 있는 모양인데요. 만나실 작정입니까?"

"만나?"

김원국은 풀썩 웃었다.

"그래, 어차피 만나게 되겠지. 그놈들을 보게는 될 거야."

오카다가 묵고 있는 호텔에 오유철 등이 찾아갔을 때는 이미 그는 도주한 후였다. 급했던지 옷가지와 가방들을 방에 남겨놓은 채 호텔 투숙비도 계산하지 않았다. 그가 조직해 놓은 10여 명의 한국인 수족들은 분쇄되었다. 이곳저곳에서 끌어모은, 돈으로 만들어진 조직이어서 의리도 패기도 없었다.

김원국은 그들에게서 일본으로 보낸 여자들의 윤곽을 자세하게 알아낼 수 있었다. 그들이 일본을 왕래하며 여자들의 운반을 맡았기 때문이었다. 모두 가네무라의 영역에 있는 업소들에 분배되어 있었다. 이제 홍성철을 만나 그가 알고 있는 정보를 추가하면 그쪽 사정은 어느 정도 파악되리라고 믿었다.

그날 오후 김원국은 홍성철을 만나 계획을 설명하고 일본으로 같이 갈 것을 부탁했다. 그에게 이철주를 응징했다는 사실도 말해주었다. 잠시 망설이던 홍성철은 승낙했다. 이철주가 거의 손을 떼게 된 현재의 상황이 그의 부담을 덜어주었을 것이다. 그리고 그 또한 일본으로 보낸 여자에 대해서 죄책감을 느끼고 있었기 때문이다.

그들 일행은 부산공항에 내렸는데 한 시간 쉬었다가 오사카행 비행기를 갈아타야 했다. 오함마가 국제선 출국장 입구를 서성거렸다. 조웅남을 만나기로 한 것이다. 미리 와서 기다려야 할 조웅남이 보이지 않자 그는 당황했다.

"너, 날 찾냐?"

선글라스를 쓰고 콧수염까지 기른 조웅남이 앞에 와 물었다.

"어이구, 형님! 몰라봤어요."

그는 아까 지나치면서 일본 사람인 줄 알았던 것이다.

"왜, 안 멋있어?"

그가 정색을 하고 물었다.

"아, 멋있어요, 멋있어. 어서 저쪽으로 갑시다. 형님이 기다리고 계세요."

오함마는 그의 팔을 끌고 대합실 안쪽에서 기다리고 있는 김원국에게 안내했다.

"너 웬일이냐?"

조웅남을 본 김원국이 대뜸 물었다.

"왜요?"

막 인사를 하려던 조웅남도 인사를 잊어버린 채 따라 물었다.

"인마, 그 안경하고 콧수염 말이야."

"이거, 충식이가 준 건디, 콧시염은 심심혀서 길렀고. 멋있다고 허던디."

"거기다 백구두를 신어봐라. 더 멋있겠다."

홍성철이 빙긋 웃었다. 안경을 벗어서 호주머니에 넣은 조웅남이 홍성철을 노려보았다.

"넌 뭐 때미 웃냐?"

"내가 웃지도 못하냐?"

"씨발 놈, 느그덜 때미 일본 가는디 나보고 웃어?"

"널 보니까 놀러 가는 것 같구먼그래?"

툭탁거리는 그들을 나무라고 김원국이 자리에 앉자 곧 장내 방송이 나왔다. 탑승 안내 방송이었다.

그들은 오사카의 중심부에 있는 오리엔트호텔에 여장을 풀었다.

지리에 어두웠고 홍성철이 오카다를 따라 서너 차례 이곳을 들렀으므로 그들은 홍성철을 안내자로 삼아 의지할 수밖에 없는 형편이다.

"가네무라가 오사카에 있나 확인해 보겠습니다."

홍성철이 말하고 나갔다.

이른 저녁 시간이었다. 홍성철이 밖으로 나간 후에 김원국은 수첩을 꺼내어 전화번호를 확인하고 나서 수화기를 집어 들었다. 서울에서 연락을 해놓은 친구에게 하는 전화였다. 벨이 울리자 친구가 전화를 받았다. 기다리고 있었던 모양이었다.

"나야. 나 여기 오리엔트호텔 705호실에 있네."

김원국이 짧게 말했다.

—응, 알았네. 내 바로 가지.

전화는 바로 끊겼다.

김원국과는 학교 동창으로 일본에 오래전에 건너가 이제는 조그만 사업체를 가지고 있는 친구였다. 그에게 2천만 엔을 빌리기로 했다. 돈이 필요했기 때문이다.

조웅남과 홍성철이 한 방을 쓰고 이동수와 오함마가 한 방을 쓰도록 한 것은 조웅남과 홍성철에게 같이 있는 기회를 주려는 의도다.

김원국은 홍성철과 오카다의 부하가 적어준 노트를 들여다보았다.

32개 업소에 167명의 여자가 흩어져 있었다. 한 집에 평균 5명꼴이었지만 어느 업소에는 20여 명이 몰려 있었고 한두 명씩 배분해 준 업소도 6개나 되었다. 지역은 대부분 오사카의 변두리 지역이었는데 시내에 있는 업소는 네 곳이다.

홍성철이 방으로 들어왔을 때는 오후 7시 반이다. 그의 뒤를 따라 조웅남과 이동수가 들어와 소파에 앉았다.

"형님, 가네무라하고 오카다가 모두 여기에 있습니다."

홍성철이 말했다.

"그쪽 업소 애들한테서 들었습니다."

"눈치채지는 않았지?"

"형님두 참, 절 어린애로 보십니까?"

"앗따, 지기미, 지가 어른인가 부네에."

조웅남이 나섰으나 김원국은 정색하고 입을 열었다.

"오늘 밤부터 일을 시작한다. 두 팀으로 나눠서 일을 하도록 하자. 나하고 웅남이가 한 팀이고 성철이가 동수하고 함마를 데리고 나가라. 한 팀이 하룻밤에 두 곳 정도씩만 가면 되겠다. 가서 일단은 한국 여자와 친해지고 기회를 봐서 우리 이야기를 해주도록 해. 함정에 걸릴 수도 있으니까 조심해야 해. 우선 한 업소에 한 사람씩만 포섭해 놓고 그 사람을 중심으로 일을 추진시키도록 한다. 데리고 나가는 방법은 나중에 이야기하겠다. 12시까지는 호텔에 돌아오도록 할 것. 그리고 경비는 아끼지 말고 써라."

김원국은 친구가 놓고 간 가방을 가져와 열었다. 일본 엔화가 가득 들어 있었다.

홍성철과 지도를 놓고 상의한 다음 김원국과 조웅남은 호텔을 나왔다. 오늘 밤 갈 곳은 두 군데로 7명과 6명을 데리고 있는 곳이었다.

지리에 어두웠으므로 가까운 곳부터 시작하도록 한 것이다.

"형님, 나 일본말 잘 못허는디 괜찮을랑가요?"

김원국에게는 부끄러울 것도 없었으므로 그가 물었다.

"괜찮아. 네가 만날 여자들은 한국 여자 아니냐?"

택시 운전사가 그들을 내려준 곳은 한눈에 알아볼 수 있는 유흥가였다. 요란하게 번쩍이는 네온이 서울과 다를 바 없었으나 김원국의 눈에는 조금 더 아기자기하게 보였다. 도로는 왕래하는 인파들로 가득 차 있었다. 밤 9시밖에 되지 않아서일 것이다. 한참을 헤맨 끝에 그들은 골목 끝에 붙어 있는 '서울 하우스'를 찾아냈다. 조웅남이 찾아낸 것이다.

"형님보다는 지가 밤길에는 도사잉게요."

조웅남이 의기양양한 얼굴로 웃었다. 옆으로 밀어젖히는 문을 열고 들어가자 와락 소음이 몰려왔다. 홀은 10평도 되지 않는 것 같았다. 그러나 좌석에는 손님들이 가득 들어차 있어서 빈자리가 보이지 않는다. 한쪽에서 여자가 마이크를 잡고 노래를 부르고 있었는데 '돌아와요 부산항에'였다. 노래 가사를 발음하는 것이 한국 여자가 분명했다. 손님들 틈틈이 여자들이 앉아 술을 따르면서 날카로운 목청으로 웃거나 비명을 지르는 듯 말하고 있어서 노래는 잘 들리지도 않았다.
둘은 겨우 구석 쪽의 빈 의자를 발견하고 찾아가 앉았다. 여자 한 명이 다가왔다.
"한국분이시죠?"
여자가 한국말로 물었다.
"응, 그려. 거그도 한국 여자고만?"
여자는 피식 웃었다.
"전라도 분이시네."
"그려, 너는 서울여?"
여자는 젖가슴이 보이도록 깊게 파인 드레스를 입고 있었으나 마른 체격이었다. 가는 목이 더 길게 보였다.
"뭘 드시겠어요? 맥주? 위스키?"
"위스키로 주지. 그리고 아가씨도 이리 와 앉을 수 없나?"
김원국이 물었다.
"네."
여자는 짧게 대답하고 그들 곁을 떠났다.
"쟈도 이철주가 팔아먹은 앤가요?"
조웅남이 그녀의 뒷모습을 보며 물었다. 김원국은 카운터에 앉은 사내와 무대 앞쪽에 앉은 사내를 관찰하고 나서 조웅남에게 말했다.
"여기서 관리하는 놈이 어디 있나 찾아봐."
"형님, 저그 저 새끼허고 문 앞 카운터에 앉아 있는 놈이고만요."
조웅남이 당장에 집어냈다. 그가 눈여겨본 사내들이었다.

"저그 저놈이 쥔인게 비요."

노래를 부르고 있는 여자 바로 앞에 서너 명이 앉아 있었다. 조웅남이 그중 하나를 턱으로 가리켰다. 대머리에 배가 나온 사내였다. 김원국은 스쳐 지났었다. 과연 현장에서 뛰고 있던 실무자라 다르다. 대머리가 손가락을 움직여 웨이터를 부르는 것이 보였다. 웨이터는 3명이다.

여자가 쟁반에 술과 안주를 담아 들고 왔다.

"출장 오셨어요?"

술을 따라 주면서 여자가 물었으므로 김원국이 상대했다.

"응, 그래. 거기 이름이 뭔가?"

"김애리예요."

조웅남이 혀를 찼다. 그러나 때가 때인지라 나서지 않는다.

"여기서 자네하고 올나이트 할 수 있을까?"

"어머, 급하기도 하셔라. 오래 굶으신 모양이네요."

"그래, 출장 다니느라고 굶었어."

조웅남이 쓴 것을 먹은 얼굴을 하고는 잔에 술을 따라 한 모금에 삼켰다.

"좀 비싸요."

"괜찮아."

그녀는 김원국의 얼굴을 잠시 동안 바라보았다.

"그리고 선불이에요."

"앗따, 젠장."

조웅남이 그녀를 바라보았다.

"돈 떼어먹을까 봐 그래? 일본 놈들은 오입값도 떼어먹등가?"

그녀는 조웅남의 얼굴을 바라보며 재미있다는 듯 웃었다.

"여기 규칙이 그래요. 선불 주시면 제가 따라 나갈게요. 호텔을 알려주셔야 돼요. 주인아저씨한테 이야기하고 확인받아야 하니까요."

이렇게 되어가는구나 하고 김원국은 머리를 끄덕였다.

"여긴 한국 여자들이 제법 있는 것 같군. 몇 명이나 있어?"

"5명 있어요."

7명을 보낸 것으로 되어 있는 업소였다.

"어디서 자? 거기 가서 묵을 수 없을까?"

"우린 같이 있어요."

"모두 한집에?"

그녀는 머리를 끄덕였다. 술잔을 만지작거리는 손등에 파란 정맥이 보였다.

"집에 가고 싶지 않아?"

오늘 밤 같이 지낼 사내로 생각했는지, 아니면 인상이 좋았는지 시끄러운 소음 속에서 그녀는 고분고분 대답했다.

"왜요? 가고 싶지만 별수 있어요? 어차피……."

"어차피 뭐야? 자포자기한 거야?"

"이제 그만요. 한국 사람들은 언제나 똑같은 질문을 하고 나서 볼일 다 보고 나면 훌쩍 도망가 버리는데 더 이상 말할 것도, 바랄 것도 없어요."

김원국은 입을 다물었다.

"미안해, 속상하게 해서."

잠시 후 김원국이 말했다.

"괜찮아요. 선생님은 좀 이상하네요."
"왜?"
"그걸 하고 싶은 사람 같지도 않아요. 그렇다고 샌님도 아닌 것 같고……."
"나쁜 사람 같아?"
그녀는 김원국을 다시 찬찬히 바라보았다.
"그렇게 보이지도 않아요."
김원국은 1만 엔짜리 세 장을 집어 여자에게 주고는 일어섰다.
"난 아직 호텔을 잡지 않았어. 다시 들를게, 그때 보자구, 미스 김."
그녀는 손에 돈을 쥔 채 그를 바라보며 앉아 있었다. 카운터에서 계산을 하고 그들은 밖으로 나왔다.

그들이 다음번 업소인 '베니스'에 들어갔을 때는 11시가 되어가고 있었다. 이곳은 '서울 하우스'보다 규모가 약간 컸다. 무대장치도 화려하게 해놓았다. 무대 뒤쪽은 스크린 장치를 해놓아서 들려오는 음악과는 얼토당토않은 백사장과 파도가 출렁대는 장면이 나오고 있었다. 이곳도 손님들이 홀을 가득 메우고 있었고 소란스러웠다.
그들이 자리를 잡지 못해 홀 안에서 서성거리자 여자 한 명이 다가왔다. 김원국이 먼저 한국말로 물었다.
"아가씨, 자리 좀 잡아주겠어?"
"이쪽으로 오세요."
그녀도 한국말로 대답했는데 서로 한눈에 한국 사람임을 알아본 것이다. 무대 앞쪽에 마침 빈자리가 있었으므로 여자가 술을 가지러 간 사이에 김원국이 말했다.

"다른 호텔을 하나 더 잡아놔야겠다."

"왜요?"

조웅남이 그럴 필요가 있느냐는 듯 물었다.

"아가씨들을 만나는 호텔이 따로 있어야겠어. 너, 오늘 여기서 한 명 데리고 나가."

조웅남은 못 들은 척 대답하지 않았다. 여자가 술과 안주를 들고 돌아왔다.

"이번 일본 와서는 술은 원도 없이 마시게 생겼네잉."

조웅남이 여자에게 말했다. 스무서너 살 되어 보이는 동그란 얼굴의 아가씨였다. 미스 최라는 아가씨와 술 한 병을 다 마시고 나서 조웅남이 물었다.

"나허고 오늘 밤에 오입헐 터?"

"……."

"돈은 달라는 대로 줄 팅게 어쪄? 빨리 말혀!"

"왜? 문제가 있어?"

이번에는 김원국이 물었다.

"아뇨, 문제는 없어요."

"그럼 왜?"

"아저씨들은 여기가 처음이세요?"

"그래."

"우리는 선금을 받아요. 그리고 호텔에는 여기 아저씨들이 데려다주고 있어요. 영업 끝나고요. 그래도 괜찮아요?"

"괜찮아, 이 사람도 이해할 거야."

"내일 아침 10시까지구요."

"그런가?"

"아이고, 젠장……."

조웅남이 투덜거리다가 입을 다물었다.

"여기 온 지 얼마나 되었어?"

김원국이 물었다.

무대에서는 2명의 댄서가 춤을 추고 있었는데 몸매가 좋았다. 그녀들도 한국 여자로 보였다.

"3개월 되었어요."

"그래, 돈 많이 벌었어?"

"돈요? 흥!"

그녀는 김원국을 바라보더니 이윽고 시선을 돌렸다. 김원국은 오늘은 이 정도로 해둬야겠다고 생각했다.

"우리가 오늘 도착해서 이 친구는 아직 호텔을 잡아놓지 않았어. 호텔 잡아놓고 연락하면 되겠지?"

"네."

그러면서 그녀는 조웅남을 바라보았다.

"아저씨는 왜 아무 말씀 안 하세요? 절 데리고 나가신다면서요?"

조웅남은 김원국을 바라보았다. 얼떨떨한 얼굴이었다.

"이 사람은 이런 일이 처음이야."

김원국이 대신 대답하자 그녀는 피식 웃었다.

"순진하게 보여요."

"뭣이 어쩌?"

그때 김원국이 조웅남의 어깨를 치고 자리에서 일어났다.

"계산은 카운터에 가서 하면 되나? 아니면 미스 최한테 지금 줄까?"

"10만 엔이에요."

"줘라."

김원국이 말하자 조웅남은 호주머니에서 부스럭거리며 돈을 꺼내었다. 조웅남에게서 돈을 받으면서 여자는 웃어 보였다.

그들은 '베니스'를 나와 택시를 잡았다. 택시 안에서 조웅남은 입을 다물고 있었다.

"거기는 야쿠자로 보이는 놈이 네 놈이더구나. 우릴 살피고 있었어."

김원국이 말했다.

"가네무라나 오카다 따라서 한국을 다녀간 놈이 있을지도 모른다. 그놈들이 나나 너희들 얼굴을 알고 있다면 귀찮겠는데."

"……."

"그러고 보니 네가 수염 기른 것은 잘한 일이다."

"형님, 나, 오늘 외입허는 거요?"

조웅남이 불쑥 물었다.

"응, 왜?"

"아, 글씨, 대답만 혀요."

"네가 알아서 해. 어쨌든 데리고 나가야 할 테니까. 그것까지 내가 하라 마라 하냐?"

조웅남은 다시 입을 다물었다.

호텔에 도착하자 홍성철 등은 이미 방에 들어와 있었다. 그들은 다시 모여 앉았다. 홍성철이 다녀온 업소들에 대하여 보고했다.

"아직까지는 우리가 여기 온 것을 모르고 있는 것 같았습니다. 애들 외박도 그대로 시키고 있고 특별한 경계 같은 것은 하지 않고 있습니다."

"변두리 지역에 호텔 방을 빌려놓아야겠어. 여기는 본부로 사용하고, 여자들 데리고 나오면 그쪽 호텔을 사용하도록 하자. 오늘 밤부터 시작하자."

김원국은 이동수와 오함마 이름으로 방을 빌리도록 했다.

"성철이 네가 애들 데리고 가서 방 2개를 빌려놓고 돌아와. 그리고 웅남이는 오늘부터 시작할 테니까 웅남이 너도 성철이 따라가서 그 방에서 걔한테 연락해서 오라고 해. 그리고 웅남이는 내일 아침에 돌아오거라."

"벌써 한 명 잡으셨습니까?"

홍성철이 놀란 듯 물었다.

"아냐, 그냥 외박하자면서 돈 지불하고 나오라고 한 거야. 웅남이가 잘 처리하겠지."

홍성철이 김원국과 조웅남을 번갈아 바라보았다.

"뭘 보는 거여?"

조웅남이 얼굴을 찡그렸다.

"오늘 밤은 그저 누구 회포만 풀고 말겠는데요."

"뭐여? 이 자식이?"

조웅남이 버럭 성을 내었다.

"시간 없어, 빨리들 나가봐. 내일도 바쁠 게다."

그들은 서둘러 방을 나갔다.

새벽 1시가 조금 넘었다. 조웅남은 담배를 피워 물고 의자에 앉아 있었다. 텔레비전은 켜놓았으나 젖가슴을 덜렁거리며 오락가락하는 것이 보기 싫어서 몸을 돌려 앉았다. 오함마는 옆방에 있다. 오리엔트호텔로 돌아가라고 했더니 같이 가겠다면서 자빠져 있는 것이다.

조웅남은 다시 시계를 보았다. 방을 잡자마자 홍성철이 전화를 해서 미스 최를 바꿔 주었던 것이다. 홍성철과 오함마 두 놈이 옆에서 웃고 서 있었으므로 짧은 통화를 하는데도 등에서 식은땀이 났다. 놈들을 두들겨 주고 싶은 것을 참고 여자에게 방 번호를 알려주고 나서 지금 기다리는 중이다.

조웅남은 벌떡 일어나서 냉장고 위에 있는 조그만 위스키 병 대여섯 개를 한 손에 움켜쥐었다. 물컵에다 그것들을 모두 쏟아 붓고 난 그는 냉수 마시듯 들이켰다. 목구멍에서부터 화끈한 액체가 식도를 타고 위장으로 기분 좋게 떨어져 내렸다. 눈에서 불똥이 반짝반짝 튀는 것 같았다.

위스키가 또 없나 하고 냉장고 문을 열어보는데 노크 소리가 났다. 조웅남의 가슴이 덜컥 내려앉았다. 빈 컵을 든 채로 그는 문 앞에 가서 소리쳤다.

"누구요?"

"저예요, 미스 최."

조웅남이 문을 열었다. 잠바를 걸친 미스 최가 바쁘게 들어오더니 방 안을 두리번거렸다.

"여긴 처음 오는 호텔인데 깨끗하네요. 이 근처에 이런 호텔이 있는 줄은 몰랐어요."

"……."

"기다리셨어요? 그래도 오늘은 빨리 나온 셈이라구요. 보통 땐 3시가 되어야 나와요."

그녀는 잠바를 벗어 옷장 안에 걸었다. 안에는 자주색 스웨터를 입고 있었다. 홀 안에서 몸이 들여다보이는 가운을 입고 있을 때보다 더 어리게 보였다. 그녀는 욕실 문을 열고 안을 들여다보았다.

"어마, 여긴 욕조도 크네."

그녀는 조웅남을 바라보았다.

"저 목욕해도 돼요?"

그는 머리를 끄덕였다. 입안이 메말라 오는 것 같아서 그는 아까 거들떠보지도 않았던 맥주를 꺼내 뚜껑을 뜯었다.

그의 눈앞에서 미스 최가 스웨터를 벗어 침대 위에 놓았다. 진바지를 입고 있었으므로 바지를 벗으려던 그녀가 머리를 돌려 그를 바라보았다. 조웅남은 시선을 돌렸다. 그녀는 바지도 벗어서 침대 위에 개켜 놓고는 욕실로 들어가 문을 닫았다.

조웅남은 맥주를 들이마셨다. 갑자기 김원국이 원망스러웠다. 그로서는 이러한 경우가 처음이었다. 여자야 얼마든지 해치울 수가 있었다. 그러나 그는 이 불쌍한 계집애한테 어떠한 방법으로 그를 믿게 하고 따르게 할지 자신이 없는 것이다.

의자에 앉아 있는데 계집애가 욕실 문을 열고 나왔다. 욕실에 있었는지 타월 천으로 만든 가운을 걸치고 있었다. 머리에 수건을 동여맨 채였다.

"어마, 그대로 앉아 계시네. 옷도 벗지 않으시고?"

생글거리면서 여자가 말했다.

"아저씨는 체격이 참 좋아요. 스모 선수 같아요."

스모라면 조웅남도 알고 있었다. 그러나 스모 선수로 자신을 비교하는 것은 기분 좋은 일이 아니었다.

"옷 안 벗으실 거예요?"

그녀는 조웅남 앞에 와서 다리를 꼬고 앉았다. 맨다리가 허벅지까지 보였으나 그녀는 가리려고 하지 않았다. 욕탕에서 빠져나온 살결이 붉은 기운을 띠고 있었다. 여자가 발가락을 꼼지락거렸다.

조웅남은 그녀의 얼굴을 바라보았다. 동그란 얼굴에 입도 눈도 동그래 보였다. 눈은 장난스럽게 반짝거렸다.

"너는 거시기, 재미 좋냐?"

그가 불쑥 물었다.

"네?"

영문을 모르는 여자는 눈을 동그랗게 뜨고 물었다.

"그게 아니라, 돈 많이 버냔 말여."

"왜요?"

여자가 미심쩍은 얼굴이 되어 물었다.

"긍게, 대답이나 혀봐."

"그저 그래요."

"왜? 돈 번 것 다 뺏어가냐?"

"그건 알아서 뭐하시게요?"

"널 도와줄라고 그려."

"흥."

여자는 코웃음을 치더니 일어서서 냉장고 문을 열었다. 캔 맥주 2개를 꺼내 온 그녀는 하나를 조웅남에게 주었다.

"돈이나 많이 주세요. 차비는 제 몫이니까요."

"차비?"

"아침에 나갈 때 돈 주셔도 좋고 안 줘도 그만이에요. 알고 계시죠?"

"……."

"집에 안 갈래? 느그 집 말여."

"참, 아저씨도."

여자는 피식 웃었다.

"아저씬 참 순진하게 보여요."

"……."

"여기가 어딘 줄 아세요? 일본이에요, 일본. 거기다가 우리는……."

"우리는 뭘?"

"얘기 그만하고 우리 자요. 그렇게 말씀 안 하셔도 서비스 잘해 드릴게요. 나두 아저씨가 맘에 들어요. 오늘은 잘될 것 같아요."

여자는 일어서서 조웅남의 상의를 벗겼다. 셔츠 바람이 되자 그녀는 조웅남의 울퉁불퉁한 팔을 어루만졌다.

"어마, 멋져요. 난 아저씨 같은 사람은 처음이에요."

"……."

"아저씬 그 힘도 세겠죠? 그죠? 오늘 밤 난 못 잘 것 같애……."

조웅남이 팔목을 잡아 손을 떼었더니 여자가 팔목이 아픈지 조그맣게 비명을 질렀다.

"지기미 씨발 년 같으니."

조웅남은 그녀를 가볍게 들어서 침대 위에 던져 올렸다. 놀란 여자가 침대 위에서 눈을 크게 뜨고 그를 바라보았다. 헤쳐진 가운 사이로 여자의 은밀한 곳이 보였다.

"이년은 순 똥갈보 아녀? 내가 씨발 년아, 너허고 그 짓 하러 여그 온 줄 알어? 서울에도 천지여, 기집들이, 이년아."

조웅남이 눈을 부릅뜨고 여자를 노려보았다.

"느그들이 팔려왔다고 히서 내가 빼줄라고 온 거여, 이년아. 근디 어쩌구 어쩌? 밤새도록 씹이나 허자고?"

"……."

"어이구 씨발, 형님 말만 믿고 따라온 내가 병신이지."

"……."

"너는 이년아, 여그서 그 짓이나 혀. 좆 큰 놈이나 만나서 밤새도록 허랑게."

여자는 옷깃을 여미더니 침대 끝에 걸터앉았다. 조웅남을 빤히 쳐다보고 있었으나 입을 열지 않았다. 욕을 바가지로 얻어먹고 있었는데도 놀라는 것 같지도 않다.

홍성철은 몇 명의 여자와 안면이 있었다. 이철주를 도와 일을 했을 때 그가 그녀들의 출국을 거들어주었던 것이다. 그들이 물론 그에 대해서 감정이 좋을 리가 없었다. 홍성철은 이동수와 오함마를 시켜 그녀들을 불러들이고 설명해 나갔다. 시간이 촉박하므로 믿을 만한 여잔가 아닌가를 정확히 관찰할 겨를이 없었다.

"문제는 여권입니다. 업소 주인들이 여권을 가지고 있어요. 그것을 빼와야 합니다. 여권이 없으면 애들이 아무리 가고 싶어도 소용이 없습니다."

홍성철이 말했다.

"애들더러 빼내 오라면 안 될까요?"

이동수가 물었다. 홍성철이 머리를 저었다.

"불가능해. 그럴 수 있었다면 도망쳤지, 벌써."

"그렇다구 업소 주인들을 한 놈 한 놈 잡아다 족칠 수도 없고……."

오함마가 답답하다는 듯 중얼거렸다.

"우선 애들부터 조직해 놓도록 해라. 그러고 나서 여권을 찾도록 하자. 애들이 없고 나면 여권이 무슨 소용이 있겠나?"

김원국은 아까부터 말이 없는 조웅남을 바라보았다.

"넌 베니스의 최 양하고 잘되었지?"

"뭣이요?"

조웅남이 입술을 부풀리며 물었다.

"이야기 말야."

"오늘 밤에 알려주기로 했어요."

"오늘 밤이야? 그럼 네가 베니스에 가서 갤 데리고 나와야겠구먼."

"……."

시작이야 어떻든 그날 밤 미스 최는 조웅남을 믿게 되었고 그녀와 같이 있는 나머지 5명의 아가씨들에게 이야기를 해주기로 한 것이다. 그 결과를 오늘 밤에 듣게 된다.

김원국과 홍성철은 꾸준히 업소들을 찾아다니면서 아가씨들을 불러내어 설득해 나갔다. 사흘 동안 그의 수첩에 적힌 명단은 20명 가깝게 되었다. 이제 20명이 주변의 여자들에게 연락하면 3, 4일 내에는 거의 알게 될 것 같았다.

여자들은 아직도 반신반의하는 입장이었다. 왈칵 울음을 터뜨리는 아가씨도 있는 반면에 멍한 얼굴로 바라보다가 밑져야 본전이라는 듯이 그렇게 해달라는 여자가 대부분이다. 그녀들의 생각으로는 불가능한 일이었고 겁이 나는 일이었다. 또 이런 일을 하는 이쪽을 의심하는 여자들도 있다.

김원국은 그런 것에는 신경을 쓰지 않았다. 어차피 그녀들에게서 칭찬을 받으려고 시작한 일은 아닌 것이다. 가네무라 측이 알기 전에 서둘러야만 했다.

오함마가 베니스에 들어갔을 때는 12시가 되어 있었다. 끝나가는 시간이었으므로 빈자리가 많았다. 오함마는 한국 여자처럼 보이는 아가씨에게 물었다.

"술 마실 수 있지요?"

"그럼요."

"그럼 위스키 한 병하고 미스 최를 불러주시오."

여자는 끄덕이고 사라졌다. 잠시 후에 동그란 얼굴의 아가씨가 술과 안주를 들고 그에게 다가왔다. 얼굴에 초조한 기색이 배어 있었다.

"난 형님 심부름 왔어요. 조웅남 형님."

그러자 그녀는 얼굴을 활짝 폈다.

"왜 그 아저씬 안 오셨어요?"

"자꾸 오면 의심할 거 아뇨? 조심해야 한단 말이오. 형님이 호텔에서 기다리고 계시니까 나한테 가는 것으로 하고 나갑시다."

술을 먹는 둥 마는 둥 하고 오함마는 술값과 외박값을 그녀에게 쥐어주었다. 그녀가 서둘러 카운터에 앉은 사내에게 다가갔다가 돌아왔다.

"호텔은 어디에요? 엊그제 있었던 동양호텔이에요?"

"아니, 오늘은 로마호텔이오. 708호실, 내 이름이 오한만이오. 그 이름으로 잡아놨어요."

"로마호텔, 708호실, 오한만, …선생님."

외우듯 중얼거리면서 그녀가 다시 카운터의 사내에게로 돌아간다. 카운터에 앉은 20대의 사내가 그를 바라보고 있다가 시선이 마주치자 빙긋 웃었다.

오함마는 불끈 화가 솟았으나 머리를 돌렸다. 그저 한주먹에 골통을 부숴 버리고 싶었지만 만철 형님의 말대로 이곳은 적지였다. 출발하기 전에 그는 이동수와 함께 강만철에게 불려가 주의를 단단히 받았었다. 큰형님한테 무슨 일이 있으면 차라리 죽고 오지 말라는 소리를 들은 것이다.

조웅남과 미스 최는 호텔 방에 앉아 있었다. 새벽 2시가 되었는데도 조웅남은 단정하게 넥타이를 매었다. 미스 최는 잠바만 벗었을 뿐으로 스웨터 차림이었다.

"여기 이름을 적어 왔어요. 우리 가게하고, 제 친구가 있는 '월광'하고 그 옆에 '국제'에 있는 애들이에요."

조웅남은 종이를 받아 들었다. 노트를 찢어 만든 명단에는 세 곳의 업소와 여자 이름들이 적혀 있었다.

"니 이름이 최민주여?"

제일 위에 쓰인 이름을 보고 물었다. 이제까지 이름도 몰랐던 것이다.

"네, 이름 예뻐요?"

"가만있자, 모두 몇 명여? 20명이 넘는 개빈디?"

"세 곳 합해서 23명이에요."

"니가 하나하나 물어봤어?"

"우리 가게는 나까지 합해 6명은 이야기가 됐구요, 월광과 국제는 제 친구 명자가 직접 이야기했대요. 우는 애도 있고 난리예요."

"……."

"자살하려다가 만 애도 있어요. 갠 지금 폐인이 돼서 숙소에 누워만 있어요. 도망치는 건 생각도 못 해요. 여권이 없는걸요. 돈두 없구요."

"여권은 누가 갖고 있냐?"

"주인이 갖고 있을 때도 있고 다른 사람이 가지고 있을 때도 있어요. 검사 때는 내주지만 도로 뺏어가요."

"검사?"

"외국인 단속이나 검열 때 말예요. 그런 땐 숙소에 있게 할 때도 많아요."

"니 여권은 지금 누가 갖고 있어?"

"우리 가게 주인이 갖고 있어요."

"……."

"아저씨."

최민주가 그를 불렀다. 그가 얼굴을 들어 그녀를 보았다.

"저, 옷 벗고 자면 안 돼요?"

"응?"

"옷 벗고 잘게요. 피곤해서요."

"그려, 어서 자."

옷을 벗어 옷장에 걸고 최민주는 침대에 들었다. 그녀는 앉아 있는 조웅남을 바라보았다.

"아저씨, 안 자요?"

"잘 꺼여, 생각 좀 허고."

그녀는 부스럭거리며 돌아누웠다.

"아저씨."

그녀가 다시 불렀다.

"왜 그려."

"집에 가고 싶어요. 엄마도 보고 싶어요."

그녀의 목소리가 젖어 있었다.

"그려, 데려다줄 팅게 잠이나 자."

제13장

야누스의 미소

밤의 대통령

김원국이 점심을 마치고 방에 들어오자 전화벨이 울렸다. 수화기를 들었더니 서울의 강만철이었다.

—형님, 지금 들어오셨군요. 전화 여러 번 했습니다.

강만철의 말에 김원국은 긴장이 되었다.

"무슨 일 있는 거야?"

—아닙니다. 큰일은 아니고, 오카다가 부산에 있다고 최충식이한테서 연락이 왔습니다.

"오카다가?"

—네, 어제저녁에 부산에 도착한 모양입니다. 호텔도 확인해 놓았습니다.

"그래?"

—부하 세 놈을 데리고 왔습니다. 어젯밤에는 호텔에서 박재팔

이를 만났다고 합니다.

"……."

—충식이한테 철저히 감시하라고 일러두었습니다.

"잘했다."

가네무라가 아직 그의 오사카로의 잠입을 모르고 있는 듯했다.

"이철주는 이상 없나?"

—네, 한 이틀간 발광하듯이 소동을 부렸습니다만 이젠 자포자기한 모양입니다. 시키는 대로 다 하겠으니 시골에서 나오게 해 달라고 합니다.

"……."

이철주는 서울에서 100여 킬로미터 떨어진 시골에서 강만철의 부하 4명과 함께 생활하고 있었다. 집은 산지기가 쓰던 곳을 개조한 것이어서 방 2개에 부엌이 나란히 붙어 있었다. 산기슭에 외따로 떨어진 집에는 우편배달부도 찾아오지 않았다. 방에 우두커니 앉아 있으면 차라리 교도소에 있는 것이 낫겠다는 생각이 들 정도였다. 옆방의 김원국의 부하들은 그에게 일절 말을 걸지 않았다. 묻는 말에도 대답하지 않았다.

이틀째인가는 그중 형님뻘 되는 사내를 설득해 보려고 길게 이야기를 꺼냈다가 냅다 발길질을 하는 바람에 허리를 차였다. 이철주는 새까만 녀석에게 수모를 당하자 죽고 싶었으나 그럴 수는 없었다.

식사는 때맞추어 들어왔다. 사내들이 만드는 음식이므로 풍성풍성하였지만 맵지 않으면 짰다.

사흘째부터 이철주는 식욕이 되살아났다. 시골의 맑은 공기가 식욕을 일으킨 것이 아니라 밥을 안 먹으면 나만 손해라는 생각이 들었던 것이다.

그는 홍성철이 배신했다고 믿었다. 그가 김원국에게 잡혀 갔을 때부터 그놈은 김원국에게 모든 정보를 주고 있었던 것이다. 이철주는 그때부터 홍성철을 견제했던 것이 잘한 일이라는 생각을 했다. 그러나 주변을 돌아보면 믿을 만한 놈이 없는 것에 울화가 치밀었다.

정재희는 시골에서 이틀을 지내고 다시 서울로 올라갔다. 밤이 되면 계곡을 훑어 내려가는 바람이 나뭇가지를 스치면서 윙윙거렸고 빈 양동이를 덜그럭대며 굴렸다. 창문이 덜컹대며 흔들리는 바람에 잠을 자지 못했다.

정재희는 이틀 밤을 울면서 새웠다. 그녀의 우는 모습이 가여워서 한번은 이철주가 안으려고 했더니 사납게 어깨를 흔들어 뿌리쳤다.

사흘째 되던 날 강만철이 보낸 사내가 정재희를 데리러 왔을 때 그녀는 벌떡 일어났다. 그러고는 망설이는 표정으로 그를 내려다보았다. 이철주는 팔을 베고 누운 채 잠자코 있었다.

"어떡하죠? 날 데려간다는데?"

이철주는 몸을 일으켜 앉았다.

"가네무라한테 연락을 해. 박재팔이한테도 말이야. 그리고 홍성철이도 찾아봐. 내 이야기를 해."

"그럴게요."

"꼭 해야 돼. 조심하고 말이야."

"알았어요. 염려 마세요."

사내를 따라 산길을 돌아 내려오는 정재희는 해방을 맞은 독립군이 산에서 내려오는 기분과 다를 바 없었다. 30분쯤 걷자 국도에 검정색 승용차가 세워져 있는 것이 보였다. 그녀는 서둘러 차 쪽으로 다가갔다. 승용차 안에는 오유철이 앉아 있었다. 그는 무표정이었지만 안쪽으로 몸을 옮겨 정재희에게 자리를 만들어 주었다. 정재희는 그가 김원국의 간부급이라는 것을 알고 있었다.

차가 포장되지 않은 자갈길을 덜컹대며 달릴 때 오유철이 물었다.

"정 마담, 쓸데없는 짓 하면 어떻게 되는지 알고 있지?"

정재희는 머리만 끄덕였다.

"그쪽 산지기 집에서 산속으로 깊이 들어가면 땅을 파기 좋은 곳이 있어."

"……."

"깊은 골짜기라 묻기가 쉬운 곳이야. 내가 봐두었지."

정재희는 몸이 차가워진 느낌이 들었으므로 시선만 주었다. 오유철이 운전사의 뒤통수에 대고 물었다.

"이철주가 무슨 부탁 안 해? 말해봐."

"네? 무슨 부탁요?"

"없었어? 일편단심이라는 것이군. 지금 이철주가 어떻게 된 건지 알고 있지? 훌륭해. 같이 죽겠다는 거군."

"아녜요, 그게 아니라."

"그만해, 어차피 너도 이철주하고 같이 생각해야 할 테니까."

"아녜요, 내가 왜요? 다 말할게요."

정재희는 입을 열기 시작했다.

*　　　　*　　　　*

박재팔은 오카다와 마주 앉아 있다. 오카다는 한동안 박재팔을 바라보고 나서 다시 입을 열었다.

"어때요, 박 상? 해볼 만하지 않소?"

박재팔은 머리를 끄덕였다.

"한 명당 700만 원씩 합시다."

박재팔이 말하자 오카다는 놀란 듯 눈을 크게 떴다.

"너무 비싸요. 서울에서도 500만 원씩이었소."

"위험한 장사요. 요즘은 여자애들이 호락호락하지 않아요."

"박 상, 내가 알기로는 아직도 여자는 많아요. 당신이 잘 알지 않습니까?"

오카다는 몸집이 비대한 탓인지 땀을 많이 흘려서 수건을 꺼내어 이마와 목덜미의 땀을 닦았다. 그는 이번에 가네무라의 지시로 부산에 인력 공급 조직을 세우려고 온 것이다.

"어떻소? 그럼 한 명당 600만 원으로 합시다."

오카다가 다시 말하자 잠시 생각하던 박재팔이 머리를 끄덕였다.

"좋습니다. 하지만 선금을 좀 주시오. 이것저것 준비하는 데 돈이 필요해서요."

"그건 계약을 하고 나서 이야기합시다."

"계약이라니?"

"매월 몇 명씩 어떻게 보낸다는 것을 말이오. 그러고 나서 이야기해도 늦지 않아요."

박재팔은 납득하는 눈치였다. 내일 다시 만나 계약 조건을 상의하기로 하고 박재팔은 호텔을 떠났다.

그가 떠난 후 오카다는 일본에서 그를 따라온 3명의 부하를 자기 방으로 불렀다. 그들과 부산에서 조직을 재건해야 한다. 서울에서처럼 실수를 하면 안 되는 것이다.

"어때? 애들을 모을 수 있겠나?"

"사람이야 많습니다만 쓸 만한 놈을 고르기가 쉽지 않습니다."

부하 한 명이 말했다.

"서울에서처럼 어중이떠중이 고르면 안 돼. 이번에는 철저히 해야 돼."

"알겠습니다."

"이번에는 일 차를 선발한 다음 일본으로 데려가 단련을 시키겠다. 완전히 머리를 개조시켜야겠어."

"서울은 정리하실 작정입니까?"

"천만에, 투자한 것이 얼만데? 문제는 이철주가 지금 어디에서 어떻게 되어 있는지를 알아내야 해. 그 망할 년이 전화를 받지도 않아서 골치가 아프군그래. 이철주의 조직은 깨졌다고 봐야 돼."

"이 사장이 무엇을 하고 있을까요? 혹시……."

"김원국이 어떻게 했는지, 이번에는 그것을 알아보는 일도 중요하다."

오카다가 부하들을 둘러보았다.

"조심들 해. 김원국은 지금 산장에 가 있다고 한다. 우리가 여기 왔다는 사실을 숨겨야 된다구. 호락호락한 놈이 아니야. 절대로 노출되는 행동을 피하도록 해. 알겠나?"

"네, 알겠습니다."

부하들이 물러간 후 오카다는 전화기를 집어 들었다. 가네무라에게 보고를 해야 하기 때문이다.

오카다는 방에서 저녁을 시켰다. 부산에 온 후로 그는 밖에 나가 식사하는 것도 삼가고 있었다. 박재팔이 오카다가 부산에 내려올 때마다 잠자리를 같이하는 미스 지를 데리고 오겠다는 것도 사양했다. 그녀에게 연락하지도 말라고 주의를 주었다.

부하들에게도 쓸데없이 호텔 밖을 나가지 말도록 지시했다. 언제 김원국의 정보망에 걸려들지 알 수 없는 것이다. 그러나 부산은 조금 안심이 되었다.

이철주의 조직이 깨어진 지금 급한 것은 끊임없이 공급되어야 하는 여자들 문제였다. 박재팔에게는 선금을 2억 정도만 줄 예정이었다. 가네무라에게 박재팔과의 상담 내용을 보고하자 그는 선뜻 허락했다. 급했기 때문이다.

박재팔도 이철주 못지않게 돈을 밝히는 놈이었다. 고집이 세었고 머리보다도 주먹을 바탕으로 기반을 닦아왔으므로 자존심이 강했으며 냉혹했고 이기적이었다. 그러나 아직 단순해서 자존심을 건드려 주면 이용하기 쉬운 성격이었다. 이철주보다 경륜이 적은 탓일 것이지만.

그것을 잘만 이용하면 상대방에게 위협적인 전위대 역할을 할 것이다. 오카다는 박재팔에 대해 충분히 파악하고 있었다.

벨이 울렸다. 저녁 식사를 가져온 룸서비스인 모양이었다.

"누구요?"

문 앞에 다가간 그가 물었다.

"룸서비스입니다."

문 밖에 부하가 서 있을 것이므로 오카다는 문을 열었다. 순간 3명의 사내가 그를 밀고 방 안으로 들이닥쳤다. 한 명이 재빠르게 그의 등 뒤로 돌아 그의 목을 죄었고 다른 한 명은 그의 발을 걸어 넘어뜨렸다. 목을 죈 사내와 오카다는 같이 넘어지고 다른 사내가 그의 팔을 잡고 끈으로 묶었다.

목을 조이는 바람에 오카다는 소리를 지를 수가 없었다. 두 발을 한 사내가 누르고 있었으므로 발길질을 하여 몸을 세울 수도 없었다. 순식간에 손발이 묶이고 나서 그의 입에 테이프가 철썩 붙여졌다. 방바닥에 길게 눕혀진 그의 몸을 한 사내가 옆구리에 발을 갖다 대더니 밀어서 굴렸다. 오카다는 데굴데굴 굴러서 벽에 붙여졌다. 모두들 한마디의 말도 하지 않았다. 그것을 느끼자 오카다는 그제야 온몸에 소름이 끼쳤다. 놈들은 프로인 것이다.

심장이 내려앉은 오카다가 눈을 들어 놈들을 바라보았다. 문이 열리더니 두 사내가 부하 한 명을 끌고 들어왔다. 축 처져서 사지를 늘어뜨리고 끌려오는 사내는 방 앞에 지켜 서 있던 부하였다. 그를 따라 한 사내가 걸어 들어왔다.

오카다는 눈을 홉떠 그를 바라보았다. 강만철이었다. 강만철은 누워 있는 오카다를 잠시 내려다보았으나 이내 시선을 돌렸다. 부하는 얻어맞아 기절한 채였다. 두 사내가 그의 손발을 묶고 입에 테이프를 붙여 오카다 옆에 굴려놓았다. 강만철은 소파에 앉아 문 쪽을 바라보았다. 잠시 후에 다시 문이 열렸다.

오카다의 눈에 낯익은 사내가 또 보였다. 부산의 보스인 최충식이었다. 그가 앞장을 서서 들어서자 늘어진 2명의 사내를 그 부하들이 끌고 들어왔다. 늘어진 사내들은 모두 피투성이였다. 오카다는 부하들의 참담한 몰골에 시선을 돌렸다.

그들도 손발이 묶인 채 그의 옆에 굴려졌다. 강만철은 시선을 돌려 오카다를 내려다보았다. 오카다와 시선이 마주치자 그는 싱긋 웃었다. 오카다는 시선을 돌렸다. 이 세계에 익숙한 오카다는 저런 표정의 사내가 서슴없이 잔인한 짓을 할 수 있는 성격이라는 것을 알고 있었다. 오카다는 눈을 감았다. 강만철이 서울에서 여기까지 쳐내려올 줄은 상상도 하지 못했다.

"오카다, 지난번에는 옷도 입지 못하고 도망쳤더군."

강만철이 입을 열었다. 입에 테이프가 붙여져 있었으므로 오카다는 눈을 부릅떠 보였다. 최충식이 피식 웃었다.

"형님, 짜리몽땅한 것이 꼭 개구리 같지 않능교?"

"저놈을 데리고 가겠다. 박재팔한테 이 일이 알려지지 않도록 조심해."

"염려 마이소."

최충식은 들떠 있었다. 그는 박재팔의 지원 세력인 오카다를 잡았다는 것만으로도 기운이 났다.

"옷가지하고 물건들은 그대로 두고 간다. 잠깐 다른 곳에 간 듯이 보이도록 간단한 짐만 추려서 챙겨 가도록 하자구. 다른 놈들도 마찬가지로 말이야."

그들은 서둘러 부하들의 방을 오갔다. 새벽 2시가 되었을 때 강만철은 오카다와 부하들을 화물 엘리베이터에 실었다.

지하 주차장에는 그들을 싣고 갈 빈 트럭이 기다리고 있었다. 강만철은 서울에서 데리고 온 부하들과 함께 방을 나섰다. 주차장에서 최충식과 작별한 강만철은 트럭을 뒤따르게 하고 고속도로로 접어들었다.

이철주가 강만철과 함께 '귀빈'에 들어서자 기다리고 있던 정재희가 그들을 맞았다. 오랜만에 오는 자신의 업소인데도 이철주는 관심이 없는 듯 무표정했다. 열흘가량 시골에 있다가 서울로 올라온 지 5일째가 되었다. 정재희가 그들을 백광남이 기다리고 있는 밀실로 안내했다.

"아이구, 이 사장! 왜 이렇게 뵙기가 힘이 듭니까?"

백광남이 일어나 반겼다. 보름 동안 만나지 못한 것이다. 전화 연락도 없었으므로 그는 무척 궁금했다.

더욱이 원 사장의 토지 건도 걸려 있어서 무척 불안했다. 여러 번 사무실에다 전화를 했었고 집으로도 연락을 했는데 명의 이전된 원 사장의 공장에 대한 서류를 이철주가 가지고 있었기 때문이다. 그동안 이철주는 오카다가 잡혀 있는 것을 알게 되었고 여자들을 데리러 김원국이 일본에 간 것도 강만철에게 들었다.

"만일 이 사장께서 장난을 치신다면 아예 오카다부터 경찰에 넘겨 버리겠어요. 형님이 일본에 가서 고생하실 필요가 없습니다. 우린 증거를 다 가지고 있고, 말하기 거북하지만 홍성철이도 가만 있지 않을 거요. 걔가 지금 형님 따라서 일본에 가 있는 줄은 아실 겁니다. 이게 다 누구 때문이오? 잠자코 계쇼. 이 사장님을 이렇게 좋게 대하는 것도 형님의 지시가 있기 때문이지 그렇지 않았다면… 잘 아실 거요."

이철주는 집 밖에 나가지 않았다. 한강상사는 빈 사무실이 되었다. 사무직 사원들 중 쓸 만한 사람들은 자청해서 반도실업으로 자리를 옮겼기 때문에 한강상사의 일 모두를 반도실업이 인수한 상황이 되었다.

'귀빈'이나 몇 개의 업소들은 정상적으로 운영이 되었는데 정재희는 며칠 시골에서 이철주와 함께 있다가 바로 올라와 '귀빈'을 운영하는 중이다.

백광남과 강만철이 서로 인사를 주고받았다. 백광남은 강만철이 제일상사의 대표라고 하자 놀라는 얼굴이 되었다.

"아니? 거기 김 사장은?"

백광남이 그들을 둘러보며 물었다.

"시골에 계십니다."

강만철이 뚝 끊어서 이야기하고는 이철주를 돌아보았다. 어서 본론을 이야기하자는 태도였다.

"백 사장, 여기 귀빈하고 금성을 우선 정리하려고 하는데 말이오. 백 사장이 인수해 줬으면 해서……."

이철주가 말을 꺼냈다가 말끝을 맺지 못하고 시선을 돌렸다.

"아니, 귀빈을? 금성하고 같이 말이오?"

백광남이 놀란 얼굴로 물었다. 이철주가 이 업소들을 얼마나 아꼈는지 잘 알고 있었기 때문이다. 깊은 내막을 알 수 없었던 백광남이 말을 잊고 강만철에게로 시선을 돌렸다. 강만철이 시선을 받았지만 제일상사하고 어떤 연관이 있는지 이 자리에서 물어볼 수는 없었다.

"이것 참, 갑자기 그런 말씀을 들으니까 너무 뜻밖이어서 말이오. 생각도 좀 해봐야 할 것 아닙니까?"

"백 사장, 근간에 정리해야 하니까 잘 생각해 주시오."

"그런데 왜 귀빈까지 함께 정리하려고 합니까? 무슨 다른 사업을 하시려고 하는 거요?"

"당분간 쉬려고."

정재희가 안주를 들고 들어오더니 이철주 옆에 앉았다. 한동안 눈만 껌벅이던 백광남이 다시 입을 열었다.

"글쎄, 난 이런 업소를 운영해 본 경험이 없어서 말이오. 자신이 없구먼."

"잘될 겁니다. 예전과 똑같이 말이지요. 우리가 보장해 드릴 테니까요. 그리고 내부 관리를 지금처럼 정 마담에게 맡기셔두 되구요."

강만철이 입을 열고 말했다. 백광남이 이철주를 바라보았지만 시선을 내린 채 잠자코 있었다.

"가격이나 알고 봅시다. 자신이 없지만 말이요."

백광남이 마지못한 듯 물었으나 이철주는 대답하지 않았다.

"얼마 정도 갑니까? 여기 귀빈하고 금성이 말이오."

강만철이 정재희에게 물었다. 그녀는 이철주의 눈치를 살피다가 입을 열었다.

"귀빈이 8억쯤 갈 거예요. 그리고 금성이 6억쯤……."

"후유."

백광남이 머리를 저었다. 강만철도 가격은 그쯤 되리라고 예상하고 있었다. 그러나 이철주가 막상 합의를 하고서도 미적거리는 것에 화가 치밀었다.

"그만하면 좋은 가격입니다. 10억을 부를 수도 있었어요. 귀빈 같은 경우에는 말이지요. 듣자 하니 이런 업소들을 구입하시려고 한 줄 아는데요?"

백광남은 그렇게 말하는 강만철을 바라보다가 시선을 이철주에게로 옮겼다. 이철주가 머리를 끄덕이며 말했다.

"아, 내가 이야기했어요. 백 사장이 관심을 가지실 거라고 말이오."

정재희는 잠자코 그들의 잔에 술을 따랐다.

"내가 알기로는 이 사장, 그 업소들은 일본 사람들과 합자해서 세웠는데……."

백광남은 강만철이 걸리는 듯 주저하며 말했다.

"그래요. 가네무라 씨하고 반씩 투자한 업소들이오. 그래서 내가 승낙을 받았습니다. 명의는 내 이름으로 되어 있지만 인감도장이나 소유권 이전 서류는 그쪽에서 가지고 있어요. 그걸 보내준다고 연락이 왔습니다."

강만철도 들었던 이야기여서 그는 잠자코 앉아 있었다. 그가 이철주에게 물었을 때도 그렇게 말했던 것이다.

"그렇군요. 그쪽과 합의를 하셨다니……."

백광남이 머리를 끄덕였다.

"어쨌든 좀 생각해 봅시다."

그때 이철주가 눈을 치켜뜨고 말했다.

"백 사장, 전에도 내가 이야기하지 않았소? 금성을 6억 5천에 말이오. 5천이 나도 모르는 사이에 깎였는데 뭘 또 생각하자는 거요?"

강만철은 처음 듣는 말이었다.

"아, 글쎄, 그땐 그때고 지금 형편이 좋지가 않아요."

"무슨 형편?"

이철주의 얼굴이 붉어졌다.

"잠깐만."

강만철이 나섰다.

"백 사장께서 그러시다면 다시 연락을 주십시오. 오늘은 이만 합시다."

잠시 어색한 침묵이 흘렀다.

백광남이 915호실의 벨을 누르자 곧 안에서 문이 열렸다.

"들어오세요."

정재희가 얼굴에 미소를 띠면서 말했다. 그녀는 잠시 밖을 살피고는 문을 닫았다.

"정 마담이 웬일이야? 나하고 이렇게 만나면 이 사장이 오해할 것 아냐."

농담 섞인 말투로 백광남이 그녀에게 말했으나 편치 않았다. 어제저녁 귀빈에서 이철주와 만난 후로 무언가 찜찜하긴 했었다.

그런 참에 정재희에게서 전화가 걸려온 것이다. 사람들 눈에 띄지 않게 호텔에 방을 잡아놓고 기다리겠다는 것이었다. 나쁜 일은 아닐 것이라는 생각이 들었다.

"오해하면 하라죠, 뭐."

약간 상기된 얼굴로 그녀가 말하며 앞에 와 앉았다. 베이지색 투피스 차림이었다. 가지런히 무릎을 모으고 앉은 다리의 선이 고왔다. 30대 초반의 터져 나갈 것 같은 농염한 육체가 그의 눈앞에 있었다.

"허어, 이 사람이 큰일 날 소리 하고 있네."

백광남은 정색을 하고 자리를 고쳐 앉았다.

"아니, 글쎄, 이 사장이 조금 위축되어 보이고 사업에 신경을 안 쓰는 것으로만 알았는데……."

"안 쓰는 게 아니라 못 쓰는 거죠. 이젠 끝났다구요."

"이게 무슨 말이냐? 끝났다니?"

"제일상사 김 사장한테 약점을 잡혀 버렸어요. 여자들 일본 보낸 문제로요. 꼼짝없이 사업체를 정리해야 돼요. 그러지 않으면 무사하지 못할 거예요."

"뭐라고? 좀 자세히 이야기해 봐."

정재희는 김원국과 그의 부하들이 이철주의 집에 쳐들어오던 일부터 이야기해 주었다.

"그럼 지금 김 사장은 일본에 있단 말인가?"

백광남이 긴장한 얼굴로 물었다.

"그건 모르겠어요. 하지만 일본에 있는 여자들을 귀국시키려고 제일상사 사람들이 간 것은 확실해요."

"그럼 업소들을 팔아 보상금으로 지불할 모양인가?"

"모르죠, 그건."

"아니, 정 마담이 그걸 모르면 누가 알아? 같이 살면서."

"흥."

정재희는 코웃음을 쳤다.

"한집에 산다고 다 아나요?"

백광남은 그녀를 찬찬히 바라보았다. 그의 시선을 의식한 정재희는 머리를 숙이고 스커트를 밑으로 잡아당겨 허벅지를 감추려는 시늉을 했다.

"그래, 나한테 할 이야기는 그것이야?"

정재희가 머리를 들었다.

"그걸 싸게 사실 수 있어요."

"……."

"지금 이 사장은 급해요. 업소를 정리해서 5억 정도를 가네무라 씨에게 주게 돼 있어요. 그게 귀빈하고 금성에 일본 사람들이 투자한 돈이거든요. 나머지는 이 사장이 어떻게 쓰는지 전 몰라요."

"5억이라……."

"귀빈이 임자만 만나면 10억은 돼요. 금성은 8억쯤 받을 수 있구요. 그런데 어제 8억하고 6억해서 14억 불렀죠?"

"그렇지."

"그게 급하다는 증거예요."

"가네무라가 돈 찾아가려고 독촉하나?"

"그렇지는 않아요."

"그럼 왜 이렇게 급해?"

정재희가 백광남을 잠시 바라보다가 결심한 듯 입을 열었다.

"제일상사 강 사장에게서 독촉을 받고 있어요. 팔으라구요."

"……."

"팔지 않으면 안 돼요. 꼼짝할 수 없어요, 이젠."

"팔아서 뭐하려고 그러는 거야? 그 돈을 김원국한테 갖다 바치나?"
"그건 모르죠. 그럴 확률도 있지만요."
"가네무라한테도 주고?"
"글쎄요."
백광남은 혀를 찼다.
"그럼 꼼짝없이 팔아야 된다는 말이지. 이젠 이철주는 끝났다고 봐도 되겠군."
"살아 있는 것만 해도 다행이죠, 뭘."
정재희가 말했다. 백광남은 입을 다물고 정재희를 바라보았다. 정재희는 이제 시선을 돌리지 않았다. 이윽고 백광남이 입을 열었다.
"그럼 정 마담이 바라는 건 뭐야?"
"저한테 2억을 주세요. 그러면 10억에 인수하게 해드릴게요. 귀빈하고 금성요."
"……."
"그리고 저는 관리 사장으로 해주세요. 그 두 업체에 말예요."
"……."
"저두 이젠 이 사장과 손 끊겠어요."
"그것이 쉽게 될까?"
"이젠 어려울 것도 없어요. 사장님, 어떻게 생각하세요? 제 이야기 말예요."
"글쎄……."
백광남은 선뜻 대답하지 않고 망설였다. 말 그대로라면 12억에 인수하게 될 것이다. 그도 그 업소들이 못 잡아도 14억은 가리라고 보았다. 임자를 만나면 17억은 갈 수도 있다.

"절 못 믿으세요?"

갑자기 정 마담이 물었다.

"응? 아니, 그게 아니라, 정 마담이 그렇게 나올 줄은 몰랐어. 그래서 그래."

"이렇게 하면 믿으시겠어요?"

의자에서 일어나 블라우스의 단추를 풀고 난 정재희는 블라우스를 벗어 의자에 걸쳐 놓았다.

그녀의 상반신이 드러났다. 젖가슴만 브래지어로 가렸을 뿐이었다. 갈색의 매끄러운 피부가 보였다. 백광남은 저도 모르게 침을 삼켰다.

"저를 가지세요. 이제는 사장님 거예요."

그녀는 스커트를 내렸다. 핑크색 팬티가 보였다. 브래지어와 팬티 바람이 된 정재희는 그를 바라보았다. 그녀는 그에게 다가가 그의 무릎 위에 앉았다.

"여자는 힘이 있는 사람을 따르는 법이에요. 그 힘이 무엇인지 아시죠?"

정재희의 젖가슴에서 향기로운 살 냄새가 났다. 백광남의 손이 그녀의 허벅지에 닿았다. 이미 그녀의 몸은 뜨거워져 있었다.

강만철과 함께 백광남을 만나고 돌아온 이철주는 집에 돌아오자마자 상의를 벗어 던졌다. 정재희가 옷을 주워 들었을 때 이철주가 눈을 부릅뜨고 말했다.

"이 새끼, 돈이 없다고? 10억밖에 안 되겠다고? 이 새끼가 손도 안 대고 코를 풀려고 그래."

"……."

"개새끼, 이게 날 바지저고리로 아나? 내 당장 다리몽둥이를……."

정재희는 그의 등 뒤로 돌아가 어깨를 주무르기 시작했다. 시원한지 이철주는 입을 다물었다.

"요즘 돈이 말라 버린 모양이에요."

"아무리 그래도 그게 얼마를 투자한 가게인데, 10억이야?"

다시 부아가 나는지 이철주가 화를 냈다.

"그럼 그만두죠, 뭐. 다른 사람에게 알아보세요."

"……."

"'골든라인'을 내놨다고 해요. 5억에 내놨다는 소문을 들었어요."

'골든라인'은 '귀빈'과 비슷한 규모의 업소였다. 이 업계에서 잔뼈가 굳은 천 사장이 20년째 운영하고 있다.

"천 사장이? 그것도 5억에?"

놀란 이철주가 정재희의 손을 잡아 어깨에서 내려놓고 몸을 돌려 그녀를 보았다.

"네, 소문이니까요. 당신은 요즘 잘 안 나오셔서 모르지만 쉬쉬하면서 처분하려나 봐요."

"왜? 그 사람 돈 좀 모았을 텐데."

"그걸 내가 어떻게 알아요? 그 능구렁이가 미리 감을 잡고 그러는지 어쩐지……."

그건 거짓말이었다. 그렇다고 천 사장에게 물을 수도 없고 물어도 그게 사실이라고 말할 사람이 아닌 것이다.

"하지만 우린 팔지 말아요. 기다리면 임자가 나타날지 누가 알아요?"

"……."

"그 가네무라 씨한테 말해 보세요. 팔지 말자구요."

이철주는 힐끗 시선을 주었지만 입을 열지 않았다. 응접실에 이철주를 남기고 정재희는 방으로 들어갔다. 잠옷으로 갈아입은 정재희는 거울에 비친 자신의 모습을 바라보았다. 흰색의 잠옷은 얇은 실크로 만들어져 있어서 몸이 비쳐 보였다. 그와 관계를 맺은 지도 꽤 오래되었다. 엊그제 대낮에 호텔에서 백광남과 맺은 정사는 그래서인지 자신도 주체하기 힘들 정도로 격렬했다.

응접실로 나가자 이철주는 의자에 앉은 채 생각에 잠겨 있었다.

"주무시지 않을 거예요?"

이철주는 앞에 선 정재희를 바라보았지만 눈동자의 초점이 멀다. 이윽고 초점이 잡힌 이철주의 시선이 정재희의 온몸을 훑었다.

"음, 그래, 자야지."

손을 내밀어 정재희의 허벅지를 쓰다듬으면서 이철주가 기를 쓰듯 말했다. 정재희는 그의 팔을 잡아 일으켰다.

길게 숨을 몰아쉬면서 이철주가 정재희의 몸에서 떨어져 나갔다. 정재희는 눈을 감은 채 뜨지 않았다. 그녀는 만족하지도 못하고 그저 갈증 난 사람이 입술에 물만 묻힌 꼴이 되었지만 이철주는 오랜만에 만족했다는 것을 알고 있었다. 그녀는 자신의 교성과 몸놀림의 강약으로 이철주를 이제까지 조종해 온 것이다.

"오랜만이라 당신 너무 멋졌어요."

그의 가슴에 파고들면서 정재희가 말했다.

"난 아까 까무러쳤던 것 같아. 그랬죠? 난 기억이 안 나……."

"그런 것 같더군."

"당신은 언제나 왜 그리 힘이 세죠? 난 지금 기운이 하나두 없어. 못 일어나겠어."

이철주는 대답하지 않았다. 오늘따라 정재희가 길게 간지러운 소리를 한다고 느꼈을 뿐 생각은 다른 곳에 있었다.

이러한 상황에서 가네무라나 박재팔에게 도움을 청한다 하더라도 창피만 당할 뿐이라는 것을 그는 잘 알고 있었다. 조직이 붕괴된 지금 그들에게 이철주는 한낱 짐일 뿐이다. 다급해서 정재희를 시켜 전화를 해보라고 했을 때 그들은 전화도 받지 않는다고 했다.

그도 그럴 것이, 가네무라는 어떻게든 관계가 없는 것으로 하고 싶을 것이다.

인신매매나 유괴의 증거를 잡혔다고 보고 있는 이철주와의 관계를 부정해야 할 입장일 것이다. 박재팔은 말할 것도 없다. 살무사 같은 놈. 이철주는 그를 떠올리며 중얼거렸다.

그놈은 서슴없이 제 애비도 배신할 놈이다. 그런 놈에게 도움을 받을 생각은 하지도 말자. 오히려 웃음거리가 될 것이다. 이철주는 마음을 굳혔다.

"이봐, 자나?"

이철주가 눈을 감고 있는 정재희를 불렀다. 정재희가 눈을 떴다.

"내일 당신이 백광남이를 만나. 그래서 10억을 찾아와. 내가 아침에 서류하고 인감도장을 건네줄 테니까 말야."

정재희는 반짝이는 눈으로 그를 올려다보았다.

"돈은 당신이 직접 받아 오라구. 강만철이한테 눈치채게 하면 안 돼. 내가 여자들 문제로 형무소에 가더라도 그놈들에게 돈을 넘겨줄 순 없어. 알겠어? 조심해야 돼."

"알았어요."

얼굴에 생기를 띠며 그녀가 말했다.

"그런데 서류하고 인감도장이 도착했어요?"

강만철 측에서 매일 그것을 확인하고 있는 것을 정재희도 알고 있었다. 이철주는 코웃음을 쳤다.

"도착은 무슨. 은행의 내 개인 금고에 넣어놨어. 내일 아침 열쇠를 줄 테니까 찾으면 돼."

정재희는 잠시 그를 바라보았다.

"그러시다면……."

"뭘?"

"아녜요, 아무것두."

"가네무라하고도 끝났어. 돈을 받으려면 서울로 오라고 해. 흥, 무서워서 못 올걸? 차라리 잘됐군그래… 어쨌든 내일 틀림없이 해야 돼. 알았어?"

그가 다시 다짐하듯 말했다.

"염려 마세요."

돌아누우며 정재희가 말했다.

제14장
팔려간 딸들

밤의 대통령

가네무라는 눈을 감고 검정 가죽 소파에 깊숙이 몸을 묻은 채 부하의 보고를 듣고 있었다. 이윽고 보고를 마친 부하가 그를 바라보았다.

40대 후반의 가네무라는 일본인답지 않게 키가 컸다. 큼직큼직한 체구로 눈도 컸고 쌍꺼풀이 져 있었다. 가네무라는 눈을 떴다. 앞에는 사베가 초조한 얼굴로 서 있었는데 40대 초반인 그는 언제나 단정한 차림새로 흰 와이셔츠에 넥타이를 매고 있어서 중년의 회사 간부로 보였다.

실제로 그는 조직 내의 모든 자금과 인력을 관리했는데 매사에 꼼꼼한 데다 자신을 드러내지 않아 가네무라의 신임을 받고 있는 제2인자였다.

"그래, 그놈들이 묵고 있는 호텔이 어디라고 했지?"

가네무라가 묻자 사베가 대답했다.

"동양호텔, 로마호텔, 어제는 국제호텔이었습니다. 수시로 호텔을 옮기고 있습니다."

"그 한국 놈들 이름이 뭐라고?"

"이동수와 오한만입니다."

"애들을 집으로 돌려보내 주겠다고 했단 말이지?"

"네. 그래서 한국 여자들이 지금 모두 들떠 있는 형편입니다. 어떻게든지 내보내 주겠다고 하는 바람에 그놈들을 믿고 있는 것 같습니다."

"이동수와 오한만이라……."

가네무라는 머리를 갸웃거렸다. 처음 듣는 이름이었다.

"매일 한국 여자를 데리고 나가?"

"네."

"매일 다른 여자야?"

"아닙니다, 주로 몇 명이 있습니다. 그년들을 통해서 연락을 하고 있습니다."

"그년들이 주동자로군."

"그렇습니다. 그래서 오늘부터 격리시켰습니다. 숙소에 감시를 붙여서 나가지 못하게 했습니다."

"그리고 그 한국 놈들, 그놈들을 잡아와. 어떤 놈들인지 봐야겠다."

"알겠습니다."

"두 놈밖에 안 돼?"

가네무라가 생각하는 듯한 얼굴로 물었다.

"현재까지 파악한 이름은 두 놈입니다만……. 어쨌든 전 업소에 감시를 강화하고 있으니까 곧 드러날 것 같습니다."

"건방진 놈들……."

"보스, 혹시 이철주와 적대 관계에 있는 김원국의 부하들이 아닐까요?"

사베가 조심스럽게 물었다. 가네무라는 큰 눈을 번쩍 떴으나 대답하지 않았다. 그도 그런 생각을 하고 있었기 때문이다. 그러나 그는 머리를 저으며 쓴웃음을 지었다.

"그렇게 무모하지는 않을 거야. 이봐, 겨우 몇 놈이서 뭘 하겠나?"

"그렇지만 이철주가 요즘 연락이 되지 않고 있습니다. 소문으로는 이철주가 김원국에게 당했다고 합니다."

"나도 들었어."

"한강상사는 전화가 안 됩니다. 집으로 연락도 되지 않습니다."

"……."

"귀빈에도 해보았습니다만, 정 마담은 출근한다는데 전화를 받지 않았습니다."

가네무라의 얼굴에서 웃음기가 가시더니 쏘아보듯이 사베의 얼굴을 보다가 시선을 돌렸다. 그도 내심 초조했던 것이다.

오카다가 허겁지겁 도망쳐 왔을 때 그는 버럭 화를 냈었다. 명색이 간부급 보스인 오카다가 야쿠자의 체면을 손상시켰다고 생각했던 것이다. 이철주를 여러 번 만나는 동안 가네무라는 한국의 보스들을 우습게 생각하고 있었다. 박재팔은 한술 더 떴는데 부하들을 일본으로 보내 야쿠자 교육을 받게끔 해달라고 부탁한

적도 있다. 문장이 든 하오리를 선물로 주자 그렇게 좋아할 수가 없었다.

"어쨌든 오카다를 보냈으니까 곧 알게 될 거다."

가네무라가 말했다.

"이번에는 부산의 박재팔을 중심으로 해서 철저하게 친위 조직을 만들 작정이야."

"네."

"놈들을 선발하면 아예 일본 사람으로 만들어 놓겠어. 옛날 우리 선조들이 했던 것처럼 말이야."

"……."

"어쨌든 그놈들을 잡아오도록 해."

사베가 방을 나간 후 잠시 생각에 잠겨 있던 가네무라는 전화기를 집어 들었다. 부산에 있는 오카다의 방에 전화를 걸었으나 받지 않았으므로 프런트로 전화를 돌리고 물어보았다.

—투숙하고 계십니다. 오늘도 전화가 왔었습니다만, 오늘 못 들어오신다고 하던데요.

가네무라는 혀를 찼다. 조직을 만들려고 부하들과 다른 곳에 가 있는 것 같았다.

그는 오카다를 통해 이동수와 오한만이 어떤 녀석인지 알아볼 작정이었다. 혹시 그놈들은 사기꾼들인지도 모른다. 그런 여자들을 상대로 사기를 치고 도망치는 한국인이 있다는 소리를 들은 적 있다. 만약 그런 사기꾼이라면 아예 병신을 만들어 줄 것이다.

마음이 한결 가벼워진 가네무라는 자리에서 일어나 내실로 들어갔다.

*　　　*　　　*

"형님, 아무래도 숙소를 옮기는 게 낫겠습니다."

호텔 아래층 식당에서 아침 식사를 하면서 홍성철이 말했다. 김원국은 잠자코 그를 바라보았다.

"너무 급하게 서둘렀는지 소문이 퍼져 버렸어요. 어젯밤 다른 업소에 갔는데 그쪽은 가네무라가 데려온 한국 여자가 아닌데도 우리들을 알고 있더군요."

"……."

"저보고 혹시 그 아저씨를 아느냐고 묻고는 알면 소개시켜 달라고 해요. 집에 가고 싶다구요."

"그래서?"

"한번 알아보겠다고 했지요."

"걔도 보내자."

"도대체 형님은… 아, 돈 떼어먹고 달아날 작정인지 누가 압니까? 지금 우리 처지도 말이 아닌데……."

"……."

"형님, 어떡할까요? 호텔을 옮기는 게 낫지 않겠습니까?"

"그대로 여기 있어."

"네?"

"이 호텔이 마음에 든다."

"아니, 글쎄……."

그때 조웅남이 다가와 옆자리에 털썩 앉았다. 오함마와 이동수도 뒤를 따라왔으므로 홍성철은 입을 다물었다. 모두들 다른 곳에서 자고 돌아온 것이다.

"형님, 오함마하고 동수하고 내 것까지 합칭게로 145명이 돼요."

조용남이 김원국에게 명단을 내밀었다.

"그럼 다 된 셈인가?"

김원국이 홍성철을 바라보았다.

"숫자는 제한하지 않았으니까 가고 싶은 사람은 마음대로 적어냈을 겁니다. 그러니까 145명이라고 봐도 되겠군요."

"모두에게 연락은 갔을까?"

"빠진 곳은 없습니다."

김원국의 시선을 받은 조웅남도 머리를 끄덕였다.

"저희들이 직접 물어보기도 했으니까요. 혹시 연락이 안 간 사람이 있느냐고 말입니다. 연락은 다 간 것 같습니다."

오함마가 말했고 이동수도 머리를 끄덕였다.

"그럼 이제 여권 문제가 남은 셈이군."

"그보다 형님."

홍성철이 의자를 당겨 다가앉았다.

"소문이 너무 퍼져 있어서 말입니다. 우선 조심하는 게 낫지 않습니까? 아까 말씀드린 대로 호텔을 옮기십시다."

"무슨 소문 말여?"

조웅남이 물었지만 홍성철은 김원국을 바라본 채 대꾸하지 않았다.

"성철이 말은 우리 소문이 너무 퍼져 있어서 위험하다는구나."

김원국이 대신 대답했다.

"지기미, 도망가잔 말여? 아, 그러면 서울로 갈 거여?"

홍성철은 혀를 차고 외면했다.

"형님, 옮기십시다."

이동수가 말했다.

"저도 그랬으면 좋겠습니다."

오함마도 따라 말했다.

김원국이 빙그레 웃었다.

"내일까지만 있도록 하자. 그러고 나서 다시 상의해 보도록 하자."

김원국이 자리에서 일어섰을 때 뒤에서 홍성철과 조웅남이 다투는 소리가 들렸다. 이쯤 되면 가네무라한테도 보고가 되었을 것이다. 여자들은 파악이 되었고, 준비를 시켰으니 이제 만나야 한다.

* * *

조웅남과 이동수가 '베니스'에 도착했을 때는 12시가 넘어 있었다. 서너 곳의 업소를 돌고 온 것이다.

오늘은 홍성철과 오함마가 짝이 되었고 김원국은 호텔에 남아 있었다. 여자들의 명단을 모두 파악해 둔 데다 몇 명의 여자를 중심으로 조직을 만들어 놓았으므로 그들에게만 연락 사항을 전해 주면 되었다.

베니스의 최민주도 중심인물 중 하나였는데 조웅남을 따랐고 적극적이었다. 그녀가 연락을 맡은 여자만 30명이 넘었다.

홀에는 드문드문 빈자리가 보였으나 소음과 담배 연기로 가득 차 있었다. 조웅남은 두 번째 오는 셈이었고 이동수는 처음이었다. 오함마가 혼자서 두 번 왔으니까 모두 네 번 베니스에 들른 셈이 된다. 한국 여자가 다가와 물었다.

"술 드시겠어요?"

"응, 위스키하고 미스 최 불러줘요."

이동수가 말했다.

"네, 그런데 미스 최는 안 나왔는데요."

자리에 앉았던 그들은 머리를 들었다.

"응? 왜 안 나왔어?"

조웅남이 물었다.

"아파서요."

"그럼 거기라도 이리 오지."

이동수가 여자에게 말했다. 여자가 돌아간 후에 이동수는 좌우를 둘러보았다. 카운터의 사내와 시선이 마주쳤으나 그쪽에서 시선을 돌렸다. 문가에 2명의 사내가 맥주잔을 앞에 놓고 앉아 있었다. 무심코 시선을 비꼈던 이동수가 다시 그들 탁자 위의 맥주병을 바라보았다.

500cc짜리 맥주병 3개씩을 놓고 있었는데 2병은 뚜껑도 열지 않았다. 잔에는 맥주가 반 컵 정도 남아 있었다. 그들도 그와 시선이 마주치자 머리를 돌렸다. 관리인으로 보이는 사내가 무대 앞에 2명 있었으나 그들은 전표를 놓고 계산하는 중이다.

김원국의 보디가드를 오래했으므로 이동수는 주변을 훑어보는 것에 익숙해져 있었다. 그의 눈에 다시 2명의 사내가 보였다.

위스키를 앞에 놓고 이야기하고 있는 사내들이었다. 이동수와는 서너 테이블 옆쪽이었으나 그들이 이쪽에 신경을 곤두세우고 있는 것을 느낄 수 있었다.

"형님, 여긴 조금 걸립니다."

이동수가 말했다.

"그려, 나도 봤어. 모두 다섯 마리여."

조웅남이 심드렁하게 대답했다.

"우리 옆쪽 두 놈, 문 앞에 두 놈, 그리고 카운터 한 놈. 맞지요?"

이동수가 묻자 조웅남이 머리를 저었다.

"카운터에 있는 놈은 아녀. 저그 벼람박에 대가리 대고 자는 시늉허는 놈까지 합쳐서 다섯 마리여."

여자가 술과 안주를 들고 와 앉았다.

"거시기, 자네도 이번엔 명단에 이름 썼어? 한국 가고 싶다고 말여."

여자는 조웅남이 대뜸 묻자 깜짝 놀라더니 잠시 손을 멈추고 그를 바라보았다.

"내가 미스 최, 최민주한티 시킨 거여. 걱정 말고 말혀."

그녀는 힐끗 옆쪽을 바라보더니 입을 열었다.

"아저씨, 조심하세요. 야쿠자들이 와 있어요."

"알어, 근디 자네도 희망자지? 그렇지?"

"네, 그래요. 그런데 아저씨, 민주는 지금 갇혀 있어요. 들켰다구요."

그녀의 눈에 눈물이 맺혔다.

"이렇게 될 줄 알았다구요."

놀란 조웅남은 이를 악물었다.

"걱정 말어. 그리고 민주헌티 전혀 줘. 내가 안 데리꼬 나가면 나도 여그 있을 꺼라고 말여. 알았어?"

"네. 그리고 아저씨, 저는 이인숙이에요. 저두 적어냈어요."

"그려, 알었어. 꼭 전혀. 알었지?"

조웅남은 이동수에게 술값을 지불하게 하고 휘적거리면서 홀을 가로질러 나왔다. 야쿠자들을 굽어보았으나 그와 시선이 마주치자 얼굴들을 돌렸다. 모두 뒤집어엎고 싶은 충동으로 가슴이 부글부글 끓었으나 조웅남은 김원국의 얼굴을 떠올리며 가라앉혔다.

베니스를 나와 오늘 숙소로 정한 국제호텔에 도착할 때까지 그들은 별로 이야기를 나누지 않았다. 이동수는 끊임없이 주변을 경계했다. 조웅남은 최민주가 감금당했다는 것에 충격을 받은 것이다. 호텔에 도착하자 이동수는 로비에 있는 전화기로 달려갔다. 오늘 일을 김원국에게 보고하려는 것이다.

그의 전화가 끝나기를 기다리면서 조웅남은 우두커니 그의 옆에 서 있었다.

"형님, 전화 받으시랍니다. 큰형님이오."

이동수가 수화기를 건네주었다.

—웅남이냐? 너 오늘 밤에 조심해. 그 정도면 너희들에게 부딪칠 확률이 커. 알았어?

"내 줘여 빼릴 거여."

조웅남이 참았던 감정을 터뜨리듯 전화기에 대고 으르렁거렸다.

—조심하란 말야. 여긴 서울이 아냐. 내 말 명심해. 알아들어?

"……."

—이 자식, 대답 안 해?

"…알았당게요."

수화기를 내려놓은 김원국은 옆에 있는 홍성철을 돌아보았다.

"저쪽에서 눈치챈 모양이다. 주동자급인 여자들을 감금하고 외박도 금지시켰다는군."

홍성철은 잠자코 그를 바라보았다.

"더구나 웅남이하고 동수가 베니스에 들렀으니까 걔들 따라잡기는 쉬울 것이다."

"형님, 그러면 웅남이하고 동수가 위험하지 않습니까?"

"어차피 닥칠 일이었어. 웅남이에게 주의를 주었으니까……."

"형님, 그래도… 제가 가보겠습니다."

홍성철이 자리에서 일어섰다.

"그만둬."

김원국의 말에 그는 일어서서 시선을 주었다. 김원국은 표정 없는 얼굴로 머리를 저었다.

"한두 사람 더 가도 마찬가지야. 웅남이가 알아서 처리할 거야. 이럴 때는 웅남이처럼 제멋대로 하는 게 필요해."

"네?"

홍성철은 이해하지 못하겠다는 듯 물었으나 김원국은 입을 다물었다.

조웅남이 방에 들어서자 이동수가 따라 들어왔다.

"너 왜 따러오냐?"

"큰형님이 같이 있으랬어요."

"같이 자라고?"

"예."

조웅남은 혀를 찼으나 더 이상 입을 열지 않았다.

새벽 1시가 되어갈 무렵, 옷을 입은 채로 침대에 누운 조웅남은 한동안 천장을 바라보았다. 최민주의 동그란 얼굴이 눈앞에 떠오르더니 지워지지 않아 그는 벌떡 일어났다.

의자에 앉아 있던 이동수가 놀라 상체를 세웠다. 조웅남은 위스키 병을 집어 들고 물컵에 가득 따랐다. 냉수 마시듯 한 잔을 들이켜고 나자 속이 화끈거리며 열이 올랐다.

"너두 한 잔 먹을 거여?"

위스키 병을 이동수에게 내밀며 물었다. 이동수가 병을 받아 들고 서너 모금을 마셨을 때 노크 소리가 났다. 이동수가 벌떡 일어나 문 앞으로 갔다.

"누구요?"

"룸서비스입니다."

이동수가 조웅남을 돌아보았다. 조웅남은 엉거주춤 일어나서 문 앞에서 적당한 거리를 두고 구부정한 자세로 섰다. 이동수는 문에 붙은 자물쇠를 몇 번 달그락거리다가 자물쇠를 풀고는 문 옆에 바짝 달라붙었다.

순식간에 문이 열리면서 연달아 3명의 사내가 쏟아져 들어왔다. 쏟아지듯 들어온 그들은 조웅남 앞에서 멈추기에는 너무 가속이 붙어 있었다. 육중한 의자를 들고 기다리고 있던 조웅남이 그들을 의자로 내려쳤다.

앞장선 사내의 머리와 두 번째 사내의 숙인 몸통에 의자가 부딪쳐 산산조각이 났다. 그들은 찌그러지듯 나자빠졌다. 세 번째 사내는 이동수에게 달랑 들어 올려지더니 곧장 벽에 날아가 부딪치고 나자빠졌다.

그 순간에 네 번째 사내가 다소 느긋한 동작으로 뛰어들었다가 방 가운데 서더니 소스라치듯 몸을 돌렸다. 이동수는 문을 발로 차 닫았다. 방 가운데 선 사내가 이를 악물더니 주머니에서 잭나이프를 꺼내 날을 찰칵 세웠다.

조웅남은 잠자코 그것을 바라보다가 성큼 그에게 다가섰다.

주춤 물러서던 사내는 쓰러진 동료에 걸려 비틀거렸다. 몸을 가누려고 상체를 돌린 사내의 턱을 이동수가 힘껏 돌려 찼다. 털컥 소리가 났다. 턱뼈가 부서지는 소리였다. 그는 머리를 처박고 넘어지더니 움직이지 않았다.

"야, 이것뿐인가? 문 열어라, 또 들어올지도 모릉게."

조웅남은 부서진 의자 다리를 집어 들면서 말했다. 그는 끙끙거리는 한 사내에게 다가가더니 사정없이 몽둥이를 휘둘러 내려쳤다. 신음 소리가 그쳤다. 모두들 기절한 모양이었다. 안쪽에 놓인 텔레비전에서 요란한 웃음소리가 들렸다.

"형님, 갑시다."

이동수가 말했다.

"가긴 어딜 가? 치우고 자야지."

"큰형님 지시요. 애들 오면 일단 손보고 돌아오랬어요."

"난 못 들었당게."

"글쎄, 형님. 갑시다, 제발."

화가 덜 풀린 것 같은 조웅남을 설득한 이동수가 문을 열어 보았다. 복도에는 아무도 없었다. 호텔 요금은 선불로 냈으므로 몸만 나오면 되었다. 그들은 밤거리로 나왔으나 이쪽을 주목하는 기척은 느끼지 못했다.

"아니, 형님. 어딜 간다고 그러는 거요?"

이동수가 언성을 높였다.

"형님, 정말 큰형님 말씀도 안 들을 거요?"

"너나 들어. 난 형님한티 돌아오라는 소리 못 들었당게."

"날 보고 형님 데리고 오라고 했단 말이오!"

"이 씨발 놈이 왜 소리 지르고 지랄여!"

둘은 택시 안에서 다투고 있었다. 운전사는 차를 정지시킨 채 룸미러를 힐끗거리며 기다리는 중이다.

"잠깐 갔다가 형님한티 가잔 말여! 호텔 갈라면 너 혼자 가. 나는 베니스 갔다가 갈 팅게."

"아, 글쎄 거기를 뭐 하러… 그 새끼들을 금방 요절내 놨잖아요! 벌써 연락 갔을 텐데 말요."

"이 빙신아, 우리가 베니스로 쳐들어간다고 생각허겄냐? 도망갔다고 생각허겄지. 너같이 비겁하게 말여."

"뭐요? 내가 비겁해요? 형님, 말이면 다요?"

이동수가 버럭 성을 내었다.

"긍게 베니스 갔다가 형님한티 가자."

이동수는 씨근거리며 잠자코 있었으므로 조웅남은 운전사에게 베니스가 있는 거리로 가자고 일렀다. 운전사는 차를 발진시켰는데 새벽 2시가 넘은 시간이었다.

베니스에 들어섰을 때 카운터에 앉아 있던 사내가 소스라치며 놀라 일어섰다. 손님들은 10여 명 정도였는데 여자 종업원 5, 6명이 한곳에 모여 앉아 있는 것이 보였다. 음악은 잔잔했고 앞쪽에는 탁자 위에 의자를 올려놓은 것도 있었다. 웨이터가 서너 명 있었으나 청소 준비를 하고 있었다.

조웅남은 성큼성큼 홀 안으로 들어가 여자 종업원들 앞에 섰다. 한국 여자처럼 보였다.

"저, 거시기, 한국 여자들이지?"

"네."

한 여자가 대답했다. 모두들 조웅남을 바라보고 있었다.

"거시기, 최민주는 어디 있어?"

"아까 말했잖아요, 갇혀 있다고."

시선을 돌리자 아까 옆에 앉았던 아가씨였다. 그녀는 카운터의 눈치를 보면서 말했다. 그때 카운터의 사내가 일어섰는데 20대의 날카로운 인상의 사내였다. 그러자 안쪽에서도 사내 한 명이 조웅남 쪽으로 다가오고 있었다. 여자들은 그들을 바라보면서 잔뜩 긴장했다. 이동수는 문 옆에 서 있었으나 움직이지 않았다.

"헤이, 당신, 뭐야? 돌아가. 영업 끝났어."

다가온 사내가 조웅남에게 일본말로 말했다.

"이 씨발 놈이 너희들 감시허고 있는 똘마니냐?"

그를 가리키며 여자들에게 물었으나 아무도 대답하지 않았다. 카운터의 사내가 다시 으르렁대듯 말했다.

"돌아가, 혼나기 전에. 알았어?"

조웅남은 다시 여자들에게 몸을 돌렸다.

"나는 느그들을 한국으로 데리다 준다고 약속헌 사람여. 그 말을 다시 혀주러 온 거여."

카운터의 사내가 조웅남의 어깨를 밀었다. 그의 손이 내려오기도 전에 조웅남이 그의 손을 잡아 뒤로 꺾었다. 사내가 째지는 비명을 질렀다. 우두둑 팔이 부러지는 소리가 들렸다.

팔이 꺾여 덜렁거리는 카운터의 사내는 기절해 버렸으나 조웅남이 목덜미를 쥐고 있어서 넘어지지는 않았다. 여자들은 짧은 비명을 질렀으나 눈을 홉뜨고 조웅남과 카운터 사내를 바라보고 있었다. 앞쪽에 멈춰 선 사내는 놀라 당황하고 있었다.

조웅남이 손에 쥐었던 사내를 밀어 던지자 의자와 함께 바닥에 넘어졌다. 홀 안은 조용해졌다. 술을 마시던 10여 명의 손님은 움직임을 멈추고 그를 바라보고 있었다. 사내에게 조웅남이 성큼 다가가자 그는 흠칫하며 뒷걸음쳤다. 의자를 밀치고 사내에게 다가서려 하자 이동수가 소리쳤다.

"형님, 그만하고 갑시다. 그까짓 건 내버려 둬요!"

조웅남은 돌아섰다. 홀을 가로질러 가면서 그녀들에게 다시 말했다.

"민주한티 쬐끔만 참으라고 혀. 내가, 조웅남이가 한국에 보내준다고 말여. 알었냐?"

그러자 네 하고 몇 명의 여자가 대답하는 소리가 들렸다. 밖으로 나오자 따라오는 기척은 없었다. 이동수는 서둘러 택시를 잡았다.

*　　　*　　　*

아침 일찍 그들은 김원국의 방에 모였다. 조웅남은 김원국에게 잔소리를 들을 줄 알았다가 아무 소리도 하지 않은 것이 불안한 듯 자주 힐끗거렸다. 그들이 자리를 잡고 앉자 김원국이 말했다.

"당분간 철수다. 지금 바로 짐을 꾸려서 오전 비행기로 한국에 돌아간다. 모두 짐을 꾸리도록 해."

"짐을 꾸려요?"

홍성철이 되물었다.

"그래, 어젯밤 웅남이 사건으로 가네무라 측이 벼르고 있을 게다. 일단 뜨거운 맛을 보여 주었으니까 서울에서 다시 계획을 세우고 나오기로 하자. 여권 빼내오는 것을 말이야."

모두들 잠자코 있었다.

"자, 어서 준비해. 성철이는 비행기 예약하고."

여기 남는다고 해도 별 뾰족한 수단이 없었으므로 제각기 일어섰다. 모두 방을 나가는데 김원국이 홍성철을 불렀다. 그가 되돌아와 김원국 앞에 섰다.

"너, 가네무라 전화번호 가지고 있지?"

"네, 가지고는 있습니다만."

"집이야, 아니면 사무실이야?"

"양쪽 다입니다."

"그럼 여기다 적어놔."

김원국은 그의 앞에 메모지를 밀어 놓았다. 홍성철이 전화번호를 적어 놓고 방을 나가자 김원국은 옷가지를 가방에 담고 있는 이동수에게 물었다.

"웅남이가 왜 아무 말도 안 하지?"

이동수가 허리를 펴고 그를 돌아보았다.

"웅남이 형님이 어젯밤 일로 야단맞을 줄 알았나 봅니다."

"……."

"여기로 돌아와서도 잠을 자지 못하는 것 같았습니다."

"왜?"

"제 생각에는 미스 최라는 아가씨가 숙소에 갇혀 있는 것이 마음에 걸려서……."

"흥, 그 애를 좋아하는 것 같더냐?"

김원국이 묻자 이동수가 머리를 기울였다.

"글쎄요, 그건 잘… 어쨌든 그 아가씨한테 한국에 돌아가게 해 주겠다고 약속한 모양입니다."

김원국은 웃으며 머리를 끄덕였다. 잠시 후에 짐을 꾸린 일행이 방으로 들어오자 김원국이 홍성철에게 물었다.

"비행기 표는 다 예약해 놨어?"

"네, 다 끝났습니다. 공항에서 돈만 내면 됩니다."

"그럼 가자. 빨리 떠날수록 좋아. 언제 그놈들이 여기로 들이닥칠지 알 수 없다."

자리에서 일어서던 김원국이 생각났다는 얼굴로 그들을 바라보았다.

"공항에서 너희들을 보내고 난 동수하고 아타미 온천에서 며칠 쉬다가 서울로 들어가겠다."

"……."

"너희들 때문에 신경이 쓰여서 재미도 볼 수 없었어. 온 김에 일본 여자나 울려 놓고 가야겠다."

모두들 잠자코 있었으므로 그들은 로비로 내려가 계산을 마쳤다.

"형님, 동수하고 둘이서 남으시렵니까?"

홍성철이 호텔 현관을 나오면서 김원국에게 물었지만 조웅남은 외면했다.

"나 혼자 남아서 쉬고 싶지만 너희들이 걱정할까 봐 동수를 데리고 아타미로 가는 거야. 왜, 웅남이 너도 가고 싶냐?"

"아, 난 싫어요."

조웅남이 뒤로 물러났으므로 김원국이 홍성철에게 물었다.

"몇 시 비행기냐?"

"지금 출발하면 딱 맞습니다. 11시 비행기니까요."

"난 도쿄로 가서 아타미로 가야 하니까, 도쿄행이 12시니 시간이 좀 있군."

"언제 돌아오시는 겁니까?"

"3, 4일만 쉬고 가겠다. 바로 아타미에서 연락할 테니까……."

택시가 그들 앞에 와 섰다. 김원국과 조웅남, 홍성철이 같은 차에 탔다.

"아타미가 좋다는 말은 들었지만 가는 건 이번이 처음이로군……."

김원국이 혼잣말처럼 말했다. 택시는 혼잡한 시내를 벗어나서 속력을 냈다.

"성철이 넌 가서 만철이 일을 도와줘야 할 거야."

김원국이 말했다.

"……."

"여자를 판 돈을 모아서 가게를 샀을 테니까 그건 도로 내놓아야겠지."

"……."

"그 돈이 홍정하는 데 필요할지도 모르겠군. 어쨌든 만철이한테는 이야기해 놓을 테니까 같이 상의해라."

"알았습니다."

"그리고 웅남이는 제일상사 단속 잘하고."

"……."

"왜 대답이 없어?"

조웅남은 혀를 차더니 얼굴을 반대쪽으로 돌렸다. 김원국이 영문을 알 수 없다는 듯 홍성철을 바라보았으나 그도 머리를 숙였다.

"가네무라 놈은 지금 법석을 떨고 있겠지?"

김원국이 혼잣소리처럼 말했을 때는 공항에서 조웅남과 홍성철, 오함마가 티켓을 사고 출국장에 들어서는 중이었다. 그들이 세관 심사대 안쪽으로 사라지는 것을 보고 난 김원국이 돌아섰다. 이동수가 가방을 들고 그를 바라보고 서 있었다.

김원국은 말없이 공항을 나와 택시 정류장에서 택시에 올랐다.

이동수가 옆자리에 타자 운전사에게 말했다.

"시내로 갑시다."

운전사가 차를 발진시키면서 물었다.

"시내 어디로 모실까요?"

"글쎄, 그렇지. 제국호텔로 갑시다."

이동수가 그를 바라보았다.

"형님, 아타미는요?"

"안 간다."

"네? 그러면요?"

"여기서 가네무라를 만난다."

"네?"

이동수는 눈을 크게 뜨고 그를 바라보았다.

"단신으로 쳐들어가는 거야. 그렇지, 너도 있군. 홀가분하게 쳐들어가는 거야."

제15장
인질

밤의 대통령

"…그래서 사토까지 4명이 호텔로 갔습니다만, 그쪽이 미리 준비하고 있던 바람에 불의의 습격을 당해서……."

부하는 가네무라의 눈치를 살폈다.

"그래서?"

"네, 그래서 애들이 좀 다쳤습니다."

"얼마나?"

"모두 중상입니다. 베니스의 곤도는 팔이 꺾여서 회복이 되어도 정상적으로 활동하기엔 좀……."

가네무라는 이를 악물고 부하의 보고를 들었다. 그는 상대방을 얕잡아 보았다고 스스로의 방심을 자책했다. 그러나 다른 한편으로는 화가 솟구쳐 앞에 선 부하를 후려갈기고 싶은 충동을 느꼈다.

"그래, 어제 행패를 부린 놈은 오한만이나 이동수가 아닌 다른 놈이란 말이냐?"

"네, 다른 놈이었다고 합니다. 서너 명이 더 있는 것 같습니다."

"아직도 파악하지 못했어?"

가네무라가 억눌린 목소리로 물었다. 그의 기분을 알아챈 부하는 진땀을 흘리며 머리를 숙였다.

"오전 중으로 파악이 될 것입니다. 오사카 전역에 그놈들의 동행이 있는지 즉각 수배시켰습니다."

"사무실엔 오카다가 전화해 오지 않았나?"

"전화가 없었습니다."

다시 화가 난 가네무라가 자리에서 벌떡 일어섰다. 전화벨이 울렸다. 가네무라가 전화기를 노려보며 잠자코 있자 부하가 서둘러 전화기를 들었다.

"여보세요."

부하는 수화기를 든 채 다시 물었다.

"네? 누구시라구요?"

그는 가네무라를 바라보았다.

"보스, 김원국이라는 한국 사람인데요?"

"뭣이?"

가네무라는 눈을 부릅떴다. 쌍꺼풀진 큰 눈이 번쩍이고 있었다. 그는 잠시 동안 부하가 들고 있는 전화기를 바라보다가 건네받았다.

"나 가네무라요."

—난 김원국이오.

저쪽에서 담담한 목소리가 들렸다. 그의 사진을 본 적이 있다. 김원국에 대한 모든 정보를 읽었다. 그러나 목소리를 듣는 것은 처음이었다.

"호오, 김 상이 나에게 전화를 다 주시고 웬일입니까?"

가네무라가 평정을 찾고 말했다. 하필 분위기가 좋지 않을 때 전화를 했지만 그를 불쾌하게 할 필요는 없다는 생각이 들었다.

—지금 난 오사카에 있소.

김원국이 말했다.

"오사카에?"

순간 가네무라는 얼굴을 굳히고 전화기를 움켜쥐었다.

"당신이 오사카에?"

—그렇소.

"그럼……."

—당신이 지금 생각하는 대로요. 어젯밤에 내 부하들이 당신 부하들을 조금 다치게 한 것 같소. 당신네들이 습격을 했다고 합디다만.

"이봐, 이봐, 김 상. 당신 참 대담한 사람이군. 그렇지, 돈키호테야, 돈키호테."

가네무라는 웃었다. 그가 오사카에 있는 이상 이젠 우리 안에 갇힌 짐승과 다를 바 없다고 생각했기 때문이다.

—돈키호테라고? 그것 참 재미있는 표현이군그래.

김원국도 재미있다는 듯 웃었다.

"그래, 한국 여자들에게 고향으로 돌려보내 주겠다고 이야기한 것도 모두 당신 부하들이었구먼그래."

—그렇소. 곧 데려갈 예정이오.

"……."

가네무라는 잠시 입을 다물었다. 상대가 호락호락한 놈이 아니라고 생각한 것이다. 이렇게 적지에 와서 대놓고 이야기할 상황이면 뭔가 믿는 구석이 있는 것 같다.

—가네무라 씨, 우리 만납시다. 당신과 내가 말이오. 당신이 원하는 장소로 내가 가겠소.

"좋소, 만납시다."

그렇게 말하면서도 가네무라는 개운치 않았다. 한 수 꿀리는 입장이 된 것 같았고 이것이 그의 가슴에 다시 응어리 하나를 만들어 놓았다.

—시간과 장소를 알려 주시오. 지금이라도 좋소.

다시 김원국이 말했다.

전화기를 내려놓은 가네무라가 그를 바라보고 선 부하에게 말했다.

"마사요시를 불러라. 사베도 부르고. 아니, 간부급들을 모두 모이라고 해라. 회의를 하겠다."

부하가 서둘러 나간 뒤 가네무라는 의자에 앉았다.

그 역시 기습을 당한 기분이었다. 김원국이 당당하게 나오는 것이 불쾌해 견딜 수가 없는 것이다. 가네무라 또한 한국인에 대한 선입관을 가지고 있었는데 그것은 일종의 우월감이었다. 따라서 한국인이 일본인인 자신에게 떳떳하게 도전한다는 것은 상상할 수도 없는 일이었다.

특히 야쿠자의 세계에서 무사도 정신을 이어받았다고 생각하는 가네무라는 전통도 역사도 가지지 못한 한국의 주먹들을 한낱 잡배로만 여겨왔던 것이다.

"잘되었군. 제 발로 적지에 뛰어들다니. 기적이 일어나지 않는 한 이 새끼는 일본 땅을 몸 성히 벗어나지 못할 것이다. 내 야쿠자의 일생을 걸고 약속하겠다."

가네무라는 눈을 부릅뜨고 중얼거렸다.

가네무라가 지정해 준 곳은 오사카 만이 내려다보이는 바닷가의 요릿집이었다. 약속한 오후 3시 정각에 김원국과 이동수는 택시에서 내렸다. '야마토'라고 적혀 있는 요릿집의 정문 앞에는 서너 명의 사내가 서서 택시에서 내리는 그들을 바라보고 있었다.

그들이 다가가자 한 사내가 물었다.

"한국에서 오신 김 사장이십니까?"

김원국이 머리를 끄덕이자 그는 머리를 숙였다.

"제가 안내하겠습니다."

앞장선 사내를 따라 정문을 통과하자 안쪽은 넓은 잔디밭이었다. 잔디밭을 가로질러 그들은 안채로 들어섰다.

2명의 사내가 그들을 기다리고 있었는데 그중 한 사내가 미닫이문을 열었다. 안쪽은 다다미방이었다.

김원국은 신발을 벗고 방에 들어가 잠시 주위를 둘러보았다. 빈방이었기 때문이다. 앞쪽의 문이 열렸다. 안쪽에서 문을 여는 모양이었다.

문이 열리자 안쪽이 보였는데 다다미방 정면에 가네무라가 앉아 있었다. 그의 주위에는 부하로 보이는 사내가 서너 명 앉아 있었다. 모두들 그를 바라보고 있었다. 김원국은 잠자코 방 안으로 들어가 가네무라의 정면에 책상다리를 하고 앉았다. 뒤따라온 이동수는 건넛방에 서서 그들을 바라보고 있었다.

"김 사장, 당신은 대담한 사람이오."

가네무라가 입을 열었다. 김원국은 잠자코 그를 바라보았다.

"당신과 내가 친구가 못 된 게 유감이오."

김원국은 쓴웃음을 지었지만 가네무라가 말을 이었다.

"당신을 전에 만났어야만 했는데……."

"가네무라 씨, 전에 만났어도 우린 친해질 수 없었을 거요."

"호, 그건 왜 그렇소?"

"당신의 더러운 손을 잡지 않았을 거요."

"무엇이?"

"당신의 여자 사업 말이오."

가네무라는 얼굴의 근육을 풀고 웃었다.

"그렇겠지. 그것에 당신이 기분 나빠 한다는 것을 알고 있었소."

"……."

"하지만 어떻게 하겠소? 이쪽의 수요를 채우려면 한국에서 공급받는 수밖에 없었소. 그쪽에서도 협조를 해주었고 말이오."

"그런 식으로 책임을 전가하지 마시오."

김원국이 좌우의 사내들을 훑어보고 나서 말을 이었다.

"그럼 용건만 말하겠소. 당신이 데려온 167명의 여자를 보내주시오. 그것도 빠른 시일 내에 말이오."

가네무라는 그의 말이 끝나자 얼굴을 펴고 웃었다.

"글쎄, 하하핫. 이렇게 무모할 수가……! 꼭 옛날 사무라이 영화를 보는 것 같군그래."

주위의 사내들도 따라 웃었고 김원국도 웃었다.

"가네무라 씨, 당신은 나를 칼도 없이 뛰어든 사무라이로 생각하고 웃는 것 같군요."

김원국이 묻자 가네무라가 웃으며 머리를 끄덕였다.

"뭐 꼭 그렇다는 것이 아니라, 하하……! 어쨌든 재미있소."

"난 오카다를 잡아놓고 있소. 3명의 부하와 함께 말이오."

가네무라는 웃음을 그쳤으나 잠시 생각하는 표정으로 그를 바라보았다.

"오카다는 여자를 조달한 실제 책임자요. 그는 모든 사실을 알고 있는 간부급으로 알고 있소."

"……."

"내 부하들이 그를 어떻게 할지는 아직 모르겠소. 우리는 당신들한테서 고문하는 기술도 많이 배운 데다 우리 방식도 있으니까."

"날 협박하는 거요, 여기에서?"

가네무라의 목소리가 낮게 울렸는데 어느새 얼굴의 웃음기는 지워졌다. 그때 김원국이 말했다.

"당신의 재산을 내가 보장해 드리리다. 당신이 이철주에게 투자한 재산을 말이오. 그리고 부산의 박재팔에게 투자한 막대한 금액도 말이오."

"……."

"안 그러면 당신은 한국에서 한 푼도 건지지 못할 거요."

"김 상, 당신을 이 자리에서 처치할 수도 있어. 만일 당신이 없어진다면? 그땐 일이 훨씬 쉬워지지 않을까?"

"그렇지, 조금 쉬워질 거요. 그래서 이렇게 내가 단신으로 온 거요."

"……."

"한 명이라도 더 당신을 증오하고 당신을 처치하려는 부하들을 남기기 위해서 나머지를 오늘 아침 한국으로 보냈소."

"……."

"난 각오를 하고 온 거요. 그런 생각을 해보지 않았소?"

"어쨌든 한국 여자는 내보낼 수가 없어."

"그러면 전쟁이오."

"……."

"당신이 날 죽여도 전쟁이오."

"……."

"잘 생각하시오. 난 호텔에서 기다리겠소."

김원국은 자리에서 일어섰다. 몸을 돌리려던 김원국이 가네무라를 바라보았다.

"날 인질로 할 생각이 있소?"

가네무라는 잠자코 그를 올려다보았다.

"나는 당신의 부하 오카다를 잡아 놓았다고 말했소. 참고로 이야기하는데 오카다와 나를 동격으로 생각하지는 말아 주시오."

"……."

"난 한 조직의 큰형(大兄)이오. 한국과 일본은 다르지만 난 당신 같은 보스를 10여 명 데리고 있다고 생각해도 좋소."

"……."

"나에게 무례하게 대하지 마시오. 이미 당신은 무례했지만."

가네무라는 잠자코 앉아 있었다. 그는 오카다가 잡혀 있다는 것에 충격을 받았다.

김원국의 제의는 현실적이었다. 그가 방해한다면 그의 말대로 한국에 투자한 금액을 한 푼도 건질 수 없을지도 모른다. 김원국은 이제까지 그가 상대해 온 이철주나 박재팔, 박종무와는 다른 사내였다. 조금도 위축되지 않고 오히려 자신을 압도하고 있었다.

부하들을 바라보자 그들도 그런 느낌을 받고 있는 것 같았다. 모두들 김원국을 바라보며 잠자코 앉아 있었다.

"난 가겠소."

김원국은 돌아서서 방을 걸어 나왔다. 이동수가 뛰듯이 앞을 질러가더니 그의 신발을 정리해 놓고 기다렸다.

"잠깐."

가네무라가 소리치며 자리에서 일어섰다. 그가 일어서자 부하들도 따라 일어서고 있었다. 구두를 신고 막 현관을 나오려던 김원국이 뒤를 돌아보았다. 김원국과 시선이 마주치자 그는 잠깐 웃는 듯하더니 부하들에게 말했다.

"호텔까지 모셔다 드려라."

"네."

부하들이 일제히 따라 나왔다. 이동수가 의심쩍게 그들을 바라보며 김원국 뒤에 바짝 붙었다. 부하들은 잠자코 그들의 좌우에서 따라오고 있었다.

*　　　*　　　*

"형님, 잔돈 있으면 좀 주쇼."

의자에 앉아 있는 조웅남에게 오함마가 다가와 말했다.

"없어."

조웅남은 쳐다보지도 않고 말했으나 홍성철이 호주머니를 뒤져 한 주먹의 잔돈을 주면서 물었다.

"뭐 하려구 그러냐?"

"서울에다 전화하려구요. 만철이 형님한테요."

"왜?"

"큰형님이 일본에 남아 계시다는 것을 이야기해 드려야겠어요."

"아, 씨발! 놔둬라, 놔둬."

갑자기 조웅남이 소리쳤다.

"시발, 일본 년 배 탈 작정으로 남어 있다고 헐래?"

"형님은 아까부터 왜 이러쇼? 괜히 신경질만 내고 말이오."

오함마가 말했다.

"내가 언제 이 새끼야?"

조웅남이 눈을 부릅떴다. 오함마도 화가 났다.

"만만허니 홍어 좆이라고, 왜 나한테 화풀이하는 거요?"

"아니, 요 씨발 놈이 엉기는 것 좀 봐?"

조웅남의 얼굴이 붉게 달아올랐다. 지나치는 사람들이 힐끗거렸다.

"야, 그만둬, 니가 잘못한 거야. 함마가 잘못한 것 없어."

홍성철이 말하자 조웅남은 그에게로 몸을 돌렸다.

"너는 뭐여? 야 이 씨발 놈아, 왜 나서고 지랄여?"

"야 이 새끼야, 니가 잘못했으니까 잘못했다고 하는 거야! 이 새끼는 불알 안 깐 돼지새끼처럼 왜 이리저리 꽥꽥거려?"

홍성철도 화가 나서 으르렁거렸다.

"뭐? 불알 안 깐 돼지? 에이, 요 씨발 놈을!"

조웅남이 홍성철을 덮칠 듯 몸을 날렸으나 오함마가 재빠르게 가운데로 끼어들었다. 둘은 씩씩거리다가 다시 자리에 앉았다.

멈춰서 구경하던 사람들이 다시 걸음을 옮기고 있었다. 외국 항공사의 유니폼을 입은 노란머리의 아가씨가 그들을 바라보고 있다가 조웅남과 시선이 마주쳤다.

"뭘 봐! 이 썩을 년아!"

조웅남이 버럭 소리를 질렀다. 그는 다시 홍성철을 바라보았는데 아직도 얼굴이 상기되어 있었다.

"씨발 놈들이 여자들을 팔아먹었으면 책임을 지야지. 씨발, 일본 놈들이 눈치챘다고 도망가면 장땡이여?"

"……."

"인자 또 나와서, 또 머가 틀어지면 또 도망가겄고만? 에이고, 추접혀라."

홍성철과 오함마가 서로 얼굴을 마주 보았다.

"씨발, 그런다고 온천에 가서 일본 년을 먹어? 핑계도 좋네. 임질이나 걸려 버리라고 혀."

조웅남은 그들에게서 얼굴을 돌린 채로 중얼거리고 있는 것이다. 그때 오함마가 생각난 듯이 일어서서 공중전화 박스로 갔다.

강만철은 사무실에 있었다.

"형님, 나 함마요."

그가 말하자 강만철의 목소리가 밝아졌다.

—응, 함마냐? 큰형님 어디 계시냐?

"아, 저, 큰형님은 같이 안 계세요."

—그럼 어디 계셔?

"저하고 웅남이 형, 성철이 형은 지금 공항에 있어요. 서울 들어가려구."

—뭐? 공항에? 그럼 큰형님은?

강만철이 놀란 듯 묻자 오함마는 망설였다.

—어디 계셔, 이 자식아! 빨리 말해!

"저, 아타미 온천에 놀러 가신다고 동수하고… 아까 공항에서 헤어졌는데……."

—뭐? 아타미 온천? 야, 거기 성철이 있어?

"네, 저쪽에 있어요."

—빨리 바꿔.

오함마가 떠나갈 듯이 고함을 질러 홍성철을 불렀다. 홍성철이 달려왔다.

"왜 그래?"

"만철이 형님이 바꿔 달래요."

조웅남도 어그적거리며 다가왔다.

"왜 그러냐?"

"몰라요. 그냥 바꿔 달래요, 만철이 형님이."

홍성철이 전화기를 귀에 붙였을 때 강만철이 물었다.

—아타미 온천에 놀러 가신다고? 형님이 그랬단 말이지?

"그래, 여기서는 일단 철수하자면서, 형님은 좀 쉬시겠다고 말이야."

—그러고?

"뭘 그러구야?"

—형님이 다른 말 없었느냐고?

"글쎄, 일본 년 배 탄타구 했고… 그런 거지, 뭐."

—야, 너, 내가 오카다 잡아 놓고 있는 거 알어?

강만철이 갑자기 물었다.

"뭐? 오카다를?"

긴장한 홍성철이 전화기를 귀에 바짝 붙였다.

—그래, 형님 지시로 말이야. 내 생각엔 형님이 그놈을 어떤 교환 조건으로 사용할 것 같았어. 그런데 이런 상황에서 너희들을 돌려보내고 자기는 온천에 가?

"……."

—심상치 않아. 우리가 오카다를 인질로 잡은 것을 그쪽에서 알면 그쪽도 그럴 테니… 아아!

강만철은 스스로 말하면서 깨달은 듯 저쪽에서 소리를 질렀다. 홍성철도 같이 소리를 지르고 싶었으나 이를 물었다.

—한 명이라도 인질을 줄이려고 하는 거야. 형님 의도가 말이야. 그래서 너희들을 내보내는 거야!

"알겠다. 그런 것 같다. 우리, 돌아가겠다. 도로 오사카로 들어가겠어."

—당연히 그래야지. 얼른 들어가 형님을 찾아. 틀림없이 오사카에 계실 거다.

그들은 비행기 표를 집어넣고 공항 밖으로 나왔다. 택시를 기다리면서 그들은 아무도 입을 열지 않았다. 전화를 끊고 홍성철이 조웅남과 오함마에게 상황을 설명해 주었기 때문이다.

"아, 그래서 큰형님이 그렇게 서두르셨구먼."

오함마가 혼잣소리를 했지만 조웅남은 공항에 올 때와 마찬가지로 여전히 말이 없었다.

*　　　*　　　*

미닫이를 열어 놓았으므로 저녁 바람이 가네무라의 몸을 스치고 지났다. 20평 가깝게 되는 널찍한 다다미방에 그는 혼자 앉아 있었다.

바닷가에 자리 잡고 있는 이 저택은 오사카뿐만이 아니라 동일본 지역의 대부인 오야마의 소유였다. 30분이 넘게 가네무라는 오야마를 기다리며 앉아 있었다. 이윽고 안방으로 통하는 미닫이가 소리 없이 열리더니 60대의 사내가 들어섰다.

전통 의상 차림의 그는 앉아 있는 가네무라를 보더니 잠자코 그의 앞자리에 앉았다. 마른 몸집에 머리는 반백이었는데 검은 얼굴은 표정이 없었다. 가네무라가 머리를 숙여 절을 하자 가볍게 머리를 끄덕여 보였다.

"그래, 무슨 일인가?"

몸집에 비하여 목소리가 커서 방 안을 울렸다. 가네무라는 머리를 숙였다. 오야마와는 20년 가깝게 상하 관계를 맺고 있었다. 주종 관계나 마찬가지라고 봐야 할 것이다. 이 세계에 처음 발을 디뎠을 때 그는 오야마의 꼬붕이었고, 그때의 오야마는 오사카의 변두리를 장악하고 있는 두목이었다.

오야마는 통이 커서 자잘한 일에는 신경을 쓰지 않고 부하들에게 맡기는 성격이었다. 가네무라는 오야마로부터 목적을 위해서 수단과 방법을 가리지 않는다는 사고방식을 배워왔다.

요즘의 오야마는 대외적인 활동은 하지 않고 휘하에 있는 보스들에게 모든 일을 위임한 채 중요한 보고만 들었다.

하루 종일 독서를 하든가 그렇지 않으면 혼자 훌쩍 여행을 떠났다가 돌아오곤 했다. 그는 야쿠자 세계의 전설적인 인물이었다.

새로운 세대들이 주먹과 무기의 힘에 의지하여 세력 다툼을 하다가도 그가 중재에 나서면 다툼을 그쳤다. 그는 한쪽에 치우치지 않고 공정했던 것이다. 오사카 항구의 노동자에서부터 맨주먹으로 시작한 오야마는 힘이나 술수보다는 신의와 배짱으로 조직을 일으킨 사내였다.

비록 지금은 은퇴한 것처럼 이곳에 머물고 있었으나 끊임없이 보스들이 찾아와 중요한 일을 보고하고 자문을 얻어서 갔다.

"제가 한국과 거래하고 있는 사업에 관해서 말씀드리려고 합니다만……."

가네무라는 신중한 태도로 자초지종을 말하기 시작했다. 오야마는 입을 꾹 다문 채 그의 말을 들었다.

"그래, 김원국인가 하는 한국의 보스가 여기에 왔단 말이지?"

가네무라의 이야기가 끝나자 그가 물었다.

"네."

"만났다고?"

"네, 오늘 오후에……."

"그자가 먼저 전화를 해서 만났다고?"
"네, 그렇게 되었습니다."
오야마는 쓴웃음을 지었다. 힐끗 그를 올려다본 가네무라는 다시 머리를 숙였다. 그의 눈이 불쾌한 기색을 가득 띠고 있었기 때문이다.
"바보 같은 녀석, 선수를 빼앗겼다."
"……."
"이젠 돌이킬 수 없다."
가네무라는 이마에 배인 땀을 손등으로 닦았다.
"망신이군."
"……."
"얕잡아 본 것이 실책이다."
그러면서 오야마는 머리를 돌렸다. 미단이 바깥쪽은 짙은 어둠이 깔려 있어서 아무것도 보이지 않았다. 그러나 그는 그쪽에 시선을 둔 채 움직이지 않았다.
"만회하겠습니다. 그놈은 객기를 부리고 있는 것입니다. 만용일 뿐입니다."
눈을 부릅뜨고 가네무라가 말했다. 온몸을 긴장시킨 가네무라는 대답을 기다렸으나 그는 시선을 돌리지 않았다.
"부끄럽지 않게 해결하겠습니다."
"……."
이윽고 오야마가 머리를 돌려 그를 바라보았다.
"좋다, 너를 믿겠다. 곧 해결하도록."
말을 마친 오야마가 자리에서 일어섰다.

머리를 숙인 채 가네무라는 잠시 앉아 있었다. 미닫이가 스르르 닫혔을 때 가네무라는 일어섰으나 다리가 저려 비틀거렸다. 그는 이번 일의 성패 여부에 자신의 위치가 달려 있는 것을 느낄 수 있었다.

*　　　*　　　*

사무실에는 간부급 부하들이 모두 모여 있었는데 긴장감으로 인해 분위기가 무거웠다. 자리에 앉은 가네무라는 사베를 바라보았다.

"김원국의 호텔을 알아보았나?"

"네, 제국호텔에 묵고 있습니다. 그런데……."

"그런데 뭐야?"

"단 2명밖에 없습니다. 김원국하고 그의 심복인 이동수하고 2명만 호텔에 투숙하고 있습니다."

"그게 무슨 소리야? 어제 난동을 부린 조웅남이하고 오한만이는 어디에 있는 거야?"

가네무라가 짜증 난 목소리로 물었다.

"제가 파악했는데 홍성철도 있습니다. 홍성철이 그들과 같이 다니고 있었습니다."

부하 한 명이 나서서 말했다.

"홍성철이?"

가네무라는 눈을 끔벅이며 그를 바라보았다. 앞을 가린 안개가 걷힌 것 같았다. 그는 이를 악물고 머리를 끄덕였다.

"확실해?"

"네, 홍성철이 김원국을 안내한 것 같습니다. 그러니까 우리를 꿰뚫어 보고 있었던 겁니다."

"흥."

가네무라는 어깨를 움찔해 보였다.

"가소로운 것들, 그들이 뭘 본단 말이야? 기껏해야 몇 놈이 와서 큰소리치고 있을 뿐이다."

"……."

"애들을 모아라. 그까짓 놈들을 당해내지 못하고 꼴사납게 이게 뭔가? 내가 낯이 뜨거워 얼굴을 들 수가 없다."

"몇 명이나 모을까요?"

사베가 조심스럽게 묻자 가네무라는 잠깐 망설였다. 그도 선뜻 말하기가 어려웠기 때문이다. 도대체 김원국이 몇 명을 끌고 왔는지부터 알아야 한다.

"너희들 밑에서 다부진 놈들을 선발해. 각각 5명씩. 사베, 한 시간 안으로 모아라."

"네, 알겠습니다. 그럼 김원국이를 잡습니까?"

"아니, 감시하고 기다려. 그리고 나머지 녀석들을 찾아봐. 나도 생각이 있다."

"그런데 오카다가 김원국에게 잡혀 있는 것이 사실입니까?"

부하 한 명이 망설이며 물었다. 가네무라는 울컥 화가 치밀어 올랐으나 입을 열지 않았다.

"사실로 봐야 돼. 오카다는 현재 행방불명이야."

사베가 대신 말했다.

"자, 어서 준비해라."

가네무라가 말하자 모두들 서둘러 방을 나갔다. 가네무라는 기선을 제압당한 불쾌감을 떨쳐 버릴 수가 없었다. 도대체 몇 놈이나 와 있는가? 그리고 나머지 녀석들은 어디에 있단 말인가?

그의 눈에 김원국의 태연한 얼굴이 떠올랐다. 그러고는 오야마의 차가운 표정이 겹쳐졌다.

가네무라는 부산의 박재팔에게로 다이얼을 눌렀다. 빈방에 앉아 전화기를 귀에 붙이고 기다리는 동안 가네무라는 심호흡을 했다.

—여보세요.

박재팔의 목소리가 들렸다.

"아, 박 사장? 나, 가네무라요."

—아이구, 가네무라 선생님. 갑자기 웬일이십니까?

박재팔이 놀라 물었다. 그도 그럴 것이 가네무라가 직접 전화하는 경우는 드물었고 모든 일은 오카다를 통해 진행되었기 때문이다.

가네무라는 박재팔도 헛손질이나 하고 있다는 것을 짐작할 수 있었으므로 짜증이 났다.

"박 사장, 오카다 보지 못했소?"

—아, 글쎄, 호텔에 안 계셔서 서울 가셨나 생각하고 있었습니다만…….

"호텔에 찾아가 봤소?"

—아뇨, 전화만 몇 차례 해봤습니다. 그런데 무슨 일로? 전해줄 말씀이라도 있습니까?

"박 사장, 혹시 서울에서 김원국의 부하들이 내려온 것을 보지 못했소?"

—네? 제일상사 김원국 사장 말입니까? 그 부하들이라면…….

"그 강이라든가, 조라든가 하는 사람들 있지 않소. 부산에 내려오지 않았습니까?"

—아뇨, 그놈들은 보지 못했습니다.

"……."

가네무라는 잠시 망설였으나 마음을 정했다.

"박 사장, 당신이 동원할 수 있는 부하들은 몇 명이나 되오? 쓸 만한 놈들로 말이오."

박재팔은 잠시 생각하다가 말했다.

—쓸 만한 놈들은 20명가량 됩니다. 지금 당장에라도 돼요.

"그럼 박 사장, 당신이 그들을 데리고 여기 오사카로 오지 않겠소?"

—아니, 갑자기 웬일입니까?

"여기 김원국이 대여섯 명의 부하와 함께 와 있단 말이오. 내가 처리할 수도 있지만 당신한테 기회를 주는 거요. 당신의 위상을 오사카에서 한번 세워 보시오. 앞으로 우리하고 거래할 때 크게 도움이 될 거요."

—네? 김원국을? 오사카에서?

박재팔은 놀란 듯 한동안 잠자코 있더니 묻는다.

—…도대체 김원국이 오사카엔 뭐 하러 갔답니까?

"이철주가 보낸 여자들을 데리러 왔다는 것 같소."

가네무라는 솔직하게 말해 주었다.

—미친놈이군.

박재팔이 씹어뱉듯이 말했다.

"그렇지, 미친놈이오. 대여섯 놈이 와서 지금 웃음거리가 되고 있소."

—그럼 가네무라 선생께서 처치하시지 그러십니까?

"허어 참, 박 사장은 내 말뜻을 못 알아들으시는구먼. 내 개인적인 호의를 말이야. 이것은 내가 당신에게 드리는 선물 같은 거요. 우리 야쿠자 조직에서 당신을 인정하게끔 하는 신임장이오. 김원국을 처치하는 것이 말이오."

—알겠습니다.

"더욱이 박 사장은 그것으로 한국을 휘어잡을 수도 있소. 그렇지 않소?"

—알겠습니다. 준비하지요.

"내가 김원국이 꼼짝 못 하게 잡아두겠소. 언제 올 수 있소? 빠를수록 좋아요."

—비자 문제가 좀 걸리는데……. 그거만 해결되면 내일이라도 됩니다.

"내가 대사관에 손을 쓰겠소. 우선 오늘 저녁에 여기 올 사람 명단을 보내 주시오. 그러면 내일 비자를 받도록 해주겠소."

—알겠습니다. 준비해서 오늘 보내겠습니다.

가네무라는 전화기를 내려놓았다. 어차피 피를 봐야 할 일이었다. 그렇다면 일본인의 피를 보지 않고 한국인들끼리 싸우게 해서 김원국을 제거해야 했다.

오야마는 나를 인정해야만 할 것이다. 나라고 그만큼 되지 말란 법은 없는 것이다. 우리가 박재팔을 원호해 주면 승산은 100퍼센트에 가깝다.

가네무라는 만족했다. 김원국이 오카다를 어떻게 처리할 것인가는 애당초 고려하지 않았다. 그가 풀려난다 하더라도 한국 조직에 포로가 되었던 경력이 야쿠자 사회에서 배겨내지 못하게 할 테니까.

죽이든 살리든 마음대로 해라. 가네무라는 피식 웃었다. 김원국은 그것을 모르고 있는 것 같았기 때문이다. 그는 오카다를 미끼로 하면 무엇인가를 얻어낼 수 있다고 믿었던 것 같다.

문이 열리고 부하 하나가 들어왔다.

"보스, 이상합니다. 이것 좀 보십시오."

그가 보여준 서류는 컴퓨터에서 찍혀 나온 비행 티켓 발급자 명단이었다.

"여기, 이곳을 보십시오."

그가 손가락으로 가리킨 곳에 한국인 이름이 나란히 적혀 있었다.

"홍성철, 조웅남, 오한만……."

부하가 소리내어 읽었다.

"오늘 낮 서울행 티켓을 공항에서 사간 컴퓨터 기록입니다."

"……."

"이놈들 셋은 떠난 것 같습니다."

"출국자 명단과 대조해 봤어?"

"그것은 아직, 세관에서 넘겨주는 건 보스도 아시다시피 조금 늦습니다."

"그것까지 확인해 봐. 그리고 김원국은 지금 호텔에 있나?"

"네, 애들이 감시하고 있습니다. 그놈은 당장에라도 잡을 수 있습니다."

"기다려. 감시만 하고 말이야."

"네, 알았습니다."

"간부급이 항상 호텔에 있어야 한다구. 알았어?"

"네, 염려 마십시오."

부하가 돌아간 뒤 가네무라는 만족한 듯 길게 팔을 뻗어 기지개를 켰다.

'그래, 김원국 너는 돈키호테라니까.'

그런 생각이 다시 떠올랐다.

"미친놈."

박재팔의 말을 흉내 내며 가네무라는 일어서서 상의를 집어 들었다.

제16장

적지에서의 대결

밤의 대통령

방에 들어온 김원국은 바로 전화기를 집어 들었다. 서울의 강만철에게 하는 전화였다.

—아니, 형님. 대체 어쩌려고 그러십니까?

김원국의 목소리를 듣자 대뜸 그가 물었다.

"무슨 말이야?"

내심 짚이는 것이 있었으므로 그가 태연하게 물었다.

—혼자 남으셔서 어쩌려고 그러세요? 우리를 뭐로 보고 그러십니까?

"아니, 뭐라고? 뭐로 보다니?"

—형님이 거기에서 어떻게 되신다면 우리는 가만히 있을 줄 알고 계신 모양이군요. 그땐 더 어려워집니다. 통제 불능의 혼란 상태가 되어버린단 말입니다!

"그렇게는 안 될 거다. 너희들이 어린애도 아니고, 한 호흡만 참으면 수습이 될 거야."

—아, 형님, 우리는 형님처럼 수양이 되지 않았어요. 마침 공항에서 연락이 왔길래 도로 오사카로 돌려보냈습니다.

"뭐라고?"

김원국은 이맛살을 찌푸렸다.

"돌려보내?"

—네, 웅남이랑 애들이 지금 형님을 찾고 있을 겁니다. 호텔을 바꾸셨더군요. 지금 어디 계십니까?

"……."

—어차피 이렇게 되었으니 빨리 알려주세요. 한 시간마다 저하고 전화하기로 했으니까 걔들한테 형님이 계신 호텔을 알려주어야겠습니다.

김원국은 혀를 찼으나 할 수 없었다.

"제국호텔이다."

—알겠습니다. 그리고 형님, 문제가 좀 생겼습니다.

"무슨 문제야?"

—정재희가 돈을 가지고 도망쳤습니다. 12억을 백광남한테 받아서 도망쳤어요.

"정재희가? 그럼 그 돈이 바로?"

—네, 이철주가 우릴 속였습니다. 서류하고 인감도장을 가네무라가 보내 준다고 해서 그런 줄 알았는데 그놈이 본래부터 가지고 있었던 모양입니다. 그것을 정재희에게 주고는 백광남한테 돈을 받아 오라고 했답니다. 10억을요.

"10억? 12억이라면서?"

—네, 그것이 또 정재희가 백광남을 만나 10억에 사게 해줄 테니까 2억을 커미션으로 내라고 했다는군요. 이철주 모르게 말입니다.

"허어."

긴박한 상황이었으나 김원국은 헛웃음이 나왔다.

—그런데 이철주가 우리 모르게 10억이라도 백광남한테 받아오라고 그년한테 시키니까 그년이 아예 마음을 크게 먹고 몽땅 쥐고 튄 것 같습니다.

"이철주의 장난은 아니냐?"

능히 그런 술수를 부릴 만한 위인이므로 김원국이 물었다.

—네, 저도 그렇게 생각하고 다그쳤습니다. 그런데 그게 아닌 것 같습니다. 길길이 뛰다가 다 털어놓던데요. 나머지 재산도 모두 정리한 것 같습니다. 미국으로 튀려고 했더군요.

"미국으로?"

—네, 며칠 사이에 가지고 있는 모든 재산을 팔아 치웠습니다. 공갈을 쳤더니 모두 불었습니다.

"그런데 정재희가……."

—네, 그년도 한밑천 잡아야겠다고 생각했겠죠.

"백광남은 뭐래?"

—그치야 받을 건 다 받았으니까요. 이철주한테 무슨 공장에 대한 서류를 받을 것이 남아 있다고 하던데요. 이철주는 백광남이를 죽이려고 날뛰니다. 정재희와 짜고 자기를 속였다구요. 두 놈을 대질시켜 보니까 볼만했습니다.

"어쨌든 정재희를 잡아라."

—예, 벌써 애들을 풀어놓았습니다. 곧 잡을 겁니다. 그런 년은 뻔하니까요.

"알았다. 고스란히 잡아놓도록 해라. 알겠지?"

—네, 알겠습니다.

강만철은 이철주와 정재희가 얽힌 소동이 내심 불쾌하지는 않은 모양이었다. 골치 아픈 듯 말하면서도 목소리는 밝았다.

"그리고 오카다는 어떻게 되었어?"

김원국이 물었다.

—시골에 있습니다. 말씀하신 대로 모두 녹음해 놓았습니다.

"순순히 불어?"

—전 어려울 줄 알았는데 금방 토해내던데요. 자식들이 잘 먹고 잘살아서 그런지 우리 애들처럼 독기가 없더군요.

"그래? 어쨌든 그 테이프는 가지고 있어. 언제 필요하게 될지 모른다."

전화를 끊고 난 김원국은 의자에 앉아 잠시 생각에 잠겼다.

가네무라가 어떤 방법으로 그에게 부딪쳐 올 것인가는 아직 알 수 없었다. 조웅남 등이 다시 돌아오게 된 것이 든든하면서도 부담이 되었다. 자신은 언제나 그랬지만 홀가분하게 목숨을 걸고 있었기 때문이다.

30분쯤 지났을 때 노크 소리가 났다. 이동수가 문 앞으로 다가갔다.

"누구요?"

"나다."

홍성철의 목소리였다. 놀란 이동수가 돌아보자 김원국은 머리를 끄덕여 보였다. 문을 열자 홍성철이 들어섰고 조웅남과 오함마가 뒤를 따랐다.

조웅남이 이동수 앞에 멈춰 서는가 했더니 손을 휘둘러 이동수의 뺨을 쳤다. 갑자기 뺨을 얻어맞은 이동수가 볼을 손바닥으로 감싼 채 잠깐 조웅남을 바라보다가 소리쳤다.

"왜 치는 거요?"

"이 씨발 놈을 그냥! 형님허고 짜고는 우리를 빼돌려? 뭐? 형님허고 온천에 가?"

조웅남이 으르렁거렸다.

"그런데 왜 치는 거요?"

억울한 이동수가 눈을 부릅뜨고 조웅남에게 대들었다. 이 자리에서 나는 몰랐다고 말하기는 어쩐지 비겁하다는 생각이 들었던 것이다.

"얼래? 지가 그리도 잘혔다고 달라드네. 에라, 이놈의 새끼를!"

조웅남으로서는 잠시나마 김원국에 대해 불평을 하던 입장이었는데 나중에 알고 보니 그것이 아니어서 내심 어색해진 형편이다.

그러다가 6시간이 넘게 김원국을 찾으러 오사카를 헤매다 보니까 김원국보다는 시치미를 떼고 자신들을 떼어 놓은 이동수가 더 괘씸해진 것이다.

"웅남이, 너 가만있어, 이 자식아."

김원국이 나무랐다.

“동수는 아무것도 몰랐다. 그런데 왜 손찌검이냐, 이 자식아.”

조웅남은 씩씩거리며 시선을 주었지만 입을 열지는 않았다.

“모두 자리에 앉아. 이왕 돌아왔으니까 이야기를 해줘야겠군.”

자리에 앉게 한 김원국은 오카다를 감금한 사실부터 오후에 가네무라를 만난 일까지 모두 이야기했다.

“이제 곧 가네무라가 대응해 올 텐데 방법을 짐작하기가 어려워 그들이 부딪쳐 오는 대로 상황을 봐서 대응해 나가는 수밖에 없겠다.”

“형님, 우리는 어떻게 할까요?”

홍성철이 물었다.

“우선 동수 방에 가 있어. 동수는 나와 같이 있기로 하고.”

김원국이 재촉하자 그들은 서둘러 방을 나갔다. 김원국은 다시 가네무라를 기다렸다.

* * *

저녁 8시가 되었다. 식사 시간이 넘었으나 가네무라는 시장하지 않았다. 옆에 앉은 사베와 사사키는 말없이 그를 바라보고 있었다.

“세 놈밖에 없어? 호텔에 들어간 놈들이 말이야.”

가네무라가 사사키에게 다시 물었다.

“확실합니다. 세 놈은 옆방에 있습니다. 호텔 숙박계에 적지 않아서 이름은 확인이 안 되었습니다.”

“그렇다면 공항에서 서울로 출국하려고 티켓을 샀던 세 놈이 틀림없습니다."

사베가 말했다.

"그놈들이 왜 돌아왔지? 티켓을 끊고 말이야. 아니, 티켓을 끊은 시늉을 한 것인가?"

가네무라가 혼잣소리로 말했다.

"제 생각엔 더 있을 것 같습니다. 제국호텔이 아니더라도 근처에 말입니다."

가네무라는 사베를 향해 머리를 끄덕였다. 자신도 그렇게 생각하고 있었기 때문이다.

5명이 아니다. 김원국 정도면 제 신변의 안전을 고려해서 수십 명, 아니 수백 명이라도 데려올 수가 있는 것이다. 나라도 그렇게 했겠다고 가네무라는 생각했다.

"아직 움직이지는 않습니다. 방에서 음식을 시켜 먹었습니다."

사사키가 말했다.

"한 놈이 복도를 어슬렁거린다는데 크게 경계하는 것 같지는 않다고 합니다. 룸서비스도 그냥 들여보낸다는군요."

가네무라는 힐끗 그를 바라보았으나 입을 열지는 않았다. 놈들의 경계가 허술하다는 사사키의 보고가 어쩐지 마음에 들지 않았다. 그때 문이 열리고 부하 하나가 전문 용지를 손에 들고 들어왔다.

"보스, 부산의 박 상한테서 입국 예정자 명단이 왔습니다."

가네무라는 눈을 번쩍이며 전문 용지를 받아 들었다.

"모두 21명입니다."

사베와 사사키가 서로 얼굴을 마주 보더니 가네무라에게 시선을 돌렸다.

가네무라는 만족한 듯 얼굴의 근육을 풀고 명단을 들여다보았다. 박재팔과 그의 오른팔 격인 민성일, 천용우가 모두 포함되어 있었다.

"이 명단을 한국의 고토 상에게 즉시 보내도록 해라. 내일 중으로 여권을 제출할 테니까 바로 비자가 나오게 해달라고 말해. 내가 부탁하는 것이라고 해."

고토는 부산 주재 영사관 직원이고 오랫동안 그와 관계를 맺고 있었다.

"알겠습니다."

부하는 서둘러 방을 나갔다.

"보스, 박재팔을 불러들일 작정입니까?"

사베가 조심스럽게 물었다. 가네무라는 간부들에게도 아직 그 일을 말하지 않았던 것이다.

"그렇다."

가네무라는 눈을 빛내며 그들을 바라보았다.

"그렇다면……."

"네 생각하고 같아. 우리 손을 더럽히지 않고 쓰레기를 치우는 거다. 한국 놈들끼리 피를 흘리게 될 거야."

"보스, 애들은 호텔에 대기시킵니까? 만일 그놈들이 움직이면 어떻게 할까요?"

"움직이지 않고 기다릴 거다. 기다린다고 했어. 그리고 움직일 수도 없지 않나?"

"만일 업소에 들러서 여자들을 만난다면요?"

"그땐 가차 없이 잡아라. 기다리지 마라."

가네무라는 김원국과 협상이니 뭐니 할 생각은 애초부터 없었다. 여자들은 그의 자금줄에서 절반 정도의 비중이었고 그것은 앞으로 얼마든지 뻗어나갈 수 있는 것이었다.

지금도 업소들은 여자들이 모자라 아우성이다. 이러한 상황에서 그와 협상해서 여자들을 돌려보낸다는 것은 자금 문제 이전에 김원국에게 항복한다는 것과 마찬가지인 것이다. 그러면 20년이 넘게 쌓아온 그의 기반과 지위가 흔들리게 된다.

그는 다시 오야마의 얼굴을 떠올렸다. 그가 자신을 지금도 주시하고 있을 것이라는 생각을 하자 불끈 화가 치밀어 올랐다.

"보스."

잠자코 앉아 있던 사베가 입을 열었다.

"그럼 오카다는 어떻게 합니까?"

오카다는 가네무라의 오른팔로서, 심복 중의 심복이었다. 가네무라는 사베를 노려보았다. 그의 이글거리는 눈빛을 받고 사베는 시선을 떨궜다.

"오카다는 잊는다. 오카다가 방해가 되어선 안 돼. 알겠나, 사베?"

"네, 알겠습니다."

김원국은 오카다를 잡고 있었기에 협상에 응할 줄 알고 있을 것이다.

*　　　*　　　*

8시가 되자 김원국이 전화기를 들었다. 이동수의 방으로 다이얼을 누르자 홍성철이 전화를 받았다.

"나하고 동수가 베니스로 가겠다. 너희들은 2시간쯤 기다렸다가 그쪽으로 오도록 해. 들어오지는 말고, 상황을 봐서 처신해라."

—베니스로 가신다구요? 기다리지 않구요?

"그래, 아마 오지 않을 것 같다."

—조금 더 기다려 보는 게 어떻습니까?

"아냐, 내가 생각한 것이 있어."

—알았습니다.

전화기를 내려놓은 김원국은 이동수를 바라보았다.

"우리가 먼저 건드려 보도록 하자. 그들에게 생각할 시간을 줄 필요가 없다."

"형님하고 둘이만 갑니까?"

"그래, 우선 둘이서. 겁나냐?"

"형님두 참, 전 아무렇지도 않아요. 형님 때문에……."

그들이 베니스에 도착한 것은 9시 30분이 넘어서였다. 홀 안에는 여전히 사람들이 가득 차 있어서 빈자리가 없었다. 카운터의 사내는 다른 사람으로 바뀌어 있었다. 어제 본 적이 있었던 여자 한 명이 무심코 다가왔다가 이동수를 보고는 깜짝 놀랐다.

그녀는 좌우를 둘러보면서 입을 열지 않았다.

"우리 자리 좀 마련해 줘요."

이동수가 말했다.

"아저씨, 어쩌려고 이러세요? 어서 돌아가세요."

그녀가 다급하게 말하고는 옆을 지났다. 김원국은 주위를 둘러보았다. 호텔에서 그들이 나설 적에 따라오던 사내들은 아직 들어오지 않았다. 얼핏 헤아려 봐도 10여 명이 넘었다.

"저기 빈자리가 있군. 저기 앉지."

김원국이 빈자리를 보며 말했다. 그들은 벽 쪽에 붙은 테이블에 앉았다. 김원국은 홀 안에 있는 5, 6명의 한국 여자들이 자신들을 주시하는 것을 느낄 수 있었다. 그러나 그녀들은 다가오지 않았다. 사내들이 입구로 들어서고 있었다. 두세 명씩 짝을 지어 들어오는 그들은 10여 명쯤 되어 보였다.

그들은 두리번거리며 김원국을 찾았고 그것을 감추려 하지 않았다. 서너 명은 자리를 찾아 앉았지만 칠팔 명은 이쪽저쪽으로 나뉘어 서 있었다.

김원국은 씁쓸하게 웃었다. 한참이 지나도록 그들에게 주문을 받으러 사람이 오지 않았기 때문이다.

"누굴 불러와 주문을 해라."

김원국이 말하자 이동수가 일어서서 여자들 쪽으로 다가갔다. 여자 한 명을 데리고 이동수가 돌아왔다. 여자는 쟁반에 술과 안주를 담아 들고 있었다.

"미스 최는 오늘 안 나온 모양이지?"

김원국이 그녀에게 물었다.

"네."

그러면서 그녀는 주위를 두리번거렸다.

"왜, 불안한가?"

"아저씨, 어서 도망쳐요. 야쿠자가 잔뜩 들어왔어요."

"응, 알고 있어. 우릴 따라왔지."

"저희들도 걱정이 돼요. 우릴 생각하는 건 고맙지만 어젯밤 그 일이 있고 나서 우리가 얼마나 시달렸는지 몰라요."

"시달리다니?"

"오늘도 그럴 거예요. 저한테 무슨 이야기했느냐고 못살게 할 거예요."

"……."

"얻어맞아요. 미스 최도 얻어맞아서 누워 있어요."

김원국은 입을 다물었다.

"어젯밤 그 커다란 아저씨는 어디 계세요?"

여자가 이동수에게 물었다.

"왜?"

"숙소에 돌아가서 민주한테 말해 주었더니 민주가 울더군요. 고맙다고 전해 달래요."

"내가 전해 줄게."

"우리도 그래요. 아저씨들이 고마워요. 이렇게 생각해 주시는 것만 해도요. 우리가 돌아가지 못하더라도 원망 안 할 거예요. 얼마나 아저씨들이 고마웠는지 몰라요."

김원국은 잠자코 그녀의 얼굴을 바라보았다. 이동수도 말이 없었다.

"하지만 그게 쉬운 일인가요, 어디. 이 사람들이 우리들한테 돈 쓴 것이 얼만데요. 그리고 우리가 없으면 이 가게들은 어떻게 되겠어요? 사생결단할 각오일 거예요."

"……."

"돌아가세요, 아저씨. 네? 이젠 우리들이 걱정이 돼요."

여자는 불안한 표정으로 김원국과 이동수를 바라보았다.

하나둘씩 손님들이 일어나서 나가는 것을 김원국은 알아채고 있었다. 11시가 조금 넘어 있었으나 벌써부터 빈자리가 여럿 보였다. 다른 때 같으면 제일 분주한 시간이었다. 사내들이 손님들을 내보내는 것 같았다.

옆에 앉았던 미스 오라는 여자가 그것을 눈치챈 듯 김원국을 보면서 말했다.

"아저씨도 나가세요. 저 사람들 따라 나가시라니까요."

"괜찮아, 그냥 둬."

그녀는 입을 다물었으나 초조한 듯 주위를 두리번거렸다. 플로어에서 춤을 추는 손님들도 보이지 않았다. 끊임없이 손님들이 나가느라고 이제는 카운터 앞에 나가는 손님들이 몰려 있었다.

김원국은 예상했던 일이었으므로 담담한 얼굴로 홀 안을 살펴보았다. 아까는 혼잡해서 잘 보이지 않았으나 이젠 잘 보였다.

사내들이 그를 바라보며 이쪽저쪽에 앉아 있었다. 그들은 40대의 한 사내에게 지시를 받고 있었는데 큰 키에 어깨가 벌어져 있었다. 머리는 숱이 많은 편이었는데 가르마를 단정하게 탔다. 넓은 얼굴에 눈이 작고 매섭게 보였다. 그는 출입구를 향한 좌석에 앉아 있었으므로 그의 옆모습이 김원국에게 정면으로 보였다.

그가 옆에 선 부하에게 뭐라고 말하자 부하가 서둘러 출입구 쪽으로 다가갔다.

김원국의 좌측으로 세 번째 테이블에 앉은 4명, 뒤쪽에 4명, 앞쪽에 40대 사내와 5명의 사내, 그리고 출입구를 지키는 2명까지 모두 16명이나 되었다. 무대 쪽에 앉았던 여자들이 안으로 들어갔다.

"절더러 오래요. 가봐야겠어요."

미스 오가 말했으므로 김원국이 머리를 끄덕였다.

"아저씨, 몸조심하세요."

그녀가 빠르게 말을 뱉고는 안쪽으로 사라졌다. 이제 여자들과 웨이터들도 보이지 않았다. 안쪽의 탈의실 같은 곳에 밀어 넣은 모양이었다. 이제 홀 안에는 그들과 사내들밖에 남지 않았다.

시끄러운 음악이 빈 홀을 쾅쾅 울리다가 갑자기 뚝 그쳤다. 홀은 갑작스러운 정적에 싸였다. 숨소리도 들릴 정도였다.

40대 사내가 일어서자 김원국의 주변에 앉아 있던 사내들이 모두 일어섰다. 그는 성큼성큼 김원국에게로 다가왔는데 그의 뒤로 부하들이 벌려 선 채 김원국에게 접근했다. 부하 하나가 걸리적거리는 의자를 거칠게 옆으로 밀어제치는 소리가 들렸다.

"김원국 씨 맞소?"

김원국 앞에 다가온 사내가 물었다. 앉은 채로 김원국이 머리만 끄덕였다.

"난 핫도리라고 합니다. 가네무라 님을 모시고 있소."

그는 선 채로 말을 이었다.

"여기서 나가 주셔야겠소. 이곳은 당신이 들어올 곳이 아니야."

"왜 그런가?"

김원국이 웃는 얼굴로 물었다.

"당신은 지금 우리의 보호를 받고 있는 거요. 우리의 지시 없이는 마음대로 돌아다니면 안 돼."

"호오, 그렇게 되었나?"

"어서 일어나시오."

그들은 김원국과 이동수를 빈틈없이 에워싸고 있었다. 김원국은 천천히 좌에서 우로 그들을 둘러보았다. 그들에게서 살기가 번져 나왔다.

"나는 나가기 싫어. 여기서 술을 더 먹고 싶단 말이야."

김원국이 술잔을 들면서 말했다. 이동수는 초조하게 김원국의 기색을 살폈다. 행동을 같이해야 하므로 오히려 그들보다 더 예민해진 상태다.

"가네무라 씨는 어디 있나?"

김원국이 물었다.

"그건 당신이 알 바가 아니야."

사내가 거칠게 대답했다.

"당신 정말 일어서지 않을 거요?"

"가네무라 씨한테 물어봐야겠는데."

김원국이 일어서며 말했다. 이동수가 좌우를 살피며 따라 일어섰다.

"그 사람에게 날 보호할 권리가 있느냐고 물어봐야겠단 말이야."

사내는 김원국을 바라보며 서 있었는데 망설이고 있는 듯 보였다. 순간 김원국이 몸을 솟구쳐 발끝으로 사내의 턱을 차올렸다.

사내의 턱이 그의 온몸의 중량이 실린 발길질에 휘청하면서 몸뚱어리를 이끌고 공중에 뜨는 듯하다가 뒤쪽의 테이블 위에 나자빠졌다. 요란하게 테이블과 유리잔이 부서지는 소리가 들렸다.

거의 같은 순간에 이동수가 손을 뻗어 앞에 선 사내를 붙잡고 번쩍 들어 올렸다. 멱살과 사타구니를 두 손으로 잡아든 것이었다.

그는 발버둥 치는 사내를 김원국의 앞쪽에다 힘껏 던졌다. 김원국 앞에서 막 달려들려던 두 사내가 내던져진 한 사내의 몸을 받고 같이 넘어졌다. 순간 이동수는 어깨가 선뜻한 느낌을 받았다.

그는 자신이 칼을 맞았구나 하고 느끼면서도 몸을 숙이며 손을 휘둘러 의자를 집어 들고 옆으로 후려쳤다. 칼로 찌른 사내가 의자에 옆구리를 맞고 넘어졌다.

김원국은 다시 좌측에 있는 사내의 내지른 칼을 피하면서 목덜미를 수도로 내려쳤다. 사내는 엎어져 버렸다. 몸을 날려 자리를 옮긴 그는 우왕좌왕하는 사내들의 좌측에 있는 사내를 바라보고 몸을 날렸다.

그가 달려드는 것을 본 그 사내는 잔뜩 긴장한 얼굴로 20센티미터쯤 되어 보이는 단도를 겨누었다. 그러나 김원국은 빙글 몸을 회전하여 뒤에서 따라오는 사내의 명치를 주먹으로 내질렀다.

"허억."

숨이 끊어질 듯한 소리를 지르면서 사내가 무릎을 꿇었다. 그와 동시에 김원국은 발을 들어 달려드는 사내의 옆구리를 찍었다.

"악!"

옆구리를 움켜쥔 채 사내가 넘어졌다. 번쩍이는 칼날이 김원국의 배를 향해 내질러 왔다. 그는 몸을 틀어 그것을 피하고는 사내의 팔을 겨드랑이에 끼웠다. 그러고는 무릎으로 그의 사타구니를 힘껏 올려 박았다.

"으아악."

고환이 터진 듯 째질 듯한 비명이 들렸다. 팔을 놓고 몸을 돌리는 김원국의 등이 선뜻하더니 화끈거렸다.

칼이 베어 들어간 것이다.

김원국은 테이블 위에 몸을 엎으면서 한 바퀴 굴러 반대편으로 나갔다. 그사이 이동수는 의자를 휘둘러 두 사내를 때려눕혔으나 다시 옆구리를 스치는 칼을 맞았다.

모두들 아무 소리도 내지 않았는데 간간이 비명과 가구 부서지는 소리만 요란하게 울렸다.

김원국과 이동수는 벽에 몸을 붙이고 그들을 노려보았다. 김원국이 그들을 살펴보자 16명의 사내 중 이제 8명만이 남아 있었다. 그들은 모두 희게 빛나는 단도를 겨누고 있었다.

지휘자인 40대 사내는 턱이 부서져 기절해 있었으나 그들은 개의치 않고 일사불란하게 거리를 좁혀오고 있었다. 이동수는 거칠게 호흡하고 있었는데 그의 어깨와 옆구리에서 피가 흘러내리는 것이 보였다.

"괜찮니?"

김원국이 앞을 노려본 채 물었다.

"형님, 형님 등이……."

그가 헐떡이며 다급하게 말했다.

"난 괜찮다."

"에에이!"

이동수가 고함을 내질렀다.

"내가 다 죽이고 죽을 테다!"

그 순간 현관문이 부서지며 열렸다. 조웅남의 모습이 보였다.

"야, 이 씨발 놈들아!"

그가 목청껏 소리를 지르며 안으로 뛰어들었고 그의 뒤를 따라 홍성철과 오함마가 달려들었다. 김원국과 이동수를 에워싼 사내들의 동작이 일순 멈추는 듯 보였다.

서너 명이 빠져나가 그들에게 달려들었다. 조웅남은 문 옆 벽에 걸린 소화기를 뜯어내더니 칼을 번쩍이며 달려드는 사내에게 소화기를 야구공 던지듯 내던졌다. 둔탁한 소리가 났다. 소화기에 얼굴이 부서진 사내는 바닥에 자빠져 일어나지 않았다.

김원국에게 두 사내가 동시에 달려들었다. 조웅남 일행을 보자 다급해진 모양이었다. 김원국은 몸을 틀어 좌측에서 내려찍은 칼을 피하면서 오른 주먹으로 사내의 가슴 한복판을 쳤다.

급소를 얻어맞은 사내는 헉 하면서 숨을 들이마시듯 입을 크게 벌리고 뒤로 넘어졌다. 그러나 오른쪽에서 내뻗은 칼은 피할 겨를이 없었다.

김원국은 왼팔을 굽혀 그의 칼을 받았다. 팔목에 칼이 깊숙이 박힌 순간, 그 사내의 동작이 정지된 듯 보였다. 김원국의 오른 주먹이 그의 턱을 쳐올렸다. 그에 휘청대며 간격이 벌어지자 그가 사내의 사타구니를 발끝으로 찍었다.

조웅남이 의자를 쳐들고 아수라처럼 달려들었다. 의자를 휘둘러 한 사내의 머리를 부쉈다. 의자가 산산조각이 났다. 홍성철이 이동수에게 달려드는 사내의 목덜미를 잡아채더니 벽에다 내던졌다. 벽에 걸린 조명등에 부딪친 사내의 머리와 몸에 불꽃이 튀었다.

오함마는 땅바닥에서 기골이 우람한 사내와 부둥켜안고 뒹굴고 있었다. 이동수는 옆으로 들어오는 사내의 칼을 몸을 틀어 피하면서 왼손으로 칼을 쥔 팔을 잡았다. 어깨를 찔려 오른팔을 들어 올릴 수가 없었기 때문이다.

그는 한 팔로 사내의 팔을 움켜쥔 채 몸을 부딪쳐 그를 벽 쪽으로 밀어붙였다. 다시 한 걸음 발을 뗀 순간 바닥에 있는 빈 병에 발이 미끄러져 사내를 안고 같이 넘어져 버렸다.

그런데 갑자기 아랫배가 화끈거리더니 그것이 배 속의 창자를 몽땅 끄집어내는 듯한 고통으로 바뀌었다. 칼을 바꿔 쥔 사내가 아랫배를 깊숙이 찌른 것이다. 한 팔로 사내의 몸을 휘감아 껴안고 있던 이동수는 입을 크게 벌려 사내의 목젖 부분을 가득 물었다. 두 다리로 사내의 하반신을 감고 있었으므로 사내는 발버둥을 쳤으나 같이 뒹굴 뿐이었다.

눈을 부릅뜬 이동수는 있는 힘을 다해 물었다. 머리를 좌우로 흔들어 살점이 이빨 사이에 잘 끼워지도록 조절하였다.

"으아악."

사내의 입에서 처음으로 비명이 터졌다. 아픔보다 공포에 찬 비명이었다. 사내는 이동수의 배를 찌른 칼을 놓고 그의 얼굴을 손바닥으로 밀다가 주먹으로 쳤다. 주먹이 빗나가 자신의 얼굴을 때리기도 하였다. 이동수는 다시 한 번 살점을 문 입을 좌우로 흔들었다.

"으아아악."

이동수의 입에 가득 고인 피가 목구멍을 통하여 꿀컥이며 들어가고 있었다. 꿀꺽이며 피를 마시던 이동수는 머리를 흔들어 살점을 잡아 뜯었다. 한 주먹이나 되는 고깃덩이가 떨어져 나가면서 이동수의 입이 사내에게서 떨어졌다.

사내는 움직이지 않았으나 여전히 그의 몸 위에 엎드려 있었다. 이동수는 고깃덩이를 힘들게 뱉어 내었다. 눈을 들었으나 아무것도 보이지 않았다. 사내를 밀쳐 내려 해보았으나 모든 기력이 빠져나간 듯 팔이 움직여 주지 않았다.

"형님, 형님."

입을 벌려 김원국을 불러 보았다. 소리도 나오지 않았고 아무 소리도 들리지 않았다.

"동수야!"

김원국의 목소리가 옆에서 분명하게 들렸다. 그러자 잔뜩 긴장해 있었던 이동수의 모든 신경이 무너지듯이 풀렸다. 그리고 이동수의 피투성이가 된 얼굴이 평화롭게 변해가고 있었다.

"동수야! 동수야!"

김원국의 목소리가 다시 들렸다가 점점 멀어지는 것 같았다. 이동수는 그를 보려고 했지만 보이지 않았다. 그러나 소리를 듣는 것만으로 충분했다.

홀 안의 테이블과 의자는 성한 것이 없었다. 땅바닥에는 7, 8명의 사내가 쓰러져 있었다. 나머지 사내들은 겨우 바닥에 주저앉아 있었으나 몸을 움직여 일어날 수 있는 이는 없었다. 조웅남과 오함마를 제치고 이동수 위에 엎드려 있던 홍성철이 김원국을 올려다보았다.

"형님, 동수가 죽었습니다."

조웅남이 땅바닥에 털썩 주저앉았다.

"아이고, 동수 이 씨발 놈이."

오함마가 피투성이가 된 주먹으로 눈물을 닦았다.

"문을 닫아라. 문을 못 열도록 테이블과 의자를 문 앞에 쌓아라."

김원국이 날카롭게 말했다. 오함마와 홍성철이 일어나 테이블을 날라 문 앞에 쌓았다. 의자를 나르면서 오함마는 끙끙대며 울었다.

"저놈들도 두어 명이 죽은 것 같습니다."

홍성철이 다가와 말했다.

"에에이."

갑자기 조웅남이 땅바닥에서 몸을 솟구쳐 일어났다. 그는 바닥에 떨어진 칼을 손에 움켜쥐고 있었다.

"내가 몽땅 모가지를 끊을 거여!"

그는 주저앉아 있는 사내들에게로 몸을 돌렸다. 사내들이 공포에 질린 눈으로 그를 바라본 채 입을 벌렸다. 김원국이 몸을 틀어 그의 팔을 수도로 내려쳤다. 조웅남은 칼을 떨어뜨리고 김원국을 바라보았다. 이글거리던 그의 눈빛이 차츰 빛을 잃더니 이윽고 눈물이 그의 볼을 타고 흘러내렸다.

조웅남에게서 시선을 거둔 김원국은 턱이 부서져서 주저앉아 있는 핫도리를 찾았다.

"가네무라한테 전화를 해라. 이젠 너희들 15명을 인질로 잡았다고 해. 내 요구 조건을 듣지 않으면 너희들은 모두 죽는다. 우리도 각오하고 있다고 말해."

허리를 다친 모양인지 핫도리는 움직이지 못했다. 홍성철이 전화기를 찾아 그에게 던져 주었다.

"피신해 있는 여자들에게 다친 사람들을 임시로라도 치료하게 해라."

김원국이 오함마에게 다시 말했다. 그도 등과 팔에 감각이 없어지고 있었다.

* * *

새벽 4시였다.

가네무라는 핏발 선 눈으로 부하들을 둘러보았다. 잠옷 차림의 가네무라가 그의 집으로 부하들을 소집시킨 것이다.

"병신 같은 놈들."

가네무라가 씹어뱉듯 말했다. 그는 핫도리에게서 전화를 받았던 것이다.

3명이 죽고 나머지는 모두 중상을 입고 잡혀 있다는 소리를 듣고 가네무라는 자신의 몸이 발을 헛디뎌 똥통으로 빠져든 것 같은 기분이 되었다.

가네무라는 사사키를 노려보았다. 사사키는 그의 시선을 받자 머리를 돌렸다. 그는 가네무라의 지시를 받은 것이다. 움직이면 처치하라고, 만일 놈들이 업소에 들른다면 처치해 버리라고 가네무라가 지시했었다.

그는 그것을 핫도리에게 전달해 주었을 뿐이다. 비록 실패로 끝나기는 했지만 사사키는 자신의 책임은 아니라고 생각했다.

"보스, 이럴 때가 아닙니다. 빨리 지시를 내려 주셔야 합니다."

사베가 말했다.

"뭐라고 해야 하나? 핫도리에게 할복이라도 하라고 할까?"

"……."

"아니면 김원국에게 여자를 다 돌려줄 테니 우리 애들을 풀어 달라고 할까?"

"보스, 비상구가 하나 있습니다만 그쪽으로 우리 애들을 쳐들어가게 하면……."

부하 하나가 조심스럽게 입을 열었다.

"그땐 15명 모두 죽게 돼."

사베가 차갑게 말했다. 가네무라는 그를 바라보았다.

"핫도리가 있는 그대로 연락을 해오고 있습니다. 김원국이 내버려 둔 모양입니다. 이젠 여자들도 나서서 문에다 바리케이드를 치고 같이 죽겠다고 한답니다."

"……."

"이러다가 경시청에서 알게 되면 조용히 끝나지 않게 됩니다. 지금은 아직 새벽이라 그쪽도 모르고 있는 것 같습니다만."

"……."

가네무라는 김원국이 호텔을 빠져나와 그렇게 무모한 행동을 하리라고는 상상도 하지 못했었다. 사사키나 핫도리도 마찬가지였을 것이다. 핫도리가 김원국이 호텔을 나와 베니스에 갔다고 보고했을 때 그들과 여자들을 만나게 하지 말라고만 지시했기 때문이다. 그런데 이번에도 어처구니없이 당해 버린 것이다.

"보스, 지금으로서는 요구를 들어주는 것이 낫다고생각합니다. 어차피 놈들은 일본을 쉽게 떠나지 못할 테니까요."

사베가 다시 말했다.

"……."

"그리고 애들을 수습하고 나서 박재팔을 시킨다면 결국은 우리가 바라던 대로 되지 않겠습니까?"

"좋다, 내일이면 박재팔이 올 것이다. 김원국이를 바꿔라. 내가 전화하겠다."

"……."

"왜 그러고 있는 거야? 전화하라니까?"

가네무라가 사베에게 짜증 난 듯 말했다.

"제가 연락하겠습니다."

사베가 조심스럽게 말했다. 사사키와 다른 부하들도 시선을 피하는 듯 머리를 돌렸다.

"좋아, 그따위 놈에게 직접 할 필요도 없지. 호텔로 돌아오라고 해. 우리가 손을 대지 않겠다고."

"……."

"아니, 왜 그러고 앉아 있는 거야!"

가네무라가 버럭 고함을 쳤다.

"보스, 김원국이는 여자들을 모두 귀국시켜야 애들을 풀어 주고 나가겠답니다. 그렇지 않으면 애들하고 같이 죽겠답니다. 그러니까 여자들을……."

"이 새끼를!"

가네무라는 두 주먹을 움켜쥐고 부들부들 떨었다.

"다 죽으라고 해! 싹 불을 질러 버려!"

"……."

"수습은 내가 할 것이다. 그렇게 해!"

"보스, 진정하십시오. 시간이 없습니다."

사베가 그를 보며 말했다.

"무엇이? 날보고 진정하라고? 사베, 네가 감히?"

"죄송합니다, 보스. 제가 그들과 접촉해 보겠습니다. 그런 다음에 다시 보고드리겠습니다."

"……."

"그럼, 이만 나가 보겠습니다."

사베가 일어서자 사사키와 다른 간부들도 서둘러 따라 일어섰다.

*　　　*　　　*

김원국이 사베의 전화를 받은 것은 새벽 4시 30분이 되었을 때였다.

"사베 씨라고 가네무라 보스의 보좌역입니다."

수화기를 넘겨주며 핫도리가 말했다.

"나, 김원국이오."

—사베입니다. 시간이 없으니까 결론만 말씀드리지요. 우리가 긍정적으로 검토하겠으니 호텔로 돌아가시지 않겠습니까? 살인사건이라 피차 곤란한 일이 생길 텐데요.

그의 말투는 정중하였다.

"그건 알고 있소. 이렇게까지 되었는데 나로선 내 동생의 죽음이 헛되지 않도록 하기 위해서라도 여기에서 일을 마칠 작정이오."

—알겠습니다. 받아들이지요. 그럼 어떻게 약속하면 되겠습니까? 아무리 빨리 서둔다 해도 3, 4일이 걸리는데 거기에 그대로 계셨다가는 모든 일이 수포로 돌아갈지도 모릅니다.

"한 시간 내로 167명의 여권을 나에게 가져오시오."

—그렇게 하지요.

"여기에서의 불상사는 당신들이 경험이 많을 테니까 알아서 처리해 주시오."

—그건 염려 마십시오. 단순 사건으로 처리하게끔 손을 쓰겠습니다.

수화기를 내려놓은 김원국은 잠자코 이동수의 시체를 내려다보았다. 여자들이 수건으로 그의 얼굴을 닦아 주었으므로 그는 잠자듯 편안한 얼굴로 누워 있었다. 조웅남이 그의 옆에 넋을 잃고 앉아 있었다.

"붕대를 감아드릴게요. 피가 너무 흘러요."

미스 오가 다가와 걱정스러운 듯 김원국의 팔을 보며 말했다.

"괜찮아."

팔에서 피가 흘러내리고 있는 데다 등도 칼에 길게 베였으나 아직 붕대를 감지도 않았다. 아랫배에 피가 번져 끈적거렸다. 동수라면 진즉 알아채고 서둘러 매주었을 것이다.

이동수를 내려다보며 김원국은 문득 그의 옆에 나란히 눕고 싶다는 생각이 들었다. 눈에 핏발을 세운 홍성철과 오함마가 사내들을 구분해 놓고 비상구와 정문을 감시하고 있었다. 여자들은 모두 홀에 나와 있었다. 무서움과 흥분이 차례로 가시고 나자 그녀들은 이제 그들과 여기서 같이 죽겠다고 마음먹은 것 같다.

김원국의 전화 통화를 옆에서 들었기 때문에 가슴이 벅찬 몇 명은 소리 내어 울었다. 나간다는 것보다 자신들을 위해 주는 한국 아저씨들에 대한 벅찬 감정 때문일 것이다.

한 시간 후 사베가 현관 앞에서 김원국을 찾았다.

그는 한 손에 가방을 들고 있었다. 문을 열려면 테이블 몇 개를 치워야 했다. 문을 조금만 벌려서 열고 그를 안으로 들어오게 했다. 그는 정중하게 김원국에게 인사를 했다.

"여기, 여권을 모아 왔습니다. 130개밖에 안 됩니다. 주인이 외출하고 있는 업소들도 있어서… 오늘 중으로 모두 가져다드리지요."

김원국은 잠자코 그를 바라보았다. 사베는 쓰러진 사내들을 둘러보았다.

"빨리 수습을 해야겠습니다."

"좋소. 우린 그럼 호텔로 돌아가겠소. 내 동생을 잘 부탁합니다. 당신들에게는 적이었지만 이젠 예의를 갖춰 주시오."

사베는 머리를 끄덕였다.

"아저씨, 저희들도 따라가겠어요."

여자들이 김원국에게 매달리며 말했다.

"이젠 더 이상 이곳에 있기 싫어요. 단 1분도 싫어요. 호텔로 데려다주세요."

홍성철과 오함마는 그녀들을 잠자코 바라보다가 김원국의 곁정을 바라는 듯 그를 바라보았다.

"며칠만 참으면 돼. 우리들은 아직 할 일이 많아. 며칠만 기다려."

김원국은 조웅남을 일으켜 세웠다. 홍성철이 여자들에게 호텔을 알려 주고 있었다.

제17장

평정과 귀환

밤의 대통령

오유철은 차 안에서 다시 한 번 시계를 내려다보았다. 11시 20분이었다.

"형님, 슬슬 올라가 봅시다."

앞에 앉아 있던 부하가 말했다.

"10분만 더 기다려 보자."

"벌써 두 번은 쌌겠소."

그들은 2시간이 넘게 서울 변두리의 모텔 앞에 차를 세워 둔 채 진을 치고 있는 것이다. 시쳇말로 둘은 왕건이를 건진 셈이었는데 오유철이 정재희를 잡으러 다닌 지 나흘째였다. 한국에 있는 이상 제까짓 것이 삼팔선만 넘지 않았다면 이틀 안에 찾아내겠다고 강만철에게 장담을 했지만 종적을 찾을 수가 없었다. 친구, 업소, 시골에 있는 친척이나 오빠, 모든 곳을 뒤졌으나 꼬투리를 찾을 수가 없었던 것이다.

오유철은 우연히 정재희와 같이 3년을 일했다는 업소 마담에게서 그녀가 틈만 나면 마사지를 받았다는 정보를 들었다. 그녀가 서울에 있다면 마사지를 받을 것이라고 생각한 오유철은 부하들을 몽땅 풀어서 고급 호텔과 미용실 근처에 잠복시켰던 것이다.

도망치는 형편이라도 정재희가 싸구려 목욕탕에 들어가지는 않을 것이라고 생각했기 때문인데, 나흘째 되던 날 오후에 정재희가 변두리의 호텔 사우나에 들어가는 것이 목격되었다. 오유철은 당장에 낚아채고 싶었으나 참았다.

2시간이 넘게 호텔의 사우나와 마사지실에서 꾸물럭거리던 정재희는 화사한 얼굴이 되어 호텔을 나와 택시를 잡았다. 오유철과 또 다른 한 대의 승용차가 택시를 따랐다. 그리고 이 모텔 앞에서 택시가 멈추고 그녀가 들어간 것이다.

이제는 독 안에 든 쥐와 마찬가지였다. 부하들은 어서 잡아채자고 성화였으나 오유철은 기다려 보자고 달랬다. 한 시간쯤 지나자 오유철의 눈이 번쩍 크게 떠졌다. 검정색 그랜저가 다가오더니 백광남 사장이 내리는 것이었다. 그는 벤츠를 타고 오지 않았다. 그는 잠시 주위를 살펴보고 나서 모텔로 들어갔다.

'그렇군.'

오유철은 머리를 끄덕이며 서둘러 강만철에게 보고를 했다.

"형님, 어떻게 할까요? 두 연놈이 만나는 것 같은데요."

—연놈의 증거를 잡아라. 그리고 끌고 오너라, 고스란히.

강만철이 싸늘하게 말했다.

"형님, 증거라니요?"

오유철이 그답지 않게 어리숙하게 물었다.

—떡을 치는 증거.

"아아, 예."

오유철은 부랴부랴 비디오카메라를 준비하고 플래시까지 점검하였다. 한 대로는 미덥지 않아서 하나를 더 빌려 부하들의 목에 걸어 주었다.

"자아, 이제 올라가자."

기다리는 데 진력이 난 부하들이 서둘러 차 문을 열었다.

*　　*　　*

"이봐, 이철주가 눈에 불을 켜고 찾으러 다닐 텐데 말이야."

백광남이 정재희의 벗은 몸을 쓸어 보면서 말했다. 그녀의 부드럽고 탄력 있는 피부는 만지면 손가락이 튕겨지거나 손자국이 남을 것 같기도 했다.

"흥."

담배 연기를 천장에 뿜으면서 정재희가 코웃음을 쳤다.

"그 작자는 이제 허수아비에요. 날 잡아도 내가 입을 열면 어떻게 되는 줄 알아요? 오히려 그 작자가 당해요."

"아니, 그래도……."

"나한테 해준 게 뭐가 있다고? 집을 사 주었나, 가게를 주었나. 실컷 내 몸을 가지고 놀고는 뭘. 난 받을 걸 받은 거예요."

"저쪽, 제일상사 말이야. 그쪽에서도 찾는 눈치던데……."

"……"

정재희는 잠자코 있었다. 백광남은 그녀의 벗은 가슴을 손바닥으로 쓸어 보았다. 그녀의 가슴에서 아랫배로, 그리고 아직도 축축한 부분에 와서 손을 멈췄다. 백광남의 몸에 다시 열이 오르기 시작했다.

"당신은 힘도 세요, 정말."

정재희가 담배를 재떨이에 비벼 넣으면서 말했다.

"어때? 이철주보다는 낫지?"

"흥, 열 배는 나아요."

그녀는 몸을 움직여 그의 몸에 하반신을 붙였다.

"이철주하고 제일상사가 여자들을 일본으로 납치해서 팔아먹었다고 진정서를 내면 어때요?"

그의 연장을 잡고 비벼대던 정재희가 말했다.

"응? 여자를? 제일상사가?"

백광남은 그녀가 감질나게 하는 바람에 정신이 없었다.

"당신이 아는 사람들 있잖아요. 저기, 기관에 있는 사람들. 그 사람들한테 자세하게 적어서 보내죠. 돈을 좀 쓸 테니까요."

정재희는 그녀의 깊은 부분에 백광남의 연장을 대었다가는 도로 떼곤 했다.

"응? 그래도 될까? 이봐, 그만, 이제."

"김원국이 여자 팔아먹으러 일본에 갔다고 하면 될 거예요. 어쨌든 지금 일본에 있으니까요."

"이봐, 이젠 그만 넣어줘."

"그러면 이철주도 얼씨구 하면서 김원국을 물귀신처럼 잡고 놓지 않을 거예요."

"이젠 넣어, 얼른."

"김원국이 일본에서 여자들을 만나고 있어요. 이철주가 보낸 여자들요. 그럼 딱 맞아떨어져요. 김원국이 없으면 제일상사는 끝장이에요. 어때요?"

"넣으라니까!"

백광남이 숨이 넘어갈 듯 그녀에게 말하며 허덕였다.

"제가 다 써놨어요. 그걸 가지고 기관에다 내주세요, 네? 돈도 쓰겠어요. 그럴 거죠? 자, 넣을게요, 네?"

"그래, 그래."

정재희도 흥분하고 있던 터라 백광남이 들어오자 자지러질 듯한 신음을 내뱉었다.

"아아아."

우당탕!

두 가지 소리가 동시에 들리더니 카메라의 플래시가 터졌다. 한 번이 아니었다. 두 번, 세 번, 다섯 번, 일곱 번… 이불도 덮지 않은 그들은 온통 빛에 휩싸였다.

"야 이 자식들아, 그만 찍어라. 그만!"

오유철이 소리를 질렀으나 2명의 사진사는 이쪽저쪽으로 뛰면서 열심히 촬영을 했다. 백광남은 혼이 나간 얼굴로 멍청히 그들을 바라보다가 정재희에게서 떨어져 나갔다. 정재희는 얼굴을 가렸으나 이미 수없이 사진이 찍힌 것을 알고 있었다.

"아따, 그년, 몸은 좋네."

오유철이 그 와중에도 감탄했다.

"형님, 우리가 잠깐 나갈까요?"

부하 하나가 정색을 하고 물었다.

"야, 이 자식아, 저넌 거기에는 쥐덫이 있어. 쓸데없는 소리 마."

"이봐, 당신들 누구야? 왜 그러는 거야?"

정신을 차린 백광남이 말했다. 그 순간 번쩍하고 백광남의 눈에 불똥이 튀었다.

"아이고오."

주먹으로 볼을 얻어맞은 백광남이 죽는 소리를 질렀다.

"찍소리라도 내었다가는 아예 연장을 뽑아 버릴 테여. 야, 이 연놈들아, 이젠 옷을 입어. 갈 데가 있어."

오유철이 차갑게 말했다.

"아저씨, 절 놓아주세요. 1억 드릴게요."

정재희가 벗은 몸으로 오유철에게 달려와 매달렸다.

"2억 드릴게요. 네? 아저씨, 2억이요."

오유철이 그녀를 내려다보며 빙그레 웃었다.

*　　　　*　　　　*

말을 마친 강만철이 그들을 둘러보자 아무도 입을 열지 않았다. 김원국이 지금 일본에 있다는 사실과 이동수의 죽음이 그들에게 충격을 주었던 것이다.

강만철은 시선을 탁자 위로 떨구었다. 출국하기 전날 밤 이동수와 오함마를 불러 당부했었다.

"형님한테 무슨 일이 있으면 안 된다. 그땐 너희들이 대신 죽어

라. 알겠니?"

이동수가 웃으며 머리를 끄덕이던 모습이 떠올랐다. 이를 악물고 강만철이 머리를 들었을 때 오유철이 말했다.

"난 형님이 뭐라고 하든 말든 일본에 갈랍니다. 이렇게 앉아 있을 수가 없어요."

어젯밤 정재희를 잡아 놓고 의기양양했던 그의 얼굴은 굳어져 있었다. 상기된 얼굴로 다시 입을 열었으나 목이 메었다.

"동수까지 죽었는데 무얼 망설인단 말입니까?"

"나도 가겠습니다."

김길호가 말했다. 그는 병원에서 퇴원한 지 얼마 되지 않았다. 햇볕을 받지 않은 얼굴이 하얗게 변해 있었다.

"내가 안 갈 수가 없지요. 따라 죽겠습니다."

"조용히 해."

모두들 따라나설 것 같았으므로 강만철은 소리쳐 그들을 진정시켰다.

"너희들은 형님의 마음을 모른다. 형님은 너희들이 오는 걸 원치 않아."

"그게 무슨 날벼락 같은 소리요?"

다시 중구난방 입들이 열렸다.

"조용히 해! 이 자식들아!"

강만철이 다시 버럭 고함을 쳤다. 그들에게 김원국이 조웅남까지 서울로 돌려보내려 했던 사정을 이야기했지만 그래도 그들은 이해하는 것 같지가 않았다.

"어쨌든 내가 선발하겠다. 형님한테는 비밀로 해야 할 것 같다.

보나마나 형님은 우리가 일본에 가는 것을 반대하실 테니까, 할 수 없다."

강만철은 좌우를 둘러보았다.

"나하고 오유철이 오늘 중에 선발해서 떠나기로 하겠다. 비자 문제도 있고 그러니까 모레쯤 떠나게 될 거야."

"나는 사람이 아뇨?"

갑자기 김칠성이 버럭 소리를 질렀다. 얼굴이 붉게 상기되어 있었다.

"보자 보자 하니까, 나는 한식구 취급을 안 하시려고 하는데, 난 인천으로 돌아가겠습니다."

"너는 반도실업을 관리해야 돼."

"싫습니다. 날 안 보내 주면 반도실업이고 뭐고 다 때려치우고 말 거요."

그렇게 해서 인천의 김칠성과 그의 부하들도 포함시키기로 했던 것이다. 다시 가슴이 답답해진 강만철은 수화기를 무의식중에 집어 들었다가 내려놓았다. 30분 전에도 김원국과 통화를 했었다.

홍성철의 말을 들으면 팔과 등에 칼로 찔린 상처가 심하다고 했는데 김원국은 내색하지 않았던 것이다. 팔과 등은 의사가 와서 꿰맸다고 했다. 이동수의 죽음은 일본인들과의 단순한 싸움으로 처리된 모양이었다.

가네무라 측에서 손을 썼는지 일본인과 이동수가 서로 싸우다 사망한 것으로 처리되어서 홍성철이 경시청에 불려가 증언만 하고 돌아왔다고 했다.

그때 전화벨이 울렸다. 강만철이 서둘러 수화기를 집어 들었다.

—형님요? 나 충식입니더.

부산의 최충식이었다.

"웬일이냐?"

—형님, 심상치 않은데예, 여기 말입니더.

"무슨 일이야?"

강만철은 긴장이 되었다.

—박재팔이가 아들을 끌고 일본을 갈라구 하지 않능교?

"뭐라고?"

눈을 부릅뜬 강만철이 전화기를 귀에 붙였다.

"언제? 몇 놈이나?"

—박재팔이가 민성일이 천용우, 갸들을 다 데리고 갑니더. 20명이 넘는 모양인데예.

"그거 확실한 거야?"

—확실합니더, 그 새끼들 속에 내 애가 하나 있는기라요.

"언제 떠나는 거냐?"

—아마 내일 오후 비행기 같습니더. 내일 비자 받는다고 하대예.

"알았다. 감시 철저히 해라. 내가 곧 연락하지."

수화기를 내려놓은 강만철은 잠시 호흡을 가다듬었다. 박재팔이 20명이 넘는 부하들을 이끌고 일본에 가는 것은 가네무라를 응원하러 가는 것이 틀림없었다.

강만철은 부드득 이를 갈았다. 그는 의자에서 벌떡 일어나 주먹으로 책상을 내려쳤다. 평소에 냉정한 강만철도 이때만은 치밀어 오르는 분노를 참을 수가 없었다. 이윽고 이를 악문 강만철이 다시 의자에 앉아 전화기를 집어 들었다. 김원국에게 보고해야만 했다.

"형님, 접니다."

—응, 또 웬일이냐?

전화를 한 지 한 시간도 채 되지 않았다.

"형님, 충식이한테 연락이 왔습니다. 박재팔이가 20명이 넘는 애들을 데리고 내일 일본으로 간다고 합니다."

—뭐야?

"이 새끼가 가네무라의 앞잡이로 나설 것이 틀림없습니다. 이런 때에 말입니다."

—그게 확실하냐?

"네, 충식이 부하 하나가 박재팔이 밑에 있는 모양입니다. 비자가 내일 모두 나온다고 합니다."

—…나쁜 놈.

김원국이 악문 입 사이로 말을 뱉었다.

—죽일 놈 같으니.

"형님, 제가 내려가서 처치하겠습니다."

—…….

"저에게 맡겨주십시오, 형님."

—너에게 맡긴다.

"형님, 염려 마십시오."

—일본 땅에서 한국 사람끼리 싸우게 되는 추태를 보이면 안 된다. 우리 명예를 걸고 막아라.

"모든 것을 걸겠습니다."

—…하지만 조심해라.

김원국이 낮은 목소리로 말했다. 강만철은 그가 무엇 때문에 그 말을 했는지 알고 있었으므로 대답하지 않았다. 갑자기 목이 메어 왔다.

*　　　*　　　*

바다 쪽으로 향한 미닫이 문짝을 떼어놓아서 오사카 만이 내려다보였다. 서너 척의 화물선이 떠 있었다. 사베는 무릎을 꿇고 앉아 있었다.

"참으로 담대한 놈이로군."

오야마가 이윽고 입을 열었다.

"목숨을 내놓고 하는 짓이다."

사베는 말없이 머리를 숙였다.

"그자에 비하면 너희들은 한낱 조무래기에 지나지 않아."

"……."

"사베, 네가 독단으로 여권을 모아다 그자에게 준 것은 잘한 일이다."

"네."

"장수는 졌으면 졌다고 인정하는 용기가 필요하다. 그런 용기가 없는 장수는 부하만 죽일 뿐이다."

"……."

오야마는 머리를 돌려 바다를 내려다보았다. 시원한 바닷바람이 방 안으로 들어왔다. 비릿한 냄새가 풍겨오고 있었다.

"문명이 발달하고 모든 것이 편리해진 지금 사내다운 사내가 없다."

탄식하듯 오야마가 말을 이었다.

"욕심을 버리고 끈질기게 자기 수양을 해나가는 보스가 드물다."

"……."

"그자가 보고 싶군."

사베는 머리를 들었다. 오야마의 얼굴에서는 김원국에 대한 적대감을 찾아볼 수가 없었다. 마치 친구를 그리는 듯한 말투를 쓰고 있는 것이다.

"내가 20년만 젊었으면 그자와 멋진 승부를 할 텐데 말이야. 나도 아직 수양이 덜 된 모양이군, 이렇듯 흥분하다니……."

오야마는 입을 벌리고 웃었다.

"어떠냐, 사베? 그자는 가네무라를 번번이 기선을 잡아 무찌르고 있다. 시원스럽지 않느냐?"

"네. 그, 그렇다고 생각합니다."

"그자는 패기가 있고 끈기가 있다. 과연 너희들이 그자를 상대할 수 있을까? 그자의 부하들도 마찬가지다. 용장 밑에 약졸이 없는 법. 주인이 목숨을 걸고 덤비면 부하들도 마찬가지가 된다. 과연 너희들에겐 그렇게 할 주인이 있느냐? 아니면 너희들이 그런 자세가 되어 있느냐?"

"……."

"없다. 물질에 너무 물이 들었다. 애석한 일이다."

"……."

“가네무라가 한국인을 불러들여 그자와 겨루게 한다는 방법, 치졸하지만 교묘하기도 하다. 두고 보겠다.”

“네.”

“가네무라가 나를 만나자고 신청하였으나 나는 만나지 않았다. 그리고 사베, 너를 불러 이야기하는 것이니만치 유의하도록 해라.”

“네, 알겠습니다.”

사베는 깊숙이 머리를 숙였다.

“가네무라가 계획한 이번 한판 승부에 그의 인생이 걸려 있을 것이다. 아마 그도 눈치채고 있을 게다.”

“네.”

“그때까지 그를 도와라.”

“네.”

오야마는 자리에서 일어섰다. 그가 미닫이문 저쪽으로 사라질 때까지 사베는 머리를 들지 않았다.

*　　　*　　　*

김원국은 소파에 엎드려 있었다. 오함마가 조심스럽게 등에 붕대를 감았다. 의사가 와서 30여 바늘을 꿰매고 붕대를 감아 주었으나 김원국의 부탁으로 그 위에 다시 붕대를 감는 것이다. 팔은 주먹을 쥐면 찔린 부위가 찌르듯 아팠으나 견딜 만했다. 근육 사이로 찔린 모양이었다.

노크 소리가 났다. 오함마가 주의 깊게 노크 소리를 듣더니 문을 열었다. 홍성철이 들어왔다.

"형님, 여자들이 왔는데요. 이거 어떡하죠?"

김원국이 머리를 들었다.

"베니스에 있던 아가씨들입니다. 짐을 꾸려 가지고 왔답니다."

홍성철은 어쩔 줄 모르는 표정으로 그를 바라보았다.

"지금 어디 있어?"

"우선 제 방에 있게 했습니다. 베니스에 있던 아가씨 7명하고, 다른 업소의 아가씨들 4명까지 해서 모두 11명입니다."

김원국은 잠자코 홍성철의 얼굴을 바라보았다. 생각하는 표정이 되었다.

"이리 데리고 와라."

김원국은 소파에서 몸을 일으키고 오함마의 도움을 받아 가운을 걸쳤다. 홍성철이 아가씨들을 데리고 들어왔다. 모두들 귀국할 작정으로 최대한으로 맵시를 부린 모양이었다. 방 안이 환해졌다. 옷차림과 같이 그들은 활짝 핀 얼굴로 방 안에 들어와 김원국을 바라보았다.

하지만 그들의 얼굴에서 웃음기가 가셨다. 김원국의 무표정한 얼굴에서 무슨 분위기를 느낀 것 같았다.

"거기 아무 데나 다들 앉아봐. 물어볼 것이 좀 있어."

김원국이 말했다. 그들은 소파 또는 침대의 가장자리에 앉았다. 두어 명은 소파에 기대어 서서 그를 바라보았다.

"그 사람들이 보내주던가?"

"보내주긴요? 저희들이 짐을 싸서 나왔어요."

낯익은 아가씨가 말했다. 동그란 얼굴로 김원국을 똑바로 바라보고 있었다. 최민주라고 기억이 났다.

"우리 여권을 가지고 있는 아저씨들한테 간다니까 그들끼리 상의하는 것 같았지만 가로막지는 않았어요."

베니스의 여자들은 김원국과 사베의 협상을 보았으므로 즉각 반응을 한 것이다. 주변에 연락이 닿는 업소에도 전화를 해서 몇 명을 데려온 모양이었다.

"고생들 많이 했지?"

김원국이 그들을 둘러보며 부드럽게 물었다. 흑 하면서 최민주가 두 손으로 얼굴을 가렸다. 아가씨들 몇 명이 울음을 터뜨렸다. 그러고는 방 안이 온통 울음바다가 되었다.

당황한 김원국이 홍성철과 오함마를 돌아보았으나 그들은 여자들을 제지하지 않았다. 시선을 제각기 돌리고는 잠자코 서 있었다. 이동수를 생각하는 것 같았다.

"아, 씨발, 시끄러!"

뒤쪽에서 나타난 조웅남이 버럭 고함을 질렀다.

"느그덜이 왜 울어? 집에 가는디. 좋아서 우는 거여?"

"아저씨가 시끄러워요!"

눈물에 범벅이 된 얼굴을 들고 최민주가 맞받아 소리쳤다.

"우린 그 아저씨한테 미안해서. 그리고, 그리고……."

그녀는 말을 잇지 못했다. 조웅남은 얼굴이 벌게진 채 입을 꾹 다물고는 이제 시선만 준다. 여자들이 다시 흐느꼈다. 그녀들이 진정이 된 후 김원국은 홍성철을 불러 여권을 나눠 주었다.

"우선 여기 있는 아가씨들부터 귀국시키도록 하자. 모두 비행기 표를 사도록 해."

김원국이 오함마에게 지시했다.

"아가씨들한테 10만 엔씩 나눠 줘라. 집에 빈손으로 돌아가면 안 된다."

그는 여자들을 돌아보았다.

"이 돈은 내가 다른 사람한테 받아낼 테니까 부담 없이 받도록 해."

아가씨들은 놀란 듯 제각기 사양을 하였으나 오함마는 돈을 나눠 주었다.

"그리고 각각 주소와 연락처를 적어 놓고 떠나도록 해. 우리가 서울에서 연락할 수 있도록 말이야."

"전 아저씨들하고 같이 떠날래요."

최민주가 김원국에게 말했다. 김원국이 놀란 듯 그녀를 바라보았다.

"아직 준비 안 된 애들을 제가 여기서 연락해 주고 도와야 할 것 같아요. 아저씨들보다 제가 하는 게 나을 거예요."

홍성철이 머리를 끄덕이며 김원국을 바라보았다.

"그럼 거기 한 명만 남도록 하고 나머지는 오늘 출발시키도록 해. 누가 공항에 따라가 봐."

"저하고 함마가 가겠습니다."

홍성철이 말했다. 방 안이 떠들썩해졌다. 젊은 아가씨들이어서 울다가 웃는 간격이 짧았다.

* * *

박재팔은 시계를 보았다. 7시 10분이었다. 사무실에서 6시에 출발했지만 길이 막히는 바람에 30분가량 늦어진 것이다.
“이젠 제법 달릴 수 있겠군요. 형님, 30분 안에 도착할 수 있겠습니다.”
옆에서 시계를 본 민성일이 말했다. 차는 속력을 냈다. 운전사 옆에 타고 있던 천용우가 머리를 돌려 그를 바라보았다.
“우리가 자리를 비운 사이에 최충식이 날뛰지 않을까요?”
“애들에게 입조심시켰지?”
박재팔이 눈살을 좁히며 물었다.
“네, 사람들이 물으면 산속으로 체력 단련하러 간다고 대답하라고 했습니다. 하지만 여권을 가지고 여행사를 오가는 바람에 말이 새어 나갈 수도 있을 것 같습니다.”
“할 수 없지. 3, 4일이면 일 마치고 돌아올 테니까.”
“…….”
“다녀와서 쓸어버리겠다. 날뛰었든 잠자코 있었든 간에.”
“그나저나 김원국이 배짱 하나는 좋군요. 5명으로 일본에 쳐들어갔다니.”
민성일이 이죽거리듯 말했다.
“아니, 이제 네 놈이지, 한 놈이 죽었으니까.”
오후에 박재팔은 가네무라의 전화를 받고 김원국의 상황을 잘 알 수 있었다. 김원국도 부상당한 모양이었다.
“우리는 곧장 김원국한테 가서 그놈을 없애기만 하고 돌아오는 거다. 준비는 가네무라가 다 해놓는다고 했어.”
차는 한적한 바닷가를 달리고 있었다. 일본에 데려갈 부하들은 바닷가의 음식점에서 기다리고 있을 것이다. 박재팔은 그들에게 계획을 말해줄 작정이었다.

"그러면 서울이 비게 되겠군요."

천용우가 말했다.

"그렇지, 임자 없는 땅이 되겠구먼."

민성일이 말을 받았다.

"너희들, 이철주 사장 소식 못 들었냐?"

박재팔이 물었다.

"못 들었습니다. 한강상사는 문 닫고 업소들을 정리한다는 소문밖에 없구요."

민성일이 대답했다.

"강만철한테 잡혀 있다고도 하고, 또 누구는 돌아다니는 걸 봤다고도 합니다만……."

"오카다는?"

"그것은 도무지 알 수가 없습니다. 어디에 있는지, 어떻게 되었는지. 최충식이 그런 걸 해낼 위인도 못 되구요. 최충식의 주변을 샅샅이 뒤졌습니다만 없었습니다."

"강만철이……."

박재팔은 시선을 창밖으로 돌리고 혼잣소리처럼 말했다.

"강만철이가 했다는 말씀입니까? 그놈이 여기 내려와서 말입니까?"

"그놈밖에 없어."

"……."

"김원국이가 없어지면 이젠 그놈도 끝장이야. 우린 서울로 올라가야 돼."

박재팔의 다부진 말에 그들은 머리를 끄덕였다.

"이제 거의 다 왔습니다."

앞을 바라보던 천용우가 말했다. 차는 우회전하여 2차선 도로로 접어들었다. 10분쯤 곧장 달리면 바닷가의 음식점이 나올 것이다. 부하들의 회식 장소로 자주 들르는 집이었다. 차량의 왕래는 거의 없었다. 가로등도 없는 길이어서 창밖은 아무것도 보이지 않았다.

강만철은 박재팔의 부하들이 모여 있는 음식점에서 200미터쯤 떨어진 다른 횟집의 방 안에 앉아 있었다. 문이 열려 있어서 홀이 바라보였다.

홀에는 10며 명의 부하들이 앉아 있었는데 그들 사이로 최충식이 돌아다니는 것이 보였다. 건너편의 음식점에도 7, 8명의 부하들이 있을 것이다. 그들은 3시간이 넘도록 기다리는 중이어서 상 위에 놓은 요리들이 모두 식었다. 최충식이 방문 앞으로 다가왔다.

"형님, 너무 늦는데예. 이 새끼, 토낀 거 아뇨?"

"그럴 리가 없다. 저쪽에는 애들이 다 모였다면서."

"예, 서너 놈이 문밖에 나와서 기다리는 것 같습니더."

강만철의 시선을 받은 오유철이 잠자코 머리를 저었다. 바닷가로 들어오는 2차선 도로 모퉁이에 2명의 부하가 잠복해 있었다. 박재팔의 승용차를 알고 있는 최충식의 부하 한 명과 오유철의 부하였다. 차가 보이면 연락하기로 한 것이다.

"조금 더 기다려 보자. 놈이 안 오면 다른 방법을 쓰기로 했잖아."

최충식이 머리를 끄덕이며 몸을 돌렸다. 주변에는 20명이 넘는 부하들이 모여 있었다. 저쪽 음식점에도 거의 비슷한 수의 박재팔의 부하들이 있을 것이다. 만일 박재팔이 계획을 바꿔 오지 않는다면 부하들이라도 박살을 낼 작정이었다. 박재팔의 수족을 잘라 한 놈이라도 일본으로 못 가게 하려는 것이다. 그리고 다시 박재팔을 찾아서 오늘 밤 안으로 끝장을 볼 것이다.

박재팔이 사무실을 떠날 때 오른팔과 왼팔 격인 민성일과 천용우가 함께 차에 탄 것을 알았다. 박재팔의 사무실 건너편에서 감시하고 있던 부하가 연락을 해온 것이다. 차는 두 대였다. 다른 차에는 경호원이 운전사 포함해서 4명이 탔다고 했다.

그러나 출발 시간에 맞추어 보면 30분이 넘었다. 강만철은 초조해졌다. 오유철이 들고 있는 핸드폰이 울렸다. 재빠르게 그는 핸드폰을 귀에 붙였다.

"방금 통과했다고? 두 대? 확실해? 앞이야, 뒤야? 뒤차란 말이지? 알았다."

오유철이 눈을 번쩍이며 그를 바라보았다. 강만철이 끄덕이자 그는 서둘러 다이얼을 눌렀다. 강만철이 전화기를 넘겨받았다.

—여보세요?

저쪽에서도 기다리고 있었던 참이라 신호가 떨어지자마자 전화를 받았다.

"응, 칠성이냐? 지금 들어오고 있다. 두 대다. 뒤에 있는 차다. 시작해라."

전화기를 넘겨주고 난 강만철은 자리에서 일어섰다. 최충식이 눈을 크게 뜨고 다가왔다.

"이쪽으로 오고 있다. 칠성이가 출발했어. 나는 유철이하고 확인하러 가겠다. 너는 여기서 기다리고 있어. 성공하면 내가 연락할 테니까 즉시 철수하도록 해."

"알겠습니다."

강만철은 오유철과 함께 차에 올랐다. 2명의 부하가 서둘러 앞에 타고는 차를 발진시켰다.

"자, 가자."

김칠성은 운전석에 올라타고 안전벨트를 맸다. 옆에 올라탄 부하도 서둘러 벨트를 맸다. 그는 최충식의 부하였다. 시동을 걸고 라이트를 켰다. 우렁찬 엔진 소리가 들렸다. 뒤쪽에서도 부르릉거리는 엔진 소리가 들렸다.

두 대의 덤프트럭은 길가에서 도로로 빠져나왔다. 그러고는 곧장 속력을 냈다. 김칠성은 핸들을 잡고 앞을 노려보고 있었다. 옆에 앉은 부하도 마찬가지였다. 지나치는 차량이 보이지 않았다. 앞에서 불빛이 보였다. 긴장한 김칠성이 바라보자 용달차가 달려오고 있었다.

"아닙니다."

부하가 말했다. 용달차를 스쳐 보내고 나자 다시 불빛이 보였다.

"한 대인데요."

차는 점점 다가왔다.

"소형차인데요, 아닙니다."

소형차도 스쳐 보냈는데 2차선 도로여서 스쳐 지나는 차와의 간격이 1미터도 되지 않았다. 덤프트럭은 오른쪽에 밭을 끼고 있지만 반대편 차선의 옆은 바위투성이의 나지막한 산이다. 이번에는 트럭이 한 대 다가왔다. 물고기를 실어 나르는 물을 채운 트럭이었다.

"트럭입니다."

김칠성이 알고 있으리라고 여기면서도 부하가 큰 소리로 말했다. 긴장한 모양이었다. 앞쪽에 다시 불빛이 보였다.

"두 대입니다. 나란히 오고 있습니다."

김칠성은 뒤차가 볼 수 있도록 경고등을 켰다. 빵, 빵, 하고 뒤쪽에서 클랙슨이 울렸다. 김칠성은 핸들을 움켜쥐고 등을 의자에 밀착시켰다. 부하가 한 손은 천장의 손잡이에, 다른 한 손은 앞에 가져다 대는 게 보였다.

"맞습니다, 맞습니다, 박재팔이. 뒤차입니다, 뒤차."

앞차가 30미터쯤 앞에서 달려왔다. 뒤차와의 거리는 20미터쯤으로 보였다. 김칠성은 앞차를 스쳐 보내자마자 핸들을 좌측으로 꺾어 반대편 차선으로 덤프트럭을 밀어 넣었다.

쾅!

폭음이 들리고 김칠성은 순간 앞의 유리창이 하얗게 되는 것을 보았다. 트럭과 승용차가 정면으로 충돌한 것이다. 하얗게 보이던 유리창이 와르르 무너져 내렸다. 김칠성은 앞을 내려다보았다. 형태를 알 수 없게 된 승용차의 앞부분이 찌그러져 있었고 두 사람이 창밖으로 튕겨져 나왔으나 움직이지 않았다.

양쪽 차의 엔진이 꺼졌으므로 덤프트럭의 한쪽 라이트가 그것을 비춰 주고 있을 뿐 조용했다. 엔진에서 증기가 뿜어져 오르고 있었다. 뒤의 덤프트럭이 으르렁거렸으나 다시 들이받을 필요가 없었다. 뒤쪽에서 브레이크를 밟는 소리가 나더니 차가 후진해 왔다. 김칠성과 부하는 서둘러 옆의 트럭으로 올라탔다. 트럭은 맹렬하게 발진했다.

*　　　*　　　*

이동수의 시신은 서울로 운구되었다. 오유철과 김칠성이 10여 명의 부하를 이끌고 일본으로 온 지 사흘이 되었다.

여자들의 귀국은 거의 끝나가고 있었다. 이제 남은 것은 최민주를 비롯한 10여 명밖에 되지 않았다.

사베가 하루에 한두 번씩 들러 홍성철과 조웅남을 만나고 갔다. 김원국은 방 밖으로 나가지 않았다. 노크 소리가 들리고 오함마가 문을 열자 홍성철이 들어섰다. 그의 뒤를 사베가 따르고 있었다.

"형님, 사베 씨가 말씀드릴 것이 있다고 합니다."

끄덕이며 김원국은 사베에게 자리를 권하였다.

"협조해 주어서 고맙소."

"천만의 말씀입니다. 몸은 어떠십니까?"

단정한 차림새의 사베가 정중히 물었다.

"괜찮소. 그런데 웬일이오?"

"저, 저희 오야붕께서 뵙자고 합니다만……. 같이 식사를 하시자고 합니다."

"가네무라가 말이오?"

"아, 아닙니다. 오야마 선생이십니다. 가네무라 씬 이제……."

김원국은 잠자코 그의 말을 기다렸다.

"이제 조직을 떠났습니다."

"……."

"정식으로 초대하는 것이니만치 모두 데려오셔도 됩니다. 오늘 저녁 7시에 오야마 선생의 댁에서 뵙자고 하셔서 제가 참석자 명단을 받아갔으면 합니다만……."

"좋소, 나도 마무리를 할 작정이었소. 참석한다고 전해 주시오. 참석자 명단은 한 시간쯤 후에 알려드리리다."

사베는 한시름 놓은 얼굴이 되어서 방을 나갔다.

오야마는 문밖에 서서 김원국을 기다리고 있었다. 김원국이 차에서 내리자 다가와서 손을 내밀었다.

"김 선생이시오? 오야마입니다."

작은 체구에 눈이 빛나고 있었다. 얼굴에 반가운 표정이 드러나 있다.

"김원국입니다. 초대해 주셔서 감사합니다."

그는 김원국의 손을 잡은 채 문 안으로 이끌었다. 넓은 잔디밭이 펼쳐져 있었는데 건너편은 낡은 목조건물이 세워져서 어울리지 않았다. 문을 모두 떼어 놓았으므로 내부가 들여다보였다. 7, 8명의 사내가 선 채로 그들을 바라보고 있었다.

"40년 동안 여기서 살았지만 이 집에 한국인을 초대한 것은 김 선생이 처음이오."

그를 바라보며 오야마가 말했다. 그들은 잔디밭을 건너 집 안으로 들어섰다. 조웅남, 홍성철, 오유철과 김칠성 등이 뒤를 따랐다.

30평쯤 되어 보이는 널찍한 다다미방에 그들은 자리 잡고 앉았다. 오야마는 자기 옆에 김원국의 자리를 마련해 놓았다. 가슴을 졸이고 있던 홍성철이 그것을 보고는 숨을 내쉬었다.

"김 선생, 이번 일은 정말 유감입니다. 그런 의미에서 김 선생을 초대한 거요."

오야마가 입을 열었다.

김원국은 잠자코 그를 건너다보았다. 관록이 붙은 태도였지만 목소리는 부드럽고 자연스럽다. 둘러앉은 조웅남 등과 오야마의 간부급 부하들은 입을 열지 않았다. 가네무라는 보이지 않았고 말석에 사베가 앉아 있었다.

둘러앉은 일본인들은 모두 40대의 보스급으로 보였으므로 김원국은 사베가 가네무라의 조직을 이어받았다고 믿었다.

"멋진 승부였소. 이번에는 우리가 진 것 같소이다. 핫하하."

오야마가 우렁찬 목청으로 웃었다.

"그래서 가네무라는 조직을 떠났소. 그러니 김 선생은 이 일을 잊어주기를 바랍니다."

싸움에 진 가네무라를 제거함으로써 오야마는 패자인 가네무라와 함께 상처받은 자존심을 던져 없애려는 것 같다.

"그리고 사베가 조직을 인계했소. 그는 가네무라와 다른 사람이오. 잘 해나갈 것 같습니다."

조웅남은 오야마와 그의 앞쪽에 나란히 앉아 있는 일본인들을 흘겨보았다. 주먹만 한 영감탱이를 번쩍 들어 잔디밭에 던지면 20미터는 날아갈 것 같았다. 김원국을 바라보았으나 그는 무표정한 얼굴로 오야마의 이야기를 듣고 있었다.

술상이 들어왔다. 각자의 앞에 조그만 술상들이 놓이고 조그만 술병과 사기잔이 상 위에 놓여졌다. 김원국은 오야마를 바라보았다. 시선이 마주치자 오야마는 번쩍이는 눈빛을 거두고 웃음을 띠었다.

"오야마 선생, 드릴 말씀이 있습니다."

김원국이 입을 열자 모두들 그에게로 시선을 돌렸다.

"난 일의 매듭을 맺는 성격이라 말씀드리는 것입니다. 이번 여자들의 보상 문제는 어떻게 하실 작정입니까? 아직 사베 씨가 이야기를 하지 않았고, 그가 결정할 문제도 아닌 것 같아서 선생께 말씀드리는 것입니다."

꿀꺽하고 누군가가 침을 삼키는 소리가 들렸다. 모두들 동작을 멈추고 김원국과 오야마를 바라보았다.

"핫하하."

침묵을 깨고 오야마가 웃음을 터뜨렸다.

"김 선생, 그걸 잊고 있었던 것은 아니었소. 김 선생이 먼저 말을 꺼내 분위기가 어색하게 되었군요."

"그렇습니까?"

"말이 나온 김에 마저 끝냅시다. 어떻게 생각하고 계시오? 김 선생의 계획이 있으면 말해주시오."

김원국은 오야마에게서 그의 간부급 부하들로 시선을 옮겼다. 사베와 시선이 마주치자 그는 서둘러 얼굴을 돌렸다.

박재팔과 그의 심복들이 출국 전날 밤에 차 사고로 비참하게 죽은 것을 김원국은 강만철의 전화를 받고 알게 되었다. 다음 날 아침 호텔에 찾아온 사베가 무척 당황스러워하던 것을 김원국은 기억하고 있었다.

오야마가 박재팔의 일본행과 죽음을 모르리라고는 생각지 않았다. 김원국은 다시 시선을 오야마에게로 옮기고 입을 열었다.

"서울에 투자한 금액을 보상금으로 주십시오. 그리고 부산은 정리하실 필요가 없습니다. 우리가 관리하겠습니다. 물론 사베 씨와 함께 말입니다."

오야마의 얼굴에서 웃음기가 가셨다. 그는 김원국을 바라보았으나 눈동자에 초점이 잡혀 있지 않았다. 오야마의 간부급 부하들이 수군거렸다. 오야마가 잠자코 있어서 대놓고 말하지는 않았으나 불만스러운 모양이었다. 오야마가 입을 열었다.

"서울은 그렇다 치고, 내가 알기로는 이철주란 사람이 일을 포기한 상태라고 하니까… 하지만 부산이 걸리는군."

"부산은 이미 끝났습니다. 며칠이 못 가 박재팔의 모든 업소들이 문을 닫게 될 겁니다. 우리는 그곳들을 예전처럼 관리할 수가 있습니다."

"김 선생이?"

"아니요. 최충식이라고 유능한 사람이 있습니다."

"알고 있소."

"맡겨 주시오."

김원국은 딱 잘라 말했다.

"이봐, 너무 무례하지 않소? 당신이 뭔데 이래라저래라야. 건방지게스리!"

간부급 중 하나가 상체를 세우고 김원국에게 소리쳤다.

"닥쳐! 니가 뭔데 나서는 거야!"
조웅남이 서툰 일본어로 그를 노려보며 소리쳤다.
분위기가 소란스러워졌다. 서로 험악한 소리가 오가고 있었다.
"조용히 해라!"
오야마가 우렁찬 소리로 외쳤다. 김원국도 한 손을 들어 부하들을 제지했다. 좌중은 다시 조용해졌다.
"인정하겠소. 늙은이의 오기였던 것 같소. 내가 이 일을 처리하는 방법이 말이오."
오야마가 말했다.
"선생께선 원인을 무시하고 부분적인 결과만을 가지고 수습하려고 하셨습니다."
김원국이 담담하게 말했다.
"그렇소."
오야마가 머리를 끄덕였다.
"내가 선입관이 있었던지, 아니면 이런 일이 없어서 그랬는지……. 좌우간 부끄럽게 되었소."
김원국은 대꾸하지 않고 술잔을 집어 들었다.
"그럼 그렇게 처리하겠습니다."
오야마는 끄덕이며 술잔을 집었다.

태양은 산등성이에 걸려 있었다. 차는 속력을 내지 못하고 덜컹거렸다. 길이 파인 부분이 많았고 커다란 돌멩이들이 어지럽게 깔려 있었기 때문이다. 김원국은 힐끗 룸미러를 올려다보았다. 100미터쯤 뒤에 승용차 한 대가 따라오고 있었다.

그곳에는 오함마가 타고 있었다. 강만철과 조웅남의 지시였을 것이다. 김원국이 혼자 산장에 가겠다고 했지만 그들은 들은 척도 하지 않았다.

일본에서의 일을 마무리 짓고 김원국은 곧장 이동수의 집을 찾아가 그의 어머니를 만났다. 그녀를 위로하면서 머물러 있다가 회사에 들어오자 최충식이 기다리고 있었다. 그에게 오야마와 합의한 내용을 알려주었다.

정재희에게서 되찾은 돈은 보상금으로 지급될 것이다.

산등성이에 걸렸던 해가 떨어지자 주변은 금방 어두워졌다. 열린 창문으로 서늘한 저녁 바람이 몰려들었다. 풀잎이 누렇게 먼지를 뒤집어쓴 채 길가에서 바람에 흔들렸다. 말라 죽은 나무가 앙상한 가지만을 아무렇게나 내뻗고 있었다. 골짜기는 어두워서 아무것도 보이지 않았다.

지나치는 사람들도 보이지 않았다. 황량한 벌판과 산기슭을 돌아 2대의 차만이 달리고 있을 뿐이었다.

김원국은 라이트를 켰다. 뒤쪽에서도 불을 켠 모양인지 룸미러에 번쩍이는 불빛이 보였다. 팔과 등의 상처는 아직 낫지 않았다. 등이 의자에 닿자 따끔거리며 통증이 전해져 왔다.

차는 낮은 언덕을 돌았다. 오른쪽에 호수가 보였다. 200미터쯤 앞쪽으로 곽 씨 집의 전등불이 반짝이는 게 보였다. 산중턱에 있는 산장의 회색빛 지붕이 어둠에 덮여 희미하게 보였다. 산장은 짙은 회색빛 바위 같았다. 김원국은 무의식중에 브레이크를 밟아 차를 세웠다.

밖으로 나오자 바람이 얼굴을 때렸다. 뒤를 따르던 오함마와 부하들이 탄 차는 멀찍이 멈춰 서 있었다. 김원국은 불이 꺼져 있는 산장을 바라보았다.

열심히, 그리고 언제나 목숨을 걸고 살아왔으므로 미련을 만들지 않았다. 그러나 산길을 달려오면서 그는 산장에서 누군가가 기다리고 있기를 바랐다. 또 다른 증오심을 만들지 않으려고도 노력했는데, 다시 상처를 받는다면 어렸을 적보다 더욱 견디기 힘들 것 같았기 때문이다.

그는 잠시 꼼짝 않고 서서 산장을 바라보았다.

그의 증오심의 바닥에는 간절한 기다림과 부드럽고 따뜻한 것을 바라는 욕구가 숨겨져 있다는 것을 스스로 잘 알고 있었던 것이다.

그는 다시 차에 오르고 곽 씨의 집 앞으로 달려 나갔다. 차 소리를 듣고 곽 씨가 헛간에서 나오는 것이 불빛에 비쳐 보였다. 곽 씨 아줌마도 부엌에서 나왔다.

그리고 장민애가 뛰어나왔다. 흰색 스웨터를 입은 그녀는 그의 차를 알아보고는 활짝 웃었다.

『밤의 대통령』 1부 2권에 계속…